# ESTYN YR HAUL

*Blodeugerdd Ryddiaith o waith awduron Sir Benfro yn yr Ugeinfed Ganrif*

Golygydd

## EIRWYN GEORGE

Cyhoeddiadau Barddas

Argraffiad Cyntaf: 2000

ISBN 1 900437 36 8

Y mae Cyhoeddiadau Barddas yn gweithio gyda
chefnogaeth ariannol Cyngor Celfyddydau Cymru,
a chyhoeddwyd y gyfrol hon gyda chymorth y Cyngor.

Cyhoeddwyd gan Gyhoeddiadau Barddas

Argraffwyd gan Wasg Dinefwr, Llandybïe

# Cynnwys

# *Cydnabyddiaeth*

Diolchaf yn gynnes i awduron y gweithiau nas cyhoeddwyd o'r blaen am ateb galwad y golygydd i gyfrannu deunydd ar gyfer y flodeugerdd hon.

Mae'n ddyletswydd arnaf gydnabod caniatâd Gwasg Gomer i gynnwys 'Goneril a Regan', D. J. Williams, *Storïau'r Tir*, 1960; a 'Pedwar Mwdwl', W. J. Gruffydd, *Tomos a Marged*, 1965.

Rwyf yr un mor ddyledus i Christopher Davies am adael imi gyhoeddi 'Dai'r Dwrdy', E. Llwyd Williams, *Hen Ddwylo*, 1941; 'Y Llu Awyr', W. R. Evans, *Fi yw Hwn*, 1980; a 'Dainty', Dewi W. Thomas, *Pedair Pedol Arian*, 1970.

Dyledwr wyf hefyd i Gymdeithas Lyfrau Ceredigion am ganiatâd i gynnwys 'Patrick Ffarier', D. Emrys Rees, *Cymdogion*, 1962; ac 'O Gwilsyn y Gwladwr' (fi biau'r pennawd), Llywelyn Phillips, *Cywain*, 1986.

Dylwn nodi fod 'Jac', Dewi Emrys, wedi ymddangos yn *Ysgrifau Dewi Emrys*, 1937; 'Y Darlun', Waldo Williams, yn *Heddiw*, Gorffennaf, 1934; 'Gwewyr', Eirwyn George, yn *Cyfansoddiadau a Beirniadaethau Eisteddfod Genedlaethol Ynys Môn, 1999*; a 'Drysau', Mari Stevens, yn *Cyfansoddiadau Buddugol Eisteddfod Genedlaethol Urdd Gobaith Cymru, Islwyn,* 1997.

Diolch i deuluoedd a pherthnasau'r awduron ymadawedig am eu cyd-weithrediad a'u hynawsedd.

Dymunaf gydnabod cymwynas Adran y Llawysgrifau, Prifysgol Cymru, Bangor, am gopi o hunangofiant T. E. Nicholas a gedwir yn llyfrgell y coleg.

Diolch hefyd i Gyhoeddiadau Barddas am ymgymryd â'r gwaith o gyhoeddi *Estyn yr Haul*; ac i Alan Llwyd yn arbennig am bob cynhorthwy a gofal wrth ddwyn y gyfrol i olau dydd.

*Eirwyn George*

# Rhagymadrodd

EIRWYN GEORGE

Y mae rhannau helaeth o ryddiaith gynharaf ein cenedl yn perthyn i dir a daear Sir Benfro. Y ddwy lawysgrif hynaf sydd gennym yn cynnwys chwedlau'r Mabinogi yw *Llyfr Gwyn Rhydderch* a gopïwyd tua chanol y bedwaredd ganrif ar ddeg a *Llyfr Coch Hergest* a gopïwyd ryw hanner canrif yn ddiweddarach. *Culhwch ac Olwen* yw'r hynaf o'r chwedlau, a bernir fod deunydd crai'r stori yn mynd yn ôl cyn belled â'r wythfed ganrif. Yn chwedl *Culhwch* y mae'r Twrch Trwyth, y baedd gwyllt yr aeth Arthur a'i filwyr i'w hela er mwyn cipio'r tlysau oedd rhwng ei ddwyglust, yn nofio ar draws y sianel o Iwerddon, ac yn glanio ym Mhorth Clais – ryw filltir o'r fan lle saif dinas Tyddewi heddiw. Mae'r baedd dinistriol yn mynd rhagddo i Aberdaugleddau (rhyw 25 milltir ar draws gwlad o Dyddewi) ac yn lladd pob dyn ac anifail sydd yno cyn i Arthur a'i filwyr ei oddiweddyd. Mae'r Twrch Trwyth yn ffoi eto i'r Preselau (sydd o leiaf 25 milltir o Aberdaugleddau) ac mae Arthur yn trefnu ei ryfelwyr i gyd yn barod ar gyfer yr ymladdfa ar y ddwy ochr i afon Nyfer yng ngogledd y sir. Ond mae'r Twrch yn ei gwân hi o Ddyffryn Nyfer i Gwm Cerwyn yn ardal Maenclochog ac yn dal ei dir. Wedi brwydr ffyrnig rhwng Arthur a'i filwyr ar y naill law, a'r Twrch a'i berchyll ar y llaw arall, mae'r baedd gwyllt yn dianc unwaith eto, y tro hwn i Aber Tywi yn Sir Gaerfyrddin. Dylid nodi hefyd fod Arthur a'i filwyr wedi mynd i dŷ Tringad yn Aberdaugleddau i chwilio am gŵn bach yr ast Rhymhi cyn mynd i hela'r Twrch Trwyth – yr anhawsaf o'r holl dasgau yr oedd yn rhaid i Gulhwch eu cyflawni cyn cael caniatâd i briodi Olwen.

Y mae *Pedair Cainc y Mabinogi* hefyd yn dechrau ar dir a daear Sir Benfro:

Yr oedd Pwyll Pendefig Dyfed yn arglwydd ar saith cantref Dyfed.

8 ESTYN YR HAUL

Ac un diwrnod yr oedd yn Arberth, un o'i brif lysoedd, a daeth i'w fryd ac i'w feddwl fynd i hela. Dyma'r rhanbarth o'i deyrnas a fynnai ei hela, Glyn Cuch. Ac fe gychwynnodd ef y nos honno o Arberth a daeth i Ben Llwyn Diarwya, ac yno y bu y nos honno. A thrannoeth yn ieuenctid y dydd, cododd a dod i Lyn Cuch i ollwng ei gŵn dan y coed.[1]

Hanes Pwyll yn hela yng Nglyn Cuch ac yn cyfarfod ag Arawn, brenin Annwn yw traean cyntaf chwedl *Pwyll Pendefig Dyfed*. Yn ail draean y chwedl eto dywedir fod gan Bwyll un o'i brif lysoedd yn Arberth, a'i hanes ef ei hun yn gweld rhyfeddod ar fryncyn cyfagos a elwir Gorsedd Arberth ac yn trefnu i briodi Rhiannon yw canolbwynt y rhan hon o'r stori. Yn llys Arberth hefyd y bu'n rhaid i Riannon ddioddef ei chosb annheg; ac i'r llys hwnnw drachefn y daeth Teyrnon Twrf Liant â'i fab Pryderi yn ôl iddi ar ddiwedd y chwedl.

Barn rhai haneswyr llenyddol yw mai *Sentence Camp* ym mhentref Tredeml, ar y ffordd o Arberth i Ddinbych-y-pysgod, yw lleoliad Gorsedd Arberth. Olion castell tomen a beili yn deillio o gyfnod y Normaniaid yw *Sentence Camp*; a dyma safle cynharaf y castell a godwyd yn nhre Arberth yn ddiweddarach. Ond cred eraill, gyda dadleuon cryf i geisio profi'r ddamcaniaeth, mai Gorsedd Arberth oedd hen enw Banc y Warin (Y Crug Mawr wedyn), y bryncyn uchel sy'n sefyll ar fin y ffordd fawr tua milltir i'r gogledd o dref Aberteifi. Oni ddywedodd Gerallt Gymro yn ei *Itinerarium Kambriae* (*Hanes y Daith trwy Gymru*) ym 1188 fod hud a lledrith yn perthyn i'r bryncyn hwn yn ôl traddodiad y bobl leol? Y mae afonig Arberth hefyd yn llifo yn agos i'r bryncyn ar ei ffordd i ymuno ag afon Teifi yn Llechryd. Nid nepell o'r fan, ac ar lan yr afonig uwchlaw pentref Llechryd, y safai hen blasty Glan Arberth, sydd bellach wedi darfod amdano. Ac, wrth gwrs, fe fyddai Banc y Warin yn agos iawn i Lyn Cuch, y fro goediog yr aeth Pwyll i hela ynddi ar ddechrau'r chwedl.

Wedi i Bwyll briodi Rhiannon y mae rhai o wŷr y wlad yn poeni am nad oes iddo etifedd ac yn galw cyfarfod yn y Preselau. Erbyn hyn mae'r Preselau yn enw ar ryw ddau ddwsin o fryniau a chernydd sy'n ymestyn

1. Dafydd a Rhiannon Ifans, *Y Mabinogion*, Gomer, 1980, 1.

tua phymtheg milltir o'r Frenni Fach ar y ffin â Sir Gaerfyrddin hyd fynydd Carn Ingli yn ymyl Trefdraeth. Ond mae'n ymddangos mai enw ar un llecyn ydoedd yng nghyfnod y chwedlau.

Yn yr Ail Gainc – *Branwen Ferch Llŷr* – cawn yr hanes rhyfedd am y saith gŵr yn dychwelyd i Gymru wedi'r gyflafan erchyll yn Iwerddon. Torasant ben Bendigeidfran eu harweinydd ymaith o'r ysgwyddau i fod yn gwmni iddynt wedi iddo gael ei glwyfo â phicell wenwynig. Yn unol â'i orchymyn ef (cyn torri ei ben) y maent yn treulio pedwar ugain o flynyddoedd hapus yn gwledda ar Ynys Gwales (Grassholm) chwe milltir oddi ar arfordir pegwn eithaf de Sir Benfro, cyn cychwyn drachefn ar eu taith i'r Gwynfryn yn Llundain. Ar dir a daear Sir Benfro y lleolir y Drydedd Gainc – *Manawydan Fab Llŷr* – hefyd yn bennaf. (Cofier fod yr hen Ddyfed yn cynnwys pump o gantrefi Sir Benfro ynghyd â Chantref Emlyn a Chantref Gwarthaf yng ngorllewin Sir Gaerfyrddin). Y llys yn Arberth a thiriogaeth Dyfed wedi ei throi yn wlad anghyfannedd yw canolbwynt y stori. Ar ddiwedd y chwedl hefyd y mae Manawydan yn mynd ati i geisio crogi llygoden (gwraig ifanc wedi ei rhithio) ar fryncyn Gorsedd Arberth ac yn llwyddo i waredu'r 'hud ar Ddyfed'. Dywedir ar ddiwedd chwedl Manawydan, wrth sôn am garchariad Pryderi a Rhiannon, 'Ac oherwydd y carchariad hwnnw y gelwid y chwedl honno Mabinogi Mynweir a Mynordd'. Myn rhai ysgolheigion, yr Athro Loth yn fwyaf arbennig, mai plwyf Mynwar (Minwear) rhwng Arberth a Hwlffordd yw 'Mynwair' y *Mabinogi*. Un o gymeriadau allweddol y chwedl yw Llwyd fab Cilcoed, y 'dihiryn' a roes yr hud ar Ddyfed. Y mae Loth o'r farn eto mai Llwyd *o* Gilcoed a olygir, ac nad oes yr un amheuaeth nad ffarm Kilcot yn ardal Mynwar yw'r Cilcoed sy'n digwydd yn y chwedl. Yn y Bedwaredd Gainc eto – *Math Fab Mathonwy* – y mae sôn am Bryderi yn arglwydd ar saith cantref Dyfed ynghyd â chantrefi eraill ym Morgannwg, Ceredigion ac Ystrad Tywi.

Gwelir, felly, fod yr enwau lleoedd yn Sir Benfro sy'n digwydd yn y Mabinogi yn lledu dros rannau helaeth o'r sir – y gogledd, y de, y gorllewin a'r dwyrain fel ei gilydd. Mae'n wir dweud hefyd mai toreth o draddodiadau llafar a ffurfiwlâu wedi eu cydgysylltu a'u cydblethu yw cynnwys *Pedair Cainc y Mabinogi*. Ond fe aeth rhywun ati i'w cyflwyno yn un cyfansoddiad ar femrwn a rhoi iddo wedd a diwyg llenyddol. Nid oes unrhyw sicrwydd pendant ynglŷn â phwy yw'r 'awdur'. Y farn gyffredinol yw mai un gŵr a roes y cyfan wrth ei gilydd yn ei ffurf derfynol. Ond diddorol, a dweud y lleiaf, yw sylwadau Sioned Davies yn ei chyfrol *Crefft y Cyfarwydd* (1995) pan ddywed fod 'sawl ysgolhaig' o'r farn mai Sulien Ddoeth (c. 1010-91) a fu'n esgob Tyddewi am ddau gyfnod yw awdur y *Pedair Cainc.*

Math arall o lenyddiaeth gynnar sydd â chysylltiadau penodol â Sir Benfro yw Bucheddau'r Saint. Y bumed a'r chweched ganrif oedd oes aur y seintiau yng Nghymru. Ond mae'r Bucheddau yn perthyn i gyfnod diweddarach o lawer. Yn y ddeuddegfed ganrif y lluniwyd y rhan fwyaf ohonynt. Hanes honedig y seintiau yw'r Bucheddau ac maent yn cynnwys y gymysgfa ryfeddaf o lên gwerin a thraddodiadau llafar ynghyd â rhywfaint o'r hyn y gellir ei alw, efallai, yn 'ffeithiau hanesyddol' yn ymwneud â bywyd y sant ei hun. Llenyddiaeth propaganda oedd y Bucheddau. Fe'u hysgrifennwyd, yn ôl pob tebyg, i hyrwyddo buddiannau'r eglwys (neu o leiaf un o'r eglwysi) a gysylltid ag enw'r sant hwnnw. Y mae'r cynnwys, bron yn ddieithriad, yn ymdrin yn helaeth â'r ysbrydol a'r goruwchnaturiol, a rhoddir pwyslais mawr ar allu'r saint i gyflawni gwyrthiau. Dylid nodi hefyd mai yn Lladin y lluniwyd y Bucheddau. Ond fe droswyd rhai ohonynt i'r Gymraeg mewn cyfnodau diweddarach.

*Buchedd Dewi* yw un o'r pwysicaf o Fucheddau'r Saint. Ysgrifennwyd hi tua 1090 gan Rigyfarch, mab Sulien, esgob Tyddewi, y soniwyd amdano eisoes. Ysgrifennwyd Buchedd arall i Ddewi tua 1200 gan Gerallt Gymro yn seiliedig ar waith Rhigyfarch; a cheir talfyriad Cymraeg hefyd o'r Fuchedd wreiddiol yn *Llyfr Ancr Llanddewi Brefi* (1346). (Erbyn hyn y mae *Buchedd Dewi*, gol. D. Simon Evans, 1959, yn un o drysorau ein llenyddiaeth). Brodor o Lanbadarn Fawr oedd Rhigyfarch ac ysgolhaig nodedig yn ei ddydd. Y mae'n naturiol mai Tyddewi, lle y bu ei dad yn esgob, oedd ei eglwys ef. Mae'n ymddangos mai ei fwriad wrth ysgrifennu'r Fuchedd (i ddyrchafu sant lleol) oedd ceisio amddiffyn hawliau Tyddewi rhag ymyrraeth y Normaniaid a'i chadw yn annibynnol ar Gaer-gaint. Ni lwyddodd yn ei fwriad, ond fe lwyddodd i hyrwyddo bri ac enwogrwydd Dewi Sant.

Y mae i ardal Tyddewi (Mynyw oedd yr hen enw) le amlwg a chanolog yn *Buchedd Dewi*. Dywed Rhigyfarch i Badrig ddod o Geredigion i Lyn

Rhosyn gan fwriadu aros yno i wasanaethu Duw. (Glyn Rhosyn yw enw'r gweundir neu'r dyffryn garw sy'n ymledu o'r fan lle saif yr Eglwys Gadeiriol i gyfeiriad arfordir y de). Ond daeth angel ato a dweud fod y lle wedi ei neilltuo i fab na aned mohono eto, ond a enir ymhen 30 mlynedd. Dywedodd wrtho drachefn:

> 'Padrig, bydd lawen, yr Arglwydd a'm hanfonodd atat i ddangos iti Ynys Iwerddon o'r eisteddfa sydd yng Nglyn Rhosyn (ac a elwir yr awr hon Eisteddfa Badrig). Canys ti a fyddi apostol yn yr ynys a weli, a thi a ddioddefi lawer yno o gariad Duw, a Duw a fydd gyda thi, beth bynnag a wnelych.'[2]

Yn unol â gorchymyn yr angel aeth Padrig i'r porthladd (Y Traeth Mawr wrth droed Carn Llidi yn ôl y traddodiad) a hwylio i Iwerddon.

Ymhen 30 mlynedd fe ddaeth Sant, brenin Ceredigion, i Ddyfed a threisio lleian o'r enw Non. Ganed iddi fab a elwid yn Dewi. Pan oedd hi yn esgor fe ddaeth storm o fellt a tharanau a holltwyd y garreg oedd gyferbyn â'i phen yn ddau hanner. Ni ddywedir yn y Fuchedd ym mha le yn union y ganed Dewi, ond dywed y traddodiad lleol mai'r llecyn lle saif Capel Non heddiw oedd man geni nawddsant ein cenedl. Mae'n ddiddorol hefyd fod y garreg y dywedir iddi hollti'n ddwy ar enedigaeth Dewi wedi ei dodi yn sylfaen yr allor yn y capel bach a adeiladwyd ym 1934. Nid yw'n syndod yn y byd fod Eglwys Non yn un o brif atynfeydd y pererinion a'r twristiaid sy'n tyrru i Dyddewi bob blwyddyn.

Dywedir yn y Fuchedd hefyd fod ffynnon wedi ymddangos o'r ddaear pan gafodd Dewi ei fedyddio gan Eilfyw, nawddsant Munster. Yr oedd eglwys Eilfyw (St Elvis) ar ben rhiw Solfach, rhyw bedair milltir o Dyddewi. Ond dywed Gerallt Gymro mai ym Mhorth Clais, rhyw filltir o'r ddinas, lle mae afon Alun yn llifo i'r môr, y bedyddiwyd ef. Dywed Rhigyfarch i Ddewi gael ei addysg gynnar yn Vetus Rubus a gyfieithwyd yn 'Hen-llwyn' yn Llyfr yr Ancr. Y mae Gerallt Gymro yn honni fod y lle hwn yn ymyl Tyddewi; a'r hanesydd Wade Evans o'r farn mai Henfynyw ger Aber-aeron yn Sir Aberteifi ydyw. Ceir dadl ddiddorol gan J. J. Evans hefyd yn *Dewi Sant a'i Amserau* (1963) lle mae'n rhoi ei resymau ef dros gredu mai

---

2. D. Simon Evans, *Buched Dewi*, GPC, 1994, 2. Diweddarwyd yr orgraff.

yn y Tŷ Gwyn, hen fynachlog ar lethr Carn Llidi, yr addysgwyd Dewi –
cyn iddo fynd i ysgol Paulinus yn Sir Gaerfyrddin.

Wedi i Ddewi fynd ar bererindod drwy Gymru a Lloegr fe ddychwel-
odd eto i Lyn Rhosyn. Gwrthwynebwyd ei arhosiad gan Boia, y pennaeth
Gwyddelig lleol (y mae bryncyn Clegyr Boia ryw filltir o Dyddewi ar y
ffordd o Borth Stinan i Borth Clais). Yma hefyd y cawn yr hanes am
Satrapa, gwraig y pennaeth, yn rhoi gorchymyn i'w llawforynion ym-
drochi'n noethlymun yn afon Alun i geisio ennyn chwantau'r sant
a'i ddilynwyr. Ond y diwedd fu i Dewi ennill y dydd wedi i Boia gael ei
ladd gan un o'i elynion. Yno yng Nglyn Rhosyn y sefydlodd y gell neu'r
fynachlog y credir iddi fod yn sylfaen i'r Eglwys Gadeiriol.

Buchedd arall sy'n gysylltiedig â Sir Benfro yw Buchedd Sant Brynach.
Fe'i cedwir yn llawysgrif *Cotton Vespasian A XIV* a ysgrifennwyd yn ôl pob
tebyg tua'r unfed ganrif ar ddeg. Ceir talfyriad ohoni hefyd yn *Nova
Legenda* (Copgrave) a ddyddiwyd ym 1360. Cedwir y ddwy lawysgrif yn
y Llyfrgell Brydeinig. Oherwydd yr holl fanylion lleol a gynhwysir yn y
Fuchedd y mae'n amlwg iddi gael ei llunio gan ŵr o Gemais, Sir Benfro.

Dyma yn fras yw stori ei fywyd. Gwyddel oedd Brynach a ddaeth i
Gymru i fod yn gaplan i Frychan Brycheiniog. Yr un fath â llawer o saint
ei gyfnod fe aeth ar bererindod i Rufain. Wedi ffarwelio â Rhufain bu'n
cenhadu yn Llydaw am rai blynyddoedd. Ond penderfynodd ddychwelyd
i Gymru. Casglodd ei ddilynwyr ynghyd a glanio yn Aberdaugleddau.
Ond erbyn hyn yr oedd llawer o bobl Cymru wedi troi'n elyniaethus tuag
at y Gwyddelod. Ni chafodd Brynach fawr o groeso yn Sir Benfro.
Crwydro o le i le fu ei hanes ef a'i ddilynwyr am gyfnod hir. Dywedir
iddynt orfod cysgu mewn tŷ gwartheg yn Llanboidy a llochesu mewn
ogof yng Nghilymaenllwyd. Fe'u gyrrwyd yn ddidrugaredd o'r Bont-faen
a Dinas hefyd gan agwedd elyniaethus y brodorion lleol. (Yn rhyfedd
iawn, sefydlwyd eglwys yn enw Sant Brynach yn y ddau le yn ddiwedd-
arach). Mae'n ymddangos fod y sant wedi troi'n ffoadur yn ei wlad ei
hun. Ond eto, ar yr un pryd, mae'n deg dweud fod croeso iddo hefyd
mewn rhai ardaloedd. Ni ffarweliodd Brynach â Gogledd Penfro. Ond un
diwrnod fe welodd angel yn ymddangos mewn breuddwyd ac yn dweud
wrtho, 'Dos yn dy flaen, ac fe weli hwch wen a pherchyll ganddi, a bydded
iti aros yno'. Gwireddwyd ei eiriau. Yn fuan wedyn fe welodd Brynach yr

hwch wen a'i pherchyll ar lan yr afonig Caman ym mhlwyf Nanhyfer; ac aeth ati i sefydlu eglwys yn y fan a'r lle. Daeth Nanhyfer yn ganolfan sefydlog i'r sant o Wyddel.

Nid yw'n fwriad yn y Rhagymadrodd i ymdrin â'r holl chwedlau lleol sy'n gysylltiedig â Brynach – yr hanes amdano yn cyfathrachu â'r angylion ar gopa Carn Ingli; yn gwrthdaro â Maelgwn Gwynedd pan oedd hwnnw ar ei ffordd i'r de i gasglu trethi; yn defnyddio ceirw i gludo coed o fforest gyfagos; yn gyrru blaidd i gyrchu'r gwartheg ar lethrau Carn Ingli; ac yn rhoi lletyr i Ddewi Ddyfrwr pan oedd y sant ar ei ffordd o Dyddewi i Landdewibrefi yng Ngheredigion. Nid oes pall ar yr 'hanesion' sy'n cysylltu Brynach â thiriogaeth Cemais.

Ond yr un fath â Bucheddau'r seintiau eraill, cymysgfa o chwedlau sydd weithiau'n gymhleth ac yn croes-ddweud ei gilydd yw Buchedd Sant Brynach hefyd. Yn wir, aeth rhai cyn belled ag awgrymu na fu'r fath berson yn bodoli o gwbl; ac mai cymeriad a ddyfeisiwyd yn y chwedlau ydyw i fod yn symbol o hynt a helynt yr Eglwys Geltaidd yn ei chyfnod bore. Y mae hon yn ddamcaniaeth sydd heb ei phrofi. Ond mae'n arwyddocaol fod chwech o eglwysi gogledd Sir Benfro a dwy ar y ffin â Sir Gaerfyrddin yn dwyn ei enw.

Sant arall sy'n hawlio lle amlwg yn hanes ei sir enedigol yw Teilo. Lluniwyd Buchedd Teilo yn y ddeuddegfed ganrif a digwydd dau fersiwn ohoni. Y gynharaf o'r ddwy yw'r un yn llawysgrif *Cotton Vespasian A XIV*, a cheir y llall, sy'n cynnwys nifer o ychwanegiadau, yn *Llyfr Llandaf.* Ganed Teilo ym Mhenalun nid nepell o Ddinbych-y-pysgod tua 480 O.C. Fe'i cysylltir yn bennaf â Llandaf, a dywedir iddo dreulio ei flynyddoedd olaf ym mynachlog Llandeilo Fawr yn Sir Gaerfyrddin. Y mae un chwedl ddiddorol yn gysylltiedig â'i farw. Roedd cynrychiolwyr o Benalun, Llandaf a Llandeilo Fawr yn hawlio ei gorff. Ar ôl tipyn o ddadlau aethant i gysgu'r nos heb ddatrys yr anghydfod. Wedi iddynt ddihuno'r bore wedyn yr oedd gwyrth wedi ei chyflawni. Yr oedd tri chorff marw o'r sant – pob un yn union yr un fath – yn disgwyl ar gyfer eu claddu. Felly, cafodd pawb ei ddymuniad!

Ond, fel y dywedwyd eisoes, y mae'r gymysgfa o chwedlau a gynhwysir yn y Bucheddau yn aml iawn yn croes-ddweud ei gilydd. Y mae chwedl arall yn gysylltiedig â marw'r sant. Dywed y chwedl honno fod morwyn a oedd yn hanu o Landeilo Fach, Sir Benfro, yn gweini ar y sant ar ei wely angau. Yn ôl y chwedl, yr oedd Teilo, 'wrth farw', wedi rhoi gorchymyn iddi ddwyn ei benglog o'i fedd yn Llandeilo Fawr ymhen blwyddyn ar ôl ei gladdu, a mynd â hi i'w chadw yn ei chynefin hi yn Llandeilo Fach (Llandeilo Llwydarth), Sir Benfro. Gweithred yn ôl y chwedl a fyddai'n 'dwyn gogoniant i Dduw a bendith i ddyn'. (Cedwid penglog yr honnid iddi fod yn benglog Sant Teilo yn Ffermdy Llandeilo Isaf, Sir Benfro, am dair canrif. Ond stori arall yw honno). Mae'n ymddangos mai math o chwedl 'esboniadol' sydd yma, stori wedi ei dyfeisio i gysylltu'r sant â Llandeilo Fach, a stori yn nhraddodiad y chwedlau ffug-esbonio sy'n digwydd mor aml mewn straeon llên gwerin ac yn rhai o chwedlau'r Mabinogi hefyd.

Dosbarth arall o ryddiaith sy'n perthyn i'r Oesoedd Canol yw'r corff o gyfreithiau a elwir yn Gyfraith Hywel. Mae'n deg dweud mai ei chyfreithiau ei hun a'i hiaith ei hun a roes i Gymru yn y cyfnod hwn ei harbenigrwydd a'i hunaniaeth fel cenedl. Cadwyd copïau o Gyfraith Hywel inni mewn tua 40 o lawysgrifau sy'n perthyn i'r Oesoedd Canol a rhai eraill yn perthyn i gyfnodau diweddarach.

Dywedir yn 'Rhaglith' y rhan fwyaf o'r cyfreithiau fod Hywel ap Cadell (a ddaeth yn frenin 'Cymru oll' yn 942) wedi galw cynhadledd fawr yn Hendy-gwyn ar Daf i roi trefn ar gyfreithiau'r wlad:

> Hywel Dda fab Cadell, trwy ras Duw Brenin Cymru oll, a welodd y Cymry yn camarfer cyfreithiau a defodau, ac am hynny fe ddyfynnodd ato, o bob cwmwd o'i deyrnas, chwech o wŷr a oedd yn ymwneuthur ag awdurdod ac ynadaeth a holl eglwyswyr y deyrnas a oedd yn ymarfer â theilyngdod baglau, megis archesgob Mynyw, ac esgobion, ac abadau, a phrioriaid, i'r lle a elwir y Tŷ Gwyn ar Daf yn Nyfed . . . Ac fe drigodd y brenin a'r gynulleidfa honno yno trwy'r Grawys oll i weddïo Duw trwy ympryd llwyr, ac i erchi bendith ar ddarpariaeth y brenin i wella cyfreithiau a defodau Cymru.[3]

Saif Hendy-gwyn ar Daf ar y ffin rhwng Sir Benfro a Sir Gaerfyrddin a'r dref ei hun yn hawlio rhywfaint o diriogaeth y ddwy sir fel ei gilydd.

---

3. Stephen J. Williams, *Detholion o'r Hen Gyfreithiau Cymreig*, GPC, 1938, 1.

Ond bregus, a dweud y lleiaf, yw'r dystiolaeth am y gynhadledd hon. Nid oes yr un copi wedi ei gadw inni o ddogfen gyfreithiol a luniwyd yn Hendy-gwyn. Ond dywed yr hanesydd John Davies yn ei gyfrol *Hanes Cymru* (1990) ei bod hi'n gwbl gredadwy mai yng nghyffiniau Hendy-gwyn ar Daf, nid nepell o'r ffin rhwng Dyfed a Seisyllwg, y cynhaliwyd y gynhadledd i gyfundrefnu'r cyfreithiau. Dywed Morfydd E. Owen hefyd yn *Y Traddodiad Rhyddiaith yn yr Oesau Canol* (gol. Geraint Bowen) fod nifer o resymau dros gredu fod cnewyllyn y traddodiad yn ddilys. Hywel Dda oedd un o'r ychydig frenhinoedd a lwyddodd i ddod â Chymru gyfan bron dan ei awdurdod. Yr oedd Hywel mewn cysylltiad agos â llys brenhinoedd Wessex a'r brenhinoedd hynny yn ymddiddori mewn rhoi trefn ar eu cyfreithiau eu hunain. Oni fyddai'n naturiol iddo geisio eu hefelychu? Y mae rhesymau hefyd dros gredu fod y llyfrau cyfraith wedi eu had-drefnu gan frenin oherwydd y lle blaenllaw a roddir i 'lys y brenin' yn y gyfundrefn gyfreithiol; ac mae'r ffaith fod cymaint o ddeunydd yn gyffredin i'r testunau i gyd yn awgrymu fod un weithred olygyddol fawr y tu ôl i'r cwbl. Y mae'n rhesymol i gredu fod a wnelo Hywel Dda o leiaf rywbeth â'r Gyfraith sy'n dwyn ei enw.

Y mae'r cyfreithiau hefyd yn ddarnau unigryw o lenyddiaeth. Nid arddull flodeuog y chwedlau sydd yma; ond arddull foel, gryno a diwastraff. Nid ymhyfrydu mewn ceinder geiriau oedd byd y cyfreithiwr ond mynd ati i ddefnyddio rhyddiaith at bwrpas ymarferol i ddiffinio a disgrifio'n fanwl. Eglurder mynegiant yw un o gryfderau llenyddol Cyfraith Hywel. Y mae'r gystrawen hefyd yn ystwyth, yn rhugl a di-straen. Diddorol hefyd yw'r diarhebion a'r dywediadau bachog sy'n cael eu defnyddio weithiau i gyfleu a chrynhoi rhyw amod cyfreithiol. Ond gwerth llenyddol pwysicaf y cyf-reithiau yw dangos fod yr iaith Gymraeg yn y cyfnod hwn yn cynnwys toreth o eiriau a thermau technegol ag iddynt ystyron pendant a manwl. Rhyddiaith y meddwl ydyw yn canolbwyntio ar reswm a deall, trefn ac eglurder. Y mae'r cyfreithiau hefyd, o'u defnyddio yn ofalus, yn ddrych o nodweddion y gymdeithas, ei chryfderau a'i ffaeleddau, yng Nghymru'r Oesoedd Canol.

Llenor a gysylltir i raddau helaeth â Sir Benfro yw Gerallt Gymro (c.1146-1223). Ganed ef yng nghastell Maenorbŷr yn fab i William de Barri a'i wraig Angharad; a chredir hefyd mai yn Eglwys Gadeiriol

Tyddewi y claddwyd ef. Cafodd Gerallt Gymro yrfa academig ddisglair. Ei brif uchelgais oedd cael ei ddyrchafu'n Esgob Tyddewi; a siom fawr ei fywyd oedd i'w gais gael ei wrthod ddwywaith. Yr oedd Gerallt hefyd yn llenor toreithiog. Ei waith pwysicaf mewn perthynas â Sir Benfro yw *Hanes y Daith drwy Gymru*. Ef oedd cydymaith yr Archesgob Baldwin ar ei gylchdaith bregethu i annog milwyr o Gymru i fynd i'r Dwyrain i ymladd yn y Drydedd Groesgad ym 1188. Y daith hon a roes iddo'r cyfle i ysgrifennu hanes rhannau helaeth o wlad ei eni. Yn Lladin yr ysgrifennai Gerallt; a mawr yw ein dyled i'r Athro Thomas Jones (1910-72) am gyfieithiad Cymraeg clasurol o *Hanes y Daith* (1938).

Y mae'r *Daith* yn Sir Benfro yn ein dwyn o Hendy-gwyn ar Daf i Hwlffordd, o Hwlffordd i Dyddewi, ac o Dyddewi ar draws Cantref Cemais i Landudoch, cyn troi o gwmpas afon Teifi a symud ymlaen i Genarth yng Nghantref Emlyn. Y mae ganddo lygad craff a manwl i sylwi ar nodweddion daearyddol y wlad o'i gwmpas a chreu darlun byw o'r tirlun. Diddorol yw ei ddisgrifiad o dref fwrdais Penfro ar 'ucheldir caregog a chul o graig'; yr amrywiaeth o olygfeydd – môr a choedlannau – o gwmpas Maenorbŷr; llwydni a moelni'r wlad ar Benrhyn Dewi; y darlun manwl o foncyffion coed y cynoesoedd wedi ymwthio i'r wyneb ar draeth Niwgwl; a'r eogiaid yn llamu yn afon Teifi yn Llandudoch. Y mae wrth ei fodd hefyd yn esbonio enwau lleoedd – yr eglurhad ysgolheigaidd o'r enw Penfro (Pen y fro); a'r stori ddiddorol sydd y tu ôl i ystyr yr enw Llech Lafar, y bont sy'n croesi afon Alun yng Nglyn Rhosyn. Ond casgliad o hanesion o bob math, yn tarddu o ymateb yr awdur i'r lleoedd y bu'n ymweld â hwy, yw corff *Y Daith drwy Gymru*. Mae'n wir fod yma weithiau rai cyfeiriadau hanesyddol fel enwau preswylwyr a gwarcheidwaid y cestyll, a rhestr hir o enwau cyn-esgobion Tyddewi; ond mewn adrodd stori, a hynny mewn dull hwyliog a diddorol, y mae prif ddiddordeb Gerallt Gymro. Difyr, a dweud y lleiaf, yw hanes y bobl yn ymateb i'r alwad i ymuno â'r groesgad; a'r doreth o lên gwerin a chwedlau lleol yn ymwneud â'r ardaloedd oedd ar lwybr *Y Daith*. Dyma un o'i hanesion yn ymwneud â thiriogaeth Cemais:

> Yn awr yn ein hamser ni, ynteu, digwyddodd i ryw was ieuanc o'r ardal hon ddioddef y fath erledigaeth yn ei wely cystudd gan

frogaod ag yr ymgynullent i gyd o'r holl dalaith, fel petai o gyd-fwriad, yn ei erbyn. Ac ar ôl lladd, gan ei wylwyr a'i gyfeillion, nifer dirifedi ohonynt, bob tro tyfasant yn ôl heb rif, fel petaent bennau Hydra, gan ddygyfor o bob man. O'r diwedd, wedi i bawb, yn gyfeillion yn ogystal ag yn ddieithriaid, flino'n lân, dyrchafwyd ef mewn rhyw grog-wely i goeden dal wedi ei hysgythru o'i dail, ac wedi ei llyfnhau. A hyd yn oed yno nid oedd yn ddiogel rhag ei elynion gwenwynllyd: yn wir, ar eu gwaith yn ymlusgo i fyny'r goeden, ceisiwyd ef yn ddi-ildio, a threngodd wedi ei fwyta hyd at yr esgyrn. Enw'r gwas ieuanc ydoedd Seisyllt Esgair Hir, hynny yw, Coes Hir.[4]

Ond eto i gyd, er bod ganddo gloddfa o straeon blasus wrth ei benelin, ei adnabyddiaeth o'r natur ddynol yw un o ragoriaethau pennaf Gerallt Gymro fel llenor. Cawn olwg ar rai o nodweddion cymeriad y Ffleming-iaid oedd wedi ymsefydlu yn y de, pobl 'sy'n abl i geisio elw' yn ôl Gerallt; a hefyd y bagad o ofergoelion sy'n perthyn i Gymry gogledd y sir.

Nid yw'r awdur yn petruso i roi ei farn ei hun ar ymddygiad y bobl, ac weithiau mae'n drwm ei lach ar yr anonest a'r dichellgar. Mae'n siarad heb flewyn ar ei dafod hefyd wrth roi ei ffon fesur ar gymwysterau (neu ddiffyg cymwysterau) a gweithredoedd Bernard fel esgob Tyddewi; ac yn fawr ei gerydd i Rhys ap Gruffydd (Yr Arglwydd Rhys) am ddwyn castell Nanhyfer oddi ar William Fitzmartin, ei fab-yng-nghyfraith, a thorri amod o wnaethai ynghynt. Eto, mae'n eironig braidd, ei fod yn rhoi gair da i Rhys pan ddaeth i gyfarfod â Baldwin a'i fintai yn Llandudoch a'u 'lletya'n addfwyn' dros nos.

Ni ellir anwybyddu, ychwaith, sylwadau hanner cellweirus a lledddychanol yr awdur, sy'n digwydd dro ar ôl tro, wrth iddo gyfeirio at bobl a digwyddiadau nad ydynt at ei ddant. Wrth sôn am Dyddewi fel pen Cymru a dinas ei harchesgob gynt dywed fod ganddi heddiw 'fwy o enw'r peth nag o'i ynni', a'i fod ef ei hun yn wylo ac igian yn ddagreuol dros 'weddillion hanner-clwyfedig ein mam hynafol'. Wedi adrodd yr hanesyn am geraint ac 'anwyliaid' Gerald Fitzmartin yn dial ar drigolion

---

4. Thomas Jones, *Gerallt Gymro*, GPC, 1938, 112-3.

Camros mae'n ychwanegu'r sylw crafog 'er nad oeddynt yn anwyliaid yn hyn o beth!' Mae sylwadau o'r fath yn tynnu hanner gwên ar wyneb y darllenydd. Yn yr un modd dywed am Lyn Rhosyn, mangre'r Eglwys Gadeiriol yn Nhyddewi, 'gellid ei alw yn Glyn y Marmor yn hytrach na Glyn Rhosyn, oherwydd y mae ynddo gyflawnder ddigon o farmor, ond ychydig iawn o rosynnau!' Gellid amlhau enghreifftiau o'i hiwmor tawel a'i ddychan cynnil.

Wrth ddilyn y daith swyddogol yng nghwmni Baldwin y mae Gerallt weithiau yn cyfeirio at ardaloedd cyfagos hefyd. Daw ei frogarwch mawr i'r amlwg wrth iddo ddisgrifio cymdogaeth Maenorbŷr – man ei eni. Wedi iddo gyflwyno'r tirlun a sôn am fywoliaeth y bobl cawn ymateb yr awdur ei hun i ardal ei fagwraeth:

> O holl diroedd Cymru i gyd, ynteu, Dyfed, a gynnwys saith gantref, yw'r prydferthaf, a'r mwyaf dewisol oll; ac o Ddyfed, Penfro; ac o Benfro, y wlad a ddisgrifiwyd uchod. Mae'n dilyn, gan hynny, mai'r man hwn yw'r hyfrytaf oll o Gymru i gyd.[5]

Dyma ddweud go dda gan awdur a deithiodd yn helaeth ar hyd a lled gwledydd Prydain a'r cyfandir. Ond nid yw'r cyfan yn fêl i gyd. Y mae'r paragraff sy'n dilyn yn dangos fod 'ysbrydion aflan' yn llechu yn y parthau hyn hefyd. Ceisiodd yr awdur fod yn deg ac yn gytbwys, a rhoi i'r darllenydd y ddwy ochr i bob stori.

Mae Gerallt wrth ei fodd yn sylwi ar arferion adar ac anifeiliaid. Diddorol yw ei hanesyn cyffrous yn esbonio paham yr oedd Harri II yn anfon bob blwyddyn am hebogiaid wedi eu deor ar greigiau arfordir Penfro. Mae'n hoff iawn hefyd o ddefnyddio hanesion am greaduriaid bychain, y wenci yn fwyaf arbennig, fel rhyw fath o ddameg neu foeswers (gan amlaf mewn achos o ddial) sy'n ein hatgoffa am *Chwedlau Aesop*. Yr un mor drawiadol hefyd yw dawn yr awdur i greu awyrgylch mewn lleoedd nodedig. Dywed am y cigfrain yn ardal Tyddewi eu bod 'mor ddof, fel petai, â llawfaeth, oherwydd iddynt hir ymarfer â'r heddwch a ddangosid tuag atynt gan glerigwyr yr eglwys, fel na chiliant rhag dynion wedi eu gwisgo mewn du.'

---

5. ibid., 93.

Ond prif nodwedd y *Daith* yw bod y darllenydd yn teimlo ei fod yng nghwmni'r awdur o'i dechrau i'w diwedd. Y mae'r cwmnïwr a'r llenor wedi eu cydblethu yn y dweud. Cyflwynwyd y cyfan ar ffurf dyddiadur, gydag amrywiaeth anhygoel o chwedlau a gwybodaeth. Y mae Gerallt Gymro yn *Hanes y Daith drwy Gymru* wedi rhoi inni bortread diddorol a dadlennol o Sir Benfro ei gyfnod ef.

Dosbarth arall o lenyddiaeth a gysylltir yn uniongyrchol â Sir Benfro yw'r chwedlau a elwir yn llên y bonheddig. Yr oedd yng Nghymru'r Oesoedd Canol dri dosbarth o chwedlau. Y dosbarth mwyaf adnabyddus, efallai, yw'r Mabinogi a'r chwedlau cyffelyb oedd yn cael eu hadrodd gan y cyfarwyddiaid yn y llysoedd a thai'r uchelwyr. Dosbarth toreithiog hefyd yw'r chwedlau llên gwerin, corff eang o lenyddiaeth sy'n bwrw golwg ar arferion, traddodiadau a helyntion y bobl gyffredin. Ond yr oedd gan y gwŷr mawr hefyd eu casgliadau preifat o chwedlau. Fe'u gelwir yn llên y bonheddig. Math o chwedlau 'cyfrinachol' oeddynt yn ymwneud gan amlaf â hynafiaid teuluoedd arbennig o uchelwyr, yn cael eu cadw a'u trosglwyddo o genhedlaeth i genhedlaeth o fewn cylch y teulu hwnnw. Ymhlith y prif themâu yr oedd chwedlau yn ymwneud ag achyddiaeth y teulu, chwedlau am ysbrydion yr honnid eu bod yn dal eu gafael ar rai o gartrefi'r pendefigion, cweryl teuluol, dial, gwrhydri, priodasau rhamantus, a helyntion carwriaethol. Ond dywed Francis Jones yn *Trafodion y Cymmrodorion* (1953) mai'r chwedlau yn ymwneud ag achyddiaeth y teuluoedd yn unig sy'n perthyn yn gyfan gwbl i draddodiad llên y bonheddig. Y mae themâu eraill i'w gweld mewn chwedlau cyffelyb yn y traddodiad swyddogol a'r straeon llên gwerin hefyd. Gan mai casgliadau preifat oedd llên y bonheddig y canlyniad oedd i'r chwedlau fynd ar goll wedi i deuluoedd yr uchelwyr a'r gwŷr mawr ddiflannu o'r tir. Dywed Francis Jones eto (*Trafodion y Cymmrodorion*) mai'r chwedlau a gynhwysir yn llawysgrifau George Owen, Henllys (*Egerton MS2586* a gedwir yn y Llyfrgell Brydeinig) – hyd y gwyddom – yw'r unig enghreifftiau sydd wedi goroesi o lên y bonheddig.

Tirfeddiannwr yn ardal Llandudoch yn yr ail ganrif ar bymtheg oedd David Thomas, Parc-y-prat, a oedd yn honni ei fod yn un o ddisgynydd-ion Gwynfardd Dyfed. Ni wyddys fawr o ddim am Gwynfardd ar wahân i'r cyfeiriadau ato mewn chwedlau ac achresi. Ond mae'n arwyddocaol fod tua 150 o deuluoedd bonheddig Sir Benfro, y rhan fwyaf ohonynt yng Nghemais, yn olrhain eu hachau yn ôl iddo ef. Rywbryd cyn 1588 fe aeth David Thomas ati, ar gais yr hanesydd a'r hynafiaethydd George Owen, i baratoi achres faith o'i linach nodedig. Yn ogystal â chofnodi enwau ei dylwyth fe gynhwysodd David Thomas yn y llawysgrif honno rai o'r chwedlau teuluol a glywsai gan ei dad. Erbyn hyn y mae'r cwbl wedi ei gynnwys yn *Egerton MS 2586*.

Yr hen Ddyfed yw cefndir y chwedlau i gyd. Gogledd Sir Benfro yw llwyfan y rhan fwyaf o'r digwyddiadau ynghyd â rhai cyfeiriadau at leoedd yn ardal Aberteifi a hefyd yn ne Sir Benfro. Disgynyddion Gwynfardd Dyfed yw'r cymeriadau i gyd. Ond mae'n deg dweud hefyd mai storïau ydynt sy'n ceisio profi rhyw bwynt neu ddyletswydd neu statws arbennig yn hanes y teulu. Y mae'r chwedl gyntaf yn y casgliad yn adrodd yr hanes am Elen ferch Cadwgan Ddu (uchelwr o gyffiniau Aber-porth) yn mynd i Ffair Gurig yn Nhrefdraeth ac yn syrthio mewn cariad â Gwilym ab Owain o Goed Cil-rhydd ym mhlwyf Nanhyfer. Yn anffodus, iddi hi, yr oedd Gwilym yn ŵr priod. Ond roedd y ferch dros ei phen a'i chlustiau mewn cariad ac ni allai fwyta na chysgu o'r herwydd. Aeth ar ei hunion i gartre' Gwilym yng Nghoed Cil-rhydd. Fel mae'n digwydd yr oedd Gwilym allan yn hela ar y pryd. Manteisiodd Elen ar y sefyllfa drwy ddweud wrth ei wraig ei bod wedi dod yno i ofyn ffafr ganddi hi. 'Fe gei di unrhyw ffafr gennyf i os yw'r hyn a ofynni amdano yn bosibl' oedd ateb y wraig groesawgar. Achubodd Elen ar ei chyfle. Gofynnodd iddi am ei chaniatâd i gysgu gyda'i gŵr am *un* noson yn unig gan fynd ar ei llw na fyddai'n dod ar gyfyl y lle byth wedyn. Sylweddolodd y wreigdda ar unwaith iddi wneud camgymeriad ac na fedrai bellach dorri ei haddewid. Pan ddaeth Gwilym adre' o'r helfa dywedwyd wrtho am y penderfyniad. Cafodd sioc ei fywyd, ond bu'n rhaid iddo ufuddhau i drefniant y gwragedd. Yn unol â'r 'cytundeb' ffarweliodd Elen â Choed Cil-rhydd y bore wedyn. Ymhen amser ganed mab iddi ac fe enwyd hwnnw yn Gwilym hefyd. Mae'n amlwg mai pwrpas y chwedl yw ceisio dangos fod tad a mam Gwilym, y plentyn anghyfreithlon, ill dau o dras fon-heddig.

Swyddogaeth debyg sydd i'r ail chwedl yn y casgliad hefyd sydd yn gosod y sefyllfa yn glir a diamwys yn y paragraff cyntaf:

Y owen ap Robert ap Eignon vawr or Koed y Roedd tri o feibion
ar tri brodyr hyn a gydtynysson yndyn y hunein, y drio am y
Living oedd gan y tad hwy. ar un, o alley gael y gore mywn gwrol-
deb y hwnnw fod yn etivedd, ag yr ddoy erill fyned y geiso y living
lle y gwele ddyw fod yn dda.[6]

Stori sydd yma am dri o feibion Owain ap Robert o Goed Cil-rhydd yn
anfodlon ar y drefn (yn ôl y Gyfraith Gymreig) o rannu'r stad yn gyfartal
rhwng y meibion wedi marw'r tad. Penderfynasant fynd i ymladd â'i
gilydd i weld pa un ohonynt oedd y trechaf a gadael i hwnnw hawlio'r
etifeddiaeth gyfan iddo'i hun. Wedi brwydr ffyrnig a digyfaddawd ar
ucheldir Cernydd Meibion Owen yng nghyffiniau Brynberian ni chafodd
yr un ohonynt yr afael drechaf ar y llall ac aethant adref ar ddiwedd
y dydd yn waed a briwiau o'u pen i'w traed. Brawychwyd y fam pan
welodd eu cyflwr truenus a pherswadiodd ei gŵr i roi'r dreftadaeth gyfan
i'r mab hynaf er mwyn osgoi ymladdfa arall. Felly y bu. Ond i wneud
iawn â'r ddau arall rhoddodd Owain un ohonynt i wasanaeth brenin
Lloegr a'r llall i wasanaeth brenin yr Alban.

Hanes Gwilym ab Owain, y mab a gafodd ei roi i wasanaeth brenin
Lloegr, yw ail ran y chwedl. Anfonwyd ef gan y brenin i ymladd mewn
rhyfeloedd yn Ffrainc a gwnaeth enw iddo'i hun fel rhyfelwr medrus cyn
dychwelyd adref i fwrw gwreiddiau yn ardal Nanhyfer. Ei gamp fwyaf
oedd gorchfygu marchog bostfawr o'r enw Tristan a gyfrifid yn ben-
campwr holl fyddinoedd y Ffrancwyr ar faes y frwydr. Yn dilyn ei orchest
annisgwyl fe dderbyniodd arfbais Tristan yn rhodd gan frenin Ffrainc (o
bawb) fel cydnabyddiaeth o'i allu a'i wrhydri fel milwr.

Eto i gyd, er cystal y stori, mae'n ymddangos eto nad yw'r chwedl yn
ddim ond ymgais i egluro sut y daeth yr arfbais 'Cwlwm Tristan' –
sieffrwn a thri chwlwm arian ar darian goch – yn eiddo i Gwilym ab
Owain a disgynyddion y teulu ar ffarm Pentre Ifan. Yn yr un modd y
mae'r chwedl olaf yn y casgliad yn dangos sut y bu i Guhelyn, bardd a
chyfarwydd, sicrhau gwraig a hawlio tiriogaeth yng Nghantref Cemais.
Mae'r chwedlau yn llawn helynt a chyffro, wedi eu hysgrifennu'n syml

---

6. Francis Jones, *Trafodion y Cymmrodorion*, 1953, 77. Codwyd o Egerton MS 2586.

mewn arddull lafar, ac yn gynnil eu gwead. Maent yn bwysig hefyd am eu bod ymhlith yr enghreifftiau prin sydd gennym o Gymraeg tafodieithol Sir Benfro yn Oes Elizabeth.

Y dosbarth mwyaf toreithiog o chwedlau sy'n perthyn i bob sir yng Nghymru, efallai, yw ei llên gwerin. Nid yw Sir Benfro yn eithriad. Ymddangosodd sawl casgliad o lên gwerin Sir Benfro yn Saesneg o bryd i'w gilydd – cyfrolau Brian John yn fwyaf arbennig. (Mae'n dda deall fod casgliad o lên gwerin Sir Benfro i'w gyhoeddi yn y Gymraeg yn y dyfodol agos hefyd). Y traddodiad llafar, pobl yn sgwrsio â'i gilydd yn y gym-dogaeth leol, a fu'n gyfrifol am gynnal a diogelu llenyddiaeth y werin. Yn y dyddiau gynt yr oedd efail y gof, gweithdy'r crydd, y dafarn a'r siop leol yn fagwrfa chwedleua o bob math. Dyma'r adeg yr oedd y ffermwyr yn helpu ei gilydd gyda'r cynhaeaf gwair, y cynhaeaf llafur, codi tatws a dyrnu. Yr oedd tua phymtheg o ffermwyr, efallai, yn eistedd wrth yr un bwrdd i fwyta bwyd wrth helpu cymydog adeg y cynaeafu – a hwy oedd yn lledaenu newyddion y dydd. Yn yr un modd yr oedd cymdogion yn ymweld â'i gilydd ar yr aelwyd gyda'r nos ac yn chwedleua wrth y tân i ddifyrru'r amser. Dim ond nodi ffaith yw dweud fod y teledu erbyn hyn wedi lladd, neu o leiaf wedi newid diwylliant yr aelwyd. Yr oedd y sawl oedd yn gwrando ar stori leol ac yn ei hadrodd hi wedyn yn cynnal y traddodiad. Storïau llafar yn eu gwisg bob dydd o ran iaith a mynegiant oedd y chwedlau gwerin.

Diddorol yw'r mapiau a gynhwysir yn *Fireside Tales from Pembrokeshire*, Brian John (1993), sy'n dangos lleoliad daearyddol y gwahanol fathau o storïau gwerin a gysylltir â Sir Benfro. Y mae'n arwyddocaol hefyd fod y mwyafrif llethol o'r chwedlau wedi eu lleoli yng Nghantref Cemais – yr ardal sy'n ymestyn o Abergwaun i Aberteifi ac sydd hefyd yn cynnwys mynyddoedd y Preselau. Y Gymraeg oedd iaith lafar y parthau hyn (bron yn gyfan gwbl) hyd yn gymharol ddiweddar. Felly, chwedlau Cymraeg yn eu hanfod yw mwyafrif chwedlau gwerin y sir. Mae'n deg dweud fod llawer o ddeunydd y chwedlau swyddogol, y Mabinogi a Bucheddau'r Saint, yn rhan o gynhysgaeth ein llên gwerin hefyd. Ymhlith y rhai mwyaf cyffredin o'r chwedlau lleol y mae storïau am ddewrder a gwrhydri; digwydd-iadau anghyffredin a diddorol; a hanesion yn ymwneud ag arwyr gwerin. Y mae chwedlau hud-a-lledrith; storïau tylwyth teg; chwedlau yn ymwneud â swyngyfaredd a dewiniaeth; a storïau am ysbrydion yn hawlio corff eang o lên gwerin y sir hefyd. Mae argoelion a drychiolaethau yn rhag-fynegi marwolaeth – gweld y gannwyll gorff yn fwyaf arbennig – yn digwydd bron ymhob ardal. Ysgrifennodd Edgar Phillips (Trefin) tua 50 o sgyrsiau radio o bryd i'w gilydd yn sôn am y gannwyll gorff yn ardal ei febyd yn unig.

Dosbarth arall o chwedlau gwerin yw'r storïau sy'n esbonio enwau lleoedd. Digwydd yn aml iawn hefyd fwy nag un stori neu hanesyn lleol yn ymwneud ag enw lle neu ddigwyddiad hanesyddol. Dyma fraslun o un o'r storïau a gysylltir â bedd Morris, y maen hir a osodwyd yn garreg ffin rhwng dau blwyf ar y ffordd o Drefdraeth i Gwm-gwaun:

> Hen leidr pen-ffordd cyfrwys a dichellgar oedd Morris yn byw mewn ogof ar lethrau Carn Ingli. Yr oedd ganddo gi gwyn yn gydymaith iddo. Yn ôl yr hanes yr oedd ymddangosiad sydyn y lleidr yn y llecyn anghysbell hwn yn gorfodi'r teithwyr unig i ildio popeth o werth oedd yn eu meddiant i'w orchymyn bygythiol. Yn wir, yr oedd ofn ar lawer o drigolion yr ardal i dramwyo ffordd y mynydd ar eu pennau eu hunain boed hi'n olau dydd neu'n fag-ddu'r nos. Yn y diwedd, penderfynodd nifer o bobl yr ardal fynd gyda'i gilydd yn un criw dialgar i ymosod ar yr ogof a ystyrid yn gartref parhaol i Morris y lleidr. Fe'i daliwyd yn ddirybudd. Torrwyd gwddf y ci gwyn â chyllell finiog, a chafodd Morris ei hun ei hongian ar grocbren a godwyd ar fin y ffordd i roi terfyn ar ei yrfa ddaearol. Tra oedd ei gorff llipa yn pendilio wrth y cortyn main am ei wddf yn awel y mynydd fe benderfynodd ei ddienydd-wyr godi carreg goffa yn y fan a'r lle. Nid carreg o 'barchus goffadwriaeth' i Morris oedd hi, ond carreg i atgoffa'r cenedlaethau a ddêl nad oedd gweithredu fel lleidr pen-ffordd yn talu i neb![7]

Yn rhyfedd iawn, mewn chwedl arall mae Morris druan yn gariadfab anffortunus a gollodd ei fywyd wrth ymladd â bachgen cyfoethog a oedd yn chwennych yr un ferch; ac yn lleidr defaid a'i crogodd ei hun wrth

---

7. Eirwyn George, *Meini Nadd a Mynyddoedd*, Gomer, 1999, 139-41.

gario dafad ar ei gefn ar hyd llechwedd y mynydd mewn stori ddiwedd-
arach.

Y mae nifer o storïau cyffelyb yn esbonio paham y mae'r ywen yn
'gwaedu' ym mynwent eglwys Nanhyfer; ac yn esbonio ystyr yr enw
Maenclochog; i nodi ychydig o'r chwedlau onomastig sy'n gysylltiedig â
lleoedd yn Sir Benfro.

Ond y fwyaf gwreiddiol o'r holl chwedlau gwerin, efallai, yw'r straeon
am gymeriadau lleol. Shemi Wad (James Wade) o Wdig yw pencampwr y
stori dal neu'r stori celwydd gole; ac y mae Twm Weunbwll, hen lanc o
ffarmwr yn ardal Glandŵr, yn feistr ar ddyfeisio castiau o bob math i gael
dau ben llinyn ynghyd. Y mae digwyddiadau lleol hefyd yn dal i greu llên
gwerin newydd o ddydd i ddydd a dod yn rhan, rywsut, o'r oes fecan-
yddol a chyfrifiadurol sydd ohoni. Mae'r storïau llên gwerin yn dweud
llawer wrthym am y gorffennol, am ein harferion cymdeithasol a chref-
yddol, a'r ffordd o fyw yn y gymdogaeth. Mae'n deg dweud hefyd fod
pawb yn rhan o'r traddodiad; a bod y storïau a ddewisir gennym i'w cofio
a'u hadrodd yn adlewyrchu ein diddordebau a'n safonau ni ein hunain.
Y chwedlau llên gwerin, yn anad yr un math arall o lenyddiaeth, sy'n
adlewyrchu'r gymdeithas yn ei chyfanrwydd.

Deunydd Cristnogol, diwinyddol a Beiblaidd a gynhyrchwyd yn bennaf
gan awduron rhyddiaith y bedwaredd ganrif ar bymtheg a'r ddeunawfed
hefyd. Dilyn ffasiwn y dydd a wnaeth ysgrifenwyr rhyddiaith Sir Benfro
yn y cyfnod hwn. Yr oedd y pulpud Anghydffurfiol wedi bwrw ei gysgod
dros weithiau ein beirdd a'n llenorion ymhobman. Un o awduron mwyaf
cynhyrchiol y deunydd diwinyddol oedd Azariah Shadrach (1774-1844).
Ganed ef nid nepell o Lanychaer a'i fagu gan ei fodryb yn ardal Tre-
wyddel. Aeth yn was ffarm i'r Parchedig John Richards, gweinidog
Trefgarn, Rhodiad a Rhosycaerau, ar yr amod ei fod yn cael darllen
llyfrau'r gweinidog yn ystod ei oriau hamdden. Yn Rhosycaerau y codwyd
ef i bregethu ac wedi iddo fod yn athro ysgol am gyfnod byr bu'n
weinidog gyda'r Annibynwyr mewn sawl gofalaeth. Cyhoeddodd Azariah
Shadrach 24 o gyfrolau o natur ddefosiynol neu esboniadol rhwng 1801 a
1840, ac fe'i galwyd yn 'Bunyan Cymru'. Roedd y pregethwr yn amlwg
yn ei weithiau a dyma deitlau rhai o'i lyfrau: *Allwedd Myfyrdod* (1801);
*Perlau Calfaria* (1808); *Trysorau'r Groes* (1811); *Rhosyn Saron* (1816) –

cyfrol sy'n dadlau o blaid Calfiniaeth yn erbyn haeriadau'r Arminiaid; *Tabernacl Newydd* (1821); *Blodau y Ffigysbren* (1837). Ei gyfrol fwyaf nodedig, efallai, yw ei hunangofiant sy'n dwyn y teitl *Cerbyd o Goed Libanus*.

Un o gynhyrchion y dosbarth diwinyddol a Beiblaidd hefyd yw *Cysondeb y Ffydd* gan William Morgan (1801-72). Brodor o Drefdraeth oedd William Morgan a gweinidog gyda'r Bedyddwyr yng Nghaergybi. Ef oedd y Bedyddiwr cyntaf i'w ordeinio yn Sir Fôn; a dywed William Joseph Rhys amdano yn *Y Bywgraffiadur Cymreig*, 'ei hafal ni fu yno ac eithrio Christmas Evans.' Er iddo gyhoeddi cofiant i Robert Williams, Rhuthun; a chofiant i Christmas Evans, ei brif waith yn ddiamau oedd *Cysondeb y Ffydd*, cyfrol o 672 o ddudalennau a gafodd gylchrediad helaeth iawn.

Awdur arall a gynhyrchodd nifer o lyfrau diwinyddol eu naws oedd John Davies, 'Siôn Gymro' (1804-84). Fe'i ganed yn ardal Llanarth, Sir Aberteifi; a chafodd addysg dda. Yr oedd yn hyddysg mewn Hebraeg, Aramaeg, Syrieg, Groeg a Lladin, yn ogystal â bod yn ddiwinydd praff. Ordeiniwyd ef yn weinidog gyda'r Annibynwyr yng Nglandŵr (Penfro) ym 1827 a sefydlodd eglwys gyfagos Moreia i fod yn chwaer eglwys iddi yn ddiweddarach. Meddyliwn yn bennaf am Siôn Gymro fel cyfieithydd ac esboniwr. Ei brif waith oedd *Y Proffwydi Byrion*, cyfieithiad o'r Hebraeg yn cynnwys 'darlleniadau' ymyl y ddalen o'r hen gyfieithiadau Groeg, Syrieg a Lladin, ynghyd â nodiadau esboniadol. Mae hon yn gyfrol a gostiodd 40 mlynedd o lafur cyson i'w hawdur ac fe'i cyfrifid yn waith ysgolheigaidd yn ei chyfnod. Cyhoeddwyd *Y Proffwydi Byrion* yn bum rhan yn 1880 a 1881.

Un o'r awduron rhyddiaith amlycaf a gysylltir â Sir Benfro yn ei gyfnod oedd Joseph Harris (1773-1825). Ganed ef yn Llantydewi ger Cas-blaidd; ac wedi iddo gael ei ysgwyd yn niwygiad Cas-mael ym 1795 fe roes ei fryd ar fynd i'r weinidogaeth. Mabwysiadodd yr enw 'Gomer' a bu'n weinidog gyda'r Bedyddwyr yn Abertawe am ddarn helaeth o'i oes. Ysgrifennodd Gomer gyfrolau diwinyddol eu cynnwys fel *Crist yng Nghoed Anghrist* (1804) a *Traethawd ar Briodol Dduwdod ein Harglwydd Iesu Grist* (1816) – cyfrol a gafodd gryn ddylanwad ar ddiwinyddiaeth y cyfnod. Cyhoeddodd hefyd *Yr Anghyffelyb Broffeswr* (cyfieithiad) 1802; trosi i'r Gymraeg *Y Beibl Dwyieithawg, Esboniad Dr. J. Gill ar y Testament*

*Newydd* ar y cyd â Titus Lewis a Christmas Evans; ynghyd â chofiant i'w fab yn dwyn y teitl *Cofiant Ieuan Ddu*.

Ond meddyliwn am Gomer yn bennaf fel 'tad y newyddiadur Cymraeg'. Ef a gychwynnodd *Seren Gomer*, yr wythnosolyn cwbl Gymraeg cyntaf i ymddangos. Yr oedd y cylchgrawn yn ôl Gomer (y golygydd) i fod yn 'hysbysydd wythnosol Cyffredinol dros holl Dywysogaeth Cymru'. Cynhwysid ynddo newyddion tramor a chenedlaethol, colofn farddol a llythyrau. Ysywaeth, daeth y cylchgrawn i ben wedi 85 o rifynnau. Ond ni orffwysodd Gomer ar ei rwyfau. Fe ailgychwynnodd y cylchgrawn eto ym 1818, y tro hwn yn gyhoeddiad pythefnosol, ac fe lwyddodd y tu hwnt i bob disgwyl. (Yn ddiweddarach fe droes *Seren Gomer* i fod yn gylchgrawn chwarterol gan y Bedyddwyr nes ei ddirwyn i ben ym 1983).

Fel golygydd hefyd y meddyliwn am Josiah Thomas Jones (1799-1873). Fe'i ganed yng Nghwm-hir gerllaw pentre Tegryn a bu'n weinidog gyda'r Annibynwyr yng Nghaernarfon a Chaerfyrddin. Ond fel cyhoeddwr llyfrau y daeth yn fwyaf adnabyddus. Bu'n ymhél â'r fasnach gyhoeddi yng Nghaernarfon, Merthyr Tudful, Y Bont-faen, Caerfyrddin ac Aberdâr, Ef a gychwynnodd bapurau fel y *Merthyr and Cardiff Chonicle, Yr Odydd Cymreig, Y Gweithiwr* a'r *Aberdare Times*. Ond wedi iddo symud i Aberdâr y gwnaeth ei gamp fwyaf fel golygydd drwy gyhoeddi'r *Geiriadur Bywgraffyddol* mewn dwy gyfrol ym 1867 a 1870. Y mae'r cyfrolau hyn yn cynnwys ysgrifau (llawer ohonynt gan y golygydd ei hun) ar bobl na chawsant gofiannau yn unman arall, a bu'r *Geiriadur Bywgraffyddol* yn faes lloffa diddorol i lawer o'n chwilotwyr o bryd i'w gilydd.

Un o awduron mwyaf nodedig Sir Benfro oedd Benjamin Thomas, 'Myfyr Emlyn' (1836-93). Brodor ydoedd o Eglwys Wen nid nepell o Grymych; a bu'n weinidog gyda'r Bedyddwyr yng Nghastellnewydd Emlyn cyn symud i Benarth at y Saeson a dychwelyd drachefn yn weinidog i dref Arberth yn Sir Benfro. Cyhoeddodd Myfyr Emlyn gyfrolau o farddoniaeth yn Gymraeg a Saesneg, ysgrifennodd farwnadau i'w cynnwys mewn cofiannau, a bu'n olygydd *Seren Cymru* o 1887 hyd ddiwedd ei oes. Ef oedd awdur *Cofiant Owen Griffiths, Gelli a Blaenconin* (1889); a'i waith pwysicaf, yn ddi-os, oedd *Cofiant Dafydd Evans, Ffynonhenry* (1870), a aeth i bum argraffiad. Cyfrol wedi ei seilio ar y cofiant hefyd yw *Ffraethebion Dafydd Evans, Ffynonhenry*, a gyhoeddwyd yn ddiweddarach.

Y mae'n arwyddocaol fod yr awduron a drafodwyd i gyd yn weinidog-
ion naill ai gyda'r Annibynwyr neu'r Bedyddwyr, Mae'n werth nodi hefyd
fod pob un ohonynt wedi cyhoeddi cofiannau neu hunangofiant. Y
cofiannau, heb os nac oni bai, oedd prif gynnyrch llenyddol y bedwaredd
ganrif ar bymtheg. Yn wir, y cofiant yw'r unig ffurf ar ryddiaith y cyfnod
y gellir ei ystyried yn rhyw fath o lenyddiaeth greadigol. Cofiannau ydynt,
bron yn ddieithriad, sy'n bwrw golwg ar fywyd Cristnogol gweinidogion,
pregethwyr, diaconiaid neu flaenoriaid yr eglwysi Anghydffurfiol. (Cof-
iannau i weinidogion oedd y mwyafrif llethol hefyd). Bwriad y cofiannau,
mae'n amlwg, oedd gosod esiampl i eraill i efelychu 'buchedd lân' ac
ymlyniad Cristnogol gwrthrych y cofiant. Yr oedd y cofianwyr hefyd,
bron bob amser, yn dilyn rhyw batrwm neu gynllun sefydlog: (1) adrodd
hanes bywyd y gwrthrych – yn enwedig ei ymlyniad wrth grefydd; (2) ei
ganmol am ei allu a'i rinweddau fel Cristion a gweinidog; (3) enghreifft-
iau o'i bregethau a'i lythyron; (4) teyrnged neu ddwy gan gyfeillion; (5)
marwnad. Ei ganmol yn anfeirniadol a wneid gan amlaf gan bwysleisio
trefn Rhagluniaeth yn hanes ei yrfa. (Rhagflaenydd y cofiant oedd yr
hunangofiant – rhywbeth a darddodd o gyffes y seiat brofiad, a'r hunan-
gofiannydd yn mynd ati i ysgrifennu hanes ei fywyd moesol ac ysbrydol
yn union yr un fath â phe bai'n ei adrodd o flaen cynulleidfa'r seiat).

Mae'n wir hefyd fod cynnwys llawer o gofiannau'r bedwaredd ganrif ar
bymtheg yn ddiddorol. Diau eu bod yn ffynonellau gwerthfawr hefyd i
ymchwilwyr hanes crefyddol Cymru yn y cyfnod hwn. Ond go brin y
gellir eu galw yn rhyddiaith *greadigol* o safon. Daeth y ganrif ddilynol â
gwawr newydd i lenyddiaeth Gymraeg.

Nid yw'n fwriad yn y Rhagymadrodd i ddadansoddi gweithiau
awduron rhyddiaith Sir Benfro yn yr ugeinfed ganrif. Y mae cynnwys y
flodeugerdd ei hun yn ddrych o ffurfiau a safonau ein hysgrifenwyr
diweddaraf yn y maes hwn. Wrth fwrw golwg ar farddoniaeth y ganrif y
mae'n deg dweud fod yr eisteddfodau lleol a thraddodiad barddol ardal-
oedd arbennig wedi chwarae rhan bwysig yn natblygiad y beirdd. Nid yw
hyn yn wir am yr awduron rhyddiaith. Nid oes tystiolaeth am ysgolion
rhyddiaith yn unman yn y sir. Ond mae'n deg dweud fod nifer o'n beirdd
yn ysgrifennu rhyddiaith greadigol hefyd.

Cynhwysir yn *Estyn yr Haul* weithiau llenorion a aned yn Sir Benfro, a hefyd weithiau llenorion a fu'n ymgartrefu am gyfnod yn y sir. Cyd-ddigwyddiad hollol yw'r ffaith fod can mlynedd union rhwng blwyddyn geni'r hynaf a'r ieuengaf o'r awduron. Y mae'r ffurfiau rhyddiaith a ddaeth yn gyffredin yn yr ugeinfed ganrif hefyd – yr ysgrif, y stori fer, yr ysgrif-bortread a'r hunangofiant – i gyd i'w canfod yn y flodeugerdd hon. Daw teitl y gyfrol o gerdd nodedig Waldo Williams, 'Preseli', lle mae'r bardd yn sôn am dyddynwyr ardal ei febyd 'yn estyn yr haul i'r plant' ymhob tywydd. Yn yr un modd y mae'r awduron hwythau yn estyn eu gweithiau i'r cenedlaethau a ddêl. Y mae argoelion fod y traddodiad yn parhau.

# Pentregalar
## (Darn o Hunangofiant)

### T. E. NICHOLAS

Lle moel, di-goed a digysgod oedd ardal fy nghartref. Perthynai'r tir i foneddigion pell a ddeuai ddwy waith yn y flwyddyn i gasglu'r rhent. Ni theimlai'r tyddynwyr ddiddordeb mewn plannu coed na thacluso llawer ar y tyddynnod. Onid plannu coed ar dir a chloddiau rhywun arall fyddai hynny, gwneud y tir yn well, a chael codiad yn y rhent am eu llafur wedyn? Yr oedd y tir yn wael hefyd; ac er gweithio'n galed go brin oedd y cynaeafau. Amheuthun i ni blant oedd mynd am dro i ardal goediog. Yn is i lawr yr oedd tiroedd bras a chloddiau llawn coed, a hyfryd mynd weithiau i chwarae dan gysgod coeden a dringo canghennau lle nythai brain a phiod. Dyddiau hapus oedd dyddiau hela cnau. Arferem fynd am dro unwaith y flwyddyn i Gwm Cedni i gneua. Hyfrydwch pennaf plentyn oedd tynnu'r cangau tua'r ddaear a chasglu'r cnau aeddfeta, a'u bwyta. Nid oedd eisiau gefail gnau na charreg i gyrraedd y cnewyllyn yn y dyddiau hynny. Dewis y gneuen lawn a'i thorri dan bâr o ddannedd perffaith, a gwledda ar fwyd y duwiau. Arferwn fyw am ddyddiau ar gnau a llaeth enwyn. Wedi tyfu'n ddyn, pan oeddwn yn byw yn y wlad, cnau a llaeth enwyn oedd fy mwyd am ddyddiau pan oedd y cyll yn rhoddi o'u llawnder inni. Hyd heddiw anodd mynd heibio i goed cyll yn yr hydref, heb ddringo'r clawdd a phlygu'r coed a'u rheibio o'u ffrwyth. Rhan o'r pleser oedd loetran rhwng y coed. A phleser oedd gweld cafod o law er cael sefyll yn gysurus dan goeden, a chilio i'r cilfachau coediog i gysgodi rhag yr haul. Un o'r Indiaid Cochion oeddwn y pryd hwnnw, heb chwennych cysgod tŷ na chynhesrwydd tân na bwyd wedi ei goginio. Rhyw daflu'n ôl at y cynddyn a theimlo mor garedig oedd natur tuag at ei phlant. Llwybrau hud oedd y llwybrau hynny, a natur yn trefnu manna yn rhad.

Cofiaf un llwybr arbennig heibio i ardd hen dŷ a oedd yn adfeilion ers blynyddoedd. Ond yr oedd peth o'r hen fywyd a'r hen brydferthwch yn dyfod heibio i'r ardd bob gwanwyn. Yn ymyl y cladd sarn yr oedd hen goeden afalau; deuai cnwd o flodau i'w chuddio bob gwanwyn, ond dim ffrwyth. Pe digwyddai i un o'r blodau oroesi'r llwydrew a'r gwynt a ffurfio'n afal, mawr oedd y pryder yn ei gylch. Rhag ofn i rywun arall ei weld, a chael o hyd iddo wedi ei aeddfedu, pryderem lawer. Anaml iawn yr oedd un o'r afalau hyn yn aros ar goeden yn ddigon hir i roddi gwledd inni.

Mewn un gornel o'r ardd yr oedd briallu o bob lliw yn sicr o dorri allan yn y gwanwyn cynnar. Arhosai llwyn o Shilicabwt a'i arogl hyfryd mewn un man. 'Hen Ŵr' y gelwir hwn ymhob ardal arall, ond cawsom ni enw rhyfedd arno. Nid wyf fi yn nabod yr hen ŵr hwn ond wrth yr hen enw. Pan soniai dynion am yr 'Hen Ŵr' nid oedd gennyf amcan pa flodyn ydoedd, ond wedi deall mai ein hen Shilicabwt ni gynt ydoedd, teimlwn ei fod yn un o'm ffrindiau cyntaf. Weithiau blodeuai pren rhosynnau yn yr hen ardd, ond pob rhosyn wedi mynd yn fach a gwyllt, ac nid oedd fawr o lewyrch ar y lliwiau.

Preswylid y tŷ gynt gan hen gymeriad go ryfedd, a llawer stori amdano'n cael ei hadrodd wrth y plant. Pan ddigwyddai storm o fellt a tharanau dywedid ei fod yn diosg ei holl ddillad a mynd allan yn noeth i'r glaw. Gellid bod yn weddol sicr mai dyna'r unig wlychu llwyr yn ei hanes ar hyd ei oes.

Ymhellach i lawr yr oedd adfeilion hen dŷ, a chredai pawb fod ysbryd yn hwnnw. Cofiaf yr ias ryfedd wrth fynd heibio iddo yn y nos, a'r peth cyfrin hwnnw yn dringo'r asgwrn cefn a chreu cynnwrf yn y gwallt. Bu cymeriadau rhyfedd yn byw yno gynt. Un hen frawd a arferai feddwi yn o aml, ac nad oedd yn nodedig am ei onestrwydd. Yn ei feddwdod arferai siarad yn uchel ag ef ei hunan. Bu hynny yn fagl iddo unwaith. Yn y cyfnod hwnnw arferai'r tyddynwyr wneud menyn yn yr haf, ei roddi mewn twbiau pren, a'i gadw hyd ddechrau'r gaeaf. Erbyn hynny yr oedd pris y menyn yn uwch a llai ohono ar y farchnad. Ar ei dro deuai'r siopwr heibio i gasglu'r twbiau menyn, a chafwyd carreg las yng ngwaelod un ohonynt. Bu llawer o ddyfalu twbyn pwy ydoedd. Rhyw noson pan oedd yr hen frawd ar ei daith adref o'r dafarn a'i dafod yn rhydd a'r nos yn dywyll, chwarddai'n uchel, a dweud, "Ni ddaeth neb i wybod pwy roddodd garreg yn y twbyn menyn". Yn anffodus iddo ef, yr oedd rhywrai o'r tu arall i'r clawdd yn clywed y stori; ac felly y daliwyd y lleidr. Er fy nghyfnod i yr oedd ei fwthyn yn adfeilion, a dim ond traddodiad am ysbryd yn byw ynddo. Cryn gamp oedd mynd heibio'r hen le yn y nos heb gwmni.

Yr oedd un llwybr lle yr arferwn fynd allan o'm ffordd weithiau i brofi'r hyfrydwch o'i gerdded. Tir digynnyrch ydoedd; a rhedyn a grug ac eithin mân yn ei lenwi; ond yr oedd yno berth gysgodol o goed. Gorweddwn yn y rhedyn ac edrych i fyny ar y cymylau, a gweld ynddynt luniau o bopeth. Cerbydau, rhyfeloedd, tai, cestyll, defaid, afonydd a mynyddoedd; y cwbl yn y cymylau. Nid rhyfedd i feirdd yr hen fyd leoli brwydrau'r duwiau yn yr wybren. Rhoddwn ddyrnaid o flodau'r grug yn fy ngenau a'u cnoi. Onid oeddynt yn felys, ac oni chasglai'r gwenyn eu mêl ohonynt? Nid oedd ar y llecyn hwnnw flodau na llawer o borfa; natur heb ei dofi, ac adar yn canu a chwarae yng nghoed y berth.

Wedi tyfu'n ddyn o ran oedran, euthum ryw brynhawn i weld yr hen lwybrau. Disgwyliwn deimlo'r un hyfrydwch â chynt wrth gwrs. Euthum i'r hen gornel lle yr arferai rhedyn a grug deyrnasu. Ond erbyn hyn yr oedd yr arad a'r og wedi dyfod heibio, a gwareiddio'r hen gornel. Bu rhywun yn tocio'r hen berth, ac edrychai'n barchus iawn. Nid oedd ynddi gynifer o adar â chynt, ac ni fedrai y rhai hynny ganu hanner cystal â'r adar 'slawer dydd. Euthum heibio'r hen ardd a chwilio am y briallu a'r pren afalau a'r rhosynnau gwyllt, ond y cyfan wedi diflannu. Nid oedd ôl clawdd, na dim o'r glesni sy'n arfer hepian yn hir wedi i ardd droi'n rhan o'r cae. Popeth wedi mynd. Yn unig cofiwn yr hen frawd a oedd yn mynd allan yn noeth i law taranau a sefyll yn ddiofn yng nghanol y mellt. Ar fy nhaith yn ôl yr oedd wedi tywyllu, ac euthum allan o'm ffordd i fynd heibio adfail y tŷ lle yr oedd ysbryd yn byw. Disgwyliwn deimlo ias yn cerdded ar hyd fy nghefn, yr hen ofn a'r hen deimlad oer; ond medrais fynd heibio heb deimlo dim. Nid oedd yno ddim o'r muriau'n aros, na golwg am gloddiau'r ardd. Nid hawdd sylweddoli mai'r un mannau oeddynt. Yr oedd pethau wedi newid. Tyfasai mangoed hyd y mannau llwm, a diflanasai olion prydferthwch o'r hen ardd, a pheidiodd ias ofn wrth fynd heibio'r adfail lle trigai'r ysbryd.

Tybed a fydd atgofion yr un fath? A fydd porfa fras lle bu mieri, a blodau a gwenith lle bu rhedyn a grug? A fydd cofio am bethau a digwyddiadau yn eu dangos fel yr oeddynt? Y mae'r blynyddoedd wedi gwisgo'r pethau hagr â blodau, a thyfodd drain lle bu blodau gynt. Gwn yn awr nad oedd ysbryd yn adfeilion yr hen fwthyn, ond anodd anghofio'r ias gynnar honno wrth fynd heibio iddo yn y nos. Y mae'r blynyddoedd yn taflu eu lliw ar bopeth, a gall atgofion dyn newid llawer ar ddigwydd-iadau cynharaf bywyd. Peth peryglus yw mynd yn ôl; gellir dinistrio llawer ar hud y dyddiau gynt, fel traed dyn yn sarnu'r gwlith oddi ar y glaswellt wrth gerdded drwyddo.

Pan oeddem yn blant nid oedd gennym ddim i benderfynu daioni dyn ond y capel. Os oedd dyn yn mynd i'r cwrdd yn gyson, a pheidio â meddwi ar ddydd ffair ac arwerthiant, a pheidio â rhegi yng nghlyw plant, yr oedd yn ddyn da wrth y safon a oedd gennym ni blant i fesur daioni. Os oedd yn rhegi, a gweithio ar y Sul, ac aros gartref o'r cwrdd, tynnem y casgliad nad oedd yn ddyn da. Nid oedd y peth yn rhy glir i mi ambell waith. Yr oedd rhai o ffyddloniaid y capel yn ddynion anodd eu hoffi, a rhai o'r paganiaid yn ddynion hoffus dros ben. Ond rhaid oedd i ni blant dderbyn y safonau, a chymryd yn ganiataol fod aelodau eglwys yn ddynion da a rhai heb fod felly yn ddynion drwg. Cymerodd rai blynyddoedd i mi weld i olion yr hen ardd droi'n anialwch ac i fangre'r rhedyn a'r grug droi yn dir gwenith. Ond hynny a ddigwyddodd. Gweld pethau drwy sbectol traddodiad ardal yr oeddem ni blant yn ei wneuthur. Dyna ffordd dynion o edrych ar bethau ac yr oedd eu safonau yn ddi-gyfnewid.

Arwr a dyn sanctaidd yr ardal oedd Seimon Evans Hebron. Dyn a phawb yn ei ofni hyd yn oed pan na phechent; ac i'r pechadur yr oedd yn ddychryn gwirioneddol. Dewisai adnodau cyfaddas i'w bregethau angladdol a hawdd gwybod beth oedd barn Seimon Evans am yr ymadawedig wrth glywed y testun.

Cofiaf amdano unwaith yn mynd ar hyd y ffordd fawr a redai drwy waelod ein tir ni, a ninnau blant yn casglu llus duon bach dipyn yn uwch i fyny. Cofiaf i ias o ddychryn fynd drwy fy nghefn pan ddywedodd un o'm chwiorydd hynaf "Dyma Seimon Evans yn dod, dowch i ni guddio'r ochr arall i'r clawdd". Rhyw bum mlwydd oed oeddwn y pryd hwnnw, a chredaf weithiau mai dydd Sul ydoedd. Os nad dydd Sul ydoedd pam yr oedd yn rhaid i ni guddio am fod gŵr Duw yn dod, os nad i ddangos y parchedig ofn a oedd ar bawb pan oedd Seimon Evans yn agos.

Pregethwr sych ydoedd yn ôl y traddodiad amdano. Cofiaf y tro cyntaf i mi fynd i'r Gogledd i bregethu i gyrddau mawr, pregethu gyda W. J. Nicholson, Porthmadog, a'r bore Mawrth dilynol, yr oedd y gŵr annwyl hwnnw yn dod yn ôl yn yr un trên â mi i bregethu tuag Aberystwyth. Yr oedd pob man yn y Gogledd yn ddieithr i mi ar y pryd, ac yr oedd y pregethwr enwog wrth ei fodd yn dangos ac yn enwi pob lle i mi a dweud rhyw stori neu hanes amdano. Pan ddaethom i ardal y Borth a dechrau teithio drwy Gors Fachno, meddai, "Dyma Gors Fachno". Gwyddwn am yr enw, ac onid oedd bardd o'r enw Machno a'i enw'n adnabyddus i mi?

"Felly wir," meddwn innau; "gwn am yr enw."

"Y mae'n Gors wlyb iawn, ac y mae'n anodd ei sychu. Y maent wedi ceisio ei sychu lawer gwaith a gwario llawer o arian i roi trefn arni."

"Felly wir," ebe finnau.

"Yr ymgais ddiwethaf i'w sychu oedd dyfod â Seimon Evans Hebron i bregethu uwch ei phen," meddai.

Gwyddai fy mod yn hannu o ardal Seimon Evans, a chredaf mai'r pryd hwnnw y gwelais i ystyr tynnu coes a jôcs Nicholson am y tro cyntaf. I ni blant, Seimon Evans oedd y gair olaf mewn sancteiddrwydd a daioni, ac yr oedd ei ddigio'n fwy peryglus na digio Duw.

Wedi dweud hyn, peidied neb â meddwl nad yw'r cof yn mynd ar daith ambell dro i'r ardal fore. Beth ydyw effaith y cefndir cyntaf ar fywyd a meddwl plentyn? Mewn llecyn uchel ar lethrau'r Preseli, yn agos i'r briffordd o Aberteifi i Arberth, y mae tri thŷ yn ffurfio trybedd. Ar ochr y ffordd fawr o fewn chwarter milltir i'w gilydd, y mae Waunfelen a Thycanol; yn ddeudroed i'r drybedd; yn uwch i fyny, rhyw chwarter milltir oddi wrth bob un o'r ddau, y mae'r Llety, yn ffurfio troed arall y drybedd.

Ganed fi yn y Llety. Bu'r prifathro Thomas Rees yn byw yn Waunfelen, a bu D. J. Davies yn byw yn Waunfelen a Thycanol. Yr un cefndir oedd i ni'n tri ym mlynyddoedd cyntaf ein bywyd. Aeth pob un ohonom i'w hynt yn ei ffordd ei hun: Tom Rees drwy'r colegau yng Nghymru a Lloegr i gadair Coleg; D. J. Davies drwy gwrs disglair i'r Gadair Genedlaethol ac i un o eglwysi mwyaf Cymru. Bu rhyw bethau ynom ein tri yn debyg, er y gwahaniaeth mawr. Buom ein tri yn barod i gefnogi mudiadau amhoblogaidd. Rhoddasom ein tri bob cynhorthwy i achos heddwch, ac ni pheidiasom â chodi ein llef yn erbyn rhyfel. Credaf i ni ein tri weld gwerth a gogoniant gwerin gwlad a gwerin y byd, a gwneud a fedrem dros y gwan a'r caeth drwy'r byd. Cynhyrchir gan yr un tir lawer math o ffrwythau a llawer rhyw o flodau; felly y bu yn ein hanes ninnau'n tri. Daeth i ran y ddau arall i ddringo'n uchel mewn dysg a chynhyrchu gweithiau clasurol ar lawer pwnc. Fy rhan i fu canu cerddi gwerinol yn iaith bob dydd y gweithwyr; ysgrifennu erthyglau ar faterion pwysig i'r werin, cymryd rhan mewn cynhennau gwleidyddol a chlebran ledled Cymru ar fy hoff bynciau. Gogoniant diwylliant gwerin yw cadw lle i bob math o ddynion a gwaith sydd yn awyddus i arwain y byd i'r goleuni. 'Melys y cân eos; ond nid diwerth gan Dduw grawc y frân'.

O werin Cymru y codais i, ac ni bu ynof awydd erioed i berthyn i ddosbarth arall. Ohoni hi y cefais i bopeth a gyfoethogodd fy mywyd, ac iddi hi y rhoddais fy amser a hynny o dalent a oedd gennyf; ac ni chwenychaf yn dâl ond i werin Cymru gofio i mi ei charu â chariad anniffodd.

Darn o wlad iawn at dyfu gwerinwr oedd ardal y Preseli. Nid oedd plas yn agos i'm cartref i. Hen dir sâl ydoedd. Nid oedd cyfle i hela na physgota yn yr ardal, a chadwai'r gwŷr mawr ymhell oddi yno. Lawr yn y dyffryndir bras, ar lan afonydd dyfroedd, yng nghysgod coedwigoedd, dyna lle yr oedd eu plasau hwy. Danfonent ddynion unwaith yn y flwyddyn neu ddwywaith, i gasglu'r rhent; a deuent ar ryw adegau yn y flwyddyn i hela. Cerddent yr hen weundir gwlyb a'r rhostir sych, i chwilio am gïachod a sgwarnogod, a'u cŵn yn tarfu'r defaid a'r gwartheg. Ond nid oedd yr un ohonynt yn byw yn agos i ni. Nid oedd eisiau i Mam ddweud wrthym ni blant am dynnu ein capiau i'r gwŷr mawr ar ein ffordd i'r ysgol. Gwladwyr cyffredin, heb neb ryw lawer yn uwch na'i gilydd, oedd pob un yn y gymdogaeth. Onid oedd yn lle braf i fagu gwerinwyr?

Fel i'r rhan fwyaf o blant yr ardal, yr oedd crefydd yn beth i'w gymryd yn ganiataol. Ni ddaeth i feddwl yr un ohonom am lawer blwyddyn y gellid chwilio ac ymresymu am bethau crefydd. Fel y gwanwyn a'r rhew, fel y gwynt a'r haul, fel ein tad a'n mam, yr oedd yn rhan o'n bywyd. Ni ddysgwyd ni i anadlu na bwyta na cherdded, daeth y pethau hyn ohonynt

eu hunain. Felly y bu gyda chrefydd yn yr hen ardal. Gwnaethpwyd hi yn
rhan o bopeth bywyd. Dechrau'r dydd a'i orffen drwy ddarllen pennod a
gweddïo; gweddi fer yn fendith cyn ac wedi bwyta. Cwrdd ymostyngiad
yn y gwanwyn i ofyn am fendith ar yr hau; cwrdd diolch yn yr hydref i
gydnabod cynhaeaf. Syniad paganaidd oedd ganddynt am Dduw wrth
gwrs. Credem i gyd mai pechod dyn oedd yn cyfrif am gynhaeaf sâl a
thywydd gwlyb. Nid yw pethau wedi newid hyd eto. Ym 1946, mewn
cwrdd gweddi cenedlaethol i ofyn am dywydd, dywedid i gychwyn mai
barn Duw am bechod y byd oedd y tywydd gwlyb. Pobl wedi llwyr
anghofio'r adnod sydd yn dweud fod 'Duw yn peri i'w haul godi ar y
drwg a'r da, ac yn glawio ar y cyfiawn a'r anghyfiawn'. Pe bai pob dyn yn
cael tywydd yn ôl ei haeddiant, tywydd cymysglyd fyddai hi arnom o
hyd! Syniad rhyfedd yw fod Duw yn pwdu wrth y byd a rhoddi gormod
o law, a phryd arall yn rhoddi gormod o sychder.

Ni allem ni blant droi heb daro ar grefydd mewn rhyw ffurf. Yr oedd
yn iawn yn y gaeaf, ac yn y nos; ond ar y Sul, pan oedd y tywydd yn braf
a Topper y ci yn galw am gwmni i chwarae, a llus duon bach yn pingo ar
y cloddiau, teimlwn fod gorthrwm crefydd yn drwm iawn. Weithiau
methwn â deall paham yr oedd yn bechod i wneud pethau ar ddydd Sul
heb fod felly yn nyddiau'r wythnos. Cymerodd rai blynyddoedd cyn i mi
weld nad oedd dim yn bechod dydd Sul onid oedd yn bechod dydd
Sadwrn hefyd. Ni chymerodd neb y drafferth i ddysgu hynny i mi pan
oeddwn yn blentyn; gorfu arnaf ddarganfod gwirionedd mor syml â hyn
drosof fy hunan. Gwelais nad oedd cadw'r Sul yn foesol nac yn anfoesol.
Dydd fel dyddiau eraill yr wythnos yn cael ei sancteiddio neu ei halogi
gan weithredoedd dyn yw'r Sul. Bûm yn hir cyn dyfod i'r casgliad syml
hwn. Yr oeddwn yn adnabod dynion ac yn eu caru, dynion da o ran dim
a wyddai plentyn. Nid oeddynt yn dda drwyddynt; ond yr oedd ynddynt
fwy o dda nag o ddrwg. Yr oedd un dyn y meddyliwn yn fawr ohono;
tybiwn mai un tebyg iddo ef oedd Duw. Pe gofynnid i mi dynnu llun
Duw, llun y dyn hwnnw fuaswn yn ei dynnu. Pan dyfais i oed deallais
nad oedd yn aelod crefyddol. Bu hyn yn achos gofid i mi. Weithiau âi ei
syched yn drech nag ef. Bûm am rai blynyddoedd cyn gweld fod pechodau
gwaeth yn nythu'n gysurus mewn bywydau a ystyrid yn ddiargyhoedd. A
chystal i mi gydnabod, wedi deall nad oedd yn aelod, a deall fod ei syched

yn anorchfygol weithiau, ni fedrais hyd y dydd heddiw gael y syniad o'm pen, mai un rhywbeth tebyg i hwnnw yw Duw.

Wedi cwrdd â llawer o ddynion, a gweld eu da a'u drwg, credaf fod y dyn hwnnw gystal cynrychiolydd o Dduw â'r mwyafrif o ddynion. Caredig i blant, parod ei gymwynas, yn brysio i faddau, byth yn gadael i'r haul fachlud ar ei ddigofaint; byth yn meddwl drwg na dweud drwg am neb; ei geffyl a'i gert a'i beiriant lladd gwair at wasanaeth pawb, a ninnau blant yn cael ein hatgofio am ei syched! Byddai bywyd yn llawer haws i ni pe bai dynion mewn oed wedi dweud y gwir wrthym yn blant. Gallaf ddweud i mi dreulio rhan fawr o'm bywyd yn dad-ddysgu'r hyn a ddysg- wyd i ni pan oeddem yn blant.

Un o'r pethau cyntaf a gofiaf yw'r hyn a elwid yn 'cerdded procession'. Arglwydd y Manor yn casglu'r bobl ynghyd bob saith mlynedd i gerdded terfynau'r tir cyffredin a ladratawyd ganddo oddi ar y bobl. Yr oedd y bobl eu hunain felly yn rhoddi hawl i'r arglwydd hwn i'r holl dir cyffredin. Cofiaf y peth heddiw fel pe digwyddasai'r wythnos ddiwethaf. Yr oeddwn ar fraich fy mam yn gwylio'r ceffylau'n carlamu mewn cylch a'r band yn canu a'r baneri'n chwifio. Amheuai fy mam a fedrwn gofio, am nad oeddwn ond rhyw ddwyflwydd oed. Un noswaith yr oedd y prifathro Thomas Rees yn yr hen hen gartref, yn agos iawn i ddiwedd ei oes lafurus, a mynnai yntau ei fod yn cofio mam yn priodi. Tua dwyflwydd oed oedd ar y pryd. Rhoddai ddarlun cywir o'r briodas, priodas geffylau ydoedd, ac yr oedd y prifathro'n cofio pwy oedd ar gefnau'r ceffylau, a phwy oedd yn olaf ac yn flaenaf yn yr orymdaith. Credai mam i'r diwedd mai clywed rhywun arall yn adrodd y stori a barodd iddo ef a minnau 'feddwl' ein bod yn cofio.

I bob plentyn y mae angladd, yn enwedig angladd yn y wlad, yn beth i gofio amdano. Cofiaf un angladd yn symud yn araf ar hyd y briffordd ar odre'r tir i gyfeiriad Glandŵr. Eisteddem dan gysgod clawdd yr ardd, gan ddisgwyl yn syn ac yn ofnus am yr angladd. O'r diwedd, gwelem yr orym- daith yn symud yn araf bach, a'r arch yn dilyn. Yn yr arch yr oedd tad fy nghyfaill D. J. Davies, Capel Als. Cafodd ei ddiwedd drwy ddamwain yn y gwaith pan oedd D.J. tua deunaw mis oed. Daeth llawer o feddyliau i galon plentyn ar y pryd; o wrando ar rai mewn oed yn siarad: damwain, angladd, gweddw, tri o fechgyn bach amddifad, a rhyw Dad yn y nefoedd yn addo gofalu amdanynt. Daethai angau i'r tŷ nesaf atom y dydd hwnnw. Tebyg i mi deimlo fel y teimlodd y dyn cyntaf pan welodd ddyn arall wedi marw. Bu'r meddwl yn holi a synnu ac ofni am ddyddiau. Ni welais angladd byth wedyn heb gofio am yr angladd honno a'r teimlad o ofn.

Daeth angau'n agos atom pan fu farw gwraig Tycanol, mam fy hen ffrind Jim Harris. Credaf i'r ddau amgylchiad ddigwydd yn weddol agos i'w gilydd, a phrofiad rhyfedd oedd teimlo fod angau wedi dyfod i'r ddau dŷ agosaf atom, a rhyw deimlo mai i'n tŷ ni y deuai nesaf. Ymhen amser go fyr bu farw cymydog arall, dyna angau wedi dyfod i'r tri thŷ nesaf atom, ac nid rhyfedd i ddychryn lenwi meddwl plentyn a gredai fod angau'n mynd i bob tŷ yn ei dro, ac yn gyson hefyd.

Yr oedd llawer o'r teuluoedd yn ein hardal yn rhanedig. Un yn Fedyddiwr a'r llall yn Annibynnwr. Yr oedd y drefn yn eithaf hwylus mewn mwy nag un ystyr. Cwrdd yn y bore yn Hermon a'm tad yn mynd yno, cwrdd yn y prynhawn a'r hwyr yn Antioch, cyfle i'm mam fynd. Y Sul wedyn, fy mam yng nghwrdd y bore a'm tad yn medru mynd yn y prynhawn a'r nos. Nid oedd ond Bedyddwyr ac Annibynwyr yn y cylch. Ni wyddwn i am un capel Methodistaidd pan oeddwn yn blentyn. Nid oedd ychwaith ond rhyw ddau neu dri yn yr holl blwyf yn mynd i'r Eglwys, ac yr oedd y Wesleaid yn hollol ddieithr i ni. Ar aelwydydd yr ardal gellir dweud i broblem uno'r enwadau gael ei datrys. Eithriad oedd i deulu cyfan fynd i'r un capel. Ni chlywais i air o sôn am enwad na bedydd ar yr aelwyd erioed. Elai'r plant i'r capel agosaf fel rheol. Dyna'r rheswm i ni blant fynd gyda mam i Antioch. A dweud y gwir, yr oeddwn yn falch iawn mai i Antioch yr awn. Yr oedd arnaf ofn mynd gyda'm tad i Hermon, ofn cael fy medyddio. Ni chymerwn lawer am fynd i'r dŵr dros fy mhen. Yr oedd y syniad yn frawychus i mi. Y mae hynny'n ddigon o brawf imi hefyd nad oes dim o bwys mewn bedydd. Prin y gallaf feddwl am Iesu yn gorchymyn gwneuthur dim a barai ddychryn i blentyn; pethau i 'rwystro un o'r rhai bychain hyn'. Efallai nad oedd plant eraill yn meddwl yr un fath, ond yn wir, yr oedd arnaf ofn mynd i'r dŵr. Anodd dweud heddiw pa beth oedd achos yr ofn, ofn dŵr oer, neu ofn boddi, neu ofn i eraill fy ngweld yn cael fy nhrochi. Nid rhagfarn yn erbyn y dull o fedydd; nid gwrthwynebiad diwinyddol oedd gennyf, ond gwrthwynebiad plentyn i'r weithred ei hun.

Rhywdro fe gyfyd problem uno'r enwadau a bydd yn rhaid gwneud yr holl enwadau yn un rhag darfod amdanynt. Unwyd dau enwad ar aelwydydd Sir Benfro, ac anaml iawn y deuai'r ysbryd enwadol i achosi cweryl ar aelwydydd fy nghynefin. Bedyddio'r plant oedd asgwrn y gynnen fel rheol. Y tad yn fedyddiwr selog a'r wraig yr un mor selog dros ei henwad hithau. Y mae traddodiad am deulu felly yn Sir Benfro. Pan anwyd y plentyn cyntaf, y tad yn rhoddi'r drefn i lawr, dim bedyddio'r hogyn bach. Un bore Sul aeth y wraig i'w chapel hithau â'r hogyn bach yn ei breichiau, ac fe'i bedyddiodd. Wedi cyrraedd adref dywedodd wrth ei gŵr, "Dyna fi wedi bedyddio'r hogyn bach". Aeth y peth gymaint at galon y gŵr, a chododd ei dymer yn o uchel; cydiodd yn y plentyn a mynd ag ef allan i'r cefn, a'i soddi dros ei ben mewn casgen ddŵr. Aeth yn ôl i'r tŷ a dweud wrth ei wraig: "Dyna finnau wedi ei fedyddio dros ei ben".

Nid yn aml y digwyddai pethau fel hyn am fod undeb yr enwadau yn beth sylweddol ar aelwydydd Sir Benfro.

I ysgol Hermon yr euthum yn blentyn. Ond nid oes i mi hyfrydwch wrth edrych yn ôl ar y dyddiau hynny. Saesneg oedd iaith y gwersi. Yr oeddwn dros ddeuddeg oed cyn imi ddysgu dim. Ceisid dysgu pethau i mi mewn iaith nas deallwn. Rhaid cofio nad oeddwn yn deall yr un gair o Saesneg. Aeth fy nhad a'm mam i'w bedd heb wybod gair o'r iaith honno. Ni ddeuai Sais i'n hardal ond ar ddamwain. Yr unig Saesneg a glywem yn blant oedd porthmyn yn bargeinio yn Ffair Crymych, a'r arwerthwr yn darllen amodau'r gwerthu allan cyn dechrau ar ei waith. Erbyn hyn, gwn nad oedd y ddau fachgen a'n dysgai yn gwybod llawer mwy na ninnau o'r iaith fain.

Yr oedd y ddau yn angharedig iawn wrth blant y wlad. Gofynnent gwestiwn syml i ni, beth oedd ein henw neu rywbeth felly, a ninnau heb ddeall, yn methu ateb. Yna deuai riwler hir lawr yn drwm ar ein pennau. Creodd y cyfan gasineb at ysgol ac addysg yn fy nghalon. Nid wyf wedi maddau eto i'r gyfundrefn a oedd yn defnyddio dau hogyn hŷn na ni i'n poenydio yn lle ein dysgu. Pa wallgofddyn a ddyfeisiodd drefn mor afresymol ac annheg? Ble oedd arweinwyr Cymru yn y senedd a'r wasg a'r pulpud? Gadael plant diniwed ar drugaredd trefn a oedd yn ddiraddiol i'w holl bersonoliaeth. Ychydig o ddim a ddysgwyd i mi gan yr athrawon am fod pob athro a gefais yn ceisio fy nysgu mewn iaith nas deallwn.

Unwaith y flwyddyn deuai dau arolygwr heibio i'n profi. Un yn Sais pur, a llais trwm ganddo, ac afal Adam mawr yn mynd i fyny ac i lawr yn ei wddf. Dyna'r unig beth a dynnai ein sylw ato. Ofnwn iddo dagu, neu i ryw greadur byw neidio allan o'i enau. Cymro oedd yr arolygwr arall. Pan ofynnai'r Sais gwestiwn a ninnau'n methu ei ddeall, trôi ei lygaid ar y Cymro, a rhoddai'r lwmp yn ei wddf lam tuag i fyny. Wedyn tro'r Cymro oedd hi i ofyn y cwestiwn yn ein hiaith ni ein hunain. Cofiaf yn dda am arholiad mewn Daearyddiaeth. Dysgid pethau i ni gyda'n gilydd. Caed cyfle i weiddi tipyn y pryd hwnnw, a gweiddi geiriau nad oeddem yn eu deall, nac yn eu dweud yn gywir. Gofynnwyd cwestiwn i un o'r plant "What are bays and gulfs?" Yr ateb uniongred wrth gwrs oedd "Bays and gulfs are openings by which the water runs into the land." Onid oeddem wedi gweiddi'r ateb ganwaith a'i suddo i'r cof? Ond rhoddwyd ateb gwahanol y bore hwnnw gan un o'r plant, sef "Boys and girls are openings by which the water runs into the land". Ni ddywedodd yr arolygwr ddim, ond gofynnodd i ni gydadrodd yr ateb. Gan na ddywedodd y gŵr fod yr ateb yn anghywir, siglwyd rhai o'r plant, a chredasant mai dyna oedd yn gywir. Dechreuasom weiddi'r ateb, a'r arolygwr yn mynd o un i'r llall i wrando. Faint o'r plant oedd wedi ateb yn gywir, nis gwn. Ond bu cerydd llym i'r athro a oedd yn ein dysgu. Do, gwariwyd arian mawr i geisio dysgu plant fel fi, ein dysgu i fyw a deall bywyd a'n paratoi ar gyfer gwaith, a ninnau, drueiniaid, yn gwastraffu ein hamser yn yr ysgol. Oherwydd prinder fy ngwybodaeth o'r Saesneg, ni ddysgais fawr o ddim yno tan i mi adael yn dair ar ddeg oed.

Eto i gyd, os nad oedd mwynhad yn yr ysgol, yr oedd mwynhad ar yr aelwyd. Darllenai fy nhad bregethau J.R. ac adroddai imi ddarnau o farddoniaeth. Cofiaf hyd y dydd heddiw y farddoniaeth gyntaf a glywais – caneuon Mynyddog ac 'Yr Eneth Ddall' gan Ceiriog. Hyd ddiwedd ei oes bu fy nhad yn ddarllenwr mawr. Hyfryd meddwl am hirnosau gaeaf, tân mawn ar y llawr, a golau go wan gan y gannwyll neu'r lamp fach agored, heb wydr arni. Sŵn gwynt a storm y tu allan, a ninnau wrth y tân yn gwrando. Deuai'r *Faner* unwaith yr wythnos, a noson fawr oedd honno. Siaradai fy nhad am Thomas Gee fel pe bai yn ei 'nabod.

*Cyfaill yr Aelwyd* hefyd, deuai hwnnw ar fenthyg o rywle, a rhyw nofel ynddo o wythnos i wythnos. Cyfieithiad ydoedd o un o nofelau Jules

Verne os cofiaf yn iawn. Yr oedd barddoniaeth a thribannau yn y cyhoedd-iad hwnnw hefyd. Ond penllanw'r darllen oedd pregethau J.R. Yr oedd gan fy nhad hen gyfrol o bregethau wedi datod oddi wrth ei gilydd. Rhoddai'r dail yn ofalus yn eu lle a'u clymu yn daclus. A gwyliem ni'r ddefod o ddatod y cortyn a gosod y dail rhydd ar y bwrdd yn barod ar gyfer y darllen. Wedi gorffen, clymid y cwbl yn ofalus a rhoddi'r llyfr o'r neilltu. Weithiau byddem ni blant yn agor y cortyn, a darllen dipyn, heb fod yn rhy ofalus i roddi'r dail yn ôl yn eu lle iawn. Yr oedd cyffwrdd â'r llyfr hwnnw fel cyffwrdd â rhywbeth sanctaidd. Ni welais fy nhad yn colli ei dymer erioed. Ni chodai ei lais, ac ni chynhyrfid ef gan bethau mân y byd.

Yr oedd fy mam yn wahanol. Tymer wyllt oedd ganddi hi, ateb parod, ac ateb go ddeifiol hefyd ambell dro. Er bod y byd yn o dlawd arnom pan oeddem yn blant, llwyddodd fy mam i estyn llawer o gynhorthwy i rai oedd yn dlotach na hi. Hen wragedd ar y plwyf, yn derbyn rhyw ddeu-naw'r wythnos, ati hi y deuent bob amser. Ni bu prinder llaeth a menyn a chaws ar fyrddau'r bobl dlawd a oedd yn byw yn agos iddi. Yr oedd yn hollol ddibris o bethau'r byd hwn, ac ni flinid hi gan brinder pethau materol. Ni ddaeth ofn mynd yn dlawd i'w meddwl erioed.

Do, ganed fi yn Y Llety, Pentregalar. Rwy'n siŵr, erbyn hyn, nad oes yr un llecyn arall yng Nghymru gyfan lle y gwelir cymaint o gyrrau'r wlad. Y mae ehangder yr olygfa yn anhygoel. O ddringo i'r bryn wrth gefn y tŷ ar nawnddydd clir gwelwn Yr Wyddfa yn y pellter a deuai mynyddoedd Arfon ac Aberteifi a Brycheiniog a Chaerfyrddin i lenwi'r darlun yn ogystal ag ardaloedd Llansteffan a Llanelli ar drothwy'r môr. Pan oeddwn yn blentyn yr oeddwn yn gweld ymhell. Ond mae'n rhaid imi gyfaddef nad oes arnaf yr un awydd lleiaf i fynd yn ôl i'r dyddiau a fu. Edrych ymlaen y bûm ar hyd fy oes gan ddeisyf am amser gwell na dim a brofodd dyn hyd yma. Rwy'n edrych o hyd dros y bryniau pell ar Gymru newydd a gwerin rydd.

# *Jac*
## (Ysgrif)

### DEWI EMRYS

Cyfeillgarwch nad oedd y byd yn deilwng ohono oedd ei gyfeillgarwch ef. Un math o gariad yn unig a adwaenai, sef y cariad hwnnw sydd yn ffyddlon hyd angau (hyd at drengi) heb feddwl am na choron y bywyd nac unrhyw wobr arall dan haul. Caru o wynfyd caru a wnâi ef, a'i dâl i gyd yn y gwynfyd hwnnw.

Wrth edrych yn ôl heddiw ar ddyddiau fy ienctid, a gweld ei lygaid siaradus a'i glustiau deallgar, a'i gynffon huawdl yn curo "Clywch! Clywch!" ar y llawr pan lefarwn y dwli mwyaf, sylweddolaf na phylodd ymdaith y blynyddoedd ddim ar ryfeddod ei serch – y serch, fel yr awgrymais eisoes, na haeddais mono erioed.

Mi garwn allu maddau fel y maddeuai Jac – maddau'r cam a'i anghof-io'n llwyr y funud nesaf. Ni wiw i mi sôn wrtho i mi golli fy nhymer a'i ddolurio, ac yntau'n diolch, tan lyfu fy llygaid a'm clustiau, am gyfle i faddau, a'r gynffon huawdl yna yn canu Haleliwia yr un pryd.

Rhy anodd yw credu nad yw ef o hyd yn gwanu'r perthi ac yn llamu'r cloddiau o gwmpas Tŷ Newydd – hen annedd fy mebyd wrth odre Garn Gowil.

Yr oedd Jac a Garn Gowil yn un rywfodd, a'i fynd hoenus drwy'r eithin a'r grug a'r rhedyn fel cwthwm o wynt chwerthinog, a rhialtwch ei gyfarth fel eco rhywbeth a gollwyd pan gysgodd y graig.

Yr ydych wedi casglu, erbyn hyn, mi wrantaf, mai ci oedd Jac. Ond fe'i cyfrifid yn gi, yn hytrach na brawd, yn unig oherwydd ei debygrwydd i gi mewn pethau yr edrych y llygad arnynt. Mi welais ystyried creadur arall yn ddyn am yr un rheswm arwynebol.

Dyledus i goffadwriaeth fy hen gydymaith annwyl yw tystio na chlywais i nemor neb yn ei alw yn gi wedi iddo dyfu i fyny a gwneud ei gallineb a'i lewder yn hysbys drwy'r ardal. Fel 'Jac' a 'Jac Tŷ Newydd' y sonnid amdano ymhell ac agos, fel petai'r gymdogaeth wedi gorfod ei dderbyn i mewn i gylch y frawdoliaeth ddynol. Nid wyf yn tybio iddo ef ei hun werthfawrogi hynny; ond yr wyf yn hollol sicr iddo ryfeddu lawer gwaith at hurtrwydd creaduriaid a ddiolchai'n barhaus na pherthynent i'r anifeiliaid direswm.

Ofer gofyn pa rywogaeth o gi ydoedd Jac. Cyfarfu ynddo genedlaethau o gŵn gwahanol. Nid oedd na spaniel na therier na chorgi na chi adar na chi gwartheg na chi defaid nac unrhyw gi arall y gellid olrhain ei achau a'i ddiffinio. Mae'n wir iddynt oll gyfarfod ynddo ef; ond her i neb ddynodi lle y dechreuai un ac y gorffennai'r llall gan mor gywrain y cymysgwyd y rhywogaethau amrywiol yn y telpyn byw, caruaidd a adwaenwn mor dda.

Yn hynny o beth, yr oedd fel teisen orau fy mam – yn flawd, yn wyau, yn hufen, yn fenyn, yn siwgr ac elfennau eraill, a'r cwbl yn ymdoddi i'w gilydd yn un saig o hyfrydwch anniffiniol. Ond gan nad sawl math o gi a gyfrannodd tuag at wneuthuriad Jac, sicr ydwyf mai *rhagoriaeth* pob un ohonynt a gyfarfu yn ei gorpws ef.

Wrth feddwl amdano heddiw, yr wyf yn argyhoeddedig fod brithgi da i'w ddewis o flaen rhyw frenhingi diledryw y perthyn iddo elfennau gwaethaf ei linach. Wedi'r cwbl, beth yw bonedd a gwaedoliaeth onid amlygont deithi sy'n ennyn edmygedd a chyfiawnhau galw eu hil yn hil o uchel dras? Ai enwau gweigion ydynt yn dynodi gwaseidd-dra tud yn hytrach na'u rhiniau cynhenid eu hunain?

Ond am Jac yr oeddwn yn sôn. Os creadur cymysgryw ydoedd, yr oedd ei fwngreliaeth fonheddig yn waradwydd ar bendefigaeth anrasol cŵn y plas. Sant ei wehelyth oedd ef. Yn y capel y mynnai fod ar y Sul, a chŵn eraill yn ofera ar hyd y mynyddoedd, a'u cyfarth digywilydd yn sŵn rhyfygus iawn mewn bro a ystyriai chwiban yn halogi'r Sabath.

Fel cenau bach boliog, ychydig dros ddeufis oed, y cofiaf amdano gyntaf. Ymddangosai'n rhy drwm i'w goesau; a'i duedd oedd mynd ar ei ben i bob dodrefnyn fel petai holl gynnwys y tŷ ar ei ffordd. Gan ei fod mor simsan ar ei draed, mi a'i codwn i'r whilber (berfa) gyda'r ystenau bob tro y dôi gyda mi i gyrchu dŵr o'r ffynnon yng ngwaelod y weirglodd; a chyn hir ei hoffter oedd ei gludo'n ôl a blaen ar y daith feunyddiol honno.

Clybûm am ddyn a fedrai ddwyn tarw ar ei gefn am iddo ei gario beunydd ar ei ysgwyddau o'r dydd y ganed y creadur. Mor gyson y cludwn innau Jac yn y whilber fel na sylwn ei fod yn prifio a thrymhau. Ond wedi iddo dyfu i fyny, cefais achos i edifarhau droeon i mi arbed cymaint ar ei goesau. Bob tro yr awn allan â'r whilber, ystyriai Jac mai ei hawl annileadwy ef oedd reidio ynddi. Ni chawn garthu'r ystabl na neidiai ef hyd yn oed i ben y llwyth tail i'w gludo cyn belled â'r domen; i'r cerbyd gwag drachefn i'w gludo'n ôl i'r ystabl, er ei fod erbyn hyn, cofier, yn rhedwr grymus.

Adloniant mawr i gyfeillion a ymwelai â ni oedd gweld fel y medrai Jac sefyll yn y whilber er i mi ei gyrru ar garlam gwyllt i lawr dros oledd y weirglodd. Gellid tybio bod ei bawennau wedi eu gludo wrth ei gwaelod; a her i neb ei gael allan ohoni heb ddymchwel y cerbyd. Dyna un o'i hynodion cyntaf. Ychwanegodd yn ddirfawr atynt yng nghwrs ei fywyd.

Yr oeddwn yn hoff iawn o ffuredu cwningod. Fel y gŵyr y cyfarwydd, rhaid taenu rhwydi (os rhai bychain a arferir) ar y tyllau o bobtu'r clawdd a'u gwylio gan ddau heliwr, un bob ochr i'r gwrych. Gan nad oedd gennyf frawd, Jac, fel rheol, oedd fy unig gydymaith. Daeth yn ddigon hyddysg cyn hir i ofalu am un ochr i'r clawdd ar ei ben ei hun a rhoi imi'r arwydd-ion gofynnol. Fe laddai'r gwningen yn y rhwyd ag un brathiad effeithiol; wedyn sefyll o'r neilltu i warchod y rhwydi eraill a dwyn y ffured yn ôl gerfydd ei gwddf, heb anafu dim arni, pe digwyddai iddi grwydro allan i'r cae.

Lletywn y ffured mewn cut yn yr ysgubor; a da y cofiaf y noson y mynnai Jac fod llygoden fawr dan y bwrdd dyrnu isel – rhy isel iddo ef fynd dano – ar ganol y llawr. Wedi rhedeg gylch ogylch am beth amser, aeth i'r gornel a gosod ei ddwy bawen flaen ar gut y ffured; wedyn syllu i fyny ataf tan siarad yn erfyniol yn ei ffordd ei hun, a minnau'n ei ddeall i'r dim: "Defi bach! Yr wyt yn gweld fy mhenbleth – llygoden dan y bwrdd dyrnu, a minnau'n rhy fawr i fynd i mewn ar ei hôl. Gad i'r ffured yrru'r satanes allan. Mi ofalaf fi am y gweddill!" Awgrymodd gynllun na ddychmygais i amdano, er fy mod mor chwannog ag yntau i ddal y satanes, yn enwedig o gofio'r hwyaid bach a'r cywion a leddid mor aml gan ei gwehelyth front.

Nodaf y digwyddiad hwnnw fel enghraifft o'i gallineb a'i ddeall; a da gennyf ychwanegu i'r cynllun lwyddo. Gyrrwyd y llygoden o'i lloches; ac yng ngenau Jac y darfu ei heinioes.

Awgrymais mai ffyddlondeb na chyfrifai'r gost oedd ei ffyddlondeb ef. Cyfyd lwmp o hiraeth i'm gwddf wrth alw i gof y diwrnod hwnnw yr euthum allan mewn cwch o draeth Wdig gyda'm cyfaill John James – llanc a ddaeth yn gapten llong ar ôl hynny. Wedi inni rwyfo allan tua milltir, dyna John yn gweiddi'n arswydus: "Jiw! Jiw! Dyna forlo!" Yn nhrywydd y cwch, ryw ganllath i ffwrdd, gwelwn ben du ar frig gwaneg las, a'r creadur yn nofio i'n cyfeiriad! Dyma afael yn dynnach yn y rhwyfau a thynnu am ein bywyd i gyfeiriad y cei dan Graig y Cw yn hytrach na throi'n ôl am draeth Wdig. Ar hyn, dyma gyfarth bach gweddigar yn codi o'r tonnau. Creadur dieithr oedd morlo i mi; ond yr oeddwn yn ddigon cyfarwydd â'r cyfarth hwnnw i wybod mai fy hen ffrind Jac oedd yn nofio atom, nid gelyn. Yr oedd ar foddi, druan, pan godwyd ef i'r bad, a mwy o halen yn ei fol nag a lyncodd mewn blwyddyn gyda'i gawl – cawl enwog Sir Benfro. Gorweddodd yn sopyn lluddedig wrth fy nhraed, ei weflau'n glafoerio, a'i ochrau'n megino'n echrydus; ond nid cyn iddo lyfu fy llaw a churo diolch bach gorfoleddus â'i gynffon ar waelod y cwch.

Wedi iddo ddadebru, mi a'i cyferchais yn y dull sarrug hwnnw sydd mor debyg i wylo: "Y ffŵl dwl! Serfio di'n reit petait ti wedi boddi! Yr oedd yn dda iti gyfarth, cofia! Nid lle i gi yw canol bae Wdig, y ffŵl! Fe gredodd John a mi taw morlo oet ti. Glywaist ti? Morlo!"

Cododd ar ei eistedd gan syllu i'm llygaid a gofyn beth oedd morlo. Atebais: "Nid cadno (wow!), nid draenog (wow!), nid mochyn daear (wow!), nid gwenci (wow!), nid ffwlbart (wow!), ond morlo (——?) . . ." Yr oedd yr anghenfil hwnnw y tu allan i'w eiriadur; ond yr oedd yr ymofyn mud yn ei lygaid yn llawn mor huawdl â'r 'wow' a amlygai ei adnabydd-iaeth o'r creaduriaid eraill a enwais. Mwy na hynny, yr oedd ei wrychyn i fyny gan awydd dychrynllyd i'w gyflwyno i'r creadur anghyfeillgar hwnnw cyn gynted ag y medrwn. Ond – y nefoedd fawr! – rhyfedd oedd teimlo mor sychedig ar ôl llyncu cymaint o ddŵr. Yn bendifaddau, nid llyn y felin oedd bae Wdig!

Yr oedd yn hoff iawn o Bess y gaseg; a'i wledd fawr oedd cael carlamu wrth ei hochr i dref Abergwaun; ond ni ddilynai bob cam o'r ffordd. Yr oedd Jac yn gallach na hynny. Wedi cyrraedd gwaelod Rhiw Drefwrgi, fe groesai'r waun heibio i fferm Y Drum, ac aros amdanom wrth odre Rhiw

Windi Hal yn hytrach na'n canlyn heibio i'r Dyffryn a thros y Parrog. Wrth ein cyfarfod drachefn, fe noethai ei ddannedd mewn chwerthin mawr gan neidio i fyny at drwyn y gaseg ac edliw: "Yr wyt ti'n gyflym, Bess! Ond yr wyf fi'n gyflymach na thi mewn rhai pethau!

Yn ystabl yr un gwesty y lletywn y gaseg bob tro y marchogwn i'r dref. Âi yntau, Jac, ar grwydr am dipyn o garu, a dychwelyd yn awr ac eilchwyl i'r ystabl er mwyn cael gwybod a oedd Bess yno, a minnau heb gychwyn ar y daith tua thre; ond gorfu iddo ymladd yn galed am yr hawl i fynd trwy ddrws yr ystabl i wneud yr ymholiadau hyn. Bob, ci John y gwastrodwr, oedd yr anhawster; hwnnw, ar y dechrau, yn mynnu ei atal, a dadlau mai ef oedd gwyliwr y porth.

"Edrych yma," meddai Jac wrtho un noswaith, "a bydd yn rhesymol. Eisiau gweld yr wyf a yw Bess i mewn yn y stabl yna. Os ydyw, popeth yn dda; mi af am dipyn o garu eto. Os yw wedi mynd, mae'n rhaid i mi frasgamu ar ei hôl nerth fy maglau. Yn awr, gad imi gael un pip bach!"

"Dim un pip!" heriai Bob, a'i wrych i fyny yn storm o afresymoldeb.

"Yr wyt yn gofyn am drwbwl, cofia!" dadleuai Jac. "Yr wyf yn penderfynu setlo'r fusnes hyn heno, unwaith ac am byth. A wyt ti am roi ffordd?"

"Dim un pip!" taerai Bob drachefn, gan chwyrnu'n gas. Ond cyn iddo gael ei anadl ato'n iawn, yr oedd Jac i mewn iddo, yn lloerig gan gynddaredd cyfiawn.

Ymglymodd y ddau ymladdwr yn ei gilydd ac ymdreiglo'n belen o ffyrnigrwydd brathog i ganol llawr yr ystabl; a dyna'r ceffylau hefyd yn ymuno yn nherfysg yr ysgarmes gan wichial a thaflu eu pedolau ôl i'r entrych yn gylchau gloywon o fellt. Yng nghanol y randibŵ fawr dyma John i mewn ac yn ysgubo'r ddau ymladdwr allan i'r heol. Canlyniad eu brwydr y noson honno oedd cymodi a dyfod yn ffrindiau anghyffredin. Yn wir, anaml, wedi hynny, y cychwynnai Jac tuag adref na fynnai Bob ei hebrwng allan o'r dref a chymryd ei ran yn erbyn pob llechgi a ruthrai allan ato ar y ffordd. Canent yn iach i'w gilydd ar ben Rhiw Windi Hal, a Jac yn mwmian wrthyf wedyn: "Hen fachan reit ffein yw Bob yn y gwaelod, ond ei fod yn credu taw fe piau'r stabl yna."

Tro rhyfedd oedd hwnnw yn Wdig pan farchogodd fy nhad trwy'r pentref a Jac yn trotian wrth ei ochr â dysgl yn llawn baeddgig yn ei geg, a gosgordd o gŵn gobeithiol wrth ei gynffon – pob un ohonynt yn ei adnabod yn rhy dda i ddechrau ymrafael. Yn gelfydd iawn y cariai Jac y ddysgl – ei hymyl isaf rhwng ei ddannedd, a'i chantel uchaf yn gorffwys ar ei dalcen. Yr oedd Jac, fel y cewch glywed, yn hoff iawn o bregethu fy nhad; ond rhaid cydnabod iddo ymyrryd yn ofnadwy ag urddas y weinidogaeth y diwrnod hwnnw. Unig ffordd fy nhad o ddianc rhag cywilydd oedd gado'r pentref ar garlam. Darganfûm wedi hynny mai eiddo dwy hen ferch y llythyrdy oedd y danteithfwyd y methodd Jac ymatal rhag ei ladrata. Gadawsent y saig ar y llawr i oeri a chaledu, nid i ddiflannu fel breuddwyd, a'u hamddifadu o swper blasus. Credaf i'r lleidr bach edifaru llawer am ei drosedd; oblegid yn euog iawn wedi hynny y cripiai heibio i hen ferched y llythyrdy; ac er iddynt hwythau – chwarae teg iddynt! – addef bod cydwybod yn aros yn rhagoriaeth iddo fel ci pregethwr, nid aethant mor bell â chyfrif hynny'n ddiogelwch rhag temtasiwn gyffelyb maes o law! Ystorm a ysgydwodd gedyrn yw'r gwrth-ryfel rhwng cydwybod a thrachwant.

Costiodd ei hoffter o bregethu – pregethu fy nhad, wrth gwrs – yn ddrud iawn iddo un bore Sul. Yr oeddwn, yn ôl fy arfer, wedi ei gloi yn y gegin cyn cychwyn am y capel. Ond, er fy syndod, a ninnau'n canu'r emyn o flaen y bregeth, dyma Jac yn cripian i mewn i'm sedd, a golwg euog ofnadwy arno. Sylwais, yn ychwanegol, fod ei ben yn friw a gwaedlyd.

Eisteddodd o'm blaen a syllu i fyw fy llygaid. Heb wneud sŵn o gwbl, ond siarad yn angerddol â'i olygon, a llyfu fy llaw, dechreuodd ymddiddan a begian fy mhardwn gyda'r peth taeraf a glywsoch chwi erioed. Jac, bid sicr, oedd y pechadur mwyaf edifeiriol yn y cwrdd y bore hwnnw; ac fel hyn y llefarai, yn ei ffordd ei hun:

"Defi bach! Y mae'n ofidus iawn gennyf dy drwblu fel hyn. Y doluriau yma ar fy mhen? O, twt, twt, paid â sôn amdanynt. Digon o wynfyd am y rheini yw cael gafael ynot a chlywed llais meistr yn y pulpud. Dim ond un peth sy'n fy ngofidio'n awr – y twll melltigedig yna yn ffenestr y gegin, a gwydr y chwarel yn deilchion ar hyd y lle. Ond dyna hen Bitar y Saer, fe ddaw ef, fel arfer, i drwsio pethau. Gwell imi dewi hefyd neu mi gollaf y bregeth. Y mae meistr wedi codi ei destun yn barod. Ond gad imi lyo dy law, Defi bach annwyl, unwaith eto – dim ond unwaith! Mi orweddaf i lawr wedyn yn dawel bach dan y sedd yma. O! 'r nefoedd fawr! Dyna dda yw cael bod yma – pen tost neu beidio!"

Wedi hynny, yr ysgubor oedd ei garchardy bob bore Sul, a chadwyn gref yn atalfa ychwanegol ar ei bererindodau. Ond nid hir y bu'r cynllun hwnnw cyn troi'n fethiant. Trwy ryw gyfrin ddeall nas rhodded hyd yn oed i ddewin, fe ddechreuodd Jac ddiflannu nos Sadwrn. Nis gwelais yn edrych ar yr almanac; ond fe wyddai, heb gymorth amseroni, mai nos Sadwrn ydoedd. Nid oedd sôn amdano ar y buarth fore Sul; a chawn innau alw a chwibanu fy mherfedd allan cyn yr ymddangosai, er fy mod yn dra sicr ei fod yn llercian yn y cyffiniau. Gallwn fentro fy mhen y cawn ei weld yn y capel – yn disgwyl wrthyf yn y sedd neu ynteu'n ymlusgo i mewn yn llechwraidd wrth gynffon rhyw addolwr amhrydlon.

Nid ffordd y saint a ddilynai ef wrth gyrchu'r addoldy, ond dringo ffordd arall fel ysbeiliwr – croesi'r waun a'r mynydd, ymwthio trwy'r perthi a llamu'r cloddiau ar ei ben ei hun – rhag i mi ddigwydd ei weld a'i yrru'n ôl.

Os aeth creadur erioed i foddion gras dan anawsterau, a mynnu bod yno hefyd, Jac oedd hwnnw.

Dan gysgod y Garn Fawr y gorwedd heddiw, ei glustiau astud yn rhy fyddar i glywed dwndwr y môr yn ogofeydd Pwll Deri, a chadwyn na allodd neb ei thorri yn ei ddal rhag crwydro mwy. Fe'i claddwyd yn barchus gan hen ffrind i mi sydd yn aros hyd y dydd heddiw, yn hynafgwr pen-llwyd bellach, yn ei fwthyn ar lannau arfordir creigiog Penfro.

Mynnwn innau hefyd orffwys yn y diwedd dan gysgodion hen gernydd Pencaer; ac o gael fy newis, yng nghesail Garn Gowil, yng nghanol y grug a'r eithin, y carwn gysgu fy nghwsg olaf, ag un o feini digabol y fro – hen fro'r derwydd a'r marchog – yn sefyll uwch fy mhen.

Yno y llamodd Jac a minnau yn gyfoedion diofid cyn dyfod cwmwl trallod; yno yr agorwyd i mi byrth fy mreuddwydion cyntaf; ac o orwedd eilwaith gerllaw fy hen ffrind, cawn yno dangnefedd llwyr, a dweud y lleiaf.

# Goneril a Regan
## (Stori Fer)

### D. J. WILLIAMS

"Druan â hi, y mae hi wedi mynd 'te," meddai Miss Williams yr wniyddes, gan roi'r papur i lawr ar y sêt wrth ei hochr.

Yn Llanwrtyd yr oedd Miss Williams a finnau ryw ddechrau Awst, rai blynyddoedd yn ôl bellach, yn treulio ychydig ddyddiau yn y lle gwyliau Cymreiciaf a mwyneiddiaf ei gymdeithas o unrhyw fan yn y byd. Hen ferch ydoedd hi o ochr y gweithiau yna, dipyn yn denau a gwerennaidd ei hwynepryd, ond yn gwmni da. Croten tua'r ail flwyddyn yn y coleg oeddwn innau, a'm pen mor llawn o ramantau, fel y mae cystal cyfaddef erbyn heddiw, ag unrhyw ferch erioed y rhannwyd ei bryd rhwng llyfr a llanc. Lletyem ein dwy yn yr un tŷ, ac aethem i lawr o gam i gam y bore hwn yng nghwmni'n gilydd nes i ni ddod at sêt wag o dan y llwyni irion, talfrig sy'n cysgodi'r ffordd rhwng gwesty Dôl y Coed a'r ffynnon; ac eistedd yno yn sŵn bwrlwm afon Irfon. Yr oedd cyfrol o ddramâu Shakespeare yn ddefosiynol iawn o dan fy nghesail; ond cadw cil llygad a wnawn i, mewn gwirionedd, am Idris, y llanc penfelyn, llygatlas y cawswn i beth o'i gwmni y dyddiau cynt.

Y mae'n fwy na thebyg na fuaswn wedi cofio fawr am yr hanes a geir yma, mwy nag y cofiaf am lu o hanesion eraill a glywais yn fy nydd, oni bai am un peth – sef fy mod i'n digwydd bod wrthi ar y pryd yn darllen y ddrama fawr honno am yr hen frenin Llŷr a'i dair merch – Goneril a Regan a Chordelia. Cofiaf yn sicr, petai hynny o unrhyw bwys, mai Mrs Lloyd ydoedd y wraig o ffrind agos ac annwyl i Miss Williams y gwelsai hi hanes ei marw yn y papur y bore hwnnw. Lloyd oeddwn innau'n digwydd bod cyn priodi. Fel y brenin Llŷr, yr oedd gan y Mrs Lloyd honno ddwy ferch, ond er fy ngofid, dyna'r modd y teimlwn i ar y pryd, nid oedd ganddi ei thrydedd – ei Chordelia. Y mae arnaf ryw led argraff mai rhyw enwau uchel-ramantaidd fel Angeline a Cecilia oedd ar ferched Mrs Lloyd. Ond yn rhyfedd iawn, os yw mor rhyfedd hefyd, ymagweddodd y ddwy ferch hynny, rywfodd, yn bendant yn fy nychymyg i ar y pryd, ac yn fy nghof wrth feddwl amdanynt yn ôl llaw, fel Goneril a Regan. A chyda'ch caniatâd chi, wrth yr enwau Goneril a Regan y sonnir amdanynt yma gan Miss Williams wrth adrodd yr hanes yn ei geiriau hi ei hun.

Un o'r bobl hynny na fedrwch chi byth fynd o'u gafael unwaith y dechreuan nhw adrodd stori ydoedd Miss Williams. Yr oedd yn amlwg hefyd fod marw ei chyfeilles, Mrs Lloyd, wedi effeithio'n drwm arni. Yn ddiarwybod i mi ynteu, yr own i'n gwrando'n ddyfal ar fy ffrind heb wneud sylw o'r ymwelwyr oedd yn pasio, ac Idris a Shakespeare, am y tro, wedi cilio ymhell i'r cysgodion.

"Dier annwyl! Dier annwyl!" meddai Miss Williams, gan ddechrau siarad fel petai'n falch o 'nghael i i wrando arni. 'Fe allwn i ddweud llawer wrthych am Mrs Lloyd druan, neu Loti Tŷ Gwyn fel yr own i yn ei nabod hi 'slawer dydd. Siop ddillad oedd gyda Lloyd a hithau yng Nghwm Tawe wedi iddyn nhw briodi, er na wnaeth Loti fawr â'r siop erioed. Fi oedd gwniyddes Siop Lloyd pan fyddai eisiau altro rhyw bilyn ar gyfer un o'r cwsmeriaid, ac nid awn i byth oddi yno heb air bach â Loti, fy hen gyfeilles bore oes. Fe fues yno hefyd am wythnosau bwy gilydd pan oedd y ddwy ferch, Goneril a Regan, yn rhai bach, ac wedyn am bylau pan fyddai rhyw afiechyd yn y teulu. Mewn gwirionedd, yr oedd Loti a finnau yn fwy fel dwy chwaer na dwy ffrind, gan fod y tŷ bach y ces i fy magu ynddo o fewn dau led cae i'r Tŷ Gwyn, ei hen gartref hi.

"Y mae bron mor anodd i ddyn nabod 'i ffrind gore ag yw hi iddo nabod 'i hunan," meddai Miss Williams, gan fynd ymlaen â'r hanes. "Barn llawer un am Loti yn ferch ifanc ydoedd ei bod hi dipyn yn falch o ffroen-denau. Hi oedd unig blentyn y Tŷ Gwyn, hen deulu a fuasai'n byw yno ers cenedlaethau, ac a welsai ddyddiau gwell. Priododd braidd yn sydyn – a hynny er syndod i lawer ohonom hefyd – â Dick Lloyd, mab yr hen Domos Lloyd y Crydd – a oedd yn siopwr smart bant yn Llundain neu rywle. Dywedodd rhywun caredig ar y pryd mai gwaddol pennaf ei rhieni iddi fyddai'r tipyn ffroth ar ei gwaed.

"Bu'r Tŷ Gwyn yn llety ac yn nodded i bregethwyr am genedlaethau.

Fe wyddwn i, fel ei ffrind gore, fod yna haen o hen ysbryd crefyddol y
teulu yn Loti o hyd, er gwaethaf tipyn bach o ryw falchder arwynebol a
welai pobl eraill ynddi. Fe'i derbyniwyd hi a finnau'n aelodau o'r eglwys
yr un pryd, ac anghofia' i byth mo'r dyddiau hynny. Ond wedi iddi fynd i
le poblog fel y Cwm, a llwyddo'n oilin mewn busnes, colli gafael rywsut a
wnaeth hi ar yr hen bethe. Dôi ambell gwsmer gwell na'i gilydd i'r siop,
gwraig neu ferch un o swyddogion newydd y gwaith. Gwahoddid weith-
iau y goreuon o'r rhain i mewn i'r tŷ i gael cwpanaid o de at Loti ei hun.
Byddai'r siop ar flaenau'i thraed, a'i phethau gore yn y ffenestri y dyddiau
wedyn, a Loti, meddai rhywrai eiddigus, yn mynd yn fwy swch-syber ei
Chymraeg o hyd. Ond fe'i clywais yn sôn yn ddistaw bach wrthyf i, fwy
nag unwaith, nad da ydoedd dangos sêl rhy amlwg gyda'r capel Cymraeg,
a phobl fel hynny'n dod i'r siop. Gweithwyr oedd yn y capel yn bennaf, a
dynion cyffredin. Gellid cyfrannu, wrth gwrs. Ond rhaid oedd bod yn
ddoeth a gwyliadwrus hyd yn oed gyda chrefydd, fel gyda phopeth arall –
yn enwedig i ddynion busnes.

"Rhyw dipyn o ddyn startsh ydoedd Dick Lloyd, gŵr Loti, yn byw, yn
bennaf, y tu ôl i'r cownter. Ystyrid fod ganddo gystal llygad â neb yn y
Cwm am wisgo ffenest. Wedi darfod tymor byr y caru a'r briodas, a thra
parhaodd ei hiechyd, nid anghofiodd Loti am un diwrnod mai mab
Tomos Lloyd y Crydd ydoedd ei phriod. Ni ddaeth y ddwy ferch erioed
i wybod, am 'wn i, i'w tad unwaith fod yn trafod cŵyr crydd cyn ei
brentisio'n ddreper. Ond yr oedd Dick Lloyd yn handi iawn at wneud
ceiniog o arian, ac yr oedd bob amser yn drwsiadus. Bu'n rhyw led-
feddwl unwaith am sefyll etholiad am sedd ar y Cyngor Tref, gan dybio y
gallasai hynny fod o help i'w fusnes. Ond ni chafodd fawr o gefnogaeth
gan ei wraig. Ei thŷ a'i merched oedd ei ddiddordeb pennaf hi.

"Am Goneril a Regan, yr oedd sôn amdanynt erioed fel y ddwy ferch
harddaf yn y Cwm. Yr oeddent yn dal a lluniaidd, ond fod Goneril beth
yn oleuach ei phryd, ac os dim, yn fwy o feistres yn ei ffordd na'i chwaer.
Rhyw bedwar mis ar ddeg oedd rhyngddynt, a gwisgent bob amser yr un
fath, nes y gellid yn hawdd eu cymryd fel efeilliaid. O ran eu dillad, teg
fyddai dweud eu bod hwy o lawn cymaint o help i Siop Lloyd ag ydoedd
Siop Lloyd iddynt hwy. Am sawl Sulgwyn pan oeddent yn grotesi, dewis-
wyd Goneril neu Regan i fod yn Frenhines y Carnifal, er gwaethaf peth

cenfigen ymysg mamau a merched eraill. Dotiai Loti druan ar harddwch arbennig ei dwy ferch, a chyda'r gwendid bach hwnnw a'i nodweddai, dysgodd hwy o'r cychwyn i fod yn ofalus iawn, iawn, gyda phwy y siaradent. Y mae'n rhaid i fi gyfaddef, pan drôi'r ddwy ataf, yn ferched bach, a siarad â fi ar y stryd, fy mod i'n cerdded, rywsut, lawer yn sioncach ar ôl hynny. Yr oedd rhywbeth ynddyn nhw yn peri i chi edrych lan arnyn nhw. Cawsant fynd i ysgol breifat o'r dechrau, er mwyn dysgu acsent Saesneg berffaith. Peth enbyd o gas yng ngolwg Loti ydoedd clywed sŵn Cymraeg ar eiriau neb yn siarad Saesneg.

"Yr ych chi, Miss Lloyd, yn ifanc, a chennych ddigon o gariadon fel rwyf wedi sylwi yn Llanwrtyd yma," meddai Miss Williams. "Hen ferch ydwyf i, ac yn ddigon boddlon ar fy myd ers blynyddoedd bellach – er i finnau gael fy siawns. Ond ni allwn lai na meddwl yn fynych, y dyddiau hynny, mor garedig y bu Rhagluniaeth wrth Loti, fy ffrind, yn rhoddi iddi gartref llawn, a gŵr sobor yn edrych ar ôl 'i fusnes, a dwy ferch mor smart a deallgar i lonni ei bywyd.

"Ond fel yr âi'r blynyddoedd heibio, ni allwn i, fel hen ffrind agos i'r teulu, lai na synied, rywsut, fod rhyw gyfnewidiad araf yn digwydd yn yr holl awyrgylch. Fel yr ehangai'r siop nid oedd fy eisiau i i altro dillad mor amal â chynt, er, os caf i ddweud gair o ganmoliaeth i fi'n hunan am siwrne, Miss Lloyd, pryd bynnag y byddai rhywbeth mwy ticlis na'i gilydd i'w wneud, ata i y bydden nhw'n hala bob amser. Rwy'n cofio pan own i yno ryw dro, a'r merched adref ar eu gwyliau, fod llygaid Loti'n edrych yn goch iawn fel pe byse hi wedi bod yn llefen. A dyma hi'n dweud wrthyf yn gyfrinachol, cyn i mi fynd, fod Goneril newydd fod yn ei cheryddu hi'n finiog iawn am ei hacen Gymraeg hyll. Yr oedd hyn fel cyllell i Loti, a hithau'n cymryd cymaint balchder bob amser yn y Saesneg da a ddysgodd hi yn Ysgol Miss Quick. Ni siaradai'r ddwy ferch, bellach, air o Gymraeg â'i gilydd. Ond er bod y peth yn swnio'n whithig, fe glywes y ddwy wrthi yn begian ar 'u tad a'u mam i beidio â siarad dim ond Cymraeg yn eu clyw hwy, gan mor ofnadwy o Gymreigaidd oedd eu Saesneg. Atebai'r merched yn Saesneg, wrth gwrs. Whare teg iddyn nhw, Cymraeg a siaradent â fi bob amser.

"Sylwn hefyd, fel yr elent yn hŷn, y byddai'r ddwy yn rhyw dueddu i droi i edrych yn ffenestri siopau pan ddigwyddwn ddod i'w cyfarfod ar y stryd. O dipyn i beth dysgais innau wneud yr un modd pan welwn hwy'n dod, er bod hynny'n rhewi fy nghalon ar y dechrau, wrth gofio mor annwyl y magwn y ddwy yn fy mreichiau gynt fel plant Loti, fy ffrind.

"Nid oedd un ddawns na chynulliad cymdeithasol o bwys nad oedd Goneril a Regan yno. Ac o ddefnyddio paent a phowdwr, Miss Lloyd, peth sy'n gas gen i drwy 'mywyd, 'weles i neb erioed yn gallu gwneud gwell iws ohonyn nhw na Regan. Rhyw dueddu i or-wneud ei hun ydoedd Goneril, weithiau. Ond yr oedd rhywbeth mor urddasol ynddi! Byddai ganddynt eu clic eu hunain yn y lleoedd hynny bob amser, a hyd y gallent, ni chymysgent â neb arall. Goneril fyddai'n arwain yn y pethe pwysig hyn yn wastad. Yr oedd ganddi hi ryw fath o bersonoliaeth ar ei phen ei hun at y gwaith hwn. Mynnai ei lle ym mhob man heb ei geisio. Pan oedd Goneril yn blentyn, soniai ei mam gyda balchder am ei gallu rhyfedd o gael ei ffordd ei hun gyda phawb. Credai ei bod yn gweld yn hynny bwysigrwydd teulu Tŷ Gwyn 'slawer dydd, yn ôl ei syniad hi amdano – yn arwain gyda phob peth. Os dôi rhyw stori adref am ymddygiad Goneril yn yr ysgol, ar yr athrawes y byddai'r bai bob tro, a Regan, wrth gwrs, yn porthi. Fe welsoch rieni fel hynny, on'do, Miss Lloyd? Rhyw deimlo yr own i fod Loti yn dirgel ymfalchïo yn y pethau hyn, na hoffwn i ac eraill fawr arnynt yn ei merch. Ond fe wyddwn nad oedd wiw i fi ddweud gair. Y siop oedd popeth i Dick Lloyd, gan adael rhwng ei wraig a magu'r merched.

"Ni fu iechyd Loti erioed yn gryf iawn, er ei bod hi'n lled wddyn. Fe ges i le i gredu amal dro yn ystod y blynyddoedd olaf yma nad oedd hi mor hapus ag y dymunwn iddi fod. 'Ddywedai hi ddim gormod hyd yn oed wrthyf i. Pe dywetsai fwy, efallai y byddai'n well iddi. 'Chlywais i mohoni'n sôn gair am y storïau oedd ar led am Goneril – storïau, Miss Lloyd, na wnâi les i neb 'u gwybod nhw. Gobeithio'r annwyl, na chlywodd hi ddim. Ond y mae hi bellach, druan fach, wedi mynd y tu hwnt i'w holl ofidiau ar y ddaear yma.

"Rown i'n teimlo trwy'r amser fod ei dolur hi y tu faes i gyrraedd y doctoriaid, a'i cynghorai hi yn unig i fynd ragor i'r awyr agored, ac i weld pobl. Roedd ei hysbryd hi wedi danto rywfodd, a 'fysech chi ddim yn credu'n rhwydd mai'r un un oedd hi â Loti Tŷ Gwyn 'slawer dydd. Gwnâi hyn i'w dwy ferch, yn fynych, fod yn dra diamynedd wrthi, ac awgrymu weithiau, yn lled drwsgwl, nad oedd dim yn bod arni ond tipyn o whalu meddyliau, a lot o ddwli. Ond 'doedden nhw ddim wedi'u gwneud o briddyn mor ffein â'u mam. Fodd bynnag, pan soniwyd am fynd â Loti allan fwy i'r awyr agored, yr oedd y ddwy am y parotaf i gynorthwyo. Rhaid oedd cael car ar unwaith, ac o gael car, wrth gwrs, car yn werth yr enw. Yr oedd dyletswydd yn galw'n bendant arnyn nhw a'u tad i wneud popeth a allent i geisio gwella a chysuro eu mam. Gallent hwy, ill dwy, ddreifo'r car. Ond yr oedd ochr arall i'r broblem hon. Fe wyddwn i am honno, fel un a chennyf wy addod bach fy hun. 'Wyddai mo'r ddwy ferch na'u mam fod y siarau a oedd gan Dick Lloyd yng nghonsern glo carreg Alfred Mond wedi mynd lawr i'r dim bron yr adeg honno. 'Rwy'n foddlon gwneud unpeth dros Loti,' meddai Dick Lloyd yn ddifrif iawn wrthyf ar y pryd. 'Ond rwyf wedi blino'n lân ar fod yn asyn i gario'r ddwy ferch yna ar fy nghefen, ers tro. 'Dydyn nhw'n meddwl dim mwy ohono' i nag o'r linoliwm yma ar lawr y siop, ond fel rhywbeth i'w cadw nhw i fynd, mewn steil ac arian; nac o'u mam chwaith, y mwya'u cywilydd nhw, er 'i bod hi wedi bod yn cadw'u part nhw drwy'r blynydde, pan fyddwn i'n treio dweud gair ambell waith, i roi brêc ar bethau. Loti sydd wedi sbwylo'r merched, mewn gwirionedd. A fe wyddoch chi hynny'n nêt.' 'Fues i erioed yn rhyw hoff iawn o Dick Lloyd, rywfodd. Dyn tipyn yn brennaidd yma rown i yn ei ystyried e. Ond fe aeth at 'y nghalon i i'w glywed e'n siarad fel yna'r tro hwnnw.

"Ond bod yn asyn fu raid iddo fe unwaith yn rhagor, Miss Lloyd, a gweld Goneril a Regan yn dreifo drwy'r Cwm yn eu *Daimler* crand. Y nhw, ill dwy, a gafodd y budd pennaf o'r car, fel y bysech chi'n disgwyl. Fe fues i gyda Loti yn gwmni rai o'r troeon cyntaf hynny. Oherwydd ei hiechyd bregus, gofelid ei dwyn yn ôl yn gynnar bob amser; a mynd yn fyrrach, ac yn anamlach, a wnâi'r teithiau o hyd. Yr oedd siwrneion hwyr a phell yn dygymod yn well â'u natur hwy. Ond nid oedd fawr o olwg gwella ar Loti; ac ymhen peth amser dyma fi'n clywed fod y merched wedi perswadio'u tad i fynnu byngalw i'r teulu yn y Mwmbwls. Yn sicr, fe fyddai bod yn barhaus yn awyr iach y môr yn rhwym o wella'u mam! Dodrefnwyd y tegan newydd hwn yn y dull diweddaraf, a bu mewn bri mawr am dymor. Cynhelid parti ynddo yn awr ac eilwaith, a gwŷr pwysicaf y cylch yr oedden nhw yn troi ynddo – gwŷr nad oedd gennyf fy

hun, rai ohonynt beth bynnag, fawr o ffansi ynddynt – yn cael eu
gwahodd yno. O dipyn i beth daethant i'r farn nad oedd y ffwdan ynglŷn
â'r partïon hyn yn dda i Loti, ac eid â hi adref nes y byddai'r cyfan
drosodd. Ychydig flynyddoedd ynghynt, â'r merched yn iau, byddai Loti
wrth ei bodd yn cynorthwyo gyda phethe o'r fath. Ond yn awr teimlai
mai ar y ffordd yr oedd. Efallai 'y mod i'n dipyn o hen ferch, Miss Lloyd,
ond fe wyddoch chi cystal â finnau ryw amcan beth y mae'r partïon hyn
yn ei olygu mewn arian, a phethau eraill hefyd, drutach nag arian. 'Tŷ
Gwyn' oedd yr enw a roed ar y byngalw – yr unig beth Cymraeg a
berthynai iddo. Ac yr own i'n teimlo y dydd o'r blaen, wrth feddwl am
Loti druan, mai'r unig beth gwyn ynglŷn ag e hefyd, heblaw'r paent arno,
oedd ei enw.

"'Ffansïodd Loti fawr o'r byngalw yn y Mwmbwls. Yn y tŷ gartref y
mynnai hi fod, a hynny'n amal iawn wrthi ei hun. Yr own i o dan siars
beunydd, i alw pryd bynnag y byddai'n gyfleus. Er bod ganddi ŵr, a dwy
ferch, teimlwn weithiau fod Loti mor unig â neb yn y Cwm. Teimlwn
hefyd fod y cwlwm rhyngddi hi a fi, cwlwm bore oes, yn dynnach na dim
arall yn ei bywyd. 'Does dim yn debyg i fore oes, wyddoch. Yn ei gwendid
torrai allan i wylo yn fynych, pan ddown i i'w gweld.

"Yr oedd un peth wedi gwneud argraff ryfedd ar 'i meddwl yn gynnar
yn 'i bywyd, fel y gwnaethai hefyd arnaf innau – y Cymun cyntaf a
dderbyniason ni'n dwy yr un bore Sul Cymundeb o law yr hen Phillips
Carmel. Yn ddiweddar, mynnai sôn am hynny'n lled amal. Y mae'n
amheus gen i a oedd enw Loti na'i gŵr ar lyfr yr eglwys erbyn hyn.
Dechreusant esgeuluso'r capel yn gynnar wedi dod i'r Cwm. Y mae blyn-
yddoedd bellach er pan fu'r un ohonyn nhw yn y cwrdd, na chyfrannu
dim at yr achos, fel y cyfaddefodd Loti wrthyf yn ddigon edifeiriol fwy
nag unwaith yn ddiweddar. Dechreuodd y Gymraeg yn gynnar fynd yn
ddigon o esgus i'r merched aros gartref, a'u mam ar y pryd yn cytuno â
hwy; heblaw eu bod yn gorfod cymysgu yn yr Ysgol Sul â llawer o blant
digon cyffredin eu gwisg a'u harferion – plant y glowyr a'r gweithwyr
gwaith tùn yn y cylch.

"Wrth ei chlywed yn sôn fel hynny'n fynych am y cymun, meddyliais,
efallai, yr hoffai gael rhywun i weinyddu'r cymun iddi; ac awgrymais y
byddai'r gweinidog ifanc a ddaethai i'r eglwys yn ddiweddar yn barod iawn

i wneud hynny. Ond gwelais ar unwaith fod arni ormod o ofn gwawd
Goneril a Regan. Nid oedd dim y câi Goneril fwy o hwyl a blas arno na
gwneud sbort ar ben pregethwyr, ac yn enwedig dynwared eu hacen Gym-
raeg wrth siarad Saesneg. Gelwid arni'n fynych i ddiddanu ei chwmni
gyda'r ddawn arbennig hon.

"Fel fflach, rywsut, mi welais neu mi ddychmygais fy mod i'n gweld i
mewn i enaid Loti – ei balchder bach, diniwed hi wedi troi'n fagl ac yn
felltith i'w phlant. Ac fe aeth rhyw drueni rhyfedd arna 'i amdani. 'Dydi
plant, wyddoch chi, nemor byth, rywfodd, yn codi'n uwch na meddyliau
cudd eu rhieni. Cydiais yn llaw Loti, a rhoddais gusan iddi. Ac i un mor
ddifenter â fi, 'alla i mo'i esbonio fe i chi, ond fe ddaeth rhyw syniad
rhyfeddol o feiddgar drostw i. 'Dydw i ddim wedi sôn am hyn wrth neb
byw hyd y bore yma ond wrthych chi, Miss Lloyd. Efallai fod y peth yn
rhyfygus. Ond rwy'n teimlo'n berffaith hapus yn ei gylch e, ac yn wir yn
falch ohono, wedi'r newydd blin y bore yma.

"'Beth sy'n dior i chi a finnau gael cwrdd cymundeb bach gyda'n
gilydd yn y fan hon, Loti annwyl?' meddwn i. '"Lle y mae dau neu dri
wedi ymgynnull," wyddoch . . .'

"'Wel, ie 'wir, on'te-fe?' atebai Loti, â rhyw sirioldeb byw yn ei gwedd
fel petai'r peth wedi ei setlo yn ei meddwl ar unwaith. 'Y mae'r merched,
hefyd, wedi mynd am y dydd i'r Mwmbwls, rwy'n credu. A chan eich
bod chi wedi meddwl amdano, y mae hen gwpan cymun Tŷ Gwyn,
cwpan cymun cynta'r Capel yco, y meddyliai 'nhad-cu ei fod yn fwy o
werth na ffortiwn, yn hongian yn y cwpwrdd 'fan draw. Y mae rhywbeth
i fi yn gysegredig yn yr hen gwpan yna. Efallai y bydd e'n help. Fe af i i'w
hôl e'n awr.' Ac anelodd godi o'i chadair freichiau. Perais innau iddi
eistedd, gan fynd i hôl y cwpan fy hun; a'r botel win a'r bara hefyd, gan y
gwyddwn am y cyfan yn y tŷ. Gosodais hwy ar y bwrdd.

"Ni raid rhoi hanes y cwrdd cymundeb bach hwnnw. Darllenais i
adnodau'r Swper Sanctaidd yn Luc; ac fe gymerson y bara a'r gwin fel y
gwnaethon y tro cynta gyda'n gilydd, law-yn-llaw. Daeth rhyw dawelwch
dwfn drosof, a rhyw brofiad o heddwch na ches i mo'i debyg e ond rhyw
unwaith neu ddwy yn 'y mywyd. Teimlwn mai da oedd i ni fod yno.

"Wedi codi'n pennau ar ôl y distawrwydd, sylwais fod gwên hapus ar
wyneb Loti. Pwysodd yn ôl yn ei chadair fel pe am orffwys yn gwbl

esmwyth. Trefnais innau'r dillad a'r clustogau amdani, gan groesi'r llawr i roi tipyn o lo ar y tân fel y byddai'r lle'n cadw'n gynnes. Wrth i fi dwmlo'n ddistaw yn y bocs glo am ychydig o gnapiau, ni wyddwn ddim nes bod y drws yn agor yn sydyn, a Goneril mewn rhyw wisg felfed borffor, a'i gweddai mor rhagorol o dda, yn sefyll yn ei holl harddwch y tu fewn i'r ystafell.

"Arhosodd yn fud am ychydig, â'i llygaid disglair yn edrych o gwmpas. Credwn hefyd fod rhyw wrid mwy nag arfer yn ei hwyneb. Aeth ymlaen at y bwrdd heb ddweud gair, gan ddal y botel am eiliad rhyngddi a'r golau. Bron nad af ar fy llw fod arogl peth-yfed ar ei hanal wrth iddi fy mhasio. Yna chwarddodd yn annaturiol dros y lle nes i'w mam neidio'n sydyn. Gwaeddodd ar Regan o ryw ran arall o'r tŷ.

"'Ha-ha-ha! Ho-ho-ho! Regan! Regan! Dere yma, 'wir!' a throdd at 'i mam a finnau. 'A dyma beth sy'n mynd ymlaen gyda chi, *my ladies*, yn fy absenoldeb i, ai-e? – *cocktail party*! Hi-hi-hi! Ho-ho-ho! Regan! Regan, dere yma ar unwaith i ti gael gweld! Y chi'ch dwy, yn wir, a oedd yn troi'ch trwyne mor stansh ar Regan a fi yn y byngalw! Yn awr, rwy'n gweld pam y mae pob potel win yn y tŷ yma'n diflannu mor gyflym yn ddiweddar. Fe wyddwn fod yr hen foi yn cymryd ambell i dropyn o'r blaen. A chithau, *Madam Prude*, rwy'n deall bellach pam rych chi'n galw i weld 'mam mor amal. *Cocktail parties* ar y slei! Ha-ha-ha! Ho-ho-ho! Ho-ho-ho! Regan! Regan! Dere yma clou!'

"'Goneril!' meddai Loti yn gynhyrfus.

"'Popeth yn iawn, Loti,' meddwn i.

"Gwyddwn na fyddai ceisio rhoi unrhyw esboniad ond yn ychwanegu at y gwawd a'r difyrrwch.

"Tynnodd Goneril ei hun i fyny fel actres mewn drama, ac meddai, gan bwyntio'i bys at y *landing*, 'Ewch allan drwy'r drws yna, a pheidiwch â dod yn ôl byth mwy i halogi'n tŷ ni â'ch arferion llygredig!' Yna chwarddodd yn ddilywodraeth drachefn, ac ychwanegu, ''Dyw 'mam yn gwneud dim ond llefen am oriau bob tro y bydd hi'n gweld eich hen wyneb melyn chi. Ewch . . .'

"Y mae'r chwerthin ynfyd hwnnw wrth i fi fynd lawr y steire yn atsain yn 'y nghlyw i'r funud yma, Miss Lloyd, a'r llais clir yn galw wedyn ar Regan i gael rhan o'r sbort.

"Pythefnos i ddoe ydoedd hynny, wyddoch. Fe effeithiodd y peth gymaint arna' i fel y des i yma am ryw ychydig ddyddiau o orffwys. Y mae e wedi rhoi esmwythâd mowr i fi i gael rhywun fel chi, Miss Lloyd, i wrando arna' i'n dweud yr hanes. Roedd rhywbeth yn dweud wrthw i bob dydd am fynd yn ôl i weld Loti, beth bynnag a wnâi'r merched; a bwriadwn fynd drennydd. Drennydd y mae'r angladd yn awr."

Cyn bod Miss Williams wedi ei llwyr adfeddiannu ei hun ar ôl adrodd yr hanes am Mrs Lloyd a'i dwy ferch, dyma fi'n clywed llais caredig yn ymyl yn fy nghyfarch:

"Miss Lloyd, esgusodwch fi. 'Ddewch chi am dro bach cyn cinio, lawr at y ffynnon yna?"

"Na, Idris; esgusodwch fi'n awr, os gwelwch yn dda. Fe'ch gwela i chi ar ôl cinio ar lan y llyn. Fe af i'n ôl i'r tŷ gyda Miss Williams yn awr. 'Dyw hi ddim yn teimlo'n dda iawn."

# Y Darlun
## (Stori Fer)

## WALDO WILLIAMS

Gadesid Twmi gartref i warchod y tŷ, gan fod annwyd arno. Dywedasai ei fam wrth iddi gymhwyso'r lle tân cyn cychwyn, ill dau, i'r cwrdd, y gallai Twmi edrych ar y 'llunie' tra byddent ar gered. A rhoesai ei dad y Beibl mawr o'i flaen yn agored ar y tudalen cyntaf. Y darluniau yn y Beibl hwn a fcddylid pan sonnid am y 'llunie' yn nhŷ'r crydd. Un darlun arall oedd ganddynt i haeddu'r enw, a gorfyddai ar Twmi fodloni ar hwnnw ar hyd yr wythnos. Crogai ar y wal yn ymyl y drws a âi o'r gegin i'r penty hir yn y cefn – yr alier – a oedd yn weithdy i'w dad. Darlun o'r arddwr a'r angel ydoedd hwn, hen brint, wedi ei liwio'n dra phendant, a gawsai Sali ar ocsiwn Neuadd Las yr hydref wedi eu priodi. Er bod yr arddwr yn sefyll rhwng cyrn yr aradr, edrychai mor drwsiadus o'i gorun i'w sawdl â phed elai i ffair gytuno. Y cwysi, hwythau, mor llathr a digeden oeddynt, rhaid bod y ddaear hytrach yn wlyb; ac eto ni ellid dychmygu am ddim pridd yn caglu siwrls y ceffyl hoyw a gerddai'r gŵys mwy na hwnnw a gerddai'r dudwedd lefnwyrdd o'r tu arall. Ar bwys y clawdd, mewn parodrwydd, gorweddai oged, hithau mor loyw â phe bai newydd ei chael o'r haearn-mwnger. Eithr nid hyn oedd prif wyrth y darlun. Codai adeilad mawr yn syth o'r dalar draw, rhyw fath o blas hynafol a chadarn ydoedd, tybiai Twmi. Ac uwchben yr arddwr ehedai angyles wen gan estyn ei braich tua'r plas. Ac o dan y darlun prin y gallai Twmi ddarllen y geiriau – canys Cymro bach nawmlwydd oed ydoedd – *The Goddess of Poetry Calls Burns from the Plough*.

Teimlai Twmi erbyn hyn ei fod yn adnabod y Byrns yma'n dda, er na wyddai ddim amdano. Efallai am nad oedd ganddo frawd na chwaer, deuai i adnabod pobl y darluniau yn fwy byw. Methai â deall yn iawn, er hynny, paham yr oedd rhaid i Byrns fynd i mewn i'r plas a pha beth a wnâi wedi mynd yno. Cofiai Twmi am Wiliam, gwas mawr Penlan, yn gwneud rhigwm wrth ddilyn yr aradr ac yntau, Twmi, yn brasgamu yn ei ochr. Clywsai Wiliam yn dweud yng ngweithdy'r crydd mai wrth gerdded y tir coch a thaflu'r had, dri thafliad o hyd braich am bob dyrnaid a godai o'r lip, y pryd hynny o bopryd y medrai Wiliam farddoni orau. Rhywbryd, meddai Wiliam, byddai Twmi'n fardd ei hun.

Ond heno, dyna ef yn penlinio ar y gadair fawr, ac un benelin ar y ford ac un foch ar dor ei law a'i law dde'n troi'r dail am y darlun cyntaf ac wedi'r myfyrdod, am y darlun nesaf y troai. Dyma'r hen ŵr barfog hwnnw, llaes ei wisg, digon hen i fod yn dad-cu i'w feibion a oedd gydag ef yn hollti'r cipyllion ac yn adeiladu'r arch. Ac nid oedd cwmwl yn yr wybr las uwch eu pennau. Ac wrth iddo feddwl, ymglywai'r meddwl bach y tu ôl i'r llygaid glas ac o dan y gwallt golau â diogelwch yr arch ac enbydrwydd y dilyw yr un pryd. Rhywbryd yng nghanol ei fyfyrdod, cofio hefyd am yr afal coch bach a gawsai pwy Sul gan ei athro am adrodd yr adnod anodd honno . . . 'wedi ei rybuddio gan Dduw am y pethau nis gwelsid eto . . . trwy yr hon y condemniodd efe y byd . . .'

Ac yn awr, try ymlaen i'r darlun nesaf a pha beth sydd yn ei flino, beth yw'r anesmwythdra sydd arno yn y gadair? Rhaid mai dadebriad rhyw *hen* deimlad, rhyw *hen* syniad ydyw, am nad oes dim newydd iddo yn y darlun. Cyfyd o'r gadair a saif ar y llawr, fel un wedi ei feddiannu gan ryw benderfyniad. Gyr hwnnw'r gwaed i'w fochau o dan y gwallt melyn a'i yrru yntau tua'r drws o'r gegin i'r alier. Yn y gweithdy y mae popeth yn dywyll ac yn ddistaw, ond bod gwan siffrydiad y gwynt yn dyfod trwy hollt gul yn y ffenestr fach. Nid oes eisiau golau arno – y mae popeth yn ei le cans gwaith ei dad bob nos Sadwrn, tua saith, yw cymhennu'r gweithdy dros y Saboth. Wedi peth ymbalfalu daw Twmi'n ôl i olau'r gegin. Y mae ganddo gyllell mewn un llaw a chetyn o ledr coch yn y llall. Penlinia eto ar y gadair. Dyd y cetyn lledr mewn man neilltuol yn y Beibl rhwng cefn y darlun a'r ddalen nesaf. Caea ei ddwrn am garn y gyllell a deil hi bron yn syth. Gyda'r deheurwydd a wedda i fab crydd o'r drydedd genhedlaeth tyr damaid bychan o bapur allan, yn loyw, o'r darlun o'i flaen. Torri'r gyllell allan o law Abraham ar ben mynydd Morïah a wnaeth rhag ofn na welai Abraham y myharen yn y berth mewn pryd. Dyna'r ofn a gawsai Twmi, dros Isaac, flynyddoedd yn ôl; ac er ei fod yn gweld erbyn hyn mai peth afresymol oedd, heno y daethai'r cyfle i ddial arno, i'w glirio o'r ffordd.

Felly torrwyd ymaith ofn Isaac, ond Twmi, pa beth am dy ofn di dy hun yn awr? Torri'r gyllell, ie, ond torri'r Beibl hefyd a thorri'r Saboth. Mor chwith oedd gweld y drws yna yn agored pan ddywedai popeth arall mai nos Sul oedd. Beth yw'r gair yma, y gair brawychus yma, sy'n ymrithio o'r tudalen nesaf trwy'r gwacter lle bu cyllell Abraham? Darllen Twmi ef yn araf . . . Jehofah Jire, Jehofah Jire trwy'r unigrwydd. Cwyd eto o'r gadair ac â'n lladradaidd ddigon ar y dechrau, ac yna'n drystfawr yn ôl i'r gweithdy â'r gyllell a'r cetyn lledr. Mae'r dail iorwg o gylch y ffenestr fach yn ei weld, ac yn dweud wrtho Jehofah Jire. Daw yn ôl i'r gegin. Gwêl y gyllell bapur ar y ford yn ymyl y Beibl. Cydia ynddo ac â at y tân. Yna saif, try yn ôl a gesyd y gyllell, gwthia'r gyllell i lawr hyd waelod ei boced . . .

Pedair awr ar hugain ar ôl hyn yr oedd Twmi newydd fynd i'w wely. Ar fath o daflod uwchben y pen isaf y cysgai a deuai'r sŵn a'r golau o'r gweithdy i fyny ato trwy'r bylchau a geid rhwng y walplat a'r to noeth. Pan âi'r crydd, â'r gannwyll yn ei law, i ymofyn erfyn arall neu i godi'r esgid nesaf o'r twr, gwelai Twmi'r pedwar neu bum paladr o oleuni'n neidio i'w hagwedd newydd ar hyd coed y to. Gwrandawai ar y sŵn a âi ymlaen yn y gweithdy hyd yn hwyr, hyd y cysgai. Curo'r lledr ar y lapston, a'r gwadn ar y lyst. Yr oedd ei glustiau'n ddigon main i glywed ei dad yn cwyro'r edau wedi gosod y gwrych, pan na fyddai cwmni yn y gweithdy. Diddanwch mawr i Twmi fyddai'r ymgom a âi ymlaen yno. Nid am yr esgidiau y deuai'r bobl, eu hanner. Pan fyddai rhyw gyffro yn yr ardal, neu pan glywsid rhyw newydd dieithr o'r byd mawr, byddai gweithdy Wiliam y crydd yn llawn y nosweithiau hynny. Ond deuai'r Wiliam arall, gwas Penlan, yno'n weddol gyson, a phan ddeallai ei feistr, oddi wrth yr arwyddion, fod cân newydd gan Wiliam, deuai yntau i blith y cwmni i'w chlywed, am y gwyddai na châi ei chlywed yn y tŷ nac ar y tir. Odid na ddeuai'r gweinidog neu'r ysgolfeistr i mewn hefyd cyn diwedd y noson, a'r athronydd hirgoes, hirwynt hwnnw Eliseus y têman, o dramwy'r ddaear ac ymrodio ynddi fel y dywedai amdano ei hun. Pan fyddai'r hwyl yn uchel neu'r dadlau'n frwd, deuai Sal i mewn â'i hosan a'i gweyll yn ei dwylo i gellwair gofyn "Beth yn y byd . . .?" Ond cyn pen nemor o amser tynnid hithau i mewn i'r ddadl a dywedai rywbeth a alwai'r sgwlyn yn chwyldroadol, canys menyw o deimladau brwd ydoedd ac mor danllyd ag oedd Wil ei gŵr yn arafaidd.

A dadl fawr a geid heno. Gymaint ag y gallai Twmi gasglu oddi wrth chwedl y gweinidog yr oedd dau ŵr boneddig o Sais wedi eu mwrdro mewn parc yn Iwerddon. Parc y gelwid ar gae yn ardal Twmi a methai â dyfalu pa beth a gawsai'r ddau ŵr bonheddig i groesi'r caeau mewn ardal ddieithr. Llwybr sticil ydoedd efallai; ond tra oedd Twmi'n pwyso'r mater hwn yn y gwely dyma Eliseus o'i le ar ben y fainc yn codi cwestiwn.

"Ydy'r weithred hon gymaint yn fwy sgeler na rhyfel, fod cymaint mwy o siarad amdani?" meddai gan ailestyn ei goesau hir.

"Lleddir mwy, ganwaith, mewn brwydr, 'no," meddai y crydd yn gwta.

"Ond mae'r rheiny wedi ymbaratoi am eu diwedd," meddai'r gweinidog.

"Ie, ie," meddai Wiliam Penlan, "dyna'r gwahaniaeth."

"Wel, beth w' i'n weud am y Gwyddelod yma," meddai Sal, "os ŷn nhw am 'u rhyddid, coden fyddin yn iawn, ac wmladden a phob lwc iddyn nhw."

"Paid â siarad dwli, Sal fach," meddai'r crydd. "Wyddost ti faint yn fwy yw Lloegr na Werddon?"

"Na wn i," meddai Sal, dipyn yn wyllt. "Shwt gallwn i wbod? Weles i mo un o'r ddwy wlad. Dim ond tir Wiclo, siwrne, o ben y Fŵel. Pwy ots sy am faint y wlad os yw'r achos yn gyfiawn?"

Ond ar hyn agorodd y drws, a chaeodd eto. "Nos da, syr," meddai'r crydd, "Ma' Sal fan hyn am gyfiawnhau rhyfel gan Iwerddon yn erbyn Lloeger."

"O," meddai'r ysgolfeistr, canys hwnnw ydoedd. "Wel, y . . . ddeuthum i ddim 'ma heno ynghylch Lloegr nac Iwerddon. Dw' i wedi bod yn treio datrys mater arall trwy'r prynhawn. Beth yw'r tamaid bach hwn o bapur?"

Y foment honno gwybu Twmi ei fod wedi ei ddal. Gwyddai'n awr y cymerai ei fam at y mater a chan nad oedd disgwyl iddi weld paham yr oedd wedi torri'r darlun, ofnai Twmi na byddai'r canlyniad yn ddi-gosb. Credai Sali ddoethineb Solomon ynglŷn â'r wialen ond ni buasai raid iddi weithredu ei chred ar ei mab, ond unwaith. Un bore Sadwrn y bu hynny am iddo ddringo i le uchel a pheryglus yn y chwarel segur, a'i weld yno gan gymydog; am iddo fentro ei fywyd yn rhyfygus, a chael ei gadw. Am hynny mentro, a rhyfygu, meddai, fyddai peidio â'i gosbi. Fel y gellir deall, nid oedd y mab mewn cyflwr digon athronyddol, na'r funud honno nac am ysbaid wedyn, i ddal gafael ar ymresymiad y fam. Ond cafodd oleuni yn yr hwyr pan oedd allan yn yr ardd, a'i dad yn eillio o flaen y drych bychan a roesai ar wal gefn y gweithdy.

"Twmi," meddai Wiliam, heb droi ei wyneb o'r drych, "Paid â hala ofon ar dy fam 'to."

Ac yn awr, ar y llofft, teimlai'n ddigon anghysurus. Eto, rywle yn eigion ei galon gwyddai ei fod wedi gwneud y peth iawn â'r darlun. Ac yn rhyfedd iawn, peidiasai'r braw mawr yna, y Jehofah Jire yna, o'r foment neithiwr pan glybu sŵn traed ei dad a'i fam y tu allan i'r tŷ, ac ni ddaethai'n ôl.

"Wel," meddai Wiliam, gan gydio yn y darn papur, "cwestiwn digon bach yw hwnna, ac eto gall fod yn gwestiwn mowr. Beth yw hanes y pisyn papur mor bell ag y gwyddoch chi?"

"Twmi oedd â'i law yn ei boced y bore 'ma wedi dod mewn o'r hanner dydd bach, ac mi wyddwn, wrth gwrs, taw rhifo'r botwme ar ôl y whare oedd e. Gwedais wrtho am ddod ma's i ddodi cynnwys ei boced ar y ddesg. Da'th y tamed bach hwn o bapur ma's ymysg y botwme. Bu'swn i ddim wedi sylwi arno oni bai i Twmi dreio'i gipio yn ôl. 'Beth yw hwn'na?' meddwn i. 'Tamed bach o bapur,' meddai fe, 'Tamed bach . . . y . . . o bapur . . . y ces afael arno yn 'tŷ.' Mi weles fod rhyw ddirgelwch yma – ac – y mae golwg fawr gyda fi ar Twmi."

"Wel, un od ych chi, os caf i weud hynny," meddai'r crydd, "Pam na ofynnech chi 'mhellach i'r crwt tra oedd e gyda chi?"

"Yr oedd yn amlwg i mi nad oedd Twmi am weud, a . . ."

"Hawyr bach," meddai Sal – buasai hi'n craffu ar bob ochr i'r papur ac ar ei gant – "rwy'n credu mod i'n gwybod beth yw e, ond h–hawyr bach!" Aeth allan o'r gweithdy i'r gegin ac yna i'r pen isaf.

"Y mae pethau'n tywyllu," meddyliai Twmi. Clocsodd Sal yn ôl. Clywodd Twmi hi'n dodi'r Beibl mawr i lawr ar y ford fach yn y gweithdy, yn agor y clasb, yn troi'r dail.

"Ydy," meddai'r crydd, "mae'n ffitio i'r dim."

"Wel dyna . . . dyna, . . . Twmi!" meddai Sal.

"Arhoswch, Sal," meddai'r gweinidog. "Dyna'r peth mwya' wna'th Twmi eto."

"Ê," meddai hithau'n bŵl.

"Torri'r gyllell allan o law Abraham, on'd i hynny y daeth Crist i'r byd?"

Bu distawrwydd mawr ar ôl hyn. Ni wyddai Twmi'n iawn ei ystyr mwy nag ystyr geiriau'r gweinidog. Yna, ymhen ysbaid, meddai Wil Penlan, "Ac Abraham, ar ryw olwg, yw'r genedl." Bu eilwaith ddistawrwydd llethol. Teimlid efallai nad oedd eisiau dweud mwy y noswaith honno. Casglodd Eliseus ei goesau hir ato a chododd ar ei draed. Codasant i gyd, a dywed-asant lawer 'nos da' yn gymysg â'i gilydd wrth y drws agored.

Felly yr aethant adref trwy'r tywyllwch wedi gweled goleuni mawr.

Daeth y crydd yn ôl o'r drws ac ailafaelodd yn yr esgid. Aeth Sali i'r gegin i daclu'r ford, gan ddweud "Wel, dyna grwt *yw* e."

Yr oedd Twmi erbyn hyn wedi mynd i gysgu yn y tawelwch ar ôl y cyffro i gyd.

# Dai'r Dwrdy
### (Portread)

### E. LLWYD WILLIAMS

Os digwydd i chwi grwydro trwy'r darn hwnnw o ddyffryn Taf a orwedd rhwng Llanglydwen a Hendy-gwyn, a gweled ohonoch glawdd cerrig a mwy o raen arno nag ar unrhyw glawdd cerrig a welsoch erioed, Dai'r Dwrdy a'i cododd. Os digwydd i chwi weled wins a digon o ddŵr glân ynddi ar ganol haf sych, Dai'r Dwrdy a'i torrodd. Os digwydd i chwi gael eich hudo dros lwybr cudd trwy'r drain a'r drysi ar lannau'r afon, Dai'r Dwrdy a'i hagorodd. Nid dieithr iddo redle'r dŵr o dan wyneb y ddaear, er mai anfynych y defnyddiai hudlath y dewin dŵr. Torrodd lwybr iddo'i hunan ar hyd glannau'r afon, a gŵyr y cyfarwydd fod y brithyllod yn heidio at ei abwyd ac yn dotio ar liw ei blu.

Gŵr o asgwrn cryf oedd Dai. Yr oedd ffortiwn yn ei ddwylo a golud direidi ym mhlygion ei ddychymyg. Yr oedd yn gyfuniad hapus o nafi a bardd, ac fel pob gwir artist, yr oedd yn eiddigeddus o'i waith. Rhywbryd tua diwedd Ebrill, a Dai wedi tynnu'r rhaca olaf dros yr ardd, aeth ei blant ef a phlant y drws nesaf i chwarae cwato rhwng y rhychau. Gwelodd Dai ei ardd yn debycach i fuarth moch na pharadwys gwenyn, a cheryddodd hwy mewn geiriau a grynai'r cwm. Daeth gŵr y drws nesaf allan, ac meddai hwnnw, "Y mae eisiau 'Revival' yma." "Nag oes," gwaeddodd Dai, "*Revolver.*"

Yr oedd ei fwstás brith yn cuddio dwy res o ddannedd melyn, a'i lygaid dyfnion yn fflachio'n gyson fel ffenestri goleudy, a phob fflach yn denu brath o ffraethineb o'i enau parod. Yr oedd ganddo dafod cellwerus a chalon ddiniwed. Rhaid oedd edrych i fyw ei lygad yn ogystal â gwrando arno, cyn canfod ystyr ei ymadroddion brathog. Yr oedd yn wit ac yn wàg. Gwae'r gŵr balch a ddeuai o fewn cyrraedd ergyd iddo, canys llyncodd llawer un ei boeri'n ddiarwybod iddo ef ei hun wrth glywed Dai'n dywedyd,

"Bethma'r ffŵl!" Yr un oedd ef yn cyd-gerdded â gwas Tegfynydd ac yng nghwmni Capten y Ddôl. Gŵr garw ydoedd i'r dieithr, eithr gŵr annwyl a thyner i bawb o'i gydnabod. Yr oedd ei frath yn ddiwenwyn a'i ergyd yn goglais.

Ni bu Dai erioed mewn pryder am air cymwys, gan fod ei ymennydd yn ymateb fel fflach awen. Galwodd pregethwr a'i wraig heibio iddo, a hwythau ar eu mis mêl. "Ho, a dyma'r wraig," ebe Dai, "faint y bu'n rhaid iti dalu am hon?" "Saith-a-chwech," meddai'r pregethwr.

"Gest ti newid?" oedd cwestiwn nesaf Dai.

Yr oedd galw mawr amdano adeg y cynhaeaf gwair, a gwyddid amdano fel gŵr hoff o gaws. Amser bwyd, dywedodd un ffermwr wrtho, "rwy'n siŵr na welaist ti ddim caws mor boeth â hwn erioed o'r blaen." "O, do," meddai Dai, "gwelais mam yn torri cosyn yn Nhrefwrdan, a phan dynnodd hi'r gyllell allan, yr oedd hi'n goch."

Ar ôl gorffen y gwair y nos honno, cafodd ei gario adref mewn gambo. Cododd y gyrrwr ifanc drot ar heol arw a'r haf wedi hanner ei chau. Gwaeddodd Dai, "Cymer bwyll." "Oes ofn arnoch chi?" holodd y crwt. "Oes," meddai Dai. "Wel, 'does dim tamaid o ofn arnaf i," meddai'r crwt. "Dyna'r drwg," ebe Dai, "pe bai peth ofn arnat ti, mi fyddai tipyn llai arnaf i."

Dal cwningod a wnâi yn ystod tymor y gaeaf, a chawsai'r gair ei fod yn eu dal mor llwyr fel nad oedd yn werth iddo brynu'r un fferm ddwy flynedd yn olynol. Nid o'i fodd y gadawai gymaint ag un i frido. Trawyd un o'i gwsmeriaid yn dost, ac aeth yntau i roi tro amdano. Arweiniwyd ef yn ddistaw i ystafell y claf, a phan ddaeth at y gwely, holodd, "Sut wyt ti, John?" "Gwael iawn," meddai John, gan ychwanegu ar yr un anadl, "yr oedd yn bryd iti ddod yma hefyd, oblegid 'dwyt ti ddim wedi talu am y cwningod a ddeliaist ti ar y tir yma llynedd." Troes Dai at ei wraig a safai'n ddwys wrth droed y gwely, ac meddai wrthi, "Odi, y mae John yn wael . . . gwael iawn . . . Glywsoch chi e'n ramblo 'nawr?"

Dychwelai adref un bore Sul â baich o gwningod ar ei ysgwydd. Cyfarfu ag ef hen weinidog Henllan, a phiwritan oedd hwnnw. "Onid gwell i chwi, Dafydd, godi'r maglau dros y Saboth?" meddai hwnnw. "O na," meddai Dai, "Nos Sadwrn yw'r nos orau i ddal cwningod. Y mae'n 'week-end' gyda nhw, ac y maent i gyd yn mynd ma's am owtin nos Sadwrn."

Troes y piwritan ar ei sawdl. "Arhoswch funud," ebe Dai, "yr ydym wrth yr un gwaith heddiw . . . chwithau ar eich ffordd â bwyd i blant Capel Mair, a minnau'n mynd â bwyd i'm plant fy hunan, ond fe gewch chi eich talu amdano. Y mae deuddeg o blant ar yr aelwyd acw'n fy nisgwyl yn awr, a gobeithio y bydd cymaint, beth bynnag, yn bwydo yn Capel Mair y bore 'ma . . . Hwyl dda i chi, Syr."

Cynefin iddo hefyd drac a gwâl ysgyfarnog. Pan oedd yn llanc, daliwyd ef yn saethu ysgyfarnog heb drwydded, a dygwyd ef o flaen ei well. Dywedodd Cadeirydd y Fainc wrtho, "Yr ydym yn eich cael yn euog, a rhaid i chwi dalu punt a'r costau . . . Ysgyfarnog braidd yn drud, David." "Ie, Syr," meddai Dai, "ond efallai y bydd ei chwiorydd yn rhatach."

Yr oedd Dai'n bencampwr hefyd ar lan yr afon; yn bysgotwr haf a gaeaf a nos a dydd. Cododd drigain sewyn o afon Taf yn ystod un haf gwlyb, a phan gyfarfu ag ef ffermwr a achwynai na chafodd gymaint ag un llwyth o wair i'r ydlan heb law, dywedodd Dai wrtho, "Bachan, paid cwyno, 'dyw hi ond teg i bysgotwr gael cynhaeaf gweddol bob rhyw bedair neu bum mlynedd."

Dychwelai gyda chyfaill o lannau'r afon yn ystod yr haf hwnnw, a galwodd y ddau mewn tafarn datws yn Hendy-gwyn, yn llawn o newyn. Safai merch walltcoch y tu cefn i'r cownter, a dyma ffordd Dai o ordro'i bryd, er difyrrwch i bawb yno . . . "Hullo Ginger! Two red herrings and two Kerr's Pink, please."

Ei gyfaill pennaf oedd Taflennydd, y bardd, ac aeth y ddau allan i chwilio'r afon ar noson dywyll. Cyfarfu â hwy lanc wedi ei wisgo'n drws-iadus a choler gwyn, adeiniog am ei wddf. Nid oedd taw arno eisiau dilyn, ond ni fynnai Dai mohono, a sibrydodd yng nghlust Taflennydd, "Gad iddo ddod, ond mi setla'i gownt e cyn bo hir." I ffwrdd â'r tri dros lwybr cul a thywyll, a ffos ddofn, leidiog, ar un ochr iddo. Cadwodd Dai'r llanc trwsiadus i gerdded ar ochr y ffos, a chyn hir, syrthiodd y llanc. Nid oedd llaw o gymorth iddo oddi wrth Dai, a dechreuodd y llanc weiddi am help, ac yntau dros ei benliniau'n y llaid cleiog ac yn methu symud troed o'r fan. Dychwelodd Dai ato ymhen tipyn a dywedyd, "Paid gweiddi, bachan, paid gweiddi. Rwyt ti'n eitha reit . . . mae dy goler di'n y golwg."

Yr oedd yn hoff o gyhoeddi'r ffaith mai ef a gododd y brithyll mwyaf o afon Cleddau, ac yn fwy hoff fyth o adrodd ei brofiad olaf ar lannau afon Taf. Nid oedd cyn gryfed ag y bu, ac aeth allan i lan yr afon er mwyn dal ychydig o nwyf yr hen anian. Eisteddodd yn ei lesgedd ar y geulan, gan chwarae ei blu'n y crych a gosod ambell frithyll i orwedd yn dawel y tu ôl i'w gefn. Yn ddisymwth, daeth ato, drwy'r coed, fonheddwr glandeg yn gofyn caniatâd i bysgota'n ei ymyl. Cyn hir, cododd y gŵr dieithr frithyll braf; edrychodd arno, tynnodd ef yn rhydd a thaflodd ef yn ôl i'r afon. Cododd bysgodyn bach yn fuan wedyn, a gosododd ef yn ddiogel yn ei gwdyn gwyn. Taflodd ei fach i'r dŵr y drydedd waith a chododd frithyll hanner pwys; edrychodd arno, tynnodd ef yn rhydd a thaflodd ef yn ôl i'r afon. Yr oedd hyn yn ormod i Dai, a gwaeddodd, "Bachan, beth sy'n bod arnoch chi'n bwrw'r pysgod mwyaf yn ôl i'r dŵr . . . odych chi'n gall?" "O, dim ond ffrympan chwe modfedd sy gan y wraig," oedd ateb y bonheddwr.

Bu Dai'n agos i angau unwaith. Er mwyn cyrraedd adref yn fuan o bentref cyfagos dewisodd lwybr byr dros y relwe, methodd glywed trên o'r tu cefn iddo, a thaflwyd ef ynghwsg am beth amser. Ar ôl dyfod ato'i hun, ymlusgodd ar ei dor dros y reiliau i'r ochr, rhag i drên arall ddyfod a gorffen y trychineb. Ac yno y bu, hyd nes iddi oleuo ac i was fferm ei weled wrth ysbïo hynt yr anifeiliaid. Cludwyd ef oddi yno yng nghart y fferm. Mynnai Dai nodi dau beth wrth adrodd hanes y nos hon. Un peth oedd mai ceiliog ffesant a welodd gyntaf yng ngolau blaen y wawr, ac i'r ceiliog hwnnw fentro o fewn pumllath ato a dywedyd, "Hylo Dai! Yr wyt ti'n ddigon diniwed heddiw. Yr wyt ti wedi anelu llawer ergyd i'n plith ni, ond dyna un i ti o'r diwedd. Bore da!" Ar ôl ei gyfarch felly, cerddodd i fyny'r lein gan ysgwyd ei blu.

Yr ail beth a bwysleisiai oedd y ffaith iddo orfod gorwedd ar ei wyneb am wythnos, gan fod sgriwiau gwaelod yr injin wrth redeg drosto wedi crafu darn o groen ei gefn yn bedwar llinyn hir. Mynnodd ef droi peth o'r golled yn elw, a chael Ann ei wraig i dorri'r pedwar llinyn a'u piclo nes dyfod ohonynt yn garrai esgid. Bu'n eu gwisgo'n gyson hyd nes iddynt fyned yn rhy galed ac yn rhy anystwyth i'w defnyddio mewn esgid-iau newydd.

Bu Dai am dymor yn dorrwr beddau. Yr oedd llawer o'r hen bobl yn medru dygymod ag angau wrth feddwl y caent orwedd yn dawel yn un o feddau esmwyth Dai. Ond ym 1916, gan fod galw mawr am gwningod, ymddiswyddodd Dai. Rhoddwyd hawl i'r gweinidog gynnig unrhyw delerau iddo, er mwyn ei gadw. Aeth hwnnw ato, ond byddar oedd Dai i bob apêl. Ar ôl hir ymhŵedd, dywedwyd wrtho fod y capel yn cynnig unrhyw delerau. "Unrhyw delerau?" ebe Dai. "Ie," meddai'r gweinidog. "O dyna newid pethau," ebe Dai. "Beth yw'r telerau nawr?" "Pymtheg swllt y bedd," oedd yr ateb. "Wel, yr wyf yn addo cario ymlaen," meddai Dai, "A dyma'r telerau newydd – pum corff yr wythnos!"

Cadwodd Dai ei ysbryd ifanc hyd y diwedd. Ef oedd yr unig ddyn dros drigain oed a ddilynai fois y pentref i chwarae ffwtbol. Nid oedd yn honni deall y rheolau, ond nid etholwyd yr un capten yn fwy o awdurdod ar ysbryd y gêm. Cerddai ar hyd y llinell wen, gan weiddi'n selog dros ei dîm, a gweiddi weithiau gyda'r ddwy ochr. Yr oedd ei weiddi'n gymysgedd cellweirus o ddychryn a difyrrwch . . . "Bant â'r bêl, bois! . . . Dim ymladd – lladd! – perfedd, bois, perfedd!"

Ar ôl y gêm un nos Sadwrn, aeth ef a nifer o'i ffrindiau i'r dafarn, a dangosodd gwraig y tŷ ddarlun o goleg Aberystwyth iddo, gan ddywedyd, "Dyma goleg y mab." Troes Dai'r darlun i'r golau, a gwahodd pawb i edrych arno a dywedyd, "Edrychwch, bois, dyma adeilad crand . . . yr ydym ni wedi rhoi'r crwt hwn mewn lle ardderchog." Nid oedd yno neb i dderbyn y darlun pan osodwyd ef gan Dai ar gownter y bár.

Dai'r Dwrdy! Chwithig yw gweled ei gaib a'i raw yn nwylo arall. Y mae'r drysi'n cau eisoes dros ambell lwybr ar lan yr afon, ac y mae mwy o bysgod nag arfer yn afon Taf. Dim ond llwch segurdod sy'n gweddu i'w wialen bysgota dan drawstiau'r gegin, a bydd pob ergyd o'i ddryll yn frath i galon ei gyfeillion. Ofer gwarafun chwerthin, ond bydd hiraeth yn gymysg â phob stori amdano ef mwy.

# Patrick Ffarier
(Portread)

## D. EMRYS REES

Y mae'n debyg mai dim ond y postman a fedrai eich deall pe gofynnech, hanner canrif yn ôl, ym mhentref Llanarth am William Guy Patrick, M.R.C.V.S. Y mae'n amheus a fedrai'r postman hyd yn oed eich cyfarwyddo pe holech am y 'vet' lleol. Eithr ped ymofynnech am Patrick Ffarier i rywun o Aberaeron i Langrannog, neu o Geinewydd i Gorsgoch, fe'ch cyfarwyddid yn union i'w gartref yn Llanarth Villa. Mwy na thebyg y caech gynghorion pellach ynglŷn â'r ffordd leiaf peryglus i chwi ei wynebu, os eisiau help proffesiynol a fyddai arnoch. Yn aml, ped elech at ei dŷ ganol dydd hyd yn oed, i'w gyrchu at anifail ffaeledig, fe'ch boddid gan raeadrau o regfeydd, yn enwedig os oedd rhywun arall wedi ei alw o'ch blaen a'r rhywun hwnnw wedi gofyn iddo ddod ar unwaith. "Pan gewch chi amser, Mr Patrick," oedd y cyflwyniad diogelaf i unrhyw un ei ddefnyddio cyn holi iddo ddod at anifail. Rwy'n cofio mynd i'w 'nôl at fuwch ar awr ddigon rhesymol ryw fore, yn union ar ôl un arall, a fu'n ddigon diofal i geisio ganddo ddod ar fyrder at un o'i wartheg. I ffaglu'r tân, mae'n debyg i'r ffermwr gyfaddef mai'r dwymyn laeth oedd ar y fuwch, a'i bod yn gorwedd hyd sted er yn hwyr y noson cynt. Pan gurais, clywais gresiendo o regi yn dynesu at y drws, ac er i mi ofyn iddo ddod pan gawsai amser, ni pheidiodd ei huodledd ansoddeiriol nes imi gael ei holl farn am fy rhagflaenydd, a darogan hynod ddramatig o'r hyn a ddisgwylient oddi wrtho ef. "Fe fyddan yn disgw'l pan af i lan 'nawr, chwel'te, i fi roi'n llaw ar gefen y fuwch fach, chwel'te, ac fe godith ar unwaith, chwel'te. *But the age of miracles is gone Rees bach*, chwel'te."

Pe bai'n rhaid arnoch ei gyrchu berfedd nos neu ben bore bach, ni waeth pa mor ddewisol fyddai eich cyfarch. Yn ychwanegol at gawod o gablu efallai y caech ganddo hefyd hanes eich teulu yn ôl i'r cyn-oesoedd.

Oni roddai hynny o wybodaeth i chwi, yn siŵr ddigon rhoddai i chwi bortread manwl o ffaeleddau dynolryw, a'r sicrwydd fod yr holl ddiffygion hyn wedi eu cronni yn eich personoliaeth chwi, a phob ffermwr arall a grewyd erioed. Pe baech naill ai yn ddigon dewr neu yn ddigon dihidans i ddal eich tir, hwyrach mai'r cam nesaf fyddai cael eich gwahodd i mewn i gydgyfranogi ag ef o gwpanaid o de. Gwn am y profiad hwnnw ragor nag unwaith, ac yr oedd yn werth dioddef y blingo ffigurol ar hiniog y drws i gael y fraint honno. Yr oedd iddo urddas bonheddig wedi'r storm, ac ni bu undyn erioed o galon feddalach, nag o ddiwylliant praffach wedi i'r fflodiat gau ar y rhaeadrau rhegfeydd.

Hanner Cymro a hanner Gwyddel o waed oedd, ond Cymro llawn o ran iaith a diwylliant. Fe'i magwyd yng Ngheinewydd. Graddiodd yn Lerpwl, a chyn pen rhai blynyddoedd daeth yn ôl, ddechrau'r ganrif, i Lanarth i ffariera. Oherwydd ei allu fel milfeddyg, ei filiau afresymol o fach, a'r ffaith nad oedd filfeddyg arall o fewn cylch o ddeuddeg milltir neu ragor, cyn bo hir daeth i adnabod pob anifail o Ddyffryn Aeron i Gwmtydu. Dyna un o'r rhesymau am ei lwyddiant – nid buwch yn unig oedd buwch iddo, ond "yr hen fuwch wen 'co a'r *delicate pleura* chwel'te. Rwy' wedi gweud wrthoch chi o'r bla'n, Jones bach chwel'te, cadwch ofal arni chwel'te. Mae'n fuwch rhy dda i'w cholli. Pan fo'r gwynt o'r dwyrain chwel'te, Jones bach, trowch hi mewn chwel'te, a rhowch fynaid neu ddwy o fran iddi – fe gadwith ei lla'th a'i chondision wedyn chwel'te. Y mae 'na lawer i anifail tebyg iddi chwel'te. Pe bai'r gwynt yn dal o'r *East* rownd y flwyddyn, Jones bach, a phe bai'r blydi ffarmers yn talu eu biliau fe fyddai Mr Patrick yn ddyn cyfoethog chwel'te."

Clywais ddywedyd iddo gychwyn ei yrfa filfeddygol â merlen fach i'w gario ar ei gylchdeithiau pell, ond ni chofiaf fi'r adeg honno. Dim ond unwaith y clywais i sôn amdano'n marchogaeth. Aethai fy nhad i'w gyrchu o gyffiniau Llwyndafydd i ddod i archwilio dau farch a ddygasai fy ewythr i lawr o ardal Mynydd Bach i gael tystysgrif ganddo ynglŷn â'u cyfanrwydd. Aeth â'r ddwy boni march i'w 'nôl, a'i gael ar gychwyn yn ôl am Lanarth. Bu cryn drafferth i gael Patrick i'r warthol. Ni fynnai ef fentro ei fywyd, meddai, ar y fath ffrâm wely ar bedwar pin sgriw. Wedi cael ohono hanes y ferlen, a sicrwydd na fu cyflymach creadur ar ffyrdd y Sir ers tro byd, esgynnodd ar ei chefn. Pan ddaeth y cyfle i brofi tiwn ei throt, a'i gweld yn gadael y ferlen arall ymhell o'i hôl, er ei bod dros ei phymtheg oed, mawr fu'r cablu ar drefn amser, a melltith henaint.

Dyna'r unig dro – ar draed yr âi i bob man yn fy amser i. Ymhyfrydai yn ei gerdded, ac nid rhyfedd oedd hynny. Cofiaf ragor nag unwaith gydgerdded ag ef y rhiw hir o Lanarth tuag at y Synod ar derfyn dydd – ef dros ei drigain a minnau'n laslanc o dan yr ugain oed. Mwy na thebyg y cerddasai ddeng milltir ar hugain neu ragor y diwrnod hwnnw eisoes, ond ni wyrai drwch blewyn o'i chwe throedfedd unionsyth, cyhyrog, ac ni phallai ergyd cyson ei esgidiau hoelion. Ni phallai chwaith ei barabl cyson ar wyddor gwlad a choelion gwerin ar y teithiau hyn.

Unwaith, pan oeddwn yn hogyn ysgol, dychwelwn o ryw neges mewn car a merlen ar y darn gwastad o'r ffordd yn Llwyncelyn. Yr oedd y ferlen nid yn unig yn cuddio tir yn chwim iawn, ond yr oedd sŵn ei throt yn feddwdod perffaith. Gwelwn Patrick, a gerddai o'm blaen, yn sefyll a throi'n ôl yn sydyn. Yna, wrth imi ddynesu ato, cododd ei law arnaf; tynnais ar yr awenau, ac aros wrth ei ochr. "'Drychwch yma, Rees," meddai, "dyna'r sŵn trot gorau rwyf wedi'i glywed ers blynyddoedd chwel'te, ond peidwch â bod yn blydi ffŵl chwel'te. Pedair oed yw hi, ac os yw'ch tad yn mynd i adael i ryw blydi idiot fel chi i'w rhedeg hi fel hyn, fe fydd yn *over-jointed* cyn ei bod hi'n chwech oed, chwel'te. *Hold her in*, Rees bach; mae hi'n gaseg rhy dda i gael ei gyrru i farwolaeth. 'Drychwch ar ei phenllinyn hi a'r asgwrn fflat 'na o dan y ben-lin chwel'te. *Model Welsh Cob and a model mover*, chwel'te, *but hold her in*." Yr oedd Patrick yn ei hwyliau da unwaith eto, ac, mewn ysbryd o ddiolchgarwch am gael cyn lleied o'i wg, cynigiais ei gludo am y gweddill o'i daith o bedair milltir. Galwodd ar bob ellyll a ddychmygwyd erioed i ddod yn ddiymdroi i felltithio pob rhyw fod dynol, a ddewisodd adael ei ddull naturiol o deithio ar draed, gan wasgu am fesur dros ben o felltith ar yrwyr cerbydau modur. Erbyn hyn yr oedd yn Sais uniaith ar wahân i'w air llusg – 'chwel'te'. "The man of the future will have no legs, Rees bach, only vestiges, chwel'te, like the whale. His arms will be yards long, chwel'te, 'yn llatheidi o hyd', to encircle the steering wheel, chwel'te, and his face will be like a hatchet, chwel'te, and stream-lined, chwel'te, i fynd drwy'r gwynt with the least resistance, chwel'te." Â'i ffon ddraenen ddu yn curo'r awyr ymddangosai ar y funud fel rhyw gawr yn dal y bwlch rhag ton ar don o oresgynwyr.

Yna troi yn foesgar i'w daith gan ddweud, "Na, Rees mi gerdda' i, ond cym'rwch ofal o'r goben 'ma. Mae hi'n goben rhy dda i'w sbwylio, chwel'te." Cafodd gydgerdded â hi am y pedair milltir nesaf.

Mellt a hindda fu ei fywyd proffesiynol ar hyd y daith, ac os digwyddai i'r fellten eich syfrdanu gallech fentro y gallai Patrick eich adfywhau yn fonheddig ac urddasol. Gwyddai pawb a'i hadwaenai y modd i 'yrru'r mellt i hedeg', ond prin oedd nifer y bobl a chwenychai wneud hynny. Perthynai John Cnwc i'r nifer bach hwnnw. Gan wybod mai un o'r llaweroedd ffyrdd o gynhyrfu Patrick oedd gofyn iddo ar ei daith i ba le yr âi, gofynnodd John iddo ryw ddydd yn ffugddiniwed, "I ble'r y'ch chi'n mynd heddi, Mr Patrick?" Wedi ei ddadlwytho'i hun o ddegau o regfeydd, hen a newydd, a chollfarnu pob rhyw fod dynol a fynnai wybod hanes ei gyd-ddyn, rhaid oedd defnyddio arf arall, sef oedd hwnnw, crechwen, i lorio John yn llwyr. "Fe ddof i â blacled a llyfyr bach i chi Thomas bach, ac fe ofala'i, chwel'te, i roi gw'bod i chi ble'r wy'i wedi bod a ble'r wy'n mynd nesa', chwel'te, i chi gal cadw cownt, chwel'te, *the bloody inquisitive bugger.*"

"Jiw," meddai John, "beth sy'n bod arnoch chi'r dyn? 'Does dim eisiau i chwi roi gwybod i fi. Fe glywa' i 'to un o'r diwrnodau nesa' 'ma am gaseg neu fuwch wedi trigo, ac wedyn fe fydda'i'n gwbod ble buoch chi. Jiw, jiw, pwy ishe mynd yn grac sy'?"

"Ateb da, Thomas," oedd sylw Patrick ar hyn.

Hwyrach i'w atgasedd llwyr at duedd dynion i chwilio hanes ei gilydd gymylu ei farn lawer tro. Ni synhwyrodd erioed mai cymdogaeth dda a symbylai gymdogion i ddod i dyddyn i holi hynt, neu i gynnig help, os oedd yno anifail sâl. Pe digwyddai i Batrick gyrraedd beudy neu ystabl a nifer o gymdogion yno, esgud y byddai'r gwahanu, bawb i'w hynt a'i helynt ei hun, gan adael rhwng y ffermwr a chroniclo huodledd y milfeddyg. Lawer tro mewn sodren beudy y melltithiodd ariangarwch a diffyg gwelediad ei dad, oherwydd danfon ohono ei fab yn filfeddyg yn hytrach nag yn feddyg.

"Er mwyn arbed tipyn bach o arian," meddai, "ro'dd yn rhaid iddo fe'n hala i'n ffarier, chwel'te. Pe byse fe wedi gadel i fi fynd yn ddoctor, chwel'te, fe fyswn i'n sefyll ar garpets, chwel'te, ac yn hela biliau o ginis a 'two' ginis ma's, ond dyma fi hyd fy mhenliniau mewn dom, chwel'te, ac yn hela biliau o hanner coron ma's, a dim gobaith ca'l fy nhalu byth, chwel'te. 'Save a penny, lose a pound' chwel'te."

Pan oedd ar y llinell hon ni fentrodd John Cnwc, na neb arall, godi'r cwestiwn ag ef ynglŷn â'i *bedside manner* pe bai wedi mynd yn feddyg!

Ar wahân i'r testun bythwyrdd hwn, gweithiwr distaw ac effeithiol oedd mewn beudy ac ystabl, a'i ymddygiad at y ffermwr yn gwrtais a pharchus, a'i gwmnïaeth ar yr aelwyd wedi trin yr anifail yn fonheddig a thywysogaidd. Wedi pryd o fwyd, os oedd galw am hynny, a gair o gyngor ynglŷn â gofal y creadur, codai i fynd. Yna clywech sŵn ei droedio cyson, chwe ugain i'r funud, yn ymadael â'r clos, a'r wybodaeth sicr gennych y gwelech ef drannoeth, a thrennydd a thradwy. Gwyddech yn sicrach fyth na welid arwydd o wg ar ei wedd pan alwai ar ei 'ymweliadau'. Yn ystod yr ymweliadau hyn y deuech o hyd i'w ystôr enfawr o wyddor gwlad, ac i'w barch at bridd. Dyn gwlad oedd, a'i barch yn ddwfn at bob anifail, ond cŵn a chathod. Mawr oedd ei huodledd pan draethai ar y 'small animals vet' a chilwgus iawn yr edrychai ar gŵn yn enwedig. Pan alwyd ef i fferm i 'weld' hwch fagu, yr hysiwyd arni gi oherwydd ei hafradlonedd, wedi clywed hanes yr helfa, a gweld bod y greadures wedi torri ei choes, ar ôl cynnos o regfeydd yr oedd yn aros ganddo dri chyngor i'r ffermwr – "Gollyngwch waed y creadur bach druan. Saethwch y blydi ci 'na, chwel'te, a 'drychwch 'ma, Jones, mi ddylech chi adael ffarmo, chwel'te, a mynd yn gynydd – *master of foxhounds*, chwel'te. Â'r blydi llais gwichlyd 'na sy' gyda chi, chwel'te, fyse dim ishe i'r cŵn wneud dim ond codi'r cadno, chwel'te. Dim ond i chi weiddi 'Talio' unwaith, chwel'te, fe dorre'r cadno bach ei galon, chwel'te."

Er ei fynych wg a'i erwinder ymadrodd, nid amheuodd neb ei roi ymhlith yr etholedigion. Ni chredaf lai na fynnai'r ddau ffermwr cefnog hynny o ardaloedd Synod Inn a Mydroilyn ei roi yn y cwmni dethol hwnnw, ar waethaf ei ddull o ddelio â hwy y bore hwnnw ym Mawrth. Daethai'r ddau, bron ar yr un pryd, i'w gyrchu yn y bore bach at ryw anifail o'u heiddo. Wedi cael ohonynt y bedydd tân disgwyliedig o ffenestr ei lofft, yno y safent yn ddisgwylgar y tu allan i'w ddrws. Cyn iddo orffen ei ymgeleddu ei hun, dyna weddw dlawd o ardal Gilfachreda'n curo ar ei ddrws. Ebrwydd yr agorwyd y ddôr i'r cyfeiliant arferol o "Pwy ddiawl sy' 'ma 'to?" Yna'r cawr gwrychlyd yn troi'n ŵr bonheddig a dweud, "O! chi sy' 'ma. Be' sy'n bod, Mrs Davies fach?" Hithau'n dweud wrtho am glafychu un o'r ddwy fuwch ar ei thyddyn bach. "Reit, Mrs Davies, fach," oedd ei ateb, "fe ddof gyda chi 'nawr, chwel'te." Yna troi at y ddau ffermwr, a fu'n aros cyhyd amdano, a rhuo, "Cerwch adre y ddau bwdryn yffern yn lle aros ffordd hyn, chwel'te. Ma' digon o waith gyda chi ga'tre yn lle loetran fan hyn, chwel'te. Fi yw tad yr amddifaid a cheidwad y weddw yn y lle 'ma, chwel'te. Fe ddof i at eich creaduriaid chi wedi i fi weld beth alla' i neud i fuwch fach Mrs Davies, chwel'te. Bant â chi."

Rwy'n siŵr hefyd y cymeradwyai Dafi Tynewydd ei etholedigaeth, er garwed dull Patrick o wneud cymwynas ag ef. Bu Patrick yn galw unwaith y dydd yn Nhynewydd am fisoedd, a dwywaith yn ddyddiol am beth amser, i roi triniaeth i'r unig gaseg ar y tyddyn. Galwodd hefyd filfeddyg arall i mewn i roi ei farn, ond angau a orfu. Pan ddaeth ffair Llanarth yr Haf, aeth Dafi at Patrick ar Fanc y Ffair i ofyn iddo am y bil. Ni bu olygfa fwy mileinig erioed, ar lwyfan nac ar lawr, nag a welwyd ar Fanc y Ffair y dydd hwnnw – Patrick yn rhythu i lawr o'i uchder cawr-aidd ar Ddafi bum troedfedd. Yna ysgyrnygu arno, "Bil 'wedoch chi? Beth well odw i, o roi bil i chi, chwel'te? Allech chi byth a'i dalu 'fe, chwel'te, ac i beth ddiawl w' i'n mynd i wastio papur, chwel'te." Wedyn y cawr, ag osgo amddiffynnol, yn rhoi ei law dyner ar ysgwydd y dyn bach di-ots gan ychwanegu, "Na hidiwch 'chi, Davies bach. Rwy'n atendo at gaseg Jones Fronwen 'nawr, chwel'te, a'r un glefyd arni hi a'ch caseg fach chi, chwel'te. Fe geith Jones y bil am y ddwy, chwel'te. Popeth yn iawn, Davies bach."

Sentiment noeth, efallai, a wna imi ymdristáu'n anarferol felly o gofio i'r cancr oddiweddyd Patrick, ac iddo dreulio'i fisoedd olaf yn gripil diymadferth. Mi hoffwn i feddwl amdano'n cerdded yn dalsyth ac yn gyson i'w farw sydyn ar un o ffyrdd Banc Siôn Cwilt. Ond beth wyf yn siarad? Daeth Jones y 'vet' a Davies y 'vet' a llawer i 'vet' arall i feudái'r bro wedi i Batrick fynd, ond un ffarier a fu, a Patrick oedd hwnnw, ac y mae'n dal i gerdded yn gyson ar lethrau Banc Siôn Cwilt.

# Rhamant y Daugleddau
(Ysgrif)

STEPHEN GRIFFITH

Daw cilfach lydan i'r golwg. Mae dwy afon, y Carew a'r Cresswell, yn tywallt i'r aber yn y fan yma. Yn yr haf, mae nifer fawr o gychod wrth angor yn ymestyn i fyny'r gilfach. Llongau hwylio ymwelwyr o ganolbarth Lloegr yw'r mwyafrif. Gall eu perchenogion dreulio penwythnos, neu ragor, yn y tai bychain yn y coed uwchben y gilfach. Mae caffi i ymwelwyr gerllaw parc chwarae i blant. Mae cei cadarn ar lan ogleddol y ddwy afon lle bu allforio glo carreg, cynnyrch y tir, da byw, brethyn ac ati ar un adeg.

Mae'r gilfach o gei Lawrenni'n ymestyn i Gastell Carew yn y deorllewin ac i Gei Cresswell yn y dwyrain. Mae'n werth dilyn y ddwy afon. Ar ein ffordd i fyny Cilfach Carew cawn gip ar Gastell Upton. Dyma gastell bychan a adeiladwyd gan Malefant, un o deulu Normanaidd, yn y drydedd ganrif ar ddeg. Ond ychydig o'r Castell gwreiddiol sy'n aros bellach ar wahân i'r fynedfa gyda'i dyrau crwn sy'n awr yn rhan o'r adeilad modern.

Fel yr hwyliwn i fyny'r gilfach deuwn at gydiad cilfach Milton – pentre bach ar y ffordd fawr rhwng Doc Penfro a Chaerfyrddin. Ond, wrth gadw i'r gilfach ar y chwith, deuwn at argae wrth droed Castell Carew. Gallwn lanio ger y felin wrth yr argae. Melin Ffrengig ydy hon a adeiladwyd ym 1610 ac a ddefnyddid i falu ŷd â phŵer o'r gronfa ddŵr. Hon ydy'r unig felin yng Nghymru sy'n dibynnu ar lanw'r môr.

Bernir mai Castell Carew yw'r harddaf o holl gestyll Sir Benfro, a hawdd credu hynny wrth edrych arno o'r argae. Credir mai yn ystod y drydedd ganrif ar ddeg y codwyd y Castell fel y mae heddiw er, hwyrach, fod yno gastell yn yr unfed ganrif ar ddeg gan fod hanes Nest wedi ei weu o'i gwmpas.

Cyrhaeddodd y Castell a'r amgylchedd eu gogoniant ym 1507 pan gynhaliodd Syr Rhys ap Thomas dwrnamaint i ddathlu ei ddyrchafiad i Urdd yr Ardas (Order of the Garter) – rhodd iddo, mae'n debyg, am ei gefnogaeth i Harri Tudur. Daeth dynion mwyaf blaenllaw Cymru, o bob cwr o'r wlad, i Garew ar yr amgylchiad. Cofnodir na fu na chweryl na gair croes drwy gydol y pum niwrnod o'r ŵyl er bod oddeutu mil o wahoddedigion yn bresennol. Dinistriwyd wal ddeheuol y Castell yn ystod y Rhyfel Cartref, ond fe'i hatgyweiriwyd gan Syr John Carew. Er na fu deiliad iddo er 1686, mae'r Castell mewn cyflwr da dan ofal yr Ymddiriedolaeth Genedlaethol.

Awn yn ôl i Farina Lawrenny a dilyn afon Cresswell i gyfeiriad chwareli calch West Williamston sy'n dal i gynhyrchu calch ers yr Oesoedd Canol. Mae sianelau wedi eu naddu o'r afon i'r tir, ond maent yn gul a bas. Torrais siafft modur y bad wrth gyrchu tuag at yr unig chwarel sy'n dal i gynhyrchu. Pan oedd galw mawr am galch yn ystod y bedwaredd ganrif ar bymtheg hwyliai llongau yn pwyso pymtheg tunnell i fyny'r sianelau, ar y llanw. Cludwyd carreg galch West Williamston yn achlysurol i Solfach, Abergwaun, Aberdaron a hyd yn oed i Ddyfnaint a Chernyw.

Fel y nesáwn at Gei Cresswell deuwn i ddarn hyfryd o'r gilfach gyda choed trwchus ar y glannau i lawr at y dŵr. Mae angen llanw sylweddol cyn y gall cwch gyrraedd y cei; ond ar achlysur y gorlanw ym Mawrth a Medi bydd heol y pentref dan ddŵr. Mae maint y cei yn Cresswell yn profi fod y pentref wedi cael cyfnodau prysur. Roedd trafnidiaeth yn ffynnu rhwng porthladdoedd bychain y Daugleddau o'r Oesoedd Canol. Cariai'r llongau lo, cwrw, blawd, brethyn, da byw, calch a chwlm. A chan fod Cresswell yn ganolfan glo caled gallwn gredu fod bri mawr ar y cei tra parhaodd y cloddfeydd. Dirywiodd y fasnach lo ond roedd y cei yn eithaf prysur yn ugeiniau cynnar yr ugeinfed ganrif, yn masnachu blawd a chalch.

Yn ôl wrth Gei Lawrenny a'r bad yn cyfeirio i fyny'r Daugleddau, deuwn i olwg pentref Llangwm a Black Tar, marina Llangwm. Nid cychod i'r crachach, fel y gwelsom yn Lawrenny, sy'n y Black Tar ond perthyn y mwyafrif i bysgotwyr amser hamdden y pentref. 'Wn i ddim ystyr yr enw Black Tar ond gall yn hawdd gyfeirio at y cychod duon, o wneuthuriad cartref ac yn drwch o byg a thar. Mae'n anodd credu nad

oes bywoliaeth i bysgotwyr Llangwm erbyn hyn. Arferai pysgotwyr Llan-
gwm (a physgotwyr Hook gerllaw) ddefnyddio ffordd arbennig o ddal
samwn, sewin a draenogiaid, dull o bysgota wedi ei addasu ar gyfer afon
fel y Daugleddau lle mae dŵr llanw'n rhedeg yn gyflym. Rhaid aros tair
awr ar ôl dechrau'r trai llanw i weithredu'r 'Rhwyd Crwn'. Mae'r weithred
yn rhy gymhleth i fanylu arni yma. Ond 'sylwais i ddim mor fedrus a dewr
yw pysgotwyr y Rhwyd Crwn nes i gyfaill a minnau dreulio diwrnod
mewn cwch hwylio yng nghymdogaeth Hook. Roedd y llanw ar drai beth
amser cyn i ni droi am adre a phan ryddhawyd y cwch o'r cei, 'doedd dim
dal arno. Cawsom gryn drafferth i'w lywio ac aethom heibio Llangwm ar
wib, heb defnyddio'r hwyl, gan mor arw'r trai. Arfer pysgotwyr y Rhwyd
Crwn yw angori'r cwch wrth ddau bolyn a oedd wedi eu dyrnu'n gadarn i
wely'r afon. Ond prin yw Pysgotwyr y Rhwyd Crwn bellach gan fod
Awdurdod Dŵr Cymru yn cyfyngu ar y ffordd hon o bysgota; caniatéir
pysgota ar ddiwrnodau gwaith yn unig a rhaid prynu trwydded.

Ond nid felly yr oedd yn y bedwaredd ganrif ar bymtheg. Y pryd
hynny roedd pysgota'n fodd i ennill bywoliaeth. Pwy na chlywodd am
wragedd Llangwm a welid unwaith yn troedio'r ffyrdd, neu ar gefn asyn,
ar hyd a lled Sir Benfro, gyda basgedi'n llawn o gocos, wystrys, perdys
ac ysgadan. Mae'r myrdd darluniau, tua diwedd y bedwaredd ganrif ar
bymtheg, yn cyfleu menywod cadarn eu cymeriad, yn gwisgo peisiau llaes
a siacedi gwrywaidd, hetiau uchel a siôl dros yr ysgwyddau. Y wraig oedd
pen y gŵr yn Llangwm, yn y cyfnod machnata, meddai E. Llwyd Williams
yn ei lyfr *Crwydro Sir Benfro*: datgan ei brofiad roedd e tybed? Clywais
innau gan gyfoedion sawl tro fod cymdeithas glòs yn Llangwm ac mai
terfysglyd oedd y derbyniad i dîm rygbi yn enwedig os enillai'r ymwelwyr
y gêm. Clywais hefyd mai pledu â cherrig a llaid oedd croeso i estron a
groesai ffin y pentref. 'Allwn ni ddim beio meddwdod am y fath ymddyg-
iad; pentref didafarn oedd Llangwm tan yn gymharol ddiweddar. Wrth
hwylio heibio Black Tar byddaf yn dychmygu gweld dwsin neu ragor o'r
cychod duon yn rhuthro i fyny'r afon, eu rhwyfwyr fel môr-ladron, ar
warthaf tafarn Landshipping. Beth fyddai adwaith diotwyr heddychlon y
Stanley Arms? A fyddai iddynt adael eu cwrw ar frys, heb ei brofi, gan
redeg adre a chloi'r drws?

Ond hyd yn oed yn y bedwaredd ganrif ar bymtheg, roedd y ffordd o fyw ar lannau'r Daugleddau yn araf weddnewid. Ym 1814 sefydlwyd dociau yn Paterchurch gan y Morlys a daeth cannoedd o ddynion i weithio yno. Dywedodd cyfaill imi yn Llangwm yr arferai dynion o'r pentref gerdded dwy filltir a hanner dda o'u cartrefi, ar wahân i'r rhai ffodus a berchnogai feic, i Fferi Burton, ac oddi yno rwyfo cychod hir y dociau, i'r gwaith.

Ar ôl gadael Llangwm rydym yn dynesu at ran o'r afon sydd o ddiddordeb arbennig. Dyma'r adran a dynna sylw'r adarwyr. Mae'n siŵr o fod yn enwog am Wyddau Canada. Mae haid o dros hanner cant ohonynt yn byw ar yr afon rhwng Llangwm a Little Milford. Fe ddenant wyddau gwylltion (yn enwedig rhai gwyn y frest) o bryd i'w gilydd ar eu taith ar draws gwlad yn ystod y gaeaf. Mae'r crëyr glas yn hoff o'r cyffiniau hefyd; roedd un ar hugain o'u nythod yma un gwanwyn. Y gorhwyaden a'r chwiwell yw'r rhywogaeth o hwyaden sydd i'w gweld fynychaf yma yn ystod y gaeaf ond mae'r hwyaden frongoch a'r hwyaden lygad aur yn ymwelwyr cyson; mae gwylwyr adar Sir Benfro yn hyderus y bydd i'r hwyaden frongoch gartrefu yn Naugleddau fel yr ehanga ei phlwyf yng Nghymru. Yn ystod y gaeaf, gwelwn y rhwydwyr: cwtiad aur, pibydd croesgoch a phibydd y mawn. Ac mae misoedd hydref y mudo yn nodedig am heidiau o rostog gynffon ddu, pibydd yr aber a'r pibydd croeswerdd.

Ond rhaid cofio bod newid, yn bur aml, yn rhywogaeth yr adar a welir ar yr afon ac yn y gymdogaeth, ac na ellir darogan pa adar a fydd i'w gweld o ddydd i ddydd yn ôl y tymhorau. Y tristwch mwyaf yw'r lleihad yn nifer yr adar yn gyffredinol. Mae lleihad amlwg yn nifer y cornchwiglod, ymwelwyr cyson â bro'r Daugleddau, yma a thrwy'r wlad. Mae'r Dr Iolo Williams, cyn-swyddog rhywogaeth y RSPB, ond yn awr gyda'r Gorfforaeth Ddarlledu, yn beio'n llym gynllunwyr yr Awdurdodau Cyhoeddus am ddinistrio cynefin yr adar a'u safleoedd nythu a magu. Ond pa resymau sy'n egluro lleihad ymysg y bronfreithiaid, adar y to, rhai adar mudo; ac mae rhai rhywogaethau megis rhegen yr ŷd bron â diflannu o fodolaeth.

Erbyn y bedwaredd ganrif ar bymtheg, roedd trafnidiaeth brysur ar y Daugleddau. Roedd pob math o longau, yn frîgantiau, yn llongau dau fast, yn sgwneri a llongau'r glannau, i'w gweld wrthi'n brysur yn cario grawn, cerrig calch, glo, cwlm a nwyddau cyffredin; ac, yn fwy diweddar, roedd cychod fflat y 'Willy Boys' yn cludo cynnyrch lleol yn ôl ac ymlaen rhwng llongau'r môr a dyfroedd basach yr aber uchaf. Roedd galw mawr am gychod o bob math. Gan fod coedwigoedd cyfoethog yr ardal wrth law, datblygodd diwydiant i ateb y galw ac adeiladwyd llongau bach un hwylbren, smaciau a sgwneri mewn ierdydd a chaeau ar hyd aber Daugleddau. Adeiladwyd tua thrigain o longau hwylio yn Lawrenny a Cosheston yn hanner cyntaf y bedwaredd ganrif ar bymtheg.

## Y GLEDDAU WEN

Yn gynnar ar ôl gadael Llangwm a Black Tar rydym yn treiddio i Gleddau Wen, a deuwn i olwg cilfach Millin. Dyma fangre swynol gan Waldo Williams. Arferai dreulio'r nos yn y gymdogaeth fel y câi ymdroi hyd lannau'r gilfach gyda'r wawr, yn ystod yr awr gyfareddol honno pan nad oes modd gwahaniaethu rhwng y sylweddol a'r ansylweddol. Pa rai o'i gerddi a ddeilliodd o'r distawrwydd creadigol tybed? Neu hwyrach o sŵn natur yn deffro? Roedd Waldo'n ymwelydd cyson â'r Daugleddau a thrist yw ei gân 'Y Dderwen Gam', pan fwriedid cau ar ran uchaf aber Daugleddau.

Awn ymlaen i gyfeiriad Hook a Little Milford, pentrefi bychain a oedd yn enwog am lo carreg. Mae maint y cei yn Hook yn tystio i gyfnod prysur o allforio glo. Rhed haen (neu wythïen) lo drwy'r ardal, a haerai Mr Harcourt Roberts, perchennog glofa Little Milford, fod y maes glo yn y fro cyn gyfoethoced mewn glo caled ag unrhyw ardal ym Mhrydain. Ond, yn anffodus, mae'r haen gyfoethocaf yn ymledu o dan yr afon. Bu damwain drychinebus wrth gloddio dan y dŵr fel y cawn glywed yn nes ymlaen.

Mae troadau dyrys yn yr afon wrth inni hwylio o gymdogaeth Hook a Little Milford i fyny'r afon. Ond os yw'r llanw'n mewnlifo fe gawn rwydd hynt yn y bad. Llongau hwylio a gariai deithwyr a nwyddau o Hwlffordd yn y bedwaredd ganrif ar bymtheg, a chan nad oes digon o led yn yr afon i long dacio o fewn milltir neu ragor i'r dref rhaid oedd rhoi ceffyl wrth y sgwner i'w thynnu o'r llawr glanio. Mae carreg wen amlwg ar lan yr afon i ddynodi trofa'r ceffyl.

Mae rhywbeth o ddiddordeb i sylwi arno wrth hwylio'n araf gyda'r llanw. Un tro, sylwais ar wylanod yn codi i'r awyr uwchben rhan garegog o'r lan ac yna, ar ôl cyrraedd uchder arbennig, yn gollwng rhywbeth ar y cerrig. Ymysg y gwylanod roedd brân yn gwneud yr un peth. Euthum draw, yn llawn chwilfrydedd i archwilio'r rhyfeddod a chael cregyn glas yn deilchion ar y llawr. Syndod imi oedd sylweddoli fod y frân wedi dysgu gwers gan y gwylanod.

Ni niweidiodd diwydiant amgylchedd y Gleddau Wen y tu hwnt i Little Milford. Pysgotwyr oriau hamdden yw prif fynychwyr yr afon ar hyn o bryd – ac ambell botsier mae'n siŵr. Ar bwys yr afon ger Hwlffordd mae adfeilion Priordy Awstinaidd a sefydlwyd oddeutu 1200 gan Robert, mab yr Arglwydd Haverford. Mae llawer o olion adeilad enfawr i'w olrhain yn y maes, ac nid rhyfedd hynny gan fod y Priordy yn un o'r mynachlogydd mwyaf yng Nghymru yng nghyfnod ei ffyniant.

A ninnau'n ddedwydd yng nghyntedd y Bristol Trader am ryw hanner awr wedi i'r llanw droi, cawn amser i fyfyrio ar ddyddiau cynnar hen dref Hwlffordd. Medrai llongau deugain tunnell hwylio i ben arall y dref o safle'r Bristol Trader. Roedd dwy sgwner yn hwylio i Lundain a phedair sgwner arall i Fryste. Pan ddaeth peiriannau ager ar y farchnad, daeth yr 'Osprey' i gario teithwyr a chargo o Hwlffordd i Fryste a Llundain bob yn ail ddydd Gwener; gallai wneud y fordaith mewn hanner yr amser a gymerai'r sgwneri. Roedd mantais arall gan yr 'Osprey', 'doedd dim angen ceffyl i'w thynnu mor bell â'r garreg wen. Ond ni roddwyd llong ager ar y fordaith i Waterford; âi sgwner o'r cei bob deng niwrnod gan ddibynnu ar y tywydd a'r gwynt cyn penderfynu ar y diwrnod a'r awr i gychwyn.

Ond daeth terfyn ar y prysurdeb ar y Gleddau Wen yn fuan wedi i'r trên gyrraedd Hwlffordd ym 1853. Ni allwn, erbyn hyn, yrru'r bad ar draws y dref gan fod argae ar yr afon ger y Bristol Trader, gan wneud i'r afon redeg yn araf cyn arllwys tros yr argae.


## Y GLEDDAU DDU

Y Gleddau Ddu, neu'r Gleddau Ddwyreiniol, yw'r hanner arall o afon Daugleddau. Gallwn hwylio gryn bedair milltir arni hi i gyfeiriad Pont

Canaston. Ni fu prysurdeb trafnidiaeth ar y Gleddau Ddu fel ar ei chym-
doges, ar wahân i allforio glo o Landshipping. Mae cei anferth yma yn
dangos cyfnod o gynnyrch sylweddol o'r pum pwll glo o gylch Land-
shipping. Gwelwn, hyd y dyddiau presennol, greithiau'r diwydiant glo,
nifer o byllau arwynebol a siafftiau wedi eu gadael. Ym 1801, allforiwyd
bron 11,000 tunnell o lo a chwlm o'r cei i borthladdoedd cyfagos a hyd
yn oed i Gaernarfon, Yarmouth, Sunderland a'r Barbados! Gosododd Syr
Hugh Owen, tirfeddiannwr lleol, y peiriant ager cyntaf a welwyd yng
nglofeydd Sir Benfro yn ei lofa ym 1800. Y teimlad o ymweld â rhan-
barthau glofeydd y Rhondda ddechrau'r ganrif a gaf wrth ymchwilio i
olion bythynnod y mwynwyr a gweithwyr y glofeydd agored a thai mawr
swyddogion y Cwmni. Rhaid dweud, fodd bynnag, mai pentref deniadol
yw Landshipping erbyn heddiw, ac yn fan atyniadol i arlunwyr a ffoto-
graffwyr.

Daeth pen sydyn ar gloddio am lo yn Landshipping. Ym 1844 torrodd
dŵr o'r Daugleddau i 'Garden Pit' a boddwyd tros ddeugain o bobl; plant
oedd rhai ohonynt.

Mae'r fordaith i fyny'r Gleddau Ddu yn bleserus y tu hwnt i'r dych-
ymyg. Hwyrach fod datblygiadau diwydiannol wedi eu rhwystro yma gan
ddwy stad enfawr, Pictwn a Slebets, ar lan ogleddol yr afon a'u tir yn
ymestyn at y dŵr.

Mae Castell Pictwn yn nodedig am gadw llinach y Philippiaid yn ddi-
dor ers y bymthegfed ganrif. Yn ystafelloedd y Castell mae lluniau mawr
ar y mur o enwogion y teulu. Ond yr un a dynnodd fy sylw oedd Syr
John Philipps, aelod seneddol, gwladgarwr, gŵr a ymdrechodd dros addysg
yng Nghymru yn gynnar yn y ddeunawfed ganrif. Ef oedd prif noddwr
Griffith Jones, Llanddowror, a ddatblygodd yr ysgolion cylchynol a ddaeth
yn anhepgor i ddiwylliant y Cymry anllythrennog gan ddiogelu'r Gymraeg.

Am ryw ddwy filltir a hanner i fyny'r afon o Stad Pictwn hwyliwn
drwy'r rhan fwyaf prydferth a thangnefeddus o'r afon a brofais ar hyd y
daith o Bont Cleddau. Yma y gwelwn heidiau o grëyr glas a'u nythod yng
nghoed Pictwn.

Roeddwn yn awyddus i ymchwilio i ryw dwnel dirgelaidd ar Stad
Slebets. Mae hen eglwys, heb do, ar bwys Neuadd Slebets a adeiladwyd ar
ddiwedd y Crwsâd Cyntaf tua 1100. Dywedir y câi unrhyw droseddwr ar

ffo gymorth ac ymgeledd gan Filwyr y Groes yn Slebets. Ac yr oedd twnel
yn arwain o fan cyfagos i'r eglwys at ymyl yr afon fel y câi'r troseddwr
ddianc pe deuai ceidwad y gyfraith, neu ei elynion, ar ei warthaf. Ond
rhaid imi gyfaddef na ddarganfûm y ffordd i mewn i'r twnel na'r ffordd
allan ohono. Serch i Neuadd Slebets ddod dan lywodraeth Marchogion o
Urdd Caersalem mor bell yn ôl â'r ddeuddegfed ganrif, mae aelodau lleol
Urdd Sant Ioan Caersalem yn cynnal gwasanaeth crefyddol yn yr hen
eglwys ddi-do unwaith y flwyddyn.

'Allwn ni ddim mynd ymhellach yn y bad na Phont Pwll-du a godwyd
gan deulu de Rutzen, deiliaid Slebets, ym 1830, pont bur uchel ac olion
crefft gywrain arni. Tua'r un amser â'r bont codwyd melin ddŵr i falu ŷd
at wasanaeth teulu Slebets a deiliaid y stad. Mae'r felin yn dal i falu.

Ond cyn codi'r felin roedd y fangre'n bwysig yn oes Pobl y Diodlestri,
tua phedair mil o flynyddoedd yn ôl, os gallwn gredu'r hynafiaethwyr.
Naddwyd cerrig glas, a bwysai gryn bedair tunnell yr un, o Garn Meini y
Preselau a gosod cryn wyth deg ohonynt mewn cylch, ger Caersallog. Sut
yn y byd y llusgwyd y cerrig, a bwysai tua phedair tunnell yr un, o Garn
Meini, dros un ar bymtheg o filltiroedd o ffordd fynyddig? Ac roedd tasg
anodd yn eu disgwyl wrth yr afon. Sut i godi'r cerrig ar slediau o goed i'w
cludo y rhan fwyaf o'r ffordd i Gaersallog. Roedd hynafiaethwyr ar y teledu
yn ddiweddar yn dangos sut i godi pedair tunnell o garreg ar sled, gyda
chymorth polion cadarn a breichiau cyhyrog rhai degau o wŷr ifainc.
Mae'r arbenigwyr yn gwbl hyderus mai dyma'r ffordd y cludwyd y cerrig
glas i Gôr y Cewri. Byddaf yn arswydo wrth feddwl am y fordaith beryglus
dros fôr a thir.

Amheus iawn yw'r daearegwyr o ddamcaniaeth yr hynafiaethwyr.
Grym rhewlifoedd a aeth â'r cerrig o'r Preselau pan oedd Prydain dan drwch
o rew rhai miloedd o flynyddoedd yn ôl, medden nhw.

# Y Llu Awyr
## (Darn o Hunangofiant)

W. R. EVANS

'Dwyf i ddim yn meddwl y gwnawn i fyth filwr, mewn tair mil o ddydd Suliau, a phan ymunais i â'r Llu Awyr, yn Blackpool, ym Mawrth 1941, 'doedd dim angen i Hilter na Mulossini, chwedl Sam Cefen Cro's, grynu o'm plegid. I ddechrau, 'roeddwn i'n casáu'r hen sgidiau trymion a oedd am fy nhraed, a'r pans hir, blewog hynny a oedd yn crafu fy nghoesau fel pigiadau draenog. 'Anghofia' i byth y profiad o gerdded y prom, o draeth y De, hyd at y 'Derby Baths' ar Draeth y Gogledd, y tu fewn i'r sgidiau a'r pans cythreulig hynny. Na, nid cerdded, ond martsio, a hen fwrbwch o gorporal yn fy nhrin fel baw. Gwelais, ar ôl hynny, rai swyddogion digon dymunol yn eu plith, ond gwelais ambell un hefyd na ddylai fod wedi cael gwisgo dillad y Brenin am unrhyw arian. Roedd rhai ohonyn nhw yn gyfuniad perffaith o dwpdra, o anwybodaeth, ac o wyneb-galedwch haerllug. Byddai eu gorchymyn i nofio llyn o smwt yn driniaeth ry garedig i lawer ohonyn nhw. Cofiwch chi, roedd sylwadau rhai ohonyn nhw yn ddigon doniol, fel y siarsiant hwnnw a waeddodd, ar barêd, pan oeddem yn methu troi fel cloc gyda'n gilydd . . .

"You're like Napoleon's bl . . . retreat from Moscow."

Chwarddais i, yn galonnog, am ben ei wreiddioldeb, ond dyma fe'n pwyntio bys ata' i, yn fygythiol, gan weiddi . . .

"I'll take that bl . . . grin off your face, even if it takes me a month."

Na, 'doeddwn i ddim yn gartrefol yn y fyddin. Dal i waethygu yr oedd pethau o hyd. Pan aethom ni allan i ymarfer saethu, yn erbyn rhyw fryncyn mawr o dywod, mi gefais fod fy ergydion i i gyd yn mynd dros y top, i ryw fyd arall, nes i swyddog arall roi real pregeth i fi am fy nhwpdra. Ar ôl ychydig amser fe'n symudwyd ni i Morecambe, lle y'n gorchmynnwyd ni i saliwtio pob swyddog o awdurdod. Hawdd oedd adnabod y rheiny, medden nhw, oddi wrth eu cap â phig. Un noson, rhwng dau olau, dyma fi'n clicio fy sodlau'n sydyn a saliwtio rhyw foi, ar y ffrynt, mor urddasol ag y medrwn.

"Beth gythrel wyt ti'n ei 'neud?" medde 'mhartner.

"Saliwtio offiser, wrth gwrs, yn ôl y gorchymyn," meddwn i.

"Offiser?" medde hwnnw, "blincin *bus conductor* o'dd hwnna, bachan."

Ie, methu bob tro a wnâi'r milwr bach o Lynsaithmaen. Ar ôl mynd trwy'r ymarfer cyntaf yng Ngogledd Lloegr, danfonwyd fi ar gwrs o hyfforddiant i Benarth, yn Ne Cymru. Oddi yno postiwyd fi i wersyll Sain Tathan, ger Y Barri. Lwcus iawn, ac ar ôl rhai wythnosau yno, mi gefais y fraint o gael byw allan, gyda fy ngwraig, yn Y Barri. Da o beth oedd hynny, gan y medrem ffurfio rhyw fath o gymdeithas Gymraeg o'r lluoedd arfog a oedd yn y dref. Cafwyd côr bach at ei gilydd yn festri'r Tabernacl a dechreusom ganu rhai o ganeuon Bois y Frenni. Peth rhyfedd oedd ffugio byw bywyd normal yng nghanol y rhyfel. Ond cyn hir, fe'm symudwyd o bost i bost, fel buwch hesb.

Ie, o bost i bost oedd hi, a chystal imi olrhain y daith yn fyr; o Sain Tathan i Ddoc Penfro; o Benfro i Binbrook, yn swydd Lincoln. Gwersyll y bomwyr oedd yno, a dyma ddod i gysylltiad agos â'r rhyfel am y tro cyntaf. Cystal i mi egluro mai clerc cyfrifon oeddwn i mewn swyddfa, ac roedd cyfundrefn gyfrifon y Llu Awyr yn un arbennig o od. Pe collech eich cwpan enamel, rhaid oedd cael fowtsher pum copi wedi ei arwyddo gan ryw dri neu bedwar o swyddogion. Ar ôl yr holl baraffernalia, byddai ei bris, yn y diwedd, tua chwe cheiniog cyn ychwanegu 12.5 y cant. Ond gallai rhyw-un ddwyn un o'r bomwyr, y Wellingtons, oddi ar y maes, heb fod sôn am y golled. Na, 'doedd yr eroplêns ddim ar y llyfrau cyfrifon. Ond at hyn yr oeddwn i'n dod. Ar y gwersyll, yn Binbrook, roedd yno lawer o griw awyr a fyddai'n mynd allan, bron bob nos, i fomio'r Almaen, tua'r flwyddyn 1942, dyddiau tywyll iawn y rhyfel. Byddai'r gwŷr ifainc hyn yn dod i'r swyddfa i'n gweld ynglŷn â'u tâl a'u dillad. Bechgyn hyfryd a dewr oedd y rhan fwyaf ohonyn nhw, ym mlodau eu dyddiau, a bron bob bore deuai'r newyddion am hwn-a-hwn wedi 'mynd' y noson gynt, uwchben Yr Almaen. Beier Hitler neu beidio, ond mae'n anodd deall unrhyw wlad wareiddiedig yn caniatáu i'w gwŷr ifainc gael eu saethu, yn yr awyr, fel giach neu gornicyll. Roedd un o'r bechgyn a gollwyd wedi addo trip i mi yn ei eroplên.

Dylwn fod wedi sôn hefyd am y daith ryfedd i wersyll Binbrook. Rhaid oedd mynd trwy Lundain, a chyrhaeddais yno yn y bore bach. Ar y pryd, roedd Andrew Williams, Aberteifi, yn fyfyriwr yn y Coleg Cerdd Brenhinol, a phenderfynais alw arno. Ar ôl llawer o holi a cholli'r ffordd fwy nag unwaith, deuthum o hyd iddo ef a Glenys, ei wraig, rywle yng nghyffiniau Regent's Park. Yno mi gefais frecwast ardderchog, a llawer o siarad am yr hen ardal. Wedyn daeth Andrew a Glenys gyda fi i'r stesion, a'm cyfeirio tua'r Gogledd. Mae un profiad yn fyw iawn yn fy nghof, sef mynd i lawr dros yr hen ddisgynfa (*escalator*) serth honno ym Mhicadili, gan gario *kitbag* anferth ar fy ysgwydd, ynghyd ag offer o bob math ar fy nghefn, a heb law sbâr i bwyso ar y reilen-ochr. Roedd y profiad, mi dybiaf fi, yn debyg i'r teimlad diymadferth o lithro i lawr i Uffern!

Ond dyma alwad i gael fy symud unwaith eto, a chefais yr argraff nad oedd neb am gadw'r hen fuwch hesb. Y tro hwn, euthum i le o'r enw Stoke Orchard, yn ymyl Cheltenham, yn Sir Gaerloyw. Cefais ryw wyth neu naw mis digon hapus ar y gwersyll hwnnw, a'm partner mawr oedd boi o'r enw Les Robinson o Ipswich. Er nad oes llawer o fanylion y daith yn aros yn y cof erbyn hyn, mae un o ddywediadau Les wedi dal yn y cof hyd heddiw. Dod yn ôl i'r gwersyll yr oeddem ni, yn hwyr y nos, o dref Cheltenham, pan ddywedais i wrth Les, heb fod yn ymwybodol o'r peth, a heb fod wedi siarad dim Cymraeg ag e cyn hynny, "NOS DA". Edrychodd Les i fyny'r awyr, ac ebe fe, yn gwbwl naturiol . . . "No bl . . . moon either!"

'Does gen i ddim cofion melys iawn am y bywyd milwrol yn y wlad hon, gan mai 'Trechaf, treisied' oedd yr egwyddor, at ei gilydd, ac efallai, yn y bôn, mai gwrthwynebwr cydwybodol oeddwn i. Gwastraff amser oedd llawer o'r peth, yn fy marn i, a minnau yn awyddus iawn i ddychwelyd at fy mhlant ym Mwlch-y-groes. Ond mi gefais rai ffrindiau cywir iawn ymhlith y lluoedd arfog. Carwn dalu teyrnged arbennig i Fudiad Gwirfoddol y Merched, a fu'n gofalu am gwpanaid o de a brechdan i ni ar hyd y blynyddoedd; llafur cariad, a llafur diflino.

Daeth newid sydyn ar bethau yn Stoke Orchard. Pan oeddwn yn paratoi i fynd ar *leave* ac ymuno â Bois y Frenni mewn darllediad o Gaerfyrddin, a chyngerdd Nos Sadwrn yn Llansteffan, daeth gorchymyn i mi fynd dros y dŵr. Roeddwn eisoes wedi methu un prawf meddygol yn Sain Tathan.

Penderfynodd meddyg Stoke Orchard nad oedd llawer o ddim yn bod arna' i ac fe'm rhoddodd yn ysbyty'r gwersyll am rai diwrnodau. (Anodd gen i gredu'r stori mai fet oedd e yn 'i fywyd sifil.) Beth bynnag, 'chefais i ddim diwrnod o *leave* (peth anarferol iawn) i weld fy nheulu a gorchmynnwyd·i mi fynd i ryw ganolfan yn West Kirby lle'r oedd miloedd o'r Llu Awyr wedi ymgynnull. Y noson cyn ymadael, bu rhyw Wyddel bach yn fy nghaban i yn rhyfedd o garedig wrthyf. 'Dyw pacio *kitbag* ddim yn beth hawdd, o bell ffordd, ond medde Paddy wrthyf:

"You go to the NAAFI and have a drink, Taff. I'll do your packing for you."

Felly y bu, ac er pob lladd a blingo yn Iwerddon heddiw, mae gen i barch tuag at y Gwyddelod hyd y dydd heddiw, parch a ddechreuodd gyda'r Gwyddel caredig hwnnw. A wyddoch chi beth oedd gwaith swyddogol hwnnw? Glanhau'r tai bach ar y gwersyll. Dichon mai gwaith o'r math sy'n gallu gwneud rhywun yn ddigon gostyngedig i helpu rhywun arall. Ond 'aiff y Paddy hwnnw byth yn angof tra bydda' i ar y ddaear hon. Sylweddolais, ar ôl cyrraedd West Kirby, ger Lerpwl, fod llawer o'r lluoedd wedi bod yno ers rhai wythnosau, a'u bod yn cael *leave* bob hyn a hyn. Cododd hynny fy nghalon, a gobeithiais y byddwn yno am rai wythnosau. Ond, fore drannoeth, pan oedd miloedd ohonom ni ar y parêd, rhyddhawyd pawb i fynd yn ôl i'w cabanau i eistedd lawr, pawb ond *1277178 EVANS! Fi oedd hwnnw.* Roeddwn i fynd dros y dŵr ar y drafft nesaf, a rhaid oedd imi ruthro o gwmpas i gasglu fy holl gyfarpar ar gyfer y fordaith. Yn y cyfamser, bu rhywun yn ddigon caredig i ddwyn strapen bwysig iawn oddi arna' i. Rhaid oedd cael un arall a mynd trwy'r broses gymhleth o gael fowtsher pum-copi, ynghyd ag arwyddnod rhyw bedwar o swyddogion mewn gwahanol rannau o'r gwersyll. Sôn am annhegwch a diffyg teimlad! Cawsom ganiatâd i fynd allan i Lerpwl, am ychydig oriau, ar y nos Sadwrn. Dywedwyd wrthym hefyd y byddai'n rhaid i ni i gyd aros yn y gwersyll trwy'r dydd Sul, a dechrau ar ein taith ddydd Llun. Yr unig nodyn cysurlawn y nos Sadwrn honno oedd gweld bachgen o Faenclochog, a oedd yn y Llynges, ar orsaf Lime Street. Aethom i gyd i dafarn neu ddwy, i gael diferyn, er mwyn boddi'r gofid o orfod mynd o'r hen wlad. Ar ben y cwbwl, bu rhywun yn ddigon caredig i ddwyn fy arian o'm waled. Pwy bynnag oedd y creadur du hwnnw, o leiaf fe adawodd bunt a chweugain ar ôl. Ie, deg swllt ar hugain ar gyfer taith, o bosib, i bellteroedd daear. Mae'n anodd iawn dod o hyd i eiriau i fynegi fy nheimladau y noson honno. Yr oedd pawb a phopeth yn fy erbyn. Collaswn y cyfle i fynd adre i weld fy nheulu. Erbyn hyn mae hedfan i bob rhan o'r byd yn beth digon cyffredin, ond ar y nos Sadwrn arbennig honno, ychydig iawn ohonom ni oedd yn credu y gwelem ni'r wlad hon byth wedyn. Yn y Fyddin, bydd milwyr yn symud o le i le mewn unedau, ond yn y Llu Awyr, unigolion fydd yn cael eu symud, yn ôl eu masnach neu eu crefft. Felly, dieithryn fyddai pob un ohonom ni ymysg y criw mawr o awyrenwyr. 'Doedd hynny ddim yn gwella'r sefyllfa o gwbwl. 'Doedd gan neb syniad i ble y byddem yn mynd. Rhaid oedd cadw'r peth yn gyfrinach er mwyn ein diogelwch. Yr unig awgrym a gafwyd oedd o'r dillad Khaki ysgafn a gawsem ar gyfer y fordaith. Roedd hynny yn awgrymu ein bod yn mynd i wlad lle'r oedd yr hin yn gynnes. Y noson honno, yn West Kirby, ac ym mhen uchaf gwely sengl dwbwl-decer, deffrowyd fi gan ergyd dryll o ryw gaban arall. A oedd diwedd, rywbryd, i'r nos Sadwrn ryfedd honno, a oedd mor llawn o ddigwyddiadau cyffrous? Pan glywais yr hanes yn llawn, sylweddolais nad fi oedd yr unig berson isel ei ysbryd yn y criw, oblegid roedd gŵr yn y caban arall wedi'i saethu'i hun yn ei goes â dryll Sten, er mwyn treio arbed mynd dros y dŵr. Nid oes dywyllwch heb oleuni, medden nhw; o leiaf, cafodd un gŵr arall ei gadw ar ôl er mwyn rhoi tystiolaeth yn y llys milwrol.

Dydd Llun a ddaeth, yn orlawn o bryderon. Fe'n rhoed ni ar y trên, a chynllwyniodd hwnnw ei ffordd, yn gyfrinachol, dros ryw reilffyrdd cefn, gan gadw'r gyfrinach oddi wrthom ni yn lled-lwyddiannus. Mae gen i amcan inni fynd yn agos i Birmingham, heb fod yn siŵr. Yr unig sicrwydd oedd ein bod yn mynd tua'r De, h.y. y De o Brydain Fawr. Cyn nos fe'n cawsom ein hunain yn disgyn o'r trên i'r llong yn Avon Mouth, ger Bryste. Rhaid oedd aros yno am ddau ddiwrnod, heb roi unrhyw wybodaeth i ni. Dyna ddull y lluoedd arfog o weithredu. Mae'r manylion wedi mynd. Cofiaf mai *Highland Princess* oedd enw'r llong, a bod yr amgylchiadau yn debycach i ffair greaduriaid na llong yn cario milwyr. Roeddem ar ben ein gilydd fel moch-mewn-cart yn Ffair Maenclochog, ac yn cysgu mewn hamocs i lawr yn isel, ym mola'r llong. Deuthum yn lled gyfarwydd â chysgu mewn hamoc, ac yr oedd yn brofiad digon hyfryd. Y trwbwl yn aml iawn oedd fod 'na draed drewllyd rhywun yn cyffwrdd â'ch trwyn o ryw gyfeiriad arall. Ond, rhaid i mi ddweud un peth o blaid y llong. Roedd y bwyd yn ardderchog. Cawsom ymenyn ac wyau ffres ar hyd y daith.

Mae rhai argraffiadau sy'n annileadwy, ac yn hawlio cartref parhaus yn y cof. Ni ellir meddwl am gynulliad mwy cymysg na chasgliad o luoedd arfog. Bydd yno amrywiaeth mawr o gefndiroedd, o arferion ac o foesau. Bydd yr iaith yn aml iawn yn las, a'r syniadau yn gymysgaeth o ddelfrydau aruchel, o egwyddorion ciaidd a damcaniaethau bas ac arwynebol. Cymysgaeth felly o bobl oedd ar yr *Highland Princess* yn Avon Mouth. Ond y peth a erys yn y cof yw'r effaith a gafodd codi angor ar y dyrfa gymysg honno. Am eiliad, pan oeddem yn eistedd o gwmpas y byrddau ar y *mess deck* ym mola'r llong, plygodd pob pen, yn ddieithriad ac yn gyfamserol, am ryw eiliad fer, fel pe baent yn offrymu gweddi ddistaw. Gallwn eu dychmygu yn dweud, a minnau yn eu plith, "O Dduw, dyma fi'n llithro i'r anwybod mawr. Cadw fi." Ni pharhaodd hynny ond am ychydig eiliadau, ond yr oedd yn ddigon amlwg i dynnu sylw pawb. Sylweddolais innau fod yna, o dan yr hyder arwynebol, ofn y dyfodol. Hwyliodd y llong i gyfeiriad Y Barri, gan aros y tu allan i'r harbwr am ryw ddiwrnod neu ddau. Oeddent, roedd y duwiau wedi troi yn fy erbyn, neu, pam aros y tu allan i dref a adwaenwn yn go dda? Gwelwn y dociau, yr Ynys, y coleg ar y bryn, a rhannau eraill o'r dref y gwyddwn amdanynt yn dda. Roedd hyn i gyd yn dwysáu'r hiraeth. Os oedd yn rhaid i ni fynd, pam na ellid gwneud hynny ar unwaith, a chael yr hiraeth drosodd?

Ar ôl gadael Y Barri, dal i gofleidio arfordir Cymru a wnaeth y llong. Roedd Porth-cawl i'w weld yn gwbwl glir, ac felly hefyd Aberafan, Abertawe a Llanelli, nes dod at enau Afon Tywi. Aethom heibio i Ddinbych-y-pysgod, yn agos iawn, a gellwch ddychmygu fy hiraeth o weld Sir Benfro am y tro diwethaf. Tybed a wyddai fy anwyliaid fy mod yn hwylio mor agos? Ymlaen heibio i'r Hafan Lydan, Niwgwl, Solfach, a Thyddewi, nes cyrraedd Strumble Head ac Ynys Enlli. Ofnaf mai anfantais i mi'n bersonol oedd fy mod yn adnabod daearyddiaeth Cymru mor dda. 'Allwn ddim tynnu fy llygaid i ffwrdd, gan fy mod eisiau gweld pob modfedd o'r hen wlad. Cefais gip ar Sir Fôn, a Llandudno yn y pellter, cyn hwylio dros donnau a oedd yn fwy dieithr i mi. Aethom heibio i Ynys Manaw

hefyd, a chaeodd y nos amdanom. Drannoeth, yn y bore, cawsom ein
bod wedi angori y tu allan i Glasgow, yn yr Alban. Y symud nesaf, yn ôl a
ddywedwyd wrthyf, oedd allan i'r Gorllewin, i gyfeiriad America, am ryw
fil o filltiroedd. O Glasgow ymlaen, wrth gwrs, yr oedd ein llong ni yn
un o res o longau. Trwy ryw ddirgel ffyrdd, wedyn, byddem yn cyfeirio
unwaith eto i'r De-ddwyrain gan fynd yn agos at Ynysoedd y Caneri, cyn
mynd yn nes eto at arfordir Affrica.

Bob hyn a hyn caem ein hatgoffa o'r perygl trwy orfod gwisgo beltiau
diogelwch, a drilio ar gyfer argyfwng ar y môr.

Amhosib yw ail-fyw'r teimladau heddiw. I ddechrau, 'doeddwn i ddim
yn gallu nofio troedfedd. Y dyddiau hynny, wrth gwrs, roedd llongau
tanfor yr Almaen o'n cwmpas ymhobman. (Roedd y *depth charges* a yrrid
i'r môr, o'r llong, yn ein hatgoffa'n barhaus am y rheiny.) Pe bai'n rhaid
imi neidio i'r dŵr yn y Bay of Biscay, byddai nerth y tonnau a'r oerni yn
fy lladd yn go fuan. Pe digwyddai anffawd yn y trofannau, lle'r oedd yr
hin yn fwy caredig, byddai'r siarcod yn siŵr o benderfynu fy nhynged
mewn dim o amser. Felly, 'doedd yna ddim llawer o obaith. Ar ben hynny
i gyd, yn ôl yr arfer, y swyddogion a'r menywod a fyddai'n cael defnydd-
io'r cychod achub. Byddai'n rhaid i'r milwyr cyffredin fel fi, bois y gaib a'r
rhaw, neidio o'r rheilen uchaf ar y dec i'r môr. Ofnaf y byddai hynny yn
amhosib i mi. Yn fyr, roedd yr argoelion yn ddigon tywyll. Roedd ychydig
o gysur yn y ffaith fod digon o sigarennau a thybaco, o bob math, ar y
llong. Eto, o ddiolch i'r 'deryn brith hwnnw o Lerpwl, roedd fy arian yn
ddigon prin. Roedd hi tuag adeg y Pasg, 1943, erbyn hyn, ac yng nghanol
fy ngofid byddwn yn meddwl am y Cymanfaoedd Canu, a phethau tebyg,
yng Nghymru. Roeddwn i'n gwbwl ddigalon. O'r fan honno, ar y dec un
diwrnod, yr ysgrifennais i air at fy ffrindiau, gan gynnwys Sam Owens, y
Tyddyn. Cymerodd hwnnw wythnosau lawer i gyrraedd ac yn ôl a
glywais ar ôl dychwelyd, cafodd Sam Tyddyn fraw o weld cyflwr y llythyr,
a'r geiriau a oedd yn sgrifenedig arno . . . *Damaged, due to enemy action.*

Nid wyf am eich beichio â'm gofidiau personol. Digon fydd dweud yn
syml fod calon Wil Glynsaithmaen yn nhwll-'i-ben-ôl e! Yr unig bethau
hyfryd a gofiaf oedd y modd y llithrai'r llong dros y dŵr yn y trofannau,
gweld rhai adar dieithr iawn yn hedfan o gwmpas y llong, ac ambell
bysgodyn diddorol yn neidio i fyny o'r dŵr. Yna'n sydyn, cofio am yr hen

siarcs 'na! I basio'r amser, byddem yn cael sesiynau mawrion o Tombola,
neu *Housy Housy*, neu, i roi ei enw urddasol arno . . . Bingo. O'r diwedd,
daethom i borthladd, lle'r oedd nifer o longau a heidiau o ddynion duon
yn gwibio heibio yn eu canŵ. Yn eu plith roedd yna ddyn du a elwid yn
'Glasgow Tanner'. Hobi proffidiol hwnnw oedd eich cael i daflu chwe
cheiniog (arian) i lawr i'r môr, yntau yn deifio i lawr i'r môr amdano, a'i
godi rhwng ei ddannedd. Cofiaf am un o'r bois yn taflu ceiniog goch yn
lle pisyn chwech. Achosodd hynny storm o brotest oddi wrth Glasgow
Tanner yn yr iaith fwyaf mochaidd a glywais yn fy myw . . . rheffyn
diddiwedd o eiriau bryntaf y dyn gwyn. Freetown oedd y porthladd.
Glaniodd nifer o'n bechgyn ni yno, ac ar ôl diwrnod neu ddau yn y lle
brwnt a digalon hwnnw, symudodd y llong unwaith eto, nes cyrraedd
porthladd arall, maes o law, o'r enw Takoradi, ar y Traeth Aur, neu 'Fedd
y Dyn Gwyn'.

# O Gwilsyn y Gwladwr

(Ysgrifau)

LLYWELYN PHILLIPS

## LLWYDOLAU GYMYLAU MWG

Dyma stwmpyn arall at y pentwr sydd eisoes yn gorlenwi'r llestr llwch, ac wrth weld hyn o lanastr o'm cwmpas fe allech dyngu fy mod yn slaf hollol i'r baco. Ond nid felly y mae hi, oblegid ni chlywais erioed am gaethwas wrth ei fodd, a mwynhad digymysg yw smocio i mi. Nid wyf ychwaith yn cyfri'r gost, canys pa ddewin o economwr a ddichon brisio diddanwch mewn arian bath neu fesur serch ac ymlyniad mewn ystadegau moel.

Yr wyf fi bellach yn hen smociwr – yn perthyn i gwmni'r hogiau 'drwg' hynny a wybu dynnu mwg yn llanciau ysgol, ac ar hyd cwrs hir o flyn-yddoedd bu mwg baco yn rhan annatod ohonof – yn dân ac yn niwl hollbresennol, yn berarogl ar fy ffordd ac yn bersawr ar fy llwybr. Gwn y boen o fethu cael mygyn a'r un modd bêr wewyr yr ailafael, ac nid dieithr ychwaith ecstasi'r chwiff waharddedig. Caf fygyn y peth cynta'r bore ac un arall y peth diwetha'r nos, a llawer eraill rhyngddynt sydd bobun yn hyfrytach na'i ragflaenydd. Fel Isfoel mewn achos arall, dywedaf innau 'nos da, fy angyles deg' wrth offrwm ola'r dydd, a chaf gusan sigarét newydd pan ddaw yfory yn heddiw drachefn.

Bûm yn ddigon byrbwyll a ffôl i roi'r gorau iddi unwaith, a hynny am bymtheng mis cyfan. Gwae fi yng ngwacter y misoedd hynny! Pa ryfedd fod gennyf gydymdeimlad dwysach nag erioed â Moses a'i ddeugeinmlwydd yn yr anialwch.

Ni chefais, er taer a dyfal geisio, fawr o hwyl ar bibell a baco siag, na'r un 'Returns' eraill ychwaith, er mor apelgar bob tro eu hysbysebion lles-meiriol gysurus. Smociwr sigarennau ydwyf, er amlyced gwirionedd cryno bardd o athronydd:

Mygyn o'r cetyn cwta
Wna unoes yn ddwyoes dda,

ac er minioced dychan a dirmyg cwpled arall:

Sigâr i ŵr segur iach
A sigaréts i grotsach.

Rhywbeth at y Nadolig yw sigâr i rywun fel fi, a barnaf fod mesur helaeth o swanc i'w harogleuon hiraros, rhyw brofiad i'w flasu a'i drysori unwaith neu ddwy y flwyddyn ar y gorau. Tipyn o drafferth wedyn i ŵr diamynedd yw rholio sigarét o waith cartref, a honno fel rheol yn rhy dynn neu'n rhy llac i'r mwg dreiddio drwyddi wrth fy modd. Yn y pen draw felly nid oes dim amdani ond prynu pacedi sigarennau parod.

Yn chwilgrwt fe offrymwn i fy nwy geiniog wrth allorau y brodyr Wills, a chael yn gyfnewid am hynny o dâl bum Wdbein wen dyner mewn pecyn papur penagored nad oedd wiw ei gadw mewn poced trywsus rhag malurio'r trysor. A chyda llaw, os oes neb ag amser i'w ladd, mynned becyn pum Wdbein gwag a cheisied ei droi o chwith heb rwygo dim o'r papur. Er tegwch, wrth gwrs, y mae'r pecyn bach hwn erbyn heddiw yn prinhau, a'i bris yn sgîl yr Ail Ryfel Byd wedi codi ymhell dros ddwy geiniog, eithr pan ddeuaf ar ei draws byddaf yn ei brynu'n ddi-feth. Canys er codi ohonof, yn fygyddol felly, yn uwch fy stad na'r Wdbein werinol, fe ddaw holl fwynder y blynyddoedd cynnar yn ôl o hyd yn rhin y pecyn bach, a phob un o'r pump yn dal lawn cystal ei blas â'r rheini gynt a guddiwn yn y clawdd cerrig rhwng Parc-dan-tŷ a'r Waun Lleian. Rhyw nablau siriol ydynt o'r hen bleserau, a chyd-ddigwyddiad hollol fy mod o'u blasu eilwaith yn achlysurol yn cyfoethogi coffrau Canghellor y Trysorlys. Nid rhyfedd ychwaith i'r disgybl amrwd hwnnw geisio esbonio i'w athro mai smocio sigarét y byddai'r Meg Merrilies honno y canodd Keats iddi: '*but every morn of woodbine fresh/she made her garlanding*'.

Ni ddeuthum ers tro byd o hyd i *Evening Star*. Coffa da am y sêr hwyrol hyn, a fu'n hwb mor gryf i'r galon ac yn falm i'r ymennydd bob bore a chanol dydd yn ogystal â chyda'r nos eu henw. Fesul un am ddimai y byddwn yn eu prynu a'u smocio bob un yn y fan a'r lle. Yr oedd i'r rhain felly eu diogelwch eithaf, gan nad oedd pecyn damniol ar gael i'w ddatguddio pe digwyddai i ryw fusneswr llai tosturiol na'i gilydd wrth wendidau crwt hawlio gweld cynnwys y pocedi. Y mae rhyw bren afalau neu'i gilydd yn tyfu yng Ngardd Eden pob glaslanc.

Diolch i arloeswyr mannau pell y gorllewin am ddod â'r dail gwyrthiol hyn i Gymru. Onid selio heddwch a chyfeillgarwch oedd cydsmocio â'r dyn coch, onid y ffordd orau hyd heddiw i dorri'r garw yw estyn sigarét, ac onid arwydd o wellhad ar glaf yw'r galw am fygyn? Ffrancwr o ddiplomydd o'r enw Jean Nicot a roes ei enw i'r planhigyn hollbwysig hwn, sef *Nicotiana tabacum*. Aelod o dylwyth y *Solanaceæ* yw'r baco, o'r un gwaed megis â'r daten a'r domato, ac o'r tylwyth niferus hwn, y *Nicotiana tabacum*, fy ffefryn i yw'r rhywogaeth y bydd yr arbenigwyr yn ei galw'n broffesiynol yn '*var. Virginica*'.

Chwarae teg i'r dramodydd Ben Jonson am fod yn ddigon hirben i ganmol baco mor bell yn ôl â 1598, a naw wfft i Iago'r Cyntaf am ladd arno a chodi toll o chwe swllt a deg ceiniog y pwys ym 1604 ar y fath nwydd gwerthfawr. Ond dyna fe, rhyw frenin od ac anoddefgar oedd yr Iago hwn a rhyw syniad am hawl ddwyfol y frenhiniaeth wedi codi yn ei ben, medden nhw.

Y mae smocio'n fwy poblogaidd heddiw nag erioed – sigâr i Syr Winston, baco sent mewn pibell goesgam i fyfyriwr a sigarennau i'r trwch ohonom. Yn awr ac yn y man fe geir clywed ambell feddyg yn darogan gwae a dioddef dynol o'r pleser hwn, ac y mae'n werth adrodd y stori am un hen frawd a ddarllenodd gymaint am hyn o beryglon nes penderfynu rhoi'r gorau i ddarllen! Hawdd cydymddwyn ag ef yn ei ddewis. Bydd yn rhaid i minnau smocio llai neu fynnu llestr llwch mwy o faint hefyd. Bellach, a 'Cholofn y gwladwr' yn ddiogel am yr wythnos hon, barnaf fy mod yn haeddu mygyn bach arall. Ie, '*Carry me back to old Virginny*' yw'r gân sy'n taro heno eto.

## HELA'R MOCHYN DAEAR

Gweld cyfeiriad unwaith yn rhagor mewn wythnosolyn at ddiniweidrwydd y mochyn daear a fu'n achos i'm cymell ar ei drywydd. Yn wahanol iawn i fwyafrif gwŷr cefn gwlad pen uchaf Ceredigion yr wy'n wirioneddol ffrind i'r hen greadur encilgar hwn. Y mae mochyn daear a

gwadd yn ei geg mewn cas gwydr wedi bod yn rhan o'm bywyd erioed.
Yno yr oedd bob amser ar ben y cwpwrdd bach yn ddisymud ac yn
ddigyfnewid ei drem ofnus. Hwn oedd fy mhatrwm wrth hela'r Twrch
Trwyth gydag Arthur a'i Farchogion, a hwn hefyd a welwn ar flaen y lleng
fleiddiaid a fynnai ruthro arnaf mewn hunllef gwaeth na'i gilydd ar ôl
nofel gyffrous am wlad o newyn a rhew ac eira. Hwn eto oedd unig gyn-
rychiolydd *wild beasts* y llyfrau natur yn fy nghynefin, ac er bod hanes am
rai ohonynt acw yng Nghwm Cedni ni welais i erioed neb ohonynt ym
mlynyddoedd cynnar fy mebyd. Fel Wil Ifan gerllaw Gallt Pencraig, felly
finnau ar bwys Allt y Frenni Fawr pan fentrwn ar brydiau i'w hymyl:

> Tystient wrthyf nad oedd dim yno
> Namyn ambell gadno a daearfochyn:
> 'A chofia dithau, Guto, os gweli ddaearfochyn,
> I redeg *lawr* o hyd, nid *lan*:
> Waeth mae ei ddwy droed flaen yn fyr,
> Ac fe'th ddalith di ar unwaith ar y g'werbyn.'

Ond os ewch chwi i dir yr ymylon, yn enwedig ar amser ŵyn bach, fe
gewch fod pob perchen diadell a phob bugail yn elynion anghymodlon i'r
mochyn daear. Ie, yr hen fochyn daear, druan, sy'n treulio'i oes i helpu
pob ffermwr, hynny oddieithr ei demtio ar droeon prin anaml i fwyta un
oen ac un ffowlyn. A dyna ar unwaith roi enw drwg i'r teulu oll. Nid
gwiw pardduo cymdeithas gyfan ar sail ffaeledd unigolyn, ac nid teg
difrïo cŵn i gyd am fod eithriad yn eu plith yn gi lladd. Canys yn ôl barn
gytbwys cwmwl tystion y naturiaethwyr, un o bennaf cymwynaswyr y tir
yw'r daearfochyn. Cwningod, y mae'n debyg, yw ei hoff ddanteithfwyd,
ac fe ddichon fod cynnydd enfawr y rhain ar dir yr ymylon i'w briodoli i'r
difa llwyr ar foch daear a fu ar gerdded yno ers rhai blynyddoedd. Y mae
hefyd yn angau sydyn i lygod, mawr a bach, i falwod, ac i wenyn meirch,
ac y mae pridd y ddaear, fel y mae gwaetha'r modd, yn brinnach o bryfed
genwair o'i achos. Gormodiaith anghyfiawn, serch hynny, yw'r dilorni
parhaus arno fel lleiddiad ŵyn, oblegid o'r holl foch daear a laddwyd trwy
wybod i mi, gallaf dystio na welwyd croen yr un oen bach yn agos i'w
ffeuau. Llwynogod, a hwy yn unig, sy'n cipio'r ŵyn.

Bydd ambell fythynnwr yn barod i gydnabod fod ffermwyr yn beio'r
mochyn daear ar gam am yr ŵyn bach, ond yr un mor barod eu hunain
i'w gondemnio am ddifetha'r ieir. Celwydd i gyd, meddaf, canys ni
threfnodd natur erioed iddo ddringo dros y weiren rwyd o gwmpas y cut
ieir, ac ni fedr yn ei fyw afael mewn iâr oddi ar ei chlwyd. Hwyrach iddo
ddod o hyd i ambell iâr yn cysgu maes ym môn y clawdd a'i difetha hi a'i
nythaid wyau, ond os anghofiodd neb gau drws ei gut ieir di-glwydau
peidied â bwrw'i lach ar bob mochyn daear ar gyfrif yr un hwnnw a fanteis-
iodd ar ei gyfle a chwennych llenwi ei fol â darpar ginio dydd Sul y
pregethwr. Llawer gwaith y ceisiais argyhoeddi fy nghyd-ddynion defaid
mai cyfaill yw'r daearfochyn, ond methiant truenus pob dadl hyd yma.
Efallai y bydd awdurdod y *Welsh Gazette* yn gosod golwg newydd ar y
gwirionedd, a stamp y wasg yn rhoi mwy o gyrraedd iddo na'r gair llafar.
Enillodd y cwningod glamp o fuddugoliaeth pan aeth dynion ati i drapio
wencïod a sarnu cydbwysedd natur. Gwae ni yn rhoi cyfle arall iddynt i
amlhau, trwy ein ffolineb yn erlid eu gelyn, y mochyn daear, â thrap,
daeargwn, a dryll.

## AFALAU SURION BACH

Y mae'r hen fam-ddaear wedi hulio bwrdd crwt o'r wlad bob hydref â
chyfoeth o foethau i borthi blys ei ddant melys, ac y mae pawb ohonynt
yn fwy danteithiol na'i gilydd. Pawb a phopeth ond afalau surion bach.

Wynned byd llanc ysgol wledig ddiwedd Medi, a gorlanwed ei bocedi.
Neu felly yr oedd hi yn nyddiau fy mhlentyndod i. Gan mor awchus y
trachwant tymhorol bu'n rhaid bwyta i ormodedd lawer tro, ond heb
erioed fwyta'r cyfan ychwaith, a charediced yw Natur wrth grwt yn ei fen-
dithio ag adnoddau cyllaol tu hwnt i ddirnadaeth a galluoedd treuliadol y
sawl sydd wedi mynd yn ŵr ac wedi rhoi heibio'r pethau bachgennaidd.
Rhyfedd na ddaeth i feddwl neb ac yntau'n ifanc i ddiogelu'r ddogn leiaf
o'r cynhaeaf rhad-ac-am-ddim hwn at y gaeaf, a syndod fel y mae pob
llanc wedi etifeddu helaethrwydd o anianawd ceiliog y rhedyn ond wedi
magu'r nesaf peth i ddim o ddarbodaeth morgrugyn.

Dyna i chwi'r mwyar duon anferth hynny gynt yn drwch ar ben trwch
o boptu'r lein ac ar hyd pob clawdd a phisyn garw. Boliaid yn iawn amdani,

ac i ffwrdd â ni heb falio dim am na tharten na jam na'r un blasyn arall o'r fath. 'Does dim mwyar duon fel'na i'w gweld yn unman mwyach.

A'r eirin wedyn, a dau fath ohonynt yn y fargen. Yr eirin duon bach i ddechrau, a'r orchest o fwyta dyrneidiau ohonynt heb dynnu ystumiau ar wyneb na dangos dim teimlad ond eu bod yn amheuthun pur o'r radd hyfrytaf. Yr oedd y rhain yn ddigon cyffredin o'n cwmpas, ond anfynych y gwelid yr eirin pêr ar y cloddiau heb fod yn agos i dŷ. Y rheini oedd y danteithion eirinog ac yn werth cerdded ymhell i'w cyrchu i'r mannau hynny lle bu rhyw blannwr coed anhysbys ac anghofiedig yn gosod llwyn neu ddau rywbryd pell bell yn ôl.

Ac yna lond sach o'r cnau cyll o'r melynaf, gwisgi a llawn i'r ymylon, boed yn sengl neu'n glymau dau, tri, pedwar, a phump. Nid oedd fyth ball na diwedd ar y rhain, a gallech gael eich gwala a'ch gweddill rhwng Ysgol Sul a chwrdd chwech hyd yn oed a rhoi help llaw i odro hefyd. Rywsut byddaf i'n hoffi synied fod y cnau a dynnid ar y Sul, a rhwng oedfaon y Gymanfa Ganu, yn well eu blas ac yn fwy toreithiog eu cynnyrch na dim a gesglid ar noson waith neu brynhawn Sadwrn. Hwyrach fod a wnelo'r esboniad â gofal llanc rhag rhwygo'i ddiwyg Sabothol. Fe arlwywyd sawl cwm coed cyll ar fy nghyfer, a phawb yn rhagori ar ei gilydd, hynny'n ôl mympwy'r foment a man cynnal y Gymanfa Ganu.

Os oedd teulu'r drain duon yn magu eirin, yr oedd y ddraenen wen hithau yn llwythog o griafol, neu ar ein llafar ni 'grawel y moch', a chwbl at ein dant fyddai'r dyfarniad bob tro ar y cibau hyn y tybiwn i ar y pryd fod iddynt gysylltiad afradlon o ysgrythurol. Sonnid yn y fro hefyd am rinwedd iachusol ffrwyth pengoch y rhosynnau gwylltion, fitaminau, mae'n siŵr, pe gwyddem y gair, a'u sudd o hyd ar werth yn siop yr apothecari. Cnau ffawydd wedyn, yn blisgyn i gyd bron, ond ni chofiaf imi erioed ddod ar draws castanwydden na chlywed sôn am chwarae 'concers'. Plwyf di-blas oedd ein plwyf ni, ac onid pendefigol gynefin castanwydd?

Dyletswydd yn ymylu ar waith oedd casglu ffrwyth y pren ysgaw bob hydref, ac nid oedd yr un hwyl o'u bwyta, ond deuai rhin i'w ryfeddu o'r gwin yn nes ymlaen pan fyddai'r gwynt o Henfeddau yn sycheillio'r cyffiniau. Gwin dirwestol oedd hwn i fod, a bu'n syn gennyf lawer tro weld pwysigion y Gymanfa Ddirwest yn gwgu arno. Ond erbyn heddiw nid wyf yn rhyfeddu dim.

Ie, gwledd oedd hi'r adeg honno, popeth yn wledd, ond yr afalau sur-
ion bach. Y mae'r gair 'bach' yn y cyd-destun yn braidd osod gwedd o
anwyldeb arnynt, a llawer grymusach ac addasach i'm tyb i yw *crab apple*
y Sais. Canys hen bethau sur a chrablyd oeddent, ac ni chefais ddim
diddanwch ynddynt, er gwyched camp ambell gymdoges yn eu troi yn
jeli ac er croched brol hwn a'r llall mai dyma jam gorau'r byd.

Nid wyf am honni fod pawb yn ddig wrth afalau surion bach, ac nad
oes na gwerth na phwrpas i'r pren. Hyn yn unig a ddywedaf, – nid wyf i
yn eu hoffi. Yr oedd clamp o goeden ohonynt yn lled-orwedd o'r clawdd
dros y gamfa ar y llwybr rhwng y ddwy waun, a bu'n rhaid i mi yn ifanc
iawn fynd heibio'r fan yn feunyddiol, a hynny'n fynych gyda'r nos. Y mae
min nos o aeaf yn egwyl fer iawn i grwt chwe blwydd oed i fynnu digon o
chwarae i'w fodloni, a phan ddigwyddai imi oroesi fy nghroeso yng
nghwmni cyfoed fe'm cymhellid i droi adref cyn tywyllu rhag ofn i 'frig yr
hwyr' fy nal. Ac yn helaethrwydd fy nychymyg cynnar yr oedd 'brig yr
hwyr' wedi cymryd arno ffurf ellyll neu wrach neu ladi wen neu hyd yn
oed y Cawr Du ei hunan, ac ym mrigau uchaf trwchus yr hen goeden
fawr afalau surion bach y llechai'r ddrychiolaeth bob amser. Croeswn y
gamfa felly ar ras, a rhoi holl nerth deutroed chwech oed heibio'r perygl.
A phan ddaeth blwyddyn neu ddwy arall â'i wir ystyr i 'frig yr hwyr' ni
chiliodd ofnadwyaeth y pren afalau surion bach yn llwyr, ac ni chofiaf imi
dynnu na bwyta un ohonynt erioed.

Hyd yn oed pe cawn i fy hunan heno yn oedi ar hyd yr hen lwybr, yr
wyf yn gwbl ddiogel fy meddwl y byddai fy nghamre yn prysuro'n ddiar-
wybod imi heibio cornel tywyll pren mawr yr afalau surion bach.

# Pedwar Mwdwl
## (Helyntion Tomos a Marged)

### W. J. GRUFFYDD

Bu Cwrdd Mawr y Diafol un prynhawn Saboth esgeulus yn nhueddau Nant Gors Ddu. Ni chafodd yr Un Drwg y fath hwyl ers blynyddoedd. Y prynhawn hwnnw bu'r cythreuliaid a'r demoniaid yn Uffern yn canu anthem eu buddugoliaeth. Ychydig iawn oedd rhif ei gynulleidfa, ond nid yw Diafol yn hidio am hynny. Ei orfoledd ef yw achub un. Ac fe wnaeth hynny yn gyfrwys iawn.

Pan oedd Tomos ar y llofft yn gwisgo ei ddillad parch i fynd i'r cwrdd prynhawn, digwyddodd edrych allan drwy ffenestr y parlwr a gweld yr anner las yn anesmwytho i fwrw ei llo cyntaf. Dyna pam y gwelwyd Marged, hanner awr yn ddiweddarach, yn mynd ei hunan dros lwybr y Cae Dan Tŷ i'r Capel Bach.

"Mae hi'n sâl reit i wala," gwaeddodd o ben y sticil. "Mae'r blawd ceirch ar ben y ffwrn wal."

Llusgodd Tomos a'r ast felen igam-ogam i fyny i'r Banc i gyrchu'r anner las i'r beudy. Yr oedd yr ast felen wrth ei bodd oblegid ni fu Saboth mor ddiddorol â hwn ers llawer bwrw-llo. Tasgodd ysgyfarnog gyntefig o'r gwellt o dan ei thrwyn.

"Gad hi'n llonydd. Dim heddi Fflei. Mae'n ddydd Sul."

Deallodd yr ast felen na ddylai hi hebrwng yr ysgyfarnog dros glawdd y ffin, er nad oedd gobaith am ddalfa, gan ddilyn ei meistr rhwng y rhedyn i gopa'r Banc. Eisteddodd y ddau fel dau enaid di-wahân am hydoedd cyn cael sicrwydd llwyr fod yr anner las yn wirioneddol sâl a'i gyrru i wellt y beudy.

Gan na fyddai'r llo yn cyrraedd y sodren am awr neu ddwy aeth Tomos am dro i'r Cae Bach. Naw diwrnod ynghynt torasai ystod o gwmpas y cae a bu Marged yn mydylu pan oedd ef yn y mart. Dim ond pedwar mwdwl mae'n wir ond pan ddelai Clame byddai'r blewyn garw yn fwy tyfadwy ar gefnau'r gwartheg nag ar y gors. O herc i herc, fel y gorfodir dyn i gerdded ar dir llechweddog, aeth Tomos o fwdwl i fwdwl. Gwthiodd ei law i'w cylla a chael fod y gwair yn sych fel cricsyn. Nid oedd dyn y weierles yn dweud yn rhy dda am y tywydd, a byddai yn drueni mawr i'r mydylau gael rhagor o law. Ni fedrai feddwl am ffordd allan o'r cyfyng-der. Dechreuodd ystyried mewn cysur a diddanwch nad oedd y Brenin Mawr wedi llwyr anghofio am ei blant erioed. Rhoddodd ei bwysau i lawr i gael mygyn cyn mynd yn ei ôl i'r beudy i edrych cyflwr yr anner. Mae blas hyd yn oed ar fygyn Sul triwant

"Cer ag e mewn," sibrydodd y Diafol yn ei glust.

"Ein Tad yr hwn wyt yn y nefoedd . . ."

"Cer ag e mewn."

"Sancteiddier dy enw . . ."

"Cer ag e mewn."

"Ymado wnaf â'r babell
'Rwy'n trigo ynddi 'nawr" (prin oedd ei wybodaeth o emynau).

"Fydd neb yn dy weld."

"Haff e leg. Haff e leg onwards
Rode ddi Sics Hyndred."

"Fe fydd yn arllwys y glaw cyn nos."

Draw ar y gorwel gwelai gymylau duon bygythiol a'u cysgodion yn rhedeg dros y llethrau. Suddodd ei galon i'w esgidiau a chrechwenodd y Diafol wrth ei benelin:

"Mae'n well i ti fynd â'r pedwar mwdwl o'r golwg. 'Falle y bydd hi yn bwrw glaw am bythefnos. Edrych ar y gwair. Mae e'n berffaith o sych. Babi mawr."

Cododd Tomos ar ei eistedd o'i ledorwedd diog. Yr oedd y berth rhyng-ddo a'i gymdogion. Ni fedrai neb ei weld. Onid oedd yn cofio Huws Penlan yn dadlau yn ffyrnig yn yr Ysgol Sul nad yw pechod yn bechod golau os na fydd rhywun yn eich gweld yn pechu. Drwg pechod oedd ymresymiad Huws, mai wrth bechu yn agored y mae dyn yn arwain eraill i'r un drygioni. Fe ddylai Huws wybod. Onid oedd wedi bod yn y Colej yn Llambed, cyn iddo gipio merch y ficer ar ganol ei arholiadau a mynd â hi am wythnos i Iwerddon? Dew, stori dda yw honno.

"Cer â'r gwair 'na mewn."

Y prynhawn hwnnw fe loriwyd yr hen frawd yn llwyr. Brysiodd i'r beudy i gyrchu'r gynfas wair, gan daflu cipolwg ar yr anner las yr un pryd. Cyn pen hanner awr yr oedd y pedwar mwdwl o dan do. Er hynny nid oedd Tomos yn hapus. Cerddodd i'r tŷ mor ddiflas ag Adda yn mynd allan o ardd Eden gan obeithio na welai Marged absenoldeb y mydylau. Gallai godi yn fore trannoeth a dweud wrth Marged ei fod wedi cario'r gwair cyn brecwast. Nid oedd ond gweddïo am i'r Brenin Mawr droi ei llygaid Hi i gyfeiriad arall wrth ddod at y tŷ. Beth? Gofyn iddo Fe, ac yntau wedi torri ar santeiddrwydd Ei ddydd cysegredig?

*     *     *

"Hawyr bach, oes yma neb ohonoch chi yn barod i roi te i'r pregethwr?"

"Roedd pregethwr gyda fi y Sul d'wetha."

"'Dyw Morgan ddim hanner da."

"'Dwy' ddim yn nabod y dyn 'ma o'r Sowth."

"Mae gormod o startsh yn hwn i fi. Fe rown i de i Williams Biwla."

"O'r gorau, mae'n rhaid i fi roi te iddo. Fe'i caiff e fel y mae e, startsh neu beidio. Dyma fe'n dod. Dowch gyda fi Mr Owen."

Ciliodd y lleill yn ddiolchgar a chychwynnodd Marged a'r pregethwr o'r Sowth ar y daith i Nant Gors Ddu. Ni wyddai Mr Owen sut i siarad yn bwrpasol â phobl y wlad. Iaith coleg oedd ei iaith, heb wybod fawr am fuwch a dafad.

"Ydych chi wedi cychwyn ar y cynhaeaf?"

"Dim ond rhyw ystod o gwmpas y cae. Rhyw bedwar mwdwl."

"Beth yw mwdwl, Mrs Williams?"

"Wel, sut y medra' i egluro i chi. (*On'd yw'r dyn bach yn dwp?*) Fe gewch chi weld mwdwl ar ôl i ni ddod at y tŷ." (*Sut ma' disgrifio mwdwl hefyd?*)

"Dyma olygfa Mrs Williams. Fel pe baem yn edrych i lawr ar ddyffryn yr Iorddonen. A yw eich gŵr yn fardd?"

"Tomos ni yn fardd? Fedre fe ddim gneud pennill i goes ceiliog."

"Ie, da iawn. Beth yw ei ddiddordebau?"

"Dileit y'ch chi'n feddwl? Mi ddwedwn i mai'r gwartheg a'r gaseg. Fe fyddai yn y cwrdd y prynhawn 'ma oni bai fod yr anner las yn dod â llo."

"Mae'n dda cael clywed fod Mr Williams yn hoffi moddion gras. Difater iawn yw'r dynion y dyddiau hyn yn y Sowth. Maent yn gweithio ar y Sul fel pob diwrnod arall. Dyna fendith yw cael dod i'r wlad am Sul."

"'Chym'rai Tomos ni ddim o'r byd am dorri'r Saboth."

"Bendith arno ac ar ei debyg."

"Dyma ni, Mr Owen. Dyna beth yw mwdwl . . ."

Rhewodd ei fys yn yr awyr. Ni fedrai gredu ei llygaid. Yr oedd yn sicr fod pedwar mwdwl yno pan aeth â bwyd i'r mochyn cyn mynd i'r cwrdd.

"Ble Mrs Williams?"

"Mae'n rhaid fod Tomos wedi cario'r mydylau neithiwr rhag ofn iddyn nhw ga'l glaw."

"Mae eich gŵr yn ddyn doeth iawn. 'Ofn yr Arglwydd', dyna yw Doethineb, medd Llyfr y Diarhebion."

"Ie? Roedd nhad wedi dysgu llawer o ddiarhebion ar ei go'."

"Diddorol iawn, wir, ac y mae'r ddoethineb honno yn eich gŵr hefyd – yn ogystal ag ynoch chwithau."

"Dwy' ddim yn rhy siŵr. Gwyliwch eich pen wrth ddod trwy'r drws, Mr Owen."

Eisteddai Tomos ar ben pellaf y sgiw fel plentyn wedi bod yn gwneud drygioni. Disgwyliai glywed Marged yn pregethu barn a dinistr ar ei ben. Taflodd un edrychiad o gerydd ar y bachgen drwg ac aeth â'i het a'i chot i'r parlwr.

"Dowch i mewn, Mr Owen. Gwna le i'r pregethwr Tomos, a hel yr ast 'na ma's."

Cododd Tomos gan deimlo yn ddiolchgar am gwmni'r pregethwr. Arbedai presenoldeb y gŵr parchus geryddon anghysurus am ysbaid beth bynnag.

"Mae'n dda genny' gyfarfod â chi, Mr Williams. Mae eich gwraig wedi sôn llawer amdanoch. (*Be' ddwedodd hi tybed?*") Mae'n hyfryd iawn cael bod o dan gronglwyd gŵr a gwraig sy'n parchu Dydd yr Arglwydd, mewn byd sy'n sarnu'r dydd cysegredig."

Anesmwythodd Tomos fel pe bai yn eistedd ar sgiw dân. Gorfoleddai Marged yn y purdan meddyliol. Dyma gyfle i ddysgu gwers iddo.

"Dweud yr oedd eich gwraig am eich doethineb yn cludo'r cynhaeaf i ddiddosrwydd cyn y glaw. Dyna ogoniant y wlad – mae'r trigolion yn deall arwyddion yr amserau. Beth yw mwdwl, Mr Williams?"

Llyncodd Tomos ei boeri yn gymysg â sudd shag cyn ymesgusodi a mynd allan i weld cyflwr yr anner las yn nihangfa'r beudy. Cyn iddo orffen chwysu yr oedd Marged wedi ei alw i'r tŷ at ei de. Ufuddhaodd y pechadur gan fynd yn ôl at ei dynged. Daeth i wybod mai caled yw ffordd y troseddwr, wrth dderbyn yn dawel holl syniadau ac awgrymiadau Mr Owen ynglŷn â difaterwch a materoliaeth y cyfnod.

Y nos honno arhosodd Marged gartref i wylio tymp yr anner gan anfon Tomos i'r oedfa gyda Mr Owen. Dyna bregeth. Amaethwyr Cymru yn halogi'r Saboth yng ngwlad y breintiau mawr. Pwysir y genedl hon yn y glorian ac fe'i ceir yn brin. Diolch am rywrai, y rhai ni phlygasant i Baal, pobol megis ffyddloniaid y Capel Bach. Halen y ddaear. ('*Nid wyt ti yn un ohonynt,*' *sibrydodd y Diafol yng nghlust Tomos.*) "Na ato yr Arglwydd i mi roddi treftadaeth fy hynafiaid i ti." I'r Pagan. Edmygwn y bobol hynny sydd yn glynu'n glòs wrth yr etifeddiaeth, costied a gostio. Fe gostiodd yn ddrud i rywrai. Fe gostiodd yn ddrud i Naboth. Gwelwyd ei waed diniwed yn staenio glaswellt y winllan. Ond nid gan Ahab y mae'r gair olaf. Mae proffwyd Duw yn tramwyo'r wlad. Dos a llefara wrth y brenin (*a dyma frawddeg ofnadwy*). Bydd y cŵn yn llyfu dy waed. Bobol peidiwch â gwerthu'r Sul.

Llusgodd Tomos tuag adref yn isel ei ysbryd o dan glwyfau'r bregeth. Yr oedd Marged yn disgwyl amdano yn y beudy.

"Edrych," meddai, "dyna be' sy' o gario gwair ar ddydd Sul. Bw-hw-hw."

Aeth Tomos i'r tŷ i newid ei ddillad cyn llusgo'r llo marw allan o'r beudy. Ac ni ddaeth iddo gysur pan ddechreuodd y cymylau dywallt y glaw. Yn y Cae Bach gwelai olion melyn y pedwar mwdwl fel creithiau pechod yn syllu arno drwy ddisgleirdeb y gawod.

# Rhwng Rhyfeloedd
## (Atgofion)

DILLWYN MILES

'We'n i 'na pan gesoch chi'ch geni,' meddai Lisi Williams. Wedi mynd i'w holi hi am hen hanes yr ardal yr own i, ond cyn pen munud dyma hi'n disgrifio achlysur fy ngeni imi. 'We dou ddoctor 'na, ddim am fod ishe dou ddoctor ond we'r hen Ddoctor Havard wedi ca'l strôc, chi'n deall, a fe alle fe ddim gneud dim byd, a fe dda'th â'i fab, Doctor Arthur, gydag e. Fe arhosodd hwnnw tra we'n i'n 'ych golchi chi, a fe a'th wedyn. We dim byd yn bod. Wech chi'n fabi hyfryd.'

Nid pob un a gafodd dystiolaeth lygad-dyst o'r fath (ac y mae gen i ar dâp). Ac ni all neb ddweud ei fod yn cofio'r digwyddiad. 'Dyw pawb ddim hyd yn oed yn medru cofio beth yw'r cof cyntaf sydd ganddo, hyd yn oed. 'Dwy i ddim yn siŵr. Efallai mai gweld y Kaiser yn cael ei losgi. Roedd e wedi cael ei godi yn erbyn wal dalcen Banc Midland ar Sgwâr Trefdraeth, yn edrych mwy fel bwgan brain nac ymherawdwr, a phan gydiodd y tân ynddo fe gododd bloedd o blith y dyrfa a oedd wedi ym-gasglu i ddathlu diwedd y rhyfel-oedd-i-derfynu-pob-rhyfel, yn ôl Lloyd George. Aeth fy mam â mi 'no i gael gweld y fflamau'n difa'r gelyn cas a oedd wedi cadw'i gŵr oddi wrthi am bedair blynedd bryderus. Gwelodd Dafi Morgan y Llaeth ei thrafferth wrth geisio codi cnepyn dwy flwydd a hanner i fyny a chydiodd ynof a'm gosod ar ei ysgwyddau nes i'r tân fynd yn dywyn, ac i'r bobl ganu emyn o ddiolchgarwch cyn gwasgaru.

Neu efallai mai'r peth cof cyntaf sydd gennyf yw eistedd ar sedd flaen y wagonét, rhwng 'nhad-cu ac Wncwl Tom, gan ddal blaenau'r awenau a chredu mai fi oedd yn gyrru'r ceffylau, hyd nes i rythm eu chwartholion sgleinog f'anfon i gysgu. Efallai fy mod i'n meddwl hynny am i mi glywed mam-gu yn sôn cymaint amdano gan ei fod, y mae'n debyg, yn un o'r pethau a oedd yn perthyn i'r gwynfyd a adnabu am hanner canrif ar ôl iddi gwrdd â'r llanc taliaidd, hoff o geffylau, y proffwydodd yr hen sipsi, ar ôl croesi'i llaw ag arian, y byddai'n cyfarfod ag ef yn Ffair Gurig; ac fe'i canlynodd, gan farchogaeth dros y bryniau a thaflu graean at ei ffenestr fin nos, hyd nes iddi hi gytuno bod yn wraig iddo. Clymwyd y ddau yn eglwys Meline ym 1876, a ganwyd 'Nwncwl Tom y flwyddyn wedyn. Aeth chwe blynedd heibio cyn geni merch iddynt, a hi oedd fy mam.

Ond efallai mai rhith gof yw'r digwyddiadau hyn. Efallai nad yw 'nghof yn hŷn na phryd yr own i'n hongian wrth flew cefn Dash, y ci *Airedale* a oedd yn gwmni cyson i mi ac a'm tywysai o gylch y libart y tu ôl i'r tŷ ac ar hyd llwybrau'r ardd, o dan y llwyn afalau pren glas, gyda'i afal aur â rhibiniau coch a'r blas digymar, ac yn osgoi pigau'r perthi gwsberis, a chadw fy mysedd rhag clymau duon y cwrens. Ymhlith y coed a'r mangoed a wnâi glawdd i'r ardd tyfai ysgawen, a chofiaf loddesta ar ei haeron duon nes i mi weld y byd yn troi a chael fy nwyn i'r gwely. Ni phrofais o'i ffrwythau byth wedyn, oddieithr iddynt gael eu gweddnewid i fod yn win porffor blasus.

Ar ôl marw 'nhad-cu ym 1922, a'i gladdu ar ddiwrnod Ffŵl Ebrill pan oedd y rhew a'r eira yn ei gwneud hi'n anodd i'r ceffylau dynnu'r hers, 'rwy'n cofio, treuliais lawer o amser gyda fy mam-gu, yn gwmni iddi yn ei galar. Un o'm hoff fannau yn ei thŷ hi oedd y Llofft Fach lle'r awn, yn enwedig ar ddiwrnodau pan fyddai'r glaw yn clindarddach ar y sgeulat yn y to, i eistedd yng nghanol hen almanaciau a llyfrau fel *Lorna Doone* a'r *Ferch o Sger*, a phentyrrau o hen bapurau newydd yn rhoi hanes y Rhyfel Mawr o ddydd i ddydd, gyda chartwnau arswydus-ddigrif Staniforth a Bairnsfather. Fy nhrysor pennaf, yn fwy trwchus na'r Beibl teuluaidd â'r cloriau lledr a phres a eisteddai ar ford yn y parlwr, oedd hen gatalog siop Harrod's a oedd yn cynnwys danteithion y byd. Yno, hefyd, y gorweddai hen bethau atgofus o ddyddiau a fu: het bel-toper lwyd-olau 'nhad-cu a fyddai'n ei gwisgo i fynd i'r rhasus, neu i briodasau, a'r un ddu ar gyfer angladdau, ac un ddu arall gydag ysnoden a rhosglwm arni ar gyfer gyrru'r ffaeton neu'r gig neu'r wagonét, a hetiau gwragedd gyda'u blodau egsotig neu adar lliwgar yn nythu ar eu corunau, a gynau sidan merched â gweisg gwenyn-meirch iddynt. Yn yr hydref, gosodid afalau ar ran o'r llawr i'w cadw, a daw'r atgofion yn ôl i mi mewn cwmwl o sawr afalau cochion.

Yr oedd yr ysgol ddyddiol, y *Board School* fel y'i gelwid y pryd hwnnw, wedi'i chodi ers hanner canrif cyn i fi fynd trwy ei drysau gwyrdd-ddu a chael fy nhywys i ddosbarth Miss Ellis. Yr oedd hi yn hen, gyda gwallt llwyd-wyn, a'i gwefusau'n gwyro fel pe bai un ochr i'w hwyneb wedi ei barlysu, a dafaden ar ei boch gyda blewyn neu ddau yn tyfu ohoni. Yr abacws a ddaliodd fy llygaid gyntaf, gyda'i baderau o wahanol liwiau, ac yna'r crogluniau â lluniau o Hen Fenyw Fach Cydweli yn gwerthu'i loshin du, a Beti Bwt yn mynd i olchi, yn gwmni i'r penillion. Yna, yr oedd croglun mawr *Yr Wyddor* gyda rhaniadau sgwâr arno, o *A a Afal Apple* hyd *Y y Ychain Oxen*, bob un â llun priodol, wedi ei gynllunio, fel y darganfûm flynyddoedd wedyn, gan Cadrawd, a oedd yn ein hachau rywle, yn ôl ei fab, Michael Gareth Llywelyn. Yn ddiweddarach, sylwais fod ar y croglun wybodaeth nas dyfeisiwyd ar gyfer plant bach, fel Coelbren y Beirdd a'r Bethluisnion, sef alphabet y llythrennau ogam. Yr oedd siart drwchus yn hongian fry ar y wal ac yr oedd yn rhaid cael y pren agor a chau ffenestri i'w chyrraedd a'i gosod dros yr isl fel y gellid troi ei thudalennau llydan: arnynt hwy yr oedd llythrennau a geiriau fel 'cat' a brawddegau fel 'The cat is on the mat' y byddem yn eu copïo â phensil a fyddai'n gwichian fel llygoden ar y slaten, a chychwyn ar ein gyrfa i ddysgu'r iaith fain. Y gweddill o'n hamser byddem yn corganu'r tablau, 'two times two', neu geisio gwneud dyn neu anifail allan o glai.

Yn ystod y misoedd olaf yn yr ysgol dewisodd y prifathro, Thomas Rhys Davies, ddau fachgen a dwy ferch i'w paratoi ar gyfer y 'scholarship' yr oedd yn rhaid i ni ei heistedd cyn cael mynd i Ysgol Sir Abergwaun. Gwahoddodd ni i'w dŷ i gael hyfforddiant pellach a mynd trwy hen bapurau arholiad, ac arogl persawrus mwg y tybaco Latacïa yn ei bib. Brodor o Lanfyrnach oedd y prifathro, gŵr a oedd wedi gweithio'i ffordd trwy'r coleg ac a oedd yn awr yn ysgrifennydd mygedol i bob sefydliad yn y dref, bron, ac yn brif gynheiliad Bethlehem, Capel y Bedyddwyr, yn weithiwr ewyllysiau ac yn gymorth i'r tlawd yn y dirgel, yn ogystal â bod yr ysgolfeistr gorau yn y byd.

Byddem yn mynd i Ysgol Abergwaun mewn bws, gan gychwyn am wyth o'r gloch bob bore, a byddai rhai pobl mewn oed yn trafaelu arno i'w busnes yn y dref. Weithiau, ar brynhawn dydd Mawrth, caem gwmni Glynfab, offeiriad y Dinas ac awdur y golofn Gymraeg, 'Y Shime Fawr', yn y *County Echo*, neu'r 'Eco Fach' fel y byddai pawb yn ei galw. Ynghyd â barddoniaeth, byddai'n cyhoeddi ambell stori a oedd braidd yn fentrus yn ôl safonau'r cyfnod, yn ei golofn, a byddai'n ein diddori ni blant gyda'i straeon ar y bws. Gwyddys oddi wrth liw blaen ei drwyn ei fod yn yfed gwirod cryfach na gwin cymundeb, a phrofai arogl ei anadl iddo fod yn disgwyl y bws yng nghysur y Royal Oak. Yr oedd perfformio mawr ar ei ddrama *Ni'n Doi*, yn nhafodiaith y glowyr, ar y pryd, ac ymhlith fy eiddo personol, trysoraf gopi o'r llyfryn a ddisgrifir gan ei glawr fel 'Llyfr mwyaf difyrus yr iaith'.

Owen Gledhill oedd y prifathro yn Ysgol Abergwaun, gŵr o Swydd Efrog. Bu yno er 1895. Heblaw dysgu Mathemateg yr oedd yn artist da ac ef a ddyfeisiodd fathodyn yr ysgol, sef ysgadenyn rhwng dwy genhinen, yn dynodi 'Fishguard' a Chymru, a osodid, maes o law, ar gapan â phaneli coch a gwyrdd. Yr oedd tei yr ysgol o'r un lliwiau, ac unwaith, pan oeddwn yn ei wisgo mewn clwb milwrol yn Llundain, gofynnodd rhyw hen gyrnol i mi pa bryd yr own i yn y *Poona Horse*, gan nad oedd y tei ddim yn annhebyg i dei y gatrawd honno. Yn anad dim, mynnodd Gledhill gael disgyblaeth ar y plant, a dysgu moesau da a chwrteisi iddynt.

Pan oeddwn yn disgwyl cael mynd i'r Ysgol Sir, byddai bechgyn a oedd eisoes yno yn ceisio fy nychryn trwy ddweud fod amser caled o flaen y bechgyn newydd wedi cyrraedd yr ysgol y bore cyntaf. 'Weita di i ti ga'l dycin,' meddai un, a 'Watsia di'r hen Bil,' meddai'r llall, 'neu 'falle gei di fonclust i dy roi di i gwsgu.' Y 'dycin' oedd cael ein codi a dowcio'n pennau mewn bwcedaid o ddŵr, a deuthum i ddeall mai'r 'hen Bil' oedd yr athro Saesneg, D. J. Williams, a bod ar rai o'r bechgyn achos i'w ofni. Ond cefais fy nghysuro trwy glywed nad oedd eisiau i mi ei ofni gan na fyddai ef yn fy nysgu hyd yr ail flwyddyn, yn Fform III. Ond, fel y digwyddodd, deuthum i'w 'nabod cyn hynny.

Fe ddaeth yn eira mawr un bore ym mis Chwefror 1928 a buan y sylweddolwyd na fedrem ni blant Trefdraeth a'r Dinas fynd adre' ar y bws. Cefais i fy ngosod i aros gyda'r athro Cymraeg, J. J. Evans, a'i wraig, a oedd yn disgwyl geni eu merch, Mari, ar y pryd. Ymhen pum diwrnod, clywyd fod y gweithwyr ffordd wedi agor llwybr trwy'r lluwchfeydd ar ein cyfer, a daeth tri o'r athrawon i'n hebrwng. Cawsom fasned o gawl yn nhafarn y Glan yn y Dinas a dychwelodd dau ohonynt, ond mynnodd D. J. Williams ddod gyda ni yr holl ffordd. Ar y siwrnai honno y deuthum i gysylltiad ag ef, yn holi am Drefdraeth ac am fy nheulu, a phan euthum yn ddisgybl iddo, edmygodd f'ysgrifen a gofynnodd, gan fod ei ysgrifen ef fel 'bacse'r brain', fel y dywedai, a wnawn i gopïo stori yr oedd newydd ei hysgrifennu, dan y teitl 'Ben Ty'n Grug a'i Filgi', a honno oedd y gyntaf o'r storïau a gopïais ar gyfer eu cyhoeddi yn ei lyfr *Hen Wynebau*. Cafodd D.J. ei gofio am ei genedlaetholdeb, ond ein dyled fawr ni a fu'n ddisgyblion iddo oedd y modd y cyflwynodd ni i gyfoeth llenyddiaeth Saesneg. Yn Fform VI, lle nad oedd ond chwech ohonom yn ddisgyblion iddo, byddai yn eistedd ar ben y bwrdd, â'i ddwy law yn gafael yn ei glog ddu ac yn ein tywys trwy weithiau Chaucer a Shakespeare a Byron a Shelley a Keats. Cawsom, yn gynharach yn ein gyrfa, ein trwytho mewn gwleidyddiaeth yn ogystal, gyda chopïau o'r *Ddraig Goch* a llenyddiaeth y Blaid Genedlaethol, fel y gelwid hi bryd hynny, yn cael eu rhoi i ni. Cafodd hwyl arnaf fi i sefydlu un o ganghennau cyntaf y Blaid yn Sir Benfro yn Nhrefdraeth, a chawsom ryw hanner dwsin o gyfarfodydd y mae eu cofnodion yn awr gydag archifau'r sir.

Nid oedd fawr i ddifyrru pobl ifainc yn Nhrefdraeth y dyddiau hynny. Yr oedd set grisial gan gyfaill, ac yna cawsom set weierles, mewn câs mahogani, a byddai'n rhaid mynd â'r batri trwm i garej y dre i'w tshiarjo. 'Doedd dim sinema, ond roedd gŵr o'r dref yn berchen taflennydd, a deuai ag ef i'r Neuadd Goffa o bryd i'w gilydd i ddangos ffilmiau, fel Charlie Chaplin yn *Shoulder Arms* neu *Madamoiselle from Armentieres*. Weithiau deuai uned ffilmiau i ddangos braster taleithiau Canada er mwyn ceisio denu pobl i ymfudo i'r wlad honno. Unwaith y flwyddyn caem ymweliad gan gwmni Will Haggar, â'r un dramâu gan fwyaf yn cael eu perfformio o flwyddyn i flwyddyn, fel *The Maid of Cefnydfa* a *Maria Marten, or the Murder in the Red Barn* a *The Sign of the Cross*, gyda'r hen Will yn cymryd rhan y prif gymeriad ymhob un. Weithiau byddai cwmni lleol yn perfformio dramâu fel *Yr Hen Gybydd* neu'r *Het Goch*. Byddai'r neuadd yn llawn bryd hynny, yn arbennig o berthnasau a chyfeillion y rhai a gymerai ran yn y ddrama. Ni chaniateid dawnsio yn y Neuadd Goffa ac unwaith trefnodd rhai ohonom ddawns ar y grîn ar y morfa golff a chawsom ein sgandaleiddio am ein meddwdod a'n campau yn y rhedyn: yr oeddem wedi mynd â dwy fflagon o gwrw rhwng dwsin ohonom ac yr oedd hi wedi glawio gormod i neb gael cysur yn y rhedyn.

Eglwyswyr oedd teulu fy mam ond yr oedd tylwyth fy nhad wedi troi i'r capel, er eu bod yn disgyn o linach o offeiriaid Eglwys Wen a Meline, cyn iddynt fynd i Forgannwg yn ystod y cyfnod diwydiannol. I Ebeneser yr âi fy nhad, ac fel y digwyddodd, yno yr âi fy nghyfeillion yn yr ysgol, ac yno yr euthum innau, yn hytrach nag i'r Eglwys. Cychwynnais yn yr Ysgol Sul yn y festri, a debygwn i'r 'oruwch-ystafell' gan ei bod uwchben tŷ gofalydd y capel, yn nosbarth Sarah Harries, Dwryfelin, hen ferch yr oedd ei hwyneb yn debyg i un hipopotamws, ac yn debyg o ran corffol-aeth hefyd, ond yn fwy nag addfwyn tuag atom ni'r plant bach. Gyda'i bys cam, cyfeiriai at enwau'r lleoedd ar y map o Balesteina a oedd yn hongian uwch ein pen a dweud: 'Dyna Nasareth, a dyna Bethlehem, – a dyna Jeriwsalem. Ma' strydo'dd Jeriwsalem wedi'u palmantu ag aur.' Cofiais ei geiriau pan gyrhaeddais Jeriwsalem adeg y Rhyfel, ond yr oedd ei heolydd o'r un defnydd â heolydd eraill, ac wedi eu baeddu ag olew ceir a biswail asynnod a chamelod.

Ar y wal ar y pen arall i'r festri crogai *Curwen's Modulator* ac ar hwnnw fe'n gwnaed i ddysgu d.d.r.n. yr emyn *Boston* a d.n.f.s. *French* a d.d.d.d.r.n.r.d. *Yr Hen Ganfed*. Yr oedd, ac y mae, yr hen nodiant mor ddieithr i mi â hieroglyffau'r Ffaro. Yn y festri, hefyd, cyfarfyddem ar gyfer y Cwrdd Bobl Ifainc, a chyfarfodydd gweddi yn ystod yr wythnos, a phryd hynny byddem yn aros i'r drws agor yn efail Tomos Harries y Gof gyferbyn, i wylio'r gwreichion yn tasgu o'r eingion pan fyddai'n curo darn o haearn i wneud pedol neu lunio gât, a chlywed yr hisian pan fyddai'n ei roi yn y dŵr i'w glaearu. Meddyliwn mai efail felly yr oedd Longfellow wedi ysgrifennu amdani, er nad oedd hi o dan 'a spreading chestnut tree', a chefais siom o'r mwyaf pan welais honno yn nhref Portland yn Maine.

Unwaith yr oedd y Pasg wedi mynd heibio, byddem yn cael ein paratoi ar gyfer y Gymanfa Bwnc a byddem yn dechrau dysgu pennod o'r Beibl, neu rannau ohoni, i'w hadrodd ar y Llungwyn. Rhennid y bennod yn ôl dosbarthiadau'r Ysgol Sul ond byddai'r holl ysgol yn corganu'r penillion cyntaf, gyda'r codwr canu yn taro'r cywair trwy godi'i Feibl ryw fymryn. Yna byddai'r merched bach yn adrodd eu rhan hwy ac yn llefaru'r geiriau yn y modd y dysgodd ei hathrawes iddynt, ond bloeddiai'r bechgyn lleiaf eu darn yn hyderus. Byddai'r merched hŷn yn rhuthro drwy eu geiriau'n ffrydlif i geisio cuddio eu swildod, ac ymhlith y bechgyn o'r un oedran byddai nodau ansoniarus y rhai yr oedd eu lleisiau'n torri. Llefarai'r canol oed, o'r ddau ryw, gyda chydbwysedd pwyllog. Yna'r hen wragedd, gyda'u huchel-leisiau, rhai braidd yn sgrechlyd, a'r henwyr wedyn, gyda phwys-leisiau bwriadus fel eliffantod yn troedio tua'r gorwel, hyd nes iddynt newid cywair nes yr oedd yr ysgol gyfan yn adrodd y penillion olaf yn fuddugol-iaethus, ac yn gorffen yn sydyn gan adael distawrwydd llwyr.

Bob yn ail flwyddyn cynhelid y Gymanfa Bwnc ym Mrynberian lle'n dygid mewn bws ar hyd y ffordd droellog. Byddai'r bechgyn yn cael siwt newydd ar gyfer y Sulgwyn a'r Pwnc, ac wedi cyrraedd y bentrefan bydd-ai'r ceiniogau yn llosgi yn ein pocedi nes cael mynd i'r siop i brynu lolipops a photel o lemonêd: yr oedd yn rhaid gofyn i wraig y siop wasgu'r farblen yng nghwddf y botel i lawr gan nad oedd ein bysedd yn ddigon cryf. Mynd wedyn, yn groes Banc y Bryn a amgylchynid â pherthi'r tresi aur, i'r capel. Perchid y capel am mai ef oedd capel hynaf yr Annibynwyr yn yr ardal. Yr oedd mor hen fel ei fod wedi ei godi ar lun beudy gyda dau ddrws ar un ochr, ac yr oedd stabl drws nesaf gyda gwynt ceffylau yn dod ohoni. Gyferbyn gorweddai'r fynwent lle tyfai mefus gwylltion dros y beddau. Dygai un o'r cerrig beddau enw fy hen hen dad-cu: ni wn hyd heddiw pam y claddwyd ef yno yn hytrach nag ym mynwent eglwys Meline.

Ar ôl i ni orffen gyda'r Pwnc, byddem ni'r bechgyn yn mynd am yr afon a thorchi'n llewys fel y gallem ogleisio brithyllod. Wedyn mynd yn ôl i gyntedd y capel gyda chynffonnau'r brithyllod a ddaliasom yn sefyll allan yn amlwg o boced frest y siwt er mwyn gwneud argraff ar y merched. 'Doedd yr argraff a gafodd fy mam, ar ôl i mi fynd adre', ddim yn foddhaol o achos, heblaw'r pysgod, a oedd yn dechrau gwynto erbyn hyn, yr oedd y siwt newydd wedi'i difwyno gan laid a llaca, a gwely cynnar oedd y gosb.

Gweinidog Ebeneser oedd y Parchedig Ben Morris, a gwae i'r neb a fyddai'n ei anfodloni. Esgynnai i'r pulpud uchel a thrwsio'i fwstás llydan cyn tynnu'r *pince-nez* o'i boced a'i lanhau a'i gosod ar ei drwyn bwaog. Taflai olwg dros y gynulleidfa gyda'i lygaid curyll, fel pe bai'n ein cyfrif cyn bod ei lais cadarn yn llanw'r capel wrth nodi'r emyn agoriadol. Cofiaf un cyfarfod, ar hwyrddydd tesog – mae'n debyg mai amser y Pwnc oedd hi, gan ein bod ni fechgyn yn eistedd ar ffrynt y galeri. Cafodd Picton, y mwyaf drygionus ohonom, afael mewn rhosyn melyn ac aeth i dynnu ei betalau a'u gosod yn rhes ar y sil o'n blaen. Osiodd Wil ei frawd fynd i'w chwythu, ond trawodd Jim ef ar ei gefn nes iddo chwythu'n ddifwriad gan achosi i'r petalau ddisgyn yn gawod euraid ar y gynulleidfa ar y llawr. Yr oedd Ben yn barod i godi hwyl yn ei bregeth ac arhosodd ar ganol gair, ond yn lle mynd yn danwyllt, fel y disgwylem, dywedodd yn dawel ac yn bwyllog na allai'r rhai a oedd yn amharchu Tŷ'r Arglwydd ddisgwyl maddeuant, heb sôn am fywyd tragwyddol. Gyda hynny, dyma fflach llucheden a tharan yn taranu nes bron hollti'r capel. 'Ddywedodd e ddim rhagor, ond mynd ymlaen â'i bregeth gan ein gadael ni i hel meddyliau.

Un drygioni arall yr oeddem yn euog ohono weithiau oedd ysmygu. Fe'n dysgwyd ni i smoco gan Jac, llanc a adawyd i ofalu ar ôl y llong *Mary Jane Lewis* wedi i honno aeafu ar Draeth Cocs. Yr oedd yn gorwedd braidd ar ei hochr ond yr oedd yn fraint o'r mwyaf i ni gael mynd arni, fel morwyr go iawn, i wrando ar storïau Jac, ac yno fe'n dysgodd i sugno sigarét. Cawsom hefyd ein cyfarwyddo i gnoi tybaco gan Daniel y Pant a fyddai yn gwneud yr hyn yr oedd yn rhaid ei wneud i ofalu am ei hen gaseg, Bess, pan na fyddai'n ein cadw i wrando arno'n adrodd storïau celwydd-golau. Un o'r pethau hynny oedd tsiaffo, a byddai'n wastad yn chwilio am rywun i droi'r tsiaffcyter tra byddai ef yn ei fwydo â gwair ac eithin mân. Yn dâl am ein gwasanaeth byddai'n rhoi ei law ym mhoced chwith ei wasgod seimllyd ac yn dweud: 'Hwrre, i ti ga'l tamed o second jô,' a byddem yn ei gnoi fel dewrion nes bod dagrau'n llifo o'n llygaid. Ni wyddem ar y pryd mai 'second jô' oedd joen o faco main yr oedd Daniel eisoes wedi ei chnoi! Ar nos Sul y byddem yn mynd i smoco. Byddem yn prynu pecyn dwy geiniog o *Woodbines* yn siop y Parrog ac yn mynd ymhell ar hyd llwybr Pengraig hyd nes dod i hen loc defaid a oedd â llwyni eithin yn tyfu'n uchel o'i gylch. Os byddai mwy na phump ohonom yr oedd yn rhaid taflu coelbren i weld pwy a fyddai'n gorfod cael hanner ffag. Wedyn dôi'r mater o danio'r sigarét gyntaf, heb ddim ond efallai dwy fatsen rhyngom ni, gan na fyddem yn cario bocs o fatsys rhag ofn i'w sŵn fradychu ein dibenion, a byddai awel o'r môr yn chware o gylch y lloc i'w diffodd yn aml. Mynd yn ôl wedyn ac aros ar Ben Catman lle'r oedd pobl a fu yn y capel wedi ymgasglu ac yn canu emynau hyd wedi nos, nes yr oedd golau eu sigarennau yn tywnnu fel gloynnod tân yn y tywyllwch. Yna byddai'n rhaid mynd adre', gan gnoi porfa yr holl ffordd i geisio cael gwared â'r oglau mwg.

Pregethai'r Parchedig Ben dân a brwmstan ond deuai â'r ddysgeidiaeth olaf yn ei bregethau, a phe bai'n teimlo ei fod heb ein hargyhoeddi, cyfeiriai at ddarganfyddiadau diweddaraf Syr Flinders Petrie yn Beth-pelet neu Tahpanes neu ble bynnag, fel prawf ei fod yn dweud y gwir. Pan gyfarfûm â Syr Flinders yn Jeriwsalem, gwenodd pan ddywedais wrtho fod ei air bron cystal â gair Duw i Ben, a phan ddaeth Lady Petrie i aros gyda ni yng nghastell Trefdraeth wedi'r Rhyfel, euthum â hi i gyngerdd yng nghapel Ebeneser a theimlwn fel pe bai ysbrydion y ddau ddyn yno hefyd.

Bu 'nhad farw bythefnos cyn i mi eistedd arholiadau'r 'School Certificate', fel y gelwid Lefel O y pryd hwnnw, a bu pawb yn garedig y tu hwnt, yn enwedig D. J. Williams a'i wraig Siân. Mynnodd hi fy mod yn mynd yno, i'r Bristol Trader fel yr hoffai ef alw'r tŷ a fu'n dafarn, i gael bwyd, a'm gwneud yn un o'r teulu. Deuai Waldo yno hefyd ac ar un o'r nosweithiau hynny, ar ôl i ni fod yn Eisteddfod Sir yr Urdd, aeth Siân i gyffroi'r tân gan achosi i'r fflamau godi a hollti'r pot corn nes iddo gwympo gyda sŵn dychrynllyd ar ben sied wrth gefn y tŷ, a thra oedd D.J. a minnau'n clirio'r llanastr, pwysai Waldo ar ystlys y drws gan fyfyrio a dweud: 'Mae'r mwg fel hwrligwgan; siom ar diawl yw shime ar dân.'

Pan lwyddais yn arholiad y 'School Certificate', gofynnwyd i mi fod yn Glerc y Cyngor Plwyf am fod y sawl a oedd yn dal y swydd wedi 'benthyca' arian y Cyngor, a heb ei dalu'n ôl. Sylwais fod y Cyngor yn cynnal ei weithgareddau yn Gymraeg ond bod y cofnodion yn cael eu cadw yn Saesneg, a phan ofynnais pam yr oedd hynny'n bod, dywedodd y Cynghorwyr na fyddai'n gyfreithlon i wneud yn wahanol, ond medrais eu darbwyllo. Clywodd y *Daily Express* am hynny ac ymddangosodd erthygl o dan bennawd amlwg yn dweud mai hwn oedd yr unig Gyngor Plwy yn ne Cymru a oedd yn cadw'r cofnodion yn Gymraeg. Ymddeolais o'r swydd i fynd i'r coleg yn Aberystwyth, a chefais barti ymadael fel pe bawn wedi gorffen gyrfa oes. Mae'n debyg mai'r profiad cynnar fel Clerc a'm harweiniodd, wedi'r Rhyfel, i fod yn aelod o'r Cyngor hwnnw, ac i fod yn Gynghorydd Sir, yn aelod o Gyngor Dosbarth Cemais ac yn ei dro, Cyngor Bwrdeistref Hwlffordd ac yn Faer ac yn Siryf y dref honno. Gydag amser hefyd etholwyd fi yn gadeirydd Cymdeithas Cynghorau Lleol Lloegr a Chymru.

Oherwydd fy ngwasanaeth fel Clerc y Plwyf fe'm hetholwyd, yr unig un erioed i gael ei wneud o dan oedran, yn Fwrdeisiwr Trefdraeth gan y *Court Leet*, a chefais gyfle, ymhen amser, i wasanaethu'r dref bedair gwaith fel Maer.

Pan oeddem yn Fform VI, dywedodd D.J. wrthym un diwrnod, a ninnau'n darllen un o ddramâu Shakespeare, y bwriedid cynnal Ysgol Haf yn Llandysul yn ystod y gwyliau, ac y byddai ef yn falch i weld rhai ohonom yn mynd yno. Fe aeth tri ohonom, ar ein beisiglau a chael fod D.J. wedi talu am ein llety, sef hanner coron, am gael cysgu ar fatres ar lawr ysgol am yr wythnos. Heblaw gwrando ar anerchiadau lawer a chael mwynhau nosweithiau llawen, cawsom gwrdd â chyfoedion a ddaeth yn gyfeillion oes, a hefyd siglo llaw ag enwau adnabyddus fel Gwenallt a Dyfnallt, yr Athro W. J. Gruffydd, Kate Roberts a Saunders Lewis. Euthum i'r Ysgol Haf eto ar ôl y Rhyfel, yn Llangollen, a chael cyfle i ddweud wrth Saunders Lewis ac eraill am fy mhrofiad o lwyddiant yr Iddewon yn dadebru eu hiaith o'i hirgwsg, a dweud y dylem eu hefelychu trwy brynu fferm i wneud math o *kibbutz*. Dywedais hefyd am y pwyllgorau iaith a oedd gan yr Iddewon i fathu geiriau newydd ar gyfer hen iaith. Cytunwyd eu bod yn syniadau gwych, ond ni wnaed dim.

Yn ystod yr Ysgol Haf yn Llandysul, gofynnwyd i Aneirin Talfan a Geraint Dyfnallt Owen ac Efelyn Williams a minnau fynd i sioe anifeiliaid yng Nghwrtnewydd i ddosbarthu llenyddiaeth y Blaid, ac ar y ffordd yn ôl awgrymodd Efelyn y dylwn, fel hithau, eistedd arholiad yr Orsedd. Mi wnes a chael fy nerbyn ym 1936 yn y Cylch ar Benslâd, Abergwaun.

Pan ddeuthum yn ôl o'r Rhyfel a mynd i Eisteddfod Rhosllannerchrugog, yr oedd fy ngŵn glas yn fy nisgwyl. Rhoddodd yr Arwyddfardd, Sieffre o Gyfarthfa, wialen yn fy llaw a gofyn i mi fod yn Ddistain Glas. Ymhen amser gwnaethpwyd fi yn Geidwad y Cledd ac yna'n Arwyddfardd. Ond yr hyn a erys yn fy nghof am Eisteddfod y Rhos yw'r foment honno pan gyhoeddwyd o'r llwyfan fod y Rhyfel ar ben. Aeth y dyrfa'n fud, gweddïodd Elfed ddall, a chanwyd emyn heddwch. Pe bawn i gartre', 'synnwn i ddim na fuaswn wedi gwneud bwganddelw o Hitler a'i osod yn erbyn wal dalcen Banc Midland ar Sgwâr Trefdraeth a rhoi matsien iddo.

# Dainty
## (Darn o Hunangofiant)

DEWI W. THOMAS

Byddai dweud mai o Lanpumpsaint y daeth *Dainty* yn osodiad rhy gynnil o lawer. Y gwir yw fod *Dainty* wedi cychwyn ar ei hynt flynyddoedd maith cyn iddi gyrraedd Ficerdy Clydau, er nad oedd hi ond saith oed pan brynasom ni hi.

Pentref bach yng Ngogledd Sir Benfro yw Llanfyrnach, a'i ogoniant yw nad yw wedi newid fawr, o ran ei faint na'i gymeriad ymddangosiadol, er pan oeddwn i'n grwt. Ac eto, fe newidiodd i mi'n drwyadl, er bod yno lawer o'm cyfeillion o hyd. Casglwyd gweddillion fy mam i ddaear Llwyn-yr-hwrdd, ac aeth yr hen gartref yn dŷ i rywun arall, ac i danlinellu'r dieithrwch, caewyd y rheilffordd a redai o'r Hendy-gwyn i Aberteifi; y rheilffordd y bu fy Nhad-cu yn un o'i gorsaf-feistri yn ei ddydd. Pentref dedwydd oedd Llanfyrnach pan oeddwn yn blentyn, ond pentref cymharol dawel, heb fawr o ddim anghyffredin yn digwydd ynddo. At ei gilydd, pobl gydradd a chyffelyb eu harferion oedd y trigolion, heb gymaint ag esgus o sgweier yn cyniwair yn ein mysg. Ond pan fu farw Miss Maurice y Garreg Wen, neu *Llanfyrnach Hall* fel y'i gelwid ar un adeg (sef hen gartref rheolwr y gwaith mwyn, a oedd ychydig yn fwy o faint na'r mwyafrif o dai Llanfyrnach), daeth Mr John James, fferyllydd o Lanelli (brodor o Ogledd Sir Benfro), i fyw yno, a daeth â thipyn o fflach a lliw i fywyd y pentref. Ni welais erioed y fath arddangosfa dân-gwyllt ag a welais ar lawnt y Garreg Wen. Yr oedd *Catherine Wheels* fel platiau cinio yno, a rocedi yn cyrraedd bron i'r lleuad. Ond pennaf diddordeb Mr James oedd cadw ceffylau. Ac y mae'n ddiau gennyf mai tua'r adeg yma yr argraffwyd ar fy meddwl y ddelwedd o geffyl fel creadur gogoneddus. Nid yw wedi diflannu hyd y dydd heddiw.

Y mae pump o geffylau'r Garreg Wen yn dal i duthio a charlamu dros wastadeddau fy nghof. Y cyntaf yw *Tedi*; merlyn Shetland, creadur bach hynod o ewn na phetrusai cyn croesi'r trothwy i'r gegin, pryd bynnag y câi ddrws y tŷ yn agored. Yr ail yw *Pickles*; y merlyn Cymreig, bach ei faint, gwinau-dywyll ei liw (duaidd bron) y byddal Beti, merch Mr James, yn ei farchogaeth i Ysgol Tegryn. Y trydydd oedd *Victress*; merlen fynydd o faintioli cymedrol, ac enghraiff dda o'r brîd, ac un a allai ddilyn hel-feirch Spens Colby'n anghredadwy o lew, wrth hela, â dyn mewn oed ar ei chefn, a merlen, ysywaeth, a adawodd ôl ei phedol ar fy nhrwyn a'm talcen am byth, gan imi syrthio oddi ar ei chefn yn bedair ar ddeg oed. Y nesaf oedd *Bess*. Coben goch oedd hon; coben dda iawn, ond nid yn un hardd gan fod ei gwddf dipyn yn fyr, ac er na chyfrifid mohoni'n beryglus, yr oedd ganddi nâd gas o wneud yr ystumiau mwyaf bygythiol pan eid ati i'r *loose-box*, gan fwrw ei chlustiau'n fflat ar ei mwng a dangos ei dannedd. Ni chlywais iddi gnoi neb. Ond ni fynnwn fynd yn rhyw agos iawn at Bess. Cofiaf hefyd am gaseg o *hunter* hydrin, hardd, o'r enw *Pegi*.

Yn seicolegol, mi allwn feddwl mai o'r Garreg Wen y daeth *Dainty* yn wreiddiol, ond o ran ffeithiau moel, o Lanpumpsaint y daeth. Yr oeddem yn aros, fel teulu, yn Nhre-saith, am bythefnos o wyliau Haf, ac yno y gwelais yn y *Carmarthen Journal* yr hysbyseb yn cyfeirio at *Dainty*, a ddisgrifid fel '*Good Hunting Pony. 14.2 Hands. 7 yrs*'. Caseg winau ac iddi fwng du, a chaseg gymesur ei llun, a hardd ei gwedd oedd *Dainty*. Yr oedd hi mewn gwirionedd ychydig dros y 14.2, yn ôl y foneddiges a gadwai'r ystablau yn y Cilgwyn, Castellnewydd Emlyn. Mr Rees, Nantrefel, Clydau, aelod ffyddlon o'r Eglwys, ac awdurdod ar geffylau, a ddaeth gyda mi i Lanpumpsaint i'w gweld. Dywedodd Miss Janet Bowley fod dau fai ar *Dainty*; y naill oedd na fynnai groesi dŵr rhedegog, a'r ail oedd ei bod yn codi ei throed ôl yn ymddangosiadol fygythiol, wrth gael ei grwmo, ond nad oedd yn ei bwriad i gicio. Wedi iddi gyrraedd Clydau ac imi ddechrau mynd oddi amgylch ar ei chefn, clywais droeon gan hen bobl y plwyf air Cymraeg nad oeddwn wedi ei glywed o'r blaen ar lafar gwlad, a'r gair oedd 'rhadlon'. Gofynnent "A yw hi'n un rhadlon?" Y mae'r gair hwn yn cael ei gyfyngu yn ardal Clydau, mi dybiwn i, i ddis-grifio ceffyl yn unig. A chwarae teg i *Dainty*, gallwn ddweud ei bod hi'n gaseg radlon, ac yr oeddwn yn bur hoff ohoni, er na allaf ddweud yn onest nad oedd arnaf rywfaint o'i hofn. Croesiad rhwng Cob a *thorough-*

*bred* oedd hi; a gellid dweud amdani yr hyn a ddywedodd Tudur Aled am
y march hwnnw, sef y gallai ysturio cwrs y daran yn ogystal â 'thuthio pan
fynno'n fân'.

Yn y bennod ar seicoleg marchogaeth yn ei lyfr ar farchogaeth, dywed
Dorian Williams y dylai'r marchog deimlo'n uwchraddol i'r ceffyl. Plentyn
ar goll yw'r ceffyl, ebr ef, babi diymadferth, wedi colli swcwr yr haid, a
rhaid i'r marchog gymryd lle'r haid o geffylau y perthynai'r ceffyl unigol
iddi, yn ei gyflwr gwyllt. Ond 'pwy sydd ddigonol i'r pethau hyn?' Y mae
ceffyl yn greadur mawr, a'i ewynnau'n cordeddu'n llawn ynni am gymalau
nerthol, a dyn yn damaid mor dila. Nid bach o gamp yw i ddyn ddweud
mewn perthynas â cheffyl, 'Y fi, fawr, yw mam y babi bach hwn' ac
argyhoeddi'r ceffyl o wirionedd y gosodiad. Dywed Dorian Williams iddo
weld bechgyn duon yn marchogaeth ar gefnau ceffylau main, drwy ganol
trafnidiaeth Johannesberg, ar eu ffordd i redegfeydd yr oedd yr union
geffylau hynny yn rhedeg ynddynt, am fod y bechgyn duon o anian
ddigyffro a diofn, a thrwy hynny yn rhoi i'r anifeiliaid hyder cyntefig yr
haid, â'u gwneud mor hydrin i awgrym genfa a ffrwyn ag a fuasent i
awgrym sbonc a rhuthr eu cymheiriaid gwyllt.

Dywedais yn barod nad wyf yn heliwr ac nad oes gennyf gydymdeimi-
lad â'r sbort rhodresgar, distrywgar, ac afradlon a elwir yn hela'r llwynog
neu'r cadno. Ond fel '*good hunting pony*' y soniai'r hysbyseb am *Dainty* yn
y *Carmarthen Journal*. Ac y mae gennyf bob achos i gredu ei bod cystal â'r
gair amdani, gan ei bod yn hela'n gyson drachefn wedi imi ei gwerthu, a
phan oedd hi yn fy meddiant, os byddai'r cŵn hela'n yr ardal, a *Dainty* yn
y cae y tu ôl i'r tŷ, ni wnâi ond carlamu a charlamu nes bod sŵn corn y
cynydd yn diflannu dros orwelion ei chlyw. Yr wyf yn cofio bod yn y
stydi ryw fore â *Dainty*'n pori ar y tipyn glaswellt o dan y tŷ y naill ochr
a'r llall i'r dreif, â gwifren bigog wedi ei thynnu'n groes i'r dreif yn y man
mwyaf serth. Yn ddisymwth dyma sŵn pedolau, a chysgod tywyll yn
gwibio hebio i ffenestr y stydi. *Dainty* oedd yno. Yr oedd tri o fytheiaid
wedi eu didoli eu hunain oddi wrth y lleill a rhedeg i fyny'r dreif. Ni allai
*Dainty* ymatal, ond ymlid ar eu holau gan glirio'r wifren bigog fel pe na
buasai yno o gwbl.

Yr wyf yn cenfigennu wrth yr hen bregethwyr a arferai grwydro'r wlad
ar gefnau eu ceffylau, gan ddychmygu'r gwmnïaeth hyfryd rhwng dyn

ac anifail. Yr adeg honno, yr oedd marchogaeth yn anhepgorol angen-
rheidiol iddynt hwy. Ond heddiw, y mae pethau'n wahanol. Ar wahân i'r
arfer ymhlith bugeiliaid, nid yw marchogaeth, bellach, yn ein cymdeithas
ni, yn ddull naturiol o deithio. Ni wadai neb call nad yw gyrru mewn
cerbyd modur yn ddull peryglus dros ben o deithio, ond y mae hynny'n
arfer rheolaidd i lawer ohonom, a ni feddyliai neb am ein beio am wneud.
Ond y mae marchogaeth ar farch, heddiw, wedi mynd yn chwarae, ac os
oes ynddo elfen o berygl, yn chwarae peryglus. Y canlyniad oedd fod y
wraig, o'i mawr ofal am fy niogelwch, yn siŵr o ddweud, "Gofala na chei
di niwed," wrth ganu'n iach pan oeddwn ar gychwyn ar daith ar gefn
*Dainty.* Arferwn fynd i ymweld â'r praidd ysbrydol ar ei chefn, yn awr ac
eilwaith, ac ar y cyntaf yr oeddwn yn cario tipyn o gêc gwartheg neu afal
yn fy mhoced, ac yn rhoi ychydig o'r moethau iddi cyn ailgychwyn, wrth
symud o fan i fan. Ond fe'm dysgwyd i ymwrthod â'r arfer.

Fel hyn y bu. Yr oeddwn yn teithio o bentref Star i gyfeiriad Tegryn,
gan droi ar groesffordd Pen-banc i gyfeiriad Pantyrhedyn. Wedi troi, rhodd-
ais ffrwyn i'r gaseg a thipyn o anogaeth i gyflymu, nes inni gyrraedd
cyflymdra carlam, a charlamwyd ymlaen hyd at gydiad y lôn (neu'r feidir
yn nhafodiaith Llanfyrnach a'r cylch) a'r ffordd o'r Cas i Degryn. Tynnais
yr awenau a thueddu *Dainty* i gyfeiriad Tegryn. Ond mynnai hithau droi
at Bantyrhedyn lle y cawsai dipyn o'r danteithion o'm poced o'r blaen. Er
imi blycio'r awenau ac annog â'm sodlau, ac i fod yn onest â chyffyrddiad
â blaen y chwip, ni fynnai *Dainty* ufuddhau, a chan ei bod yn bygwth
codi ar ei choesau ôl, bernais mai doethach fyddai imi ddisgyn. Gallwn
ei harwain i'r cyfeiriad iawn yn ddiffwdan. Ond cyn gynted ag yr awn ar
ei chefn, fe droai yn ôl, a hynny am ryw hanner milltir o ffordd. O'r
diwedd, cefais hi i fynd yn ddiffwdan. Ond nid dyna ddiwedd y stori. Yr
oeddwn allan ar ei chefn un bore ac yn ymwneud am rywle arbennig.
Mynnai hithau droi i weld pob aelod a ddigwyddai fyw y naill ochr neu'r
llall i'r daith. Ond erbyn hyn yr oeddwn yn fwy cyfarwydd â hi, ac yn
credu fy mod yn gwybod pa mor bell y gallwn fentro. Ac felly wedi
cyrraedd y ffordd wastad ar ben rhiw Star, y tu allan i Benffynnon, pen-
derfynais dderbyn yr her a gwrthod disgyn o'r cyfrwy. Er iddi droi hanner
dwsin neu ychwaneg o weithiau, llwyddais i'w threchu; i ffugio (canys
ffug ydoedd) fy mod yn feistr arni, ac er iddi amcanu troi i Hendrewilym

a Chwm-bach, wrth ein bod yn dychwelyd heibio i Nant-y-castell i Gwm Clydau, fel petai'n dweud nad oedd yn barod i gydnabod fy mhen-arglwyddiaeth heb rwgnach, ni welais, wedi'r dwthwn, yr arlliw lleiaf o wrthnysigrwydd o'r fath yng nghymeriad *Dainty*. Yr wyf yn argyhoedd-edig ei bod yn credu fy mod yn sofft, ac wedi fy rhoi ar brawf, a ffugio annibyniaeth. Ffugiais innau fod yn ddewr, ac yn yr ymrysonfa ffug, yr offeiriad, lladmerydd y gwirionedd, a orfu.

Ni chefais yr anaf lleiaf drwy gyfrwng *Dainty*, er gwaethaf nerfusrwydd fy ngwraig, a dwywaith yn unig y deuthum yn agos at ddim o'r fath; y naill dro wrth ymarfer dull nodedig o lamu i'r cyfrwy, a'r tro arall wrth deithio ar ei chefn o Drewaddon Isaf i'r ffordd sy'n arwain o'r Cas i Eglwys Penrith. I stablau'r Cilgwyn, Castellnewydd Emlyn, a gedwid gan foneddiges o'r enw Mrs Hopper, yr awn â *Dainty* i gael ei thrwsio yn awr ac eilwaith, a gallai'r foneddiges honno neidio i'r cyfrwy, heb fod y gengl yn dynn, gan gydio, nid yn rhan ôl y cyfrwy, ond yn y rhan flaen, ond yn cydio mewn man a oleddai tua'r ochr ddehau i'r ceffyl, gan wynebu tuag yn ôl, wrth gwrs, fel gyda'r dull cywir, traddodiadol. Tipyn o gamp yw gwneud fel y gwnâi, a geilw am gryn dipyn o ystwythder, a sbonc, a sioncrwydd. Y gyfrinach fawr, fel y darganfûm, oedd y sbonc. A phan oeddwn yn credu fy mod wedi meistroli'r dull gwreiddiol hwn, neidiais yn grwn i'r cyfrwy a throsto, gan ddisgyn yn fy llawn hyd yr ochr draw i *Dainty*, druan, na welsai yn ei byw y fath letchwithdod annisgwyl. Ond codais heb fod fymryn gwaeth, nid byth mwy i efelychu'r marchog-foneddiges honno. Ac erbyn meddwl, nid oedd un amcan mewn ymgeisio, gan fod cadw cengl dynn yn llawer mwy diogel, a chydio yng nghefn y cyfrwy'n llawer mwy hwylus. Y syndod imi yw fod y rhan fwyaf o'r Cymry a adnabûm yn wynebu tua phen y ceffyl wrth esgyn i'r cyfrwy. Y ffordd arall sydd fwyaf diogel o lawer.

Y tro arall y gallasai tro anffodus fod wedi digwydd oedd yr achlysur pan elwais yn Nhrewaddon Isaf pan nad oedd ond yr hen wraig, Mrs Thomas, gartref. Nid oedd yn hoffi dweud wrthyf fod dau geffyl yn y caeau, a bod y cloddiau wedi dod i lawr, ar y naill ochr a'r llall o'r llwybr yr euthum ar hyd iddo, wrth fynd ar fy nhaith. Pan welais y ddau geffyl, a phan welsant hwy fi, neu'n hytrach pan welsant hwy *Dainty*, yr oedd hi'n rhy ddiweddar imi droi'n ôl. Nid oedd gennyf ddewis ond i wynebu'r miwsig; neu'n hytrach, y rhochian, a'r cicio, a'r noethi dannedd brawychus o hagr a ddilynodd. Pan welais y ddau geffyl cart yn dechrau rhedeg tuag atom gan weryru, disgynnais ar frys, ac ym mhen eiliad, yr oedd y ddau yn dechrau'n hamgylchynu'n wyllt, gan gicio'u carnau ôl i'r awyr, a *Dainty*'n ymateb yn yr un modd, â'i dwy glust goch yn fflat ar ei gwddf. Rhyw ryfedd Ragluniaeth a'n cadwodd, a phan gefais ben y llwybr, rhoddais lam i'r cyfrwy, ac i ffwrdd â ni ar garlam, gan wasgaru mwy o wreichion o arwynebedd fflint y ffordd nag a wnaethom na chynt na chwedyn.

Er bod gof Llanpumpsaint, y digwyddais gyfarfod ag ef, wedi canmol *Dainty*, nid yn efail y gof y gwelid hi ar ei gorau. Yr oedd hi braidd yn ofnus yno. Erbyn meddwl, y rhyfeddod yw fod ceffylau'n gyffredinol yn dygymod mor fodlon a thawel ag amodau efail y gof, gyda'i sŵn megino, a dyfal doncio'r morthwyl ar yr einion, a'r gwreichion yn tasgu, a'r mwg yn codi, wrth fod y bedol boeth yn toddi'r carn. Yr oedd dau of o fewn dwy filltir neu dair i Glydau, a hynny mewn cyfnod pryd yr oedd gofaint wedi mynd yn hil brin o foneddigion; canys boneddigion oeddynt yn yr hen gymdeithas Gymreig, ac yn mwynhau breintiau a ddiogelid yn hen ddeddfau'r genedl. Nid oedd gof Cross Inn yn pedoli mwy na rhyw hanner dwsin o geffylau tua'r adeg pan oeddwn i yng Nghlydau. Gweithio ar beiriannau-trin-y-tir a wnâi, yn hytrach, ac nid oedd yn edifar ganddo gan nad oedd, yn ôl ei dystiolaeth ei hun, erioed wedi bod yn or-hoff o bedoli, er ei fod yn grefftwr campus wrth y gwaith. Yr oedd gof Capel Newydd, Boncath, ar y llaw arall, yn leicio'r gwaith, a phan oeddwn i yng Nghlydau, pedolai tua deugain o geffylau'n gyson: ceffylau ysgafn at farchogaeth, gan mwyaf.

Yr oedd gennyf fy hoff fannau i fynd iddynt ar gefn *Dainty*. Awn drwy'r Cwm yn aml cyn belled â Phenlan-cych, ac wedi cyrraedd y fan honno, trown ben y gaseg tuag yn ôl, ac yna, fe'm hwynebai tua hanner milltir o ffordd union, yn codi'r mymryn lleiaf tua'r diwedd. Yno, gadawn iddi fynd, a chyflymu'n gynt a chynt, gan ei thynnu i mewn wrth ddynesu at ben yr yrfa. Carwn fynd am dro yn awr ac eilwaith yn yr haf, i Gwm Pedran; Cwm dwfn, cysgodol, y tu hwnt i Lwyn-drain, â'r feidir a arweiniai iddo yn parhau i ddau gyfeiriad, sef i Dre-lech a Chilrhedyn, cyn i'r cyll, a'r drain, a thramps haerllug y mieri dresbasu mor ddilestair drosti, nes iddynt anghofio fod gan neb na dim hawliau ond hwynt-hwy eu hunain. Y mae ar lawr Cwm Pedran adfeilion tri bwthyn. A syndod i mi yw meddwl fy mod yn cofio am yr adfeilion yn anheddau, bob un. Ond dyna, nid oes raid i dŷ gael ei adael yn hir cyn dadfeilio'n furddun di-lun. Cefnwch ar dŷ annedd, a chyn pen mis, fe ddengys arwyddion digamsyniol ei fod wedi torri ei galon, ac fel hen berson wedi difalio, buan y cerdd aflerwch dros ei bryd a'i wedd. Ond erys ambell graig trist o'r gwynfyd a fu, rhyw dlws ar garpiau, yn gwrthod cydymffurfio â diffeithwch trist yn olygfa. Yng Nghwm Pedran nid oes mwy ond adfeil- ion atgofus a gemau anorchfygol y rhosynnau cochion, sydd bellach, 'ar anial wynt yn gwario'u hanadl fêl'. Ac i Gwm Pedran yr awn weithiau, pan oedd rhosynnau'r border bach yn eu blodau, a disgyn wedi cyrraedd, fel Marchog oes y Sifalri, i gipio tusw o'r blodau pêr i'w roi i'm Cariad.

Byddai *Dainty*'n sionci i gyd pan awn â hi i Gwm Cych, yn union fel petai yn clywed adlais carnau Pwyll ac Arawn, Brenin Annwn, neu sŵn bytheirio'u helgwn, a choffa da gennyf imi unwaith beri stampîd yno. Clywais hen of o Landysul yn dweud ar y radio unwaith ei fod yn cofio'r amser pan oedd hi'n beryglus mynd â cheffyl i'r ffordd rhag ofn cyfarfod â cherbyd modur. "Bellach," meddai, "yr unig beth y mae perygl i geffyl gael ei ofn yw ceffyl arall." Y mae'n debyg o fod yn wir, hefyd, fod lloi Cwm Cych yn ddigon cyfarwydd â gweld cerbydau modur yn gwibio heibio ar eu ffordd o Aber-cych i Gwm Morgan. Ond yr wyf yn hollol sicr imi unwaith weld dau lo Friesian nad oeddynt wedi gweld ceffyl yn eu byw. A phan welsant *Dainty* a minnau'n teithio drwy'r cwm o Lan Cych, dyma'r stampîd yn dechrau. Yr Arswyd Mawr! 'Chlywsoch chi erioed y fath gratsian coed crin a sblasio, wrth fod y ddau lo yn ei gwân hi drwy'r gwrychoedd, heb sylwi ar na dolen mewn afon na dim arall ond yn cyrchu rhagddynt i gyfeiriad tywyll Tre-lech a'r Betws a phen draw'r byd.

Gellid meddwl, wrth glywed pobl yn siarad, mai stordy syniadau'n unig yw cof dyn. Ond nid dyna'r gwir o bell ffordd, a phe gellid adalw popeth a gofir gan berson arbennig, y mae'n debyg y ceid mwy o ddelweddau ac argraffiadau synhwyrus nag o syniadau a ffeithiau yng nghynnwys ei goffrau. Erys i minnau ddelweddau arbennig o *Dainty*; ac yn neilltuol y darlun ohoni ar fore terfysglyd o fellt a tharanau, o'i gweld yng nghanol y cae tu-ôl-tŷ â golwg syfrdanol wyllt arni. Yr oedd ei phen yn uchel; pob gewyn yn ei chorff yn dynn, fel llinyn bwa, a hithau mor barod i ruthro â saeth at y nod, ond ei bod yn cael ei pharlysu o'r newydd gan bob fflach a rhu o grombil yr elfennau arswydus, fel na allai ond troi'n gylchoedd ysgafndroed, gan symud ei phen o'r naill ochr i'r llall, â'i chlustiau'n chware'n aflonydd, a'i chynffon hir, ddu yn chwipio'r ofn, fel petai cilion haf yn ei blino. Petasai yn un o haid, y mae'n debyg y buasai wedi gallu anghofio ei braw mewn rhuthr carlamus dros y paith digyfeiriad, ond yn ei hunigedd, ni allai ond troi a throi yn ei hunfan ofnus.

Un hawdd ei dal yn y cae oedd *Dainty* fel rheol, yn enwedig os awn ag ychydig o gêc y gwartheg neu ddarn o afal yn fy llaw, er y byddai yn rhoi trafferth i ddieithriaid ambell waith.

Baban bach oedd Eluned Mai, y drydedd ferch, pan oedd *Dainty* gyda ni, ac yr wyf yn hollol sicr ei bod yn teimlo rhyw hoffter rhyfedd at y plentyn bach pengyrliog, ac os awn i'r cae ag Eluned ar fy mraich, ni syflai gam na symud gewyn, wedi imi roi'r plentyn ar ei chefn.

Yn y cae y tu ôl i'r tŷ y mynnai fod, er bod gennym ddau gae, a mwy o laswellt o lawer yn y cae a oedd yn ffinio ar fynwent yr eglwys. Ond ni welais hi'n aros yno am fwy na hanner awr erioed. Yr un fyddai'r rwtîn — neidio dros y clawdd uchel i'r ffordd ac i fyny ar garlam wyllt i gyfeiriad y tŷ. Yn sŵn y teulu y carai hi fod, ac er bod neidio yn ddigon hawdd iddi, ni welais erioed mohoni yn croesi i gae'r cymydog o'r cae tu-ôl-tŷ, er bod yno fwlch â dim ond ychydig iawn o brysgwydd isel i'w rhwystro.

Cofiaf imi unwaith ganu ar y testun 'Yr Hydref' ar gyfer Eisteddfod Abertridwr, a'm bod wedi llunio'r llinell 'Clywir eu malu yn ystablau'r meirch', gan gyfeirio at ysgubau'r ceirch. Erys 'isel sŵn y malu' yn yr ystabl yn Ficerdy Clydau, yn rhyw fath o ddelwedd-glyw fyw yn fy nghof; sŵn *Dainty*'n cnoi'r gogorion, a danheddu'r fanglen lawn-sudd; sŵn cynnes rhagluniaethol, yn llawn o foddhad melys yr oruchwyliaeth o lywodraethu ar fyd yr anifail; sŵn a ddywedai fod yr anifail wrth ei fodd, fel y gellid cau drws yr ystabl ar fyd bach o glydwch diddos, a'r nos o aeaf wedi ei chau allan, i regi a chablu ei melltith faint a fynnai, yn y glaw a'r gwynt, a lluwchfeydd didostur yr eira. Daeth cysylltiad *Dainty* â'r teulu i ben pan werthwyd hi i'r diweddar Owen Jones, Aberteifi, a oedd yn cadw Ysgol-farchogaeth, a phan giliodd heibio i'r tro, i gyfeiriad yr Hendre, a phan ddiflannodd sŵn ei phedair pedol arian ar eu ffordd i Lan-cych, daeth pennod yn hanes ein bywyd i ben, ac ni allem lai na theimlo rhyw dipyn o hiraeth a chwithdod ar ei hôl.

# O Sale Creek *i Gymru*
## (Darn o Hunangofiant)

JAMES NICHOLAS

Ganed fy nhad yn y flwyddyn 1883 – Thomas George Nicholas, mab John a Mary Nicholas. Yr oedd ganddo frawd a oedd yn hŷn nag ef; yr oedd ganddo ddwy chwaer hefyd. Aeth y brawd hŷn i'r 'gweithe' i fyw; priododd un o'r chwiorydd longwr o'r enw Jack Stribling, ac ymgartrefodd yn Barnstaple. Arhosodd y chwaer arall, Paulina, yn Nhyddewi, gan ennill ei bywoliaeth fel gwniadwraig. Gwraig weddw ydoedd er pan oeddwn yn ei chofio. Bu'n garedig iawn wrthyf hyd ei marw disyfyd ym 1939. Yr oedd hi'n byw yn yr hen gartref – tŷ ar sgwâr Tyddewi, a'i dalcen yn wynebu'r Groes ar y sgwâr. Byddwn yn mynd i'w gweld yn aml – yr oedd ei gweithdy ar y llofft, a'r ffenestr yn wynebu'r sgwâr hudolus. Treuliais oriau'n eistedd ar sil y ffenest yn syllu allan ar yr olygfa o'm blaen. Un peth y bu'n anodd i mi ei ddeall, sef y lluniau gwaedlyd eu natur a oedd ar waliau'r gegin a'r gweithdy. Lluniau oeddynt o'r rhyfel yn erbyn y Boeriaid – rhyfel Transvaal. Bu gas gennyf y lluniau hyn – y maent wedi aros i hawntio fy nghof hyd heddiw.

Bob prynhawn dydd Mercher byddai gan Anti Paulina hanner diwrnod yn rhydd o'i gwaith, a byddai'n mynd â mi yn ystod misoedd yr haf am bicnic. I'r un man y byddem yn mynd bob tro, a llecyn eithriadol hardd ydoedd hefyd. Byddem ein dau yn mynd allan drwy'r cefn i Ffordd Bryn, ac yna'n taro ar gaeau agored ar unwaith. Aem heibio i'r cae chwarae tennis, yna drwy feidr gul a thrwy glwydi nifer o berci nes cyrraedd Eglwys Non – yna ymlaen ar hyd y llwybr uwchlaw'r creigiau serth, dros glawdd a throi am ben y graig ychydig cyn dod at Drwyn y Cyfrwy. Ac yno mewn llecyn cysgodol y byddem yn cael y picnic. Yr oedd digon o le i grwt chwarae yno, gan fod cannoedd o gerrig neu lechi gwawr-goch yn rhydd yno. Dyma un o'r llecynnau cysegredig hynny a fu'n fodd i ddeffro fy nychymyg cynnar.

Prin y byddaf, hyd heddiw, yn cyrraedd Tyddewi heb roi tro am
Eglwys Non, a throi i mewn i'r Eglwys fechan a godwyd uwchlaw'r creig-
iau gan Cecil Hubert Morgan Griffiths ym 1934. Cyfreithiwr ydoedd o
Gaerfyrddin, aelod o'r Eglwys yng Nghymru a gafodd dröedigaeth a'i
dderbyn yn aelod o Eglwys Rufain. Y mae gennyf gof plentyn amdano,
ond cofiaf ei weddw'n dda, oherwydd bûm yn cario'r post iddi wrth imi
helpu fy nhad adeg gwyliau ysgol a choleg. Bryd hynny yr oedd yn byw
gerllaw Ysgol Dewi Sant. Byddai'n gyrru llythyrau i'r *Western Mail* yn
ystod y rhyfel a phrif fyrdwn ei llythyrau oedd 'Britain will never bomb
Rome'.

Bob tro y deuaf i Eglwys Non daw rhyw linell neu gwpled o rywle a
phwy a ŵyr nad oes a wnelo ymweliadau heulog fy modryb a minnau yn
y dyddiau cynnar â'r cynnwrf hwnnw. Dyna, efallai, sydd y tu ôl i'r englyn
canlynol i 'Eglwys Non' – y mae Ynys Gwales (Grassholm) i'w gweld ar y
gorwel:

> Gweled tir uwch golau ton – a gweled
>     Gwales y gorwelion;
>     O! deg olud y galon:
>     Porth y nef yw parthau Non.

Ym marwolaeth fy modryb ym 1939 y profais fwlch angau am y tro
cyntaf y tu fewn i'r teulu. Byddwn yn mynd i'w gweld yn feunyddiol, a
chofiaf y prynhawn hwnnw pan sefais wrth ddrws ei thŷ a galw "Anti,
Anti" a neb yn ateb. Fy mam a dorrodd y newydd – cafodd Anti Paulina
drawiad mawr ar y galon y dydd hwnnw, a marw'n sydyn. Cofiaf ddydd
yr angladd, cymdogion a chyfeillion yn cerdded o flaen yr hers, a'r teulu'n
dilyn yn union y tu ôl – y 'codi ma's' yn y tŷ, a'r daith o'r sgwâr i lawr i'r
Cicwyll i fynwent y ddinas ar lecyn uwchlaw Glyn Rhosin. Yn y fynwent
hon y gorffwys fy nhad-cu a'm mam-gu o ochr fy nhad.

Y mae hanes fy mam yn dra gwahanol. Yr oedd mam fy mam, Martha
Davies, wedi ei chodi yn y 'Rhwle' ac mewn bwthyn bach o'r enw 'Brod-
wai' gerllaw Pen y Cwm ar gyrion lle ceir heddiw faes awyr Breudeth.
Priododd ŵr o'r enw William Williams ym 1886, ac yna ymfudo i Unol
Daleithiau America. Ganwyd fy mam Hydref 7, 1889, a bu farw ei mam

a hithau yn naw mis oed. Y mae gennyf lun o'r baban mewn siôl laes wen
yng nghôl ei mam, a'i thad yn sefyll wrth ei hochr. Yr oedd Mary chwaer
Martha wedi priodi James James, gŵr a godwyd yn Nhre-groes, nid nepell
o Felinganol – a phentre a fydd drws nesa' i faes Eisteddfod Genedlaethol
Tyddewi yn 2002. Aeth James a Mary James i'r 'gweithe', a daeth James
James yn daniwr yn y pyllau glo – swydd gyfrifol iawn er sicrhau diogelwch
y glowyr wrth iddynt fynd i'r pwll. Buont fyw yn y Maerdy a Chwm-
parc. Sut bynnag, nid oedd plant o'r briodas a chytunwyd mabwysiadu a
chodi fy mam fel plentyn iddynt. Ni wn i pa mor ffurfiol oedd y trefn-
iadau hyn yr adeg honno ond y canlyniad oedd i William Williams ddych-
welyd â'r baban ar long i'w chartref newydd yng Nghymru. Y mae gennyf
yn fy meddiant y gist bren a gludodd holl ddillad ac eiddo'r baban i
Gymru. Dychwelodd y tad i'r Unol Daleithiau, a hyd y gwn i, ni welodd
y plentyn byth mwy. Ailbriododd y tad yn Ebrill 1891 â gwraig o'r enw
Mary Ann Griffiths – merch Thomas J. Griffiths a Mary John Griffiths –
teulu o Aberdâr a ymfudodd i Sale Creek, Tennessee, lle'r oedd gwaith glo
llwyddiannus. O'r ail briodas hon bu tri o blant – Edgar Williams (1892-
1956), Jessie Williams (1899-1989) a Gwilym Williams (1895-1896) a fu
farw'n naw mis oed.

Bu James James farw ym 1926 pan oedd y teulu ar eu gwyliau yn Nhŷ
Uchaf Lochfân ger Solfach – lle'r oedd Lefi Dafis a'i wraig yn ffermio. Yr
oedd Lefi'n perthyn i Mary James – y wraig y deuthum i'w hadnabod fel
fy mam-gu. Bu hon yn ergyd fawr i'r teulu. Claddwyd James James ym
mynwent y Felinganol, a dychwelodd y weddw a'r ferch i'w cartref yn 131
Park Road, Cwm-parc. Ond cyn iddo farw yr oedd James James a'i deulu
wedi penderfynu dychwelyd i fyw i Sir Benfro ar ôl ymddeol o'r gwaith
glo ac yr oedd wedi prynu tŷ yn Nhyddewi, tŷ a enwyd ganddynt yn
'Dare House' – cysylltiad â Gwaith Glo Park & Dare, wrth gwrs. A dyna
pryd y cyfarfu fy nhad â mam.

Fe'm ganwyd i fis Mawrth 1928 yn Dare House – cartref fy nhad a
mam a'm mam-gu. Yr oedd fy mam-gu yn 70 oed pan y'm ganwyd, a bu
fyw nes yr oedd yn 96 oed. Cymraes uniaith ydoedd i bob pwrpas, er y
medrai ddarllen y papur newydd Saesneg ei iaith hefyd. Ond ychydig
iawn o Saesneg a glywais ganddi. Byddai'n medru cynnal sgwrs dda gydag
Elizabeth – un o ferched fferm y 'Bramble' ger Castell y Garn, gwraig

Philip Davies, mab Lefi Tŷ Ucha Lochfân a mam Elvira Tŷ Mawr, Solfach. Byddai perthynas agos rhyngom fel dau deulu. Cafodd fy mam-gu ddylanwad aruthrol arnaf; yr oedd fel mam i mi, a dysgais lawer am fywyd ganddi. Yr oedd yn wraig gryf o gorff, ac yn hoff iawn o arddio. Byddai'n treulio'r mwyafrif o'i hamser yn trin yr ardd. Ond yn ogystal â'r ardd yng nghefn 'Dare House', cadwodd yr ardd a etifeddodd gan ei gŵr James James yn Nhre-groes, a gorchwyl blynyddol adre' fyddai plannu'r ardd yn Nhre-groes ddechrau Ebrill, a chloddio tatws fis Medi. Byddem yn benthyca cert ac asyn yn flynyddol ar gyfer y gwaith, a mawr y pleser a gaem. Un o'r atgofion olaf sydd gennyf amdani'n ymwneud â'r ardd, yw ei chofio yn treulio'r dydd yn garddio yn Nhre-groes a cherdded adre' dair milltir o ffordd – heibio i'r fan lle bydd maes Eisteddfod 2002 a hithau bryd hynny yn 93 oed.

Er fy mod wedi cychwyn fel athro yn Y Bala pan fu farw, bu bwlch mawr yn fy mywyd o'i cholli, ac nid yw'n syndod o gwbl imi heddiw, wrth edrych yn ôl, fy mod wedi canu cerdd fach seml ynghyd ag englyn:

> Wedi dyddiau dedwyddwch – yr oes hir,
> Y serch a'r tynerwch,
> Mor dawel yw tawelwch
> Y lle y gorwedd ei llwch.

Ni chafodd fy nhad fawr iawn o addysg ffurfiol – hynny a gafodd oedd yn Ysgol y Bwrdd (Board School) Tyddewi. Cafodd waith yn gynnar fel gwas yn yr 'Old Cross', tŷ yn union gyferbyn â'i gartref lle'r oedd Adrian Owen Williams (Owi Williams i'r cyhoedd) a'i wraig Lilian yn byw. Yr oedd gan Owi fusnes gwerthu hadau, glo a chwlwm, ac yn ôl fy nghyfaill o ddyddiau ysgol, Peter Sine Davies, Owi oedd yr olaf i losgi calch yn Sir Benfro – byddai'n llosgi tua 400 tunnell y flwyddyn. Y mae hanes rhyfeddol i'r teulu hwn yn Nhyddewi ac yn wir yn Sir Benfro gan i Owi etifeddu ystadau o ffermydd o gwmpas Cas-lai a Sant Lawrence, a da gennyf fod yr hanes wedi ei groniclo'n fanwl gan Peter Sine yn y gyfrol nodedig *The Footsteps of Our Fathers* (Peter B. S. Davies). Yno dywed Peter i 'nhad gychwyn fel plentyn i weithio gydag Owi ond iddo dyfu i fod yn gyfrifol am redeg y busnes ar ei ran cyn diwedd ei yrfa.

Cyn y diwedd cyflwynodd Owi ran o'r busnes i ofal llwyr fy nhad, ond gan gofio am gyni'r dauddegau a'r tridegau, rhoddodd fy nhad y gorau i'r busnes – yr oedd yn fwy o ofid nag o werth iddo. Adeg y Rhyfel bu'n gweithio i gwmni trydan Pireli, a oedd wrthi'n adeiladu safle Trecŵn, ac yna cafodd waith fel postman. Bu'n ddiacon gyda'r Bedyddwyr yng nghapel Seion am dros ddeugain mlynedd, a bu'n athro Ysgol Sul am gyfnod maith – dosbarth y gwragedd. Byddai'n darllen llawer – esboniadau a llyfrau crefyddol eu natur yn bennaf. Y mae gennyf gyfrol o'i eiddo, *Cofiant John Jones, Talysarn,* a llofnod Owi sydd arni. Prin y credaf bod Owi wedi ei hagor, ond dyma'r math o gyfrol y byddai fy nhad wrth ei fodd yn ei darllen. Tu mewn i'r gyfrol y mae llawer o weddïau, yn llawysgrif fy nhad, ar ddarnau o bapur wedi eu plygu y tu fewn i'r llyfr. Roedd fy nhad yn darllen ei lyfrau yn yr amser prin a oedd ganddo wrth ofalu am geffylau'r *Old Cross* a chuddiai'r llyfrau yn y gwair. Roedd y stablau yng nghefn yr *Old Cross* a byddai'n mynd â'r ceffylau i bori perci'r Morfa y tu hwnt i Fryn y Garn nid nepell o Eglwys Non.

Cofiaf fynd gyda 'nhad i gartref gŵr tra diwylliedig yn Nhyddewi – William Rowlands, Golden House, Stryd yr Afr, yn fuan wedi marw William. Cafodd fy nhad nifer o'i lyfrau ar ei ôl ac y maent ymhlith fy nhrysorau pennaf heddiw – llyfrau megis *The Varieties of Religious Experience* gan William James, *Hanes Prydain Fawr yn Wladol a Chrefyddol* gan y Parchedig Titus Lewis, a *Llyfryddiaeth y Cymry* gan y Parch. William Rowlands (Gwilym Lleyn) gyda *Chwanegiau a Chyweiriadau* gan y Parch. D. Silvan Evans. Cafodd hefyd nifer o gyfrolau o'r *Gwyddoniadur Cymraeg* ond nid oedd y gyfres gyflawn ganddo.

Cafodd fy mam ei haddysg uwchradd yn Ysgol Ramadeg y Merched yn Y Porth – teithio'n feunyddiol ar y trên, mi dybiaf, o Gwm-parc i'r Porth. Ni chredaf fod ganddi ryw lawer o ddiddordeb mewn gwaith academaidd, yn ôl a glywais gan fy mam-gu, a phrentisiwyd hi fel gwniadwraig. Yr oedd yn fedrus wrth drin dilledyn. Os nad oedd ganddi hi ddiddordeb mewn gwaith academaidd fe boenodd lawer am fy addysg i. Byddai'n sylwi nad oedd gennyf ryw lawer o ddiddordeb mewn llyfrau, ac yn esgeuluso darllen a chofiaf hyd heddiw iddi fy nhrwytho'n llythrennol mewn Mathemateg. Bu'n fy nysgu'n drwyadl iawn, wrth fy mharatoi ar gyfer yr hen arholiad 11+ ar gyfer mynediad i Ysgol Ramadeg Tyddewi, fel yr oedd bryd hynny. Pan oeddwn tua deuddeng mlwydd oed, taniwyd fy niddordeb mewn Algebra, a chofiaf fel y bûm yn mwynhau gwneud cannoedd o ymarferion allan o werslyfr trwchus mewn Algebra – *Elementary Algebra for Schools* (Hull & Knight, 1903) – gwerslyfr a oedd yn eiddo fy mam pan oedd hi yn Ysgol Ramadeg y Merched, yn Y Porth. Yna'n fuan wedyn bu'n rhaid i mi dreulio pymtheng mis mewn Sanatorium – Kensington – Sant Ffraid – ysbyty wedi ei neilltuo i blant mewn llecyn diarffordd iawn yn Ne Sir Benfro – y rhan Seisnig o'r Sir. Nid oedd y Gymraeg i'w chlywed yno, ac nid anghofiaf y llyfrau y bu i'm mam yrru i mi yno – llyfrau Cymraeg bob un, sydd gennyf hyd heddiw – *Cyfres Chwedl a Chân*, a rhai o lyfrau D.J. Abergwaun ac R. T. Jenkins hefyd. Do, cafodd fy mam ddylanwad mawr ar fy addysg gynnar.

Yn y flwyddyn 1950 y penderfynodd fy Ewythr Edgar, brawd fy mam, ddod drosodd o'r Unol Daleithiau i weld ei hanner chwaer. Yr oedd cangen arall o'i deulu – ar ochr ei fam, yn byw yn Llanbradach ger Caer-ffili, a chyfunodd yr ymweliad â hwy yn ogystal â dod i Dyddewi.

Nid anghofiaf byth mo'r ymweliad hwnnw, yn enwedig y tro yr euthum ag ef am dro o Dyddewi i'r Traeth Mawr. Gwelai'r daith yn hir, ac nid oeddwn i wedi sylweddoli bryd hynny nad oedd yn gyfarwydd â llawer o gerdded. Pan fu farw 'sgrifennais awdl goffa iddo a'i gyrru i Eisteddfod Genedlaethol Môn 1957. Bu geiriau caredig y beirniaid bryd hynny yn hwb mawr i mi wrth imi geisio dysgu celfyddyd Cerdd Dafod. Yr oedd a wnelo'r daith i'r Traeth Mawr â'r gerdd, a'r ymdeimlad bod ei gartref a chartref gwreiddiol fy mam mor bell o Dyddewi. O'r Traeth Mawr hefyd syllir i gyfeiriad cyfandir America a cheir machludoedd godidog yno yn yr haf:

> Heulwen isel yn nosi, – a gadael
> Cysgodion ar dwyni;
> Mynd dros orwel yr heli,
> Tan warrau llosg tonnau'r lli.

> Rhywle hwnt i'r gorwelion – y mae un
> Ym mynwent tir estron;
> 'Ddaw'r un si iddo'r nos hon,
> Na'r môr hyd dir y meirwon.

Ychydig y tybiais bryd hynny y cawn i byth y cyfle i droedio'r fynwent honno.

Bron ddwy flynedd wedi ei farw daeth ei chwaer Jessie i'n gweld. Yr oedd ei brawd, Edgar, wedi derbyn anrheg – oriawr aur – gan y cwmni lle'r oedd wedi bod yn gweithio am 37 o flynyddoedd, 'The American Manufacturing Company', lle daeth yn Is-lywydd a Thrysorydd y cwmni, a'i chyflwyno i mi er cof amdano. Mae'n drysor personol iawn.

Ond er dyheu lawer tro am fynd i America, a gohirio'r bwriad, daeth cyfle annisgwyl ym 1995 pan gefais wahoddiad i draddodi darlith ar gelfyddyd Cerdd Dafod yng nghyfres darlithoedd coffa Goronwy Owen yng Ngholeg William a Mary Williamsburg yn Virginia ar Ddydd Gŵyl Ddewi. Derbyniais y gwahoddiad, a chychwynnodd Hazel a minnau ar y daith ryfeddol ac anghredadwy honno ar 22 Chwefror 1995.

Yr oedd un perthynas â'r teulu wedi dal cysylltiad â mi, sef Winifred Card. Yr oedd ei thad-cu o Aberdâr yn frawd i ail wraig fy nhad-cu – Mary Ann Griffiths. Erbyn 1995 yr oedd Winifred a'i gŵr Bill wedi symud i fyw i Gartref y Presbyteriaid, Clinton, De Carolina. Yr oeddwn wedi cwrdd â Winifred unwaith, pan ddaeth i Gymru yn yr wythdegau cynnar, ar ymweliad â'i pherthnasau yn Ystradgynlais. Cafodd Hazel a minnau garedigrwydd mawr gan ein lletywraig yn Williamsburg – Druscilla King, yn ogystal â chan yr athro David Jenkins (a aeth â ni i weld bedd a chartref Goronwy Owen).

Daeth Winifred a Bill yr holl ffordd o Dde Carolina i glywed y ddarlith, a mawr oedd eu disgwyl i'n croesawu yn eu cartref. Drwy garedigrwydd Druscilla y teithiasom yn ein tro i'r Cartref Presbyteraidd. Yr oedd y 'cartref' yn debycach i bentref bach na Chartref Henoed. Yr oedd y preswylwyr wedi prynu eu tai ond yr oedd modd iddynt hefyd fanteisio ar Ganolfan 'y pentre' – lle ceid pob math o ddarpariaeth ar eu cyfer. Cawsom garedigrwydd mawr ar aelwyd Winifred a Bill. Ac yno y dysgais am fodolaeth Beibl ein teulu a adawyd yn eu gofal hwy. Dywedodd Winifred wrthyf mai fy Meibl i ydoedd, ond mynegodd rywfaint o syndod pan ymatebais drwy ddweud y cludwn ef adref i Gymru – syndod oherwydd ei bwysau yn fwy na dim arall! Mae'r Beibl o'm blaen yn awr wrth 'sgrifennu hyn o eiriau – oherwydd yn y gyfrol hon y gwelais am y tro cyntaf holl hanes teulu fy mam. Yn wir, er bod gennyf syniad, ni wyddwn beth oedd oedran fy mam nes imi ei weld mewn du a gwyn tu fewn i'r Beibl. Yno hefyd y gwelais mai Mary oedd enw fy mam. Newid-iwyd ef mae'n amlwg i May gan mai Mary oedd enw ei mam fabwysiedig, ac ni fynnid cael dwy o'r un enw ar yr aelwyd! Ond i dorri'r stori'n fyr rhaid oedd teithio o Clinton i Chattanooga er mwyn cyrchu'r fan lle gan-wyd fy mam. Aeth Winifred a Bill â mi yno a buom yn aros mewn gwesty. Cofiwn un noson frawychus pan ddaeth rhybudd ein bod ar lwybr tornado, ac er i'r ffurfafen dduo, a'r gwifrau a'r polion yn ysgwyd, ni ddaeth difrod. Yn Chattanooga gwelsom gartref Edgar a Jessie – lle bu i'w mam fyw gyda hwy, bron i'r diwedd. Bûm yn gohebu llawer â hwy a phrofiad rhyfedd oedd sefyll y tu allan i dŷ nad oedd ond y cyfeiriad 1404 Riverview Road arno, cyfeiriad adnabyddus i mi gynt.

Uchafbwynt y daith honno oedd cyrraedd pentre bychan o'r enw *Sale Creek*, ac yno y gwelais y tŷ lle ganed fy mam. Yna aethom i'r fynwent. Wrth borth y fynwent yr oedd bwa haearn ac yn ysgrifenedig arno: 'The Welsh Jeffreys Cemetry'. Yr oedd cerrig ar feddau'r holl deulu yno, ac eithrio fy mam-gu, mam fy mam. Nid oedd dim i nodi'r fan lle claddwyd hi, a daeth ton fawr o dristwch drosof. 'Wn i ddim beth ddywedai fy mam-gu fabwysiedig, pe gwyddai fy mod wedi chwilio am fedd ei chwaer yno, ac yn ofer. Yr oedd digon o dystiolaeth yn y fynwent fod carfan gref o Gymry wedi byw yn *Sale Creek*, ac o droi at y Beibl a gludais adref, ceir yno nodyn am farw ail wraig fy nhad-cu a dyma a ddywedir: 'Mrs Mary Ann Williams 81, last member of the colourful Welsh colony founded in Sale Creek in the nineteenth century'. Mor rhyfedd troeon yr yrfa – marwolaeth yn dwyn un plentyn yn ôl i Gymru a hithau'n tyfu i fod yn fam i mi. Ie, taith ryfeddol fu'r daith i Hazel a minnau o Faes y Groes i *Sale Creek* ac yn ôl.

# Yr Etifeddiaeth
## (Ysgrif)

### MAIRWEN GWYNN JONES

Dim ond mis a fu rhwng y ddau ddigwyddiad, a'r pwdin mwyar oedd achos yr holl hel meddylie.

Pwdin mwyar: y symlaf a'r godidocaf o holl rysaitiau tymhorol y gegin, yr un y caem ni, blantos, hyd yn oed, groeso wrth helpu i'w baratoi, a'r un croeso gan fam a mam-gu i'w jochio ag awch.

Hwn oedd y danteithyn a goronai'r haf ac a ddynodai ddyfodiad llechwraidd yr hydref, pan ddôi'r diafol ei hun i boeri ar y ffrwyth a chyhoeddi pen ar rialtwch y cloddiau. Pen ar y llus. Pen ar y cnau. Pen ar gnwd y falau surion bach. Gw'lengel. Rhaid oedd cael pwdin mwyar i'r bwrdd bob blwyddyn, yn bendifaddau.

Ac wedi'r cyfan, onid oedd yr holl gyfarpar angenrheidiol i'w baratoi wedi ei waddoli i'n pantri ni o gwpwrdd offer y cenedlaethau? – y basin enamel deubwys gwyn o'r Derlwyn, gydag ambell dolc bellach yn ei rimyn glas tywyll; y soser-union-faint i fod yn gaead ar wyneb y bara, a'r pwysau haearn trwm i'w godi gerfydd ei fodrwy ddur a'i osod fel maen clo ar y cladd. Pwysau o glorian siop groser Tad-cu. Roedd hyd yn oed stên enamel yn crogi wrth drontol ar fachyn y trawst, yn gwahodd rhywun i fentro tros glawdd a ffos i gynaeafu'r gloddest.

Roedd y teulu wedi hen ddysgu'r grefft o wneud y danteithyn. Orig o baratoi diwyd, wedi ei britho gan atgofion blynyddol am gampau mwyara'r gorffennol:

Iro tu fewn y bowlen rhyw fymryn bach â menyn . . .

("Wyt ti'n cofio'r flwyddyn doreithiog honno i lawr ar bwys Cwmbach?")

. . . Taenu menyn wedyn ar y pentwr trionglau bara di-dwll . . .

("– a Lal, wedyn, yn rhacso'i llewys a godre'i sgert ail-ore yn jibidêrs!")

. . . Yna leinio'r basin enamel yn gelfydd nes gorchuddio pob modfedd â'r tafelli, y naill yn gorgyffwrdd â'r llall fel cen rhyw bysgodyn crwn . . .

("A Mei yn baglu tros weiren bigog yn y claw' ac ar-i-ben i'r gofer!!")

. . . Llenwi'r cafn wedyn yn llawn hyd-y-fil o stiw mwyar a siwgwr . . .

("A Taid, yn gwneud cwd pedair clust o'i facyn poced gwyn a'i llenwi â mwyar nes i Nain, druan, fel y macyn ga'l ffit biws!!")

. . . Clawr o fara dros yr wyneb, wedyn y soser a'r pwys dur i selio'r ddarpar wledd, a'i gadael i sefyll dros nos mewn cell oer, oer. A dim pipo! Yna, pan ddôi awr y dadorchuddio, symud y soser a throi'r castell cochlyd beniwaered yn gelfydd o'r fowlen i blât.

Ac O! y tyllu a'r rhannu disgwylgar, a'r boddi hael mewn môr o hufen glân. Gwylio'r hylif gwyn yn troi'n artistig binc yn y sudd, a chanmol wrth ein gilydd holl wyrth lwyddiannus y creu. A gynlluniwyd erioed y fath gampwaith? A drowyd erioed y fath afraid yn rhaid yng ngheginau syml ein hynafiaid?

Naddo'n siŵr.

Felly eleni, yn ôl ein harfer, ar brynhawn penwythnos braf ganol Medi, dyma hwylio i fynd i fwyara. Wrth gwrs, yn wahanol i'r hynafiaid hynny yn eu clocsiau stowt, mewn car yr aethom ni i gychwyn ar yr helfa. I fyny am Lanychaer, ac i lawr i Gwm Gwaun. Fawr o lwc yn fan'no. Troi trwyn y cerbyd tua'r Preseli – Pontfaen, Mini Morfil, Maenclochog . . . rhyw ddyrnaid bach o fwyar caled, fel moch coed crwn, ar waelod y stên. Draw yn dalog am Gasnewy' Bach a Chas-mael, ond y rhosydd a'r gweunydd mor dlawd. Y perthi a arferai fod yn feichiog ag ysgall a maglys a barf-hen-ŵr, eu cadwyni mieri tanbaid yn cwhwfan rhwng y gwidd corn, mor llwm hydref eleni â chlwtyn llawr.

Beth yn y byd mawr a ddigwyddodd i raglen yr haf? i batrwm y tym-horau? Paham, tybed, y cafwyd y glaw di-baid i bydru'r egin ffrwythau, a'r gwyntoedd oer i ysu a deifio cnydau'r cloddiau?

Do, fe ddigwyddodd rhywbeth rhyfedd iawn i drefn natur y flwyddyn hon. A thuag adref yr aethom, y stên yn wag. Am y tro cynta 'rioed yng nghof y teulu nid oedd pwdin mwyar i fod yn ein hanes eleni.

Ond cyn rhoi'r ffidil yn y to yn gyfan gwbl y diwrnod di-ildio hwn caf-wyd munud o gwnsela yn y car, a setlo ein bod yn dargyfeirio ar y ffordd 'nôl. Wedi'r cyfan, onid dyma'r gair swyn allweddol i'n bywyd economaidd

main yn y fro bentirol hon? Dargyfeirio. Yr eli i bob clwy amaethyddol. Y
ffisig i dwristiaeth wantan. Dyna, felly, a wnaem ni.

Dro'n ôl fe gynlluniodd rhyw fwrdd Croeso ar bapur daith gerdded
bwrpasol yn dilyn ôl traed y seintiau cynnar o lan i lan nes cyrraedd
cadeirlan Glyn Rhosyn. 'Llwybr etifeddiaeth' oedd enw bedydd y daith:
hwb i dwristiaid glaw-wlyb a haneswyr chwilfrydig fel ei gilydd, ac un
atyniad hudolus, cyfoes eto fyth i bererinion. Roedd copi o'r daflen yma –
'Saint a Cherrig' – yng nghanol swp teithlyfrau'r car. Ymhlith y llannau
hen a restrid arni roedd eglwys fach Llanstinan, nid nepell o'n cartref.

Ond ymguddiai'r eglwys hon mewn llannerch dawel, gysegredig, yn
ddigon pell o gyrraedd sŵn y ffordd fawr. Rhaid oedd anelu ati ar hyd
trofeydd y feidr bantiog a charegog sy'n rhedeg heibio i hen chwarel
Pantyphilip. Llyn o ddŵr sy bellach yn llenwi ceudwll y chwarel, a drain a
drysni sydd yn ymglymu o bobtu'r llwybr. Ond bu i'r eglwys fechan
gynsail yn y fan ers amser maith, ymhell cyn cyfnod y chwarel. Y mae
rhannau o'i hadeiladwaith heddiw i'w holrhain i ganrifoedd cynnar iawn.

I ffwrdd â ni, trwy frwyn a chors, gydag ystlys nant gweirglodd, gan
sathru ar y migwyn llaith ac ymwasgu trwy iet rownd nes dod i olwg y
cysegr bach yn swatio o'n blaen yn ei nyth crwn, ir. Symud ar hyd rhodfa
las y fynwent, ymron ar flaenau'n traed, nes dod at y porth, a chael y glicied
yn ildio'n rhwydd i'r llaw.

Distawrwydd tangnefeddus oedd yno rhwng y muriau gwyn. Cyfle i
eistedd yn llonydd a darllen sut y bu i'r hen gymuned wreiddiol a amgylch-
ynai'r llan rai canrifoedd yn ôl symud ei chraidd i'r gogledd, i Scleddau,
gan adael i'r teios a'r ysgol fach a'r mân dyddynnod a fu yno suddo yn
adfeilion i'r pridd lle safent. O graffu y diwrnod hwnnw gallem weld ysgwydd
ambell glawdd a phonc yn asennu'r tir o dan y coed cyfagos, ac ambell
swp o feini cennog yn dynodi olion byw.

Eto rhywsut ar yr awel yn Llanstinan, roeddwn yn dal i ymglywed â
murmuron bywyd yr hen fangre. Cofiais ddarllen un tro am bentref
dychmygol Astercote mewn coedwig unig ym mherfedd Lloegr. Cymuned
a ddifawyd gan Bla Du y Canol Oesoedd a fu yno, a'i hadeiladau a'i hoffer i
gyd heddiw dan orchudd o fwswm gwyrdd, fel pe baent yn rhyw led-
rithiol ddisgwyl am gnul, neu garol, cloch atgyfodiad. Y math yma o
ddisgwyl a synhwyrais yn Llanstinan – yn wir, tybiais eiliad imi weld

rhith o fintai bedydd a phriodas, a gosgordd angladd, yn cylchu'r allor fach ddirodres fel gwregys frodiog gorffennol y fro. Tapestri rhyw etifedd-iaeth bell a adawyd – yn arbennig i mi. (Yn wir, o ran hynny, fe adawyd hyd yn oed focs o fisgedi a rheidiau cwpaned o de ar fwrdd ger yr allor ar gyfer pererinion blinedig heddiw, fel pe bai dwylo anweledig tros bont y blynyddoedd yn parhau i estyn croeso ac i weini bendith.)

Ond pa sawl canrif-yn-ôl sydd ymhlyg yn ystyr y gair etifeddiaeth? Sawl milltir i Fabilon? Ai yn ôl yn unig i Lanstinan yr ymestynna? Neu at Ddewi yn gynharach ar ei daith i Ballinaslaney dros y dŵr? At Frynach, at Gofan . . . yr Arglwydd Rhys . . . at Orsedd Arberth? Ym Mheriw yr Inca, fe ddywedir, mae yna dystiolaeth o wareiddiad cyfoethog sydd y tu hwnt i'n dychymyg a'n deall, ac yn hŷn nag unrhyw amgueddfa dan haul.

Y gwir yw, mae'n debyg, na fedrwn ddirnad na lled na dyfnder etifedd-iaeth, er iddi yn gyfan oll fod yn rhan o'n cynhysgaeth. Ni allwn ond derbyn ei bod yno, yn nwfn fêr ein hesgyrn, a cheisio'n gorau i'w gwarchod.

A gwarchod y bûm i yr eildro, ym mhen arall y mis mwyara. Ond nid cofleidio etifeddiaeth y ddynoliaeth, ei chred a'i chwedl o'i dyddiau pell, oedd amcan ein siwrnai y tro hwn. Yr her yn awr, a hynny ychydig ddydd-iau yn unig yn ddiweddarach, oedd ceisio cynnal breichiau ein gilydd i wrthsefyll bygythiad annisgwyl i reibio'i thir. A thrwy ryw gyd-ddigwydd-iad rhyfedd, ac arswydus yn wir, ym mhentref gwag Trecŵn y safem, yn yr un cwmwd o'r bron ag eglwys fach Llanstinan.

O'n cwmpas yr oedd Treberfe a Thregene, Bronrhydd a Scalwen yn hen ffermydd hyfyw, tra nad oedd Pantyphilip ond ehediad brân o'r fan. Ein nod yma, yn dorf o gymrodorion, oedd gweiddi'n protest wrth byrth hen waith arfau gwag o gyfnod y rhyfel, lle nawr y bernid y byddai hwyl-ustod eitha' cyfleus i storio gwastraff niwclear o bell.

Ninnau, nid â chlocsiau na dillad ail-orau na macynon poced gwynion ein cyndeidiau, ond â sgidie-rhedeg rwber a weli-bŵts caglyd gwyrddion, trowserau mor flêr â'n gwalltiau, siwmperi, siacedi, a gwasgodau gwlân mor fratiog-frith â rhai'r plant wrth sodlau Pibydd Hamelin – ninnau, fel y dorf a ddilynai yntau, yn selog ddilyn y wraig gydnerth a dywysai ein gorymdaith at borth 'depot Trecŵn', ogof ein canrif ni.

O oedd, yr oedd yr holl gyfarpar angenrheidiol i baratoi'r cladd yma yn gyfleus wrth law, yn ôl y sibrydion, wedi ei estyn i ni tros rai degawdau:

roedd yma dwneli gweigion, er yn wlyb a tholciog, mae'n wir, roedd yma
swyddfeydd cymwys i drafod y deunydd esgymun gwenwynllyd ac i roi
clawr cyfrinachedd arno, ac roedd yna gymaint o fariau haearn ac am-
ddiffynfeydd cloëdig o gylch y lle fel na allai'r dewin Ffawst ei hun gael
mynediad i broffwydo canlyniadau blas yr alcemi hwn.

Ond ar ein gwarrau ni y gorffwysai'r cyfrifoldeb o wrthwynebu malltod
y cogyddion cyfoes. Gwrthwynebiad cymuned gyfan a'i chalon yn curo
wrth ddychmygu clywed o bell gnul creulonach cloch nag un fach Llan-
stinan ar y gwynt. Yr oedd Pla Du ein cyfnod ni am hydreiddio i'r union
dir o dan ein traed.

Gyda'n gilydd yn unol aethom ati i grogi rhesi o rubanau lliwgar ar y
pyrth i gwhwfan ein braw.

Roedd y mieri coch yn dal i grechwenu ar y cloddiau o dan bont y lein,
yn hesb o'r un ffrwyth i'w roi yn falm yn stên ein pryder. Sawl milltir i
Fabilon? I fileniwm gorwyrion fy mhlant? I'r Etifeddiaeth-ymlaen nad yw
eto ond rhith? I'r hafau nad ydynt hafau, ac i wyntoedd hydref sy'n rhuo'n
rhy gyson groch?

Ie, y mwyara a fu achos yr holl hel meddylie yn nau begwn fy Medi
eleni. A gwag, hollol wag, fu'r basin enamel o Dderlwyn.

# Clymu'r Ddeupen
## (Ysgrif)

### DAFYDD HENRI EDWARDS

Ar waethaf bwyell Beeching mae 'na reilffyrdd ar ôl yng Nghymru. Rwy'n hoffi deupen hen lein y GWR a 'does dim yn well gen ni nag ymlonyddu yn rhydd o ormes moduro a thrafferth traffyrdd i fwynhau'r ddeufyd gwahanol ar ei deupen. Dewch am ddeuddydd o dangnef, y naill yn Llan-wnda a'r llall yn Llundain.

Rown i'n ishte dŵe uwchben Pwllderi . . .

Bore braf o wanwyn oedd hi a dau hen gyfaill mewn 'sgidiau cerdded a bob o ffon yn camu'n ofalus ar hyd y llwybr llethrog uwch pentre' Wdig gan ddrachtio'r olygfa. Roedd y môr fel llyn o Ben Cemaes i Ben Cŵ a'r gwylanod yn hedfan yn hamddenol a thawel fel pensiynwyr yn mynd am dro ar bnawn Sul. Edrych i'r gorwelion a wnawn i, a dychmygu'r hen Geltiaid dair a phedair mil o flynyddoedd yn ôl yn teimlo'r un naws ac yn dewis llecynnau yn y fro i godi eu cromlechi a'u meini hirion.

Mae gan fy nghyfaill Emlyn glust a llygad gwladwr, a cheisia'i orau glas i'm deffro innau i'r cyfoeth o baradwys o'n cwmpas. Rwy'n clywed cerdd-orfa o gân adar ond rhaid i mi wrth Emlyn i adnabod Clap y Cerrig a'i goler gwyn, ei gefen brown a'i fryst felen, felen. Mae'n canu ei chalon hi, yr un gân yn ddiflino a sŵn curo cerrig yn ei gerddoriaeth. Yna daw'r Asgell Arian a'i gân undonog yntau ond 'deryn llon yw hwn fel y mae ei enw arall, ji binc, yn ei gyfleu. A dyna'r 'dryw yn y drain' – yn fach ond yn falch a hyderus, ac yn uchel ei gloch – efallai am ei fod yn fach! Mae'r eithin yn llachar felyn yn haul y bore sy'n llathru dros y môr, a'r hen eithin afradlon yn 'arllwys ei sofrins i lawr dros y dibyn' fel y gwelodd Dewi Emrys ef.

Erbyn hyn dyma ni ym Mhen Cŵ a'r morglawdd allanol oddi tanom.

Dyna dasg fu adeiladu hwn i greu harbwr dwfn lle daw'r rheilffordd o Paddington i ben ei thaith wrth hen blas y Wyncliff, a drodd yn Westy'r Great Western ac sy' bellach yn Westy'r Bae. Bwriad Brunel oedd dod â'r rheilffordd i Abergwaun ond ym 1908 fe greodd y GWR yr harbwr hwn o gerrig Llanwnda ac yn Wdig y mae pen y lein.

Ffwrdd â ni i lawr at drwyn gogleddol Pencâr gan ddilyn y llwybr maith at Garreg Wastad. Mae mwy o werth ar lwybr pan aiff â ni i le anhygyrch. Nid oes modd cyrraedd y garreg goffa hon ond ar droed. Rhaid cerdded i gyrraedd rhai o lecynnau harddaf y byd – a hir y parhead felly. Wedi'r ymdrech mae gwobr. Mae'n werth dod i weld y garreg sy'n nodi man glaniad y Ffrancod, Chwefror 22, 1797. Oedi yno i edrych lan at Drehywel – a Brystgarn lle saethwyd yr hen gloc mawr! Bu hen ddathlu y llynedd ac y mae'r Jemeima gyfoes a'i merched yn mynd i barhau i ddangos y ffordd i ddod â hanes yn fyw. Dyma esiampl i Fwrdd Twristiaeth Cymru sut mae 'gwerthu Gwalia' yn llwyddiannus. Mae'r Jemeima gyfoes lawn cymaint o gymeriad â'r un wreiddiol. Y tro cynta' y cwrddon ni mentrais ofyn iddi'n ddireidus: "Faint o 'badding' sy' 'na?"

Trodd y bicwarch tuag ataf ac ateb â'i llygaid yn melltennu, "Swmpa os mentri di!!"

Nawr mae'r cudyll glas uwchben a'i lygaid barcutaidd yn gweld cwningen neu lygoden fach ar y llawr. Mae ei big fwaog a'i grafangau yn barod i rwygo'r ysglyfaeth – 'Nid oes gân lle disgynno'.

Eistedd ar y graig ac adrodd 'Cudyll Coch' I. D. Hooson i Emlyn a'r farddoniaeth seml yn berffaith i gyfeiliant y tonnau tawel sy'n anwesu'r creigiau. Gwylio'r ddrama. Tawelwch dwys ac yna plymiodd ar ei brae. Mae'n amser ymborth i ninnau.

Wedi cau'r ysgrepan, cael nerth o'r ymborth i gael brasgamu ymlaen at Oleudy Strymbl. 'Does 'na ddim ceidwad ar y goleudy bellach ond cofiaf lawer ymweliad â'r hen le gynt. Mae'r bont ar glo a'r ynys beryglus o'n cyrraedd ond mae'r golau'n rhybuddio o hyd. Dyma Ynys Mihangel. Y tir agosaf i'r Ynys Werdd. Sawl ynys Mihangel sy' 'na? Onid oes un yn Connemara yn gwarchod y gorllewin hwnnw hefyd?

Daw'r daith â ni uwchben Pwllderi. Digon arswydus yw hi ar fore heulog ond 'anghofia i byth fynd yno gyda'r nos a storm yn codi. Daeth geiriau Dewi Emrys yn fyw:

A'r morwr, druan, o'r graig yn gweiddi,
Yn gweiddi, yn gweiddi, a neb yn aped,
A dim ond hen adarn y graig yn clŵed,
A'r hen girillod, fel haid o githreilied,
Yn weito i'r gole fynd ma's o'i liged.

Gadael y môr a dod at gapel Harmoni – enw unigryw – lle bu Arian-glawdd yn weinidog. Ymlaen i Rosycaerau lle bu tad Dewi Emrys a chael croeso gan y gweinidog presennol, y Parchedig Menna Brown. Lawer bore Sul fe ddes yma o Langton, i lawr y feidir gul ac ymuno â'r dynion yn yr hen stabal cyn mynd i mewn at y menywod oedd yn ein disgwyl yn y capel. Mae amser wedi aros yma.

*      *      *

Wedi fy siglo fel mewn crud wrth wibio dros gan milltir yr awr dros wastad-eddau Lloegr, nadreddodd yr hen drên blinedig ei ffordd i orest swnllyd gorsaf Paddington. Heddiw nid rhaid rhedeg am y tiwb ac fe ges i rodio'n hamddenol i lawr Norfolk Square lle y treuliodd Enid a mi ein wythnos Fis Mêl yng ngwesty'r Tregaron gyda Mr a Mrs Idwal Lloyd. Atgofion melys. Cerdded ar hyd Sussex Gardens lle cafodd Cymry'r De lety nos drwy'r blynyddoedd. Dod i Lancaster Gate. Eistedd yn y gerddi Eidalaidd yn sŵn llawer o ddyfroedd gan gau fy llygaid yn yr haul cynnes a dych-mygu fy mod yn Tivoli, yng Nghesarea Philipi, yn Falling Waters (tŷ'r pensaer Lloyd Wright yn Ohiopyle ger Pittsburg, lle mae'r afon yn rhedeg drwy'r lolfa ac yn disgyn i'r cyntedd!) neu yn . . .

Wedi gorffwys a dadluddedu, cerdded ymlaen heibio i Bedr Pan i Rotten Row a adeiladwyd i Wiliam y Trydydd ym 1690 i farchogaeth o White-hall i Kensington. Hon oedd y ffordd gyntaf i gael ei goleuo yn y nos a daeth yn gyhoeddus ym 1730, ac mae heddiw yn ffordd farchogaeth hyna'r wlad. Yn Green Park dotio ar gerflun o ferch a'i chi hela yng nghanol y parc gyferbyn â Gwesty Park Lane. Rhyfedd na fyddai gwrthwynebwyr hela wedi targedu hwn wrth erlid ein ffordd draddodiadol ni o fyw yng nghefn gwlad! Mynd heibio i'r Ritz, heb alw i mewn(!), ond sylwi ar enw César Ritz fel yr ysbrydoliaeth i Mewes & Davis ei llunio ym 1906. Heddiw yr oedd haul ac awel yn well nag awyr ffug un lolfa foethus. Gadael ehangder y parc o'm hôl ac ymgolli yn y dorf. Erbyn cyrraedd Leicester Square rown i'n barod am goffi bach wrth fwrdd ar y palmant, ac i wylio'r teulu dynol yn symud o'm cwmpas fel morgrug prysur.

Nid rhodres yr Asgell Arian sydd yma ond bysgwyr o bob dawn yn canu – artistiaid mewn arlunio, cartŵn, colur, pwped a dawns yn 'puteinio' eu doniau am dâl swper. Eto ni allaf beidio â mwynhau yma fel ym Mhrâg ar bont Carlos neu y 'Raffles' yn Barcelona. Gobeithio y gwêl Caerdydd gyfle i greu llwyfan stryd i ddawn a thalent a chefnogi perfformio mewn mannau cyhoeddus. Pwy a ddywedodd mai ar lwyfan theatr y mae diddanu? Trwy gydol hanes dyn y mae pawb ohonom yn caru cynulleidfa o'r plentyn ar lawr y gegin i Solo Twps y Cwrdd Cystadleuol. Dylai pob dinas fod yn un llwyfan llydan waeth lle bo cynulleidfa y mae llwyfan. Roedd Shakespeare ar ei gwar hi pan ddywedodd (fi biau'r cyfieithiad):

> Un Llwyfan yw y byd i gyd
> A ninnau yw'r actorion,
> Daw pobun arno yn ei bryd,
> Caiff sylw pobun am ryw hyd,
> Hyd foment tynnu'r llenni 'nghyd
> A diwedd ar ein holl helbulon.

Araf sipian y coffi a theimlo'n dangnefeddus yng nghanol y 'mynd'. Meddwl am soned Wordsworth 'Ar Bont Westminster' am dawelwch y ddinas a'r 'Galon fawr yn llonydd' ben bore. Cofio wedyn am y bardd o Grymych, T. E. Nicholas, a'i hoffter o 'furmur yr ystrydoedd llawn'. Mae'r crwt o Ffair Rhos yn deall; dyna paham y gadewais yr unigeddau!

Deng munud arall o gerdded a dod i Erddi Tavistock a phen y daith. Hanner awr wrth gefn i ymlonyddu wedi ymwthio trwy ddwndwr Holburn ar awr brysur byddin ifanc y Ddinas yn rhuthro am adre'. Eistedd wrth gofeb Mahatma Gandhi a osodwyd yma ym 1996 i ddathlu ei eni 125 o flynyddoedd ynghynt. Mae'n cymryd amser hir i gydnabod mawredd, ond mae'r tangnefeddwyr yn etifeddu'r ddaear yn y diwedd. Ond mae angen amynedd. Murmur y ddinas ymhell yn awr a minnau ar sgwâr Tregaron yn grwt yn y Chweched Dosbarth yn talu ein teyrnged flynyddol i'r Apostol Heddwch, Aelod Seneddol Merthyr, a ferthyrodd ei enwogrwydd trwy ddilyn ei argyhoeddiadau heddychol. I ni, blant hen ysgol Tregaron, saif trindod ein plentyndod yn arwyr o hyd . . . Kitch, Bebb a Henry Richard.

Symud i edrych ar y 'Ginkgo Biloba', Coeden Cyfeillgarwch. (Yr oedd un o'r rhain yn Langton. Gobeithio ei bod yno o hyd.) Plannwyd hon i anrhydeddu W. B. Yeats ym 1997. Symud ymlaen at y goeden a blannwyd ym 1967 i gofio meirwon Hiroshima a sefyll yn syn wrth y creigddarn enfawr i Wrthwynebwyr Cydwybodol a 'sefydlodd yr hawl i ymwrthod â lladd. Rhydd eu gweledigaeth a'u dewrder hwy obaith i ni'. Cyflwynwyd y garreg ar *C O Day 15 May 1994*. Wrth syllu'n fyfyrgar ar y gofeb daw un o gwpledi Waldo Williams i lenwi'r cof:

> Pa werth na thry yn wawd
> Pan laddo dyn ei frawd?

Onid oes mwy o ysbryd Waldo yn yr ardd hon nag mewn llawer ardal yn y Preseli?

Ar ôl Pwyllgor maith a manwl yn Tavistock tasgu am y tiwb a rhedeg i ddal trên Abergwaun. Suddo i'r sedd a gadael i'r bwystfil fedi'r milltiroedd yn ôl i'r hen fro. Breuddwydio am drannoeth a mynd i'r Farchnad ar ddydd 'Shwd y'ch chi heddi?' Abergweun. Edrych ymlaen at sgwrs ag Idwal a chael hanes Dewi Emrys a garai y Tafwys a'r Teifi, Pwllderi a Chelsea.

Af, mi af yn amlach eto wrth heneiddio, yn rhydd o drafferth traffyrdd, i flasu deupen y llinyn arian.

# Gwewyr
## (Stori Fer)

EIRWYN GEORGE

Cododd Dewi ar ei eistedd yn y gwely gan rwbio'r syrthni o'i lygaid yn galed â chefn ei law. Roedd aroglau cwrw'r noson gynt yn dal yn gryf ar ei anadl a syched annioddefol yn crafu ei gorn gwddf. Ie, pa ryfedd fod Neuadd Pantycelyn mor ddistaw a hithau'n fore dydd Sul? Daeth allan o'i wely a theimlo ei goesau fel dau bolyn sbwng yn gwegian odano. Mynd i chwilio am ei slipers a'u cael wyneb i waered yng nghornel y stafell. 'Doedd dim angen brecwast heddiw.

Ar y ddesg o'i flaen roedd copi o *Canu Taliesin* a *Gweledigaeth Uffern*, dau lyfr yr oedd ar hanner eu darllen. O! diawch, roedd y traethodau, hefyd, yn ddyledus ymhen pythefnos. Syrthiodd ei lygaid ar ddwy linell o'r gerdd 'Marwnat Owein' yn *Canu Taliesin*:

kyscit lloegyr llydan nifer
a leuuer yn eu llygeit

ac ar ymyl y tudalen roedd ei gyfieithiad ef ei hun wedi ei ysgrifennu mewn pensil – 'y mae nifer fawr o filwyr Lloegr wedi eu lladd a golau yn eu llygaid'. Beth gebyst oedd ar y Proff yn gofyn am draethawd ar y testun 'Cefndir Hanesyddol a Daearyddol Canu Taliesin'? Testun sych ar cynllwn. A oedd yr ysgolheigion yn malio o gwbl am gynyrfiadau mewnol ac adwaith personol y bardd ei hun? Wfft i'r darlithwyr. Faint oedden nhw, yn eu cragen academig, gyffyrddus, yn ei boeni am hynt a helynt bywyd go iawn? Y Ddeddf Iaith mor aneffeithiol â babi clwt; a Bwrdd yr Iaith yn llusgo'i draed byth a hefyd. Na, nid oedd yr un o'r blincin darlithwyr wedi lleisio barn gyhoeddus yn unman. Ac eto, onid yr Iaith Gymraeg oedd yn rhoi iddynt eu bara beunyddiol? Ond yn ôl y criw o

139

fyfyrwyr a fu'n sgwrsio yn y Belle View adeg y 'Steddfod Ryng-golegol ddiwetha', rhywbeth yn debyg yw natur y cwrs gradd yn y colegau eraill hefyd. Gobeithio'n wir y byddai'r traethawd arall, 'Dadansoddiad o gyflwr cymdeithas y cyfnod yn ôl *Gweledigaeth Uffern*' yn fwy diddorol, er bod Ellis Wynne eto, yn ôl darlithiau Huws y Dadeni, yn freniniaethwr pybyr.

Aeth i sefyll yn ymyl y ffenest ac edrych i gyfeiriad y môr. Roedd hon yn olygfa gyfarwydd iddo bellach. Yn debyg iawn i un o ddarluniau olew David Cramp. Y dref yn gorwedd yn gymharol ddigyffro oddi tano a thyrau urddasol yr Hen Goleg yn disgleirio'n belydrau llachar yn haul y bore. Y tu ôl i'r coleg roedd ehangder y weilgi yn lledu fel cynfas rhyngddo a'r gorwel o Ben Llŷn i Ben Cemais. Na, nid llun olew ychwaith. Oherwydd roedd ambell smotyn o gwch hwyliau yma ac acw fel ieir bach yr haf yn symud yn araf ar frig y glesni. Ie, ieir bach yr haf yn wir. Dyma rai o gychod pleser y gwŷr ariannog o ganolbarth Lloegr sy'n bwrw gwyliau ysbeidiol ar lannau Bae Ceredigion. Gwneud smonach o bopeth oedd codi marina yn Aberystwyth. Saeson hunanol yn camu o'r cychod dros y jetys a'r planciau a'u dillad yn diferu o ddŵr heli. 'Doedden nhw ddim hyd yn oed yn edrych yn eich wyneb chi. Gwthiodd y syniad o'i feddwl a cherddded yn gyflym i eistedd ar y gwely anniben.

Ehedodd ei feddwl yn ôl at y gyfeddach yn y Llew Du y noson gynt. Oedd, roedd yn deimlad hyfryd cerdded i mewn i ganol aroglau'r dafarn a chlywed nodau cyfareddol 'o gop-a'r Wydd-fa . . . i lawr i'w thraeth-au . . . o'r De i'r Gog-ledd . . . o Fôn i Fyn-wy . . . mae'r wlad hon yn eidd-o i ti a mi . . .' fel rhyw lifeiriant nerthol yn ei gludo i ddiogelwch hafan o Gymreictod yng nghanol bwrlwm Seisnigaidd y Coleg Ger y Lli. Roedd sicrhau tafarn i'r myfyrwyr Cymraeg gyd-gyfarfod i sgwrsio a chanu yn eu hiaith eu hunain yn ddigwyddiad o bwys.

Ond neithiwr, fe gododd rhyw fath o helynt annisgwyl. Defi Preis a'i gynffonwyr yn cerdded i mewn ryw hanner awr cyn stop tap. Wil Tew yn codi o ganol y mwg sigarennau yn ymyl y bwrdd dartiau ac yn gweiddi:

"Beth gythrel wyt ti'n ei 'neud 'ma?"

Rhythodd Defi arno o ganol y llawr rhwng y drws a'r cownter a chasineb yn culhau ei lygaid hanner-meddw. Torrodd ei lais fel cyllell trwy'r distawrwydd:

"Dwi cystal Cymro â thi boi, er nad ydw i ddim yn aelod o'r blydi Gymdeithas Geltaidd 'na."

Neidiodd rhai o gyfeillion Wil Tew i'r adwy i'w ddal yn gadarn gerfydd ei freichiau cyhyrog a llusgodd dilynwyr Defi Preis eu harweinydd allan i ddiogelwch y palmant. Ni bu rhyfel cartre' yn y Llew Du wedi'r cwbwl.

Brith gof yn unig oedd ganddo am y daith sigledig i gicio'r bar ym mhen draw'r prom. Cwmnïoedd bychain o fyfyrwyr yn cerdded yn anhrefnus ar hyd y pafin llydan ac, wrth gwrs, roedd mynd mawr fel arfer ar 'Calon Lân' a 'Twll tin pob Sais, iechyd da'. Daeth gwynt miniog y môr i'w taro'n galed ar eu hwynebau a cheisio'n ofer i'w sobri. Wedi cyrraedd y bar, dihangodd y carwyr profiadol fel cwrcathod drwy ddrysau hosteli'r merched a dringodd Dewi a rhai o'i ffrindiau i fyny'r rhiw tua Phantycelyn a llwyddo i gyrraedd 'adre' yn ddiogel. Ond dyry'r Sabath ei falm ar bob clwy.

Cododd ar ei draed yn sydyn wrth gofio am ei dad a'i fam. Wrth gwrs, nid oeddent yn ei ddisgwyl adre' y penwythnos hwnnw. Eto, roedd rhywbeth yn corddi'n barhaus yn ei feddwl a theimlodd ias o gryndod oer yn cerdded ar hyd asgwrn ei gefn. Oedd, roedd hi'n hollbwysig iddo ddangos ei wyneb wrth y bwrdd cinio yn yr hostel am un o'r gloch.

Meddyliodd eto am Blas-y-berllan wedi ei feddiannu gan Saeson. Dyma hen gartre'r teulu. Yno y bu'n aros droeon gyda'i fodryb a'i ewythr dibriod pan oedd yntau'n blentyn bach. Mae'n wir nad oedd y ddau yn rhyw gyd-dynnu'n dda iawn. Ond arferai Anti Megan sirioli drwyddi i gyd wrth ei weld yn camu drwy'r drws ac nid oedd diwedd ar ei hanwes a'i chroeso. Ac er na ddywedai Wncwl Albert fwy na "Shwt wyt ti achan?", roedd y wên lydan ar ei wyneb yn profi ei fod yntau hefyd wedi ei blesio'n fawr. Ni allai anghofio byth y wefr o ddihuno am chwech o'r gloch y bore a chlywed y gwyddau'n clochdar ar y buarth. Cofiai'n dda amdano'n codi unwaith i ffenest y llofft yn y bore a gweld Wncwl Albert yn llenwi bwcedaid o ddŵr wrth y pistyll ym mhen ucha'r clos. Y clacwydd yn rhuthro arno ac yn ei frathu yn ei goes. Ei ewythr, yn gwbl ddidaro, yn cydio yn yr ymosodwr gerfydd ei wddf main, ei droi o amgylch ei ben ryw dair neu bedair gwaith, a'i daflu dros y clawdd i'r ydlan. Chwerthin a mynd 'nôl i gysgu.

Roedd yr afalau bach cochion a dyfai ar y goeden yn yr ardd hefyd yn rhywbeth na welodd ac na phrofodd mohono yn unman arall. Ac, wrth gwrs, roedd y maldod diddiwedd a gâi gan Anti Meg ac Wncwl Al yn gwneud pob arhosiad yn un cofiadwy. Yr hen berthnasau annwyl! Boed heddwch i'w llwch ym mynwent Smyrna. Mae'n siŵr fod ei dad a'i fam wedi cofio amdanynt heddiw o bob diwrnod a hithau'n Sul y Blodau.

Fodd bynnag, nid aeth y tŷ â'i ben iddo. Prynwyd y lle gan Gwmni Cydweithredol Rex-Paterson sy'n berchen ar ryw saith o ffermydd yn y gymdogaeth ac adnewyddwyd yr hen dŷ ffarm yn dŷ gwyliau i deulu o Saeson. Pwy a ŵyr o ble? Mentrodd alw yno unwaith pan oedd adre' ar ei wyliau yn ystod ei dymor cyntaf yn y coleg i werthu tocynnau raffl Plaid Cymru. Daeth *Alsatian* herfeiddiol yr olwg i'w atal y tu allan i'r drws gan gyfarth a rhythu'n fygythiol arno bob yn ail. Wedi ysbaid o amser, daeth dyn penfoel gyda sbectol dywyll yn llewys ei grys i rythu dros ben yr *Alsatian*. Gofynnodd mewn llais uchel:

"What can I do for *you* mate?"

Ni fedrai ddal y sefyllfa'n hwy. Troes yn ei ôl i'r ffordd fawr gyda lwmp anferth yn tagu ei wddf a theimlo rhyw gynddaredd ar fin ffrwydro y tu mewn iddo. Nid aeth ar gyfyl y lle byth wedyn.

Clywodd Dewi sŵn y drws yn clepian yn y coridor a dychwelodd yn sydyn o'i synfyfyrdod i realiti'r stydi. Roedd wyneb y cloc a syllai arno'n ddigyffro o ben y cwpwrdd dillad yn dangos ei bod hi eisoes wedi troi hanner dydd. Ar ôl ciniawa gyda'r myfyrwyr yn ffreutur y neuadd, a phawb yn edrych yn barchus-sydêt yn ei ŵn dydd Sul, aeth yn ôl dra-chefn i lonyddwch ei 'stafell. Roedd rhywbeth yn dal i frathu ei gydwybod. Ac eto, 'doedd e ddim eisiau meddwl am y peth o gwbwl. Pam tybed? Cofiodd amdano'n cyrraedd yn rhy gynnar ar gyfer un o ddarlithiau'r Adran Gymraeg beth amser yn ôl. Aeth i chwilota o gwmpas llyfrgell y coleg. Eisteddodd i ddarllen erthygl gan y Dr John Gwilym Jones yn un o ôl-rifynnau *Taliesin*. 'Mwynhau Llenyddiaeth' oedd y testun ac roedd un frawddeg wedi glynu fel gelen yn ei gof: 'Mae rhai pethau yn rhy bersonol i ni fedru eu cyfadde nhw hyd yn oed i ni ein hunain'. Roedd e'n amau'r gosodiad ar y pryd. Ond tybed a oedd John Gwil yn iawn wedi'r cwbwl? Daeth pwl sydyn o nerfusrwydd i'w feddiannu a sychodd y chwys oddi ar ei dalcen â blaen ei fys. Yna, fe'i taflodd ei hun ar hyd y gwely a cheisio'n ofer am ysbaid o gwsg.

Pan oedd hi ar fin tywyllu teimlodd yr hen ddewrder yn dychwelyd i'w waed. Gwisgodd ei anorac amdano a cherdded yn dalsyth i'r maes parcio. Taniodd peiriant y mini ar amrantiad ac fe'i cafodd ei hun yn gyrru ar hyd y briffordd tua'r De. Aeth heibio i'r hen enwau lleoedd cyfarwydd . . . Llanrhystud . . . Llan-non . . . Aberaeron . . . Llanarth, enwau ystyrlon a oedd iddo ef yn gyforiog o swyn yr iaith Gymraeg. Wedi cyrraedd tre Aberteifi, troes y car o'r briffordd a gyrru i'r maes parcio ar lan yr afon.

Ym mhen pella'r maes roedd fen lwyd yn sefyll ar ei phen ei hun. Troes Dewi oleuadau'r mini arni a gweld Wil Tew yn eistedd yn hamddenol yn sedd y gyrrwr. Gwelodd olau'r fen yn ei ddilyn allan i'r ffordd fawr ac ymlaen dros y bont ar hyd yr A487.

Wrth groesi mynyddoedd y Preselau daeth llen o niwl i ddallu ei olygon. Troes y golau ar y dip ac ymdrechu i gadw'r car yn ddiogel ar y ffordd drwy graffu'n fanwl ar y llygaid cathod yr ochr dde iddo. Yr hud ar Ddyfed mae'n siŵr. Yr un fath â'r hyn a ddigwyddodd pan anfonodd Llwyd fab Cilcoed y niwl ar draws y wlad i waredu'r tai annedd ac i ddial ar Bryderi yn chwedl 'Manawydan fab Llŷr' yn y *Mabinogion*. Paham roedd e'n meddwl am yr hen gwrs yn y coleg drwy'r amser?

Wedi croesi crib Foel Eryr fe ddiflannodd y niwl a gwelodd oleuadau trefi Hwlffordd ac Aberdaugleddau yn pefrio fel cannoedd o lygaid mân yn y pellter. Llygaid? Ie, dyna beth od. Roedd e'n teimlo fel pe bai rhywun yn sbïo arno drwy'r amser. Sleifiodd y lleuad allan o'i chuddfan a gwelodd Dewi ei hwyneb melyn mawr yn edrych arno dros ymyl y cwmwl yn yr awyr o'i flaen. Neidiodd i fyny yn sedd y gyrrwr. Oedd, yn wir, roedd rhywrai yn ei wylio bob cam o'r daith. Eisiau gwybod i ble'r oedd e'n mynd! Ond na. Diolch byth. Nid oedd y lleuad yn medru siarad na chario cleps na . . . Cadwai ei lygaid ar y drych yn awr ac yn y man i wneud yn siŵr fod golau pŵl y fen lwyd yn canlyn o hirbell. Wedi cyrraedd gwaelod y mynydd fflachiodd y golau deirgwaith yn arwydd ei fod yn troi i'r dde ar y gyffordd. Gwasgodd y brêc i wneud yn siŵr fod golau'r fen yn ei ddilyn eto ac wedi gyrru ar hyd y ffordd gul, droellog, am yn agos i ddwy filltir, rhoes arwydd arall i ddangos ei fod yn bwriadu aros ar lain o dir gwastad wrth ymyl y ffordd.

Daeth allan o'r car yn union o dan hen ddraenen ddu a dyfai ar y clawdd. Roedd hi'n edrych fel gwrach yn sefyll y tu ôl iddo yn y tywyllwch.

Disgwyl ei chyfle roedd hi. Ni allai beidio â theimlo ei bod hi'n barod i gydio yn ei ysgwyddau â'i bysedd brathog. Roedd hi'n mynd i weiddi'n uchel:

"Ha! Ha! Rwy wedi dy ddal di."

Yna, parciodd y fen lwyd y tu ôl iddo. Neidiodd Wil allan i ganol yr heol. Gwelodd gip hefyd ar rywun arall yn camu allan o gefn y fen. Ond ni allai weld ei wyneb yn glir yn y tywyllwch. Gofynnodd Dewi mewn llais crynedig:

"Ydi'r cwbwl gen ti, Wil?"

"Ydi."

"Dim ond dangos y ffordd rydw i, cofia."

"Iawn."

"Ewch i fyny ryw ganllath ar hyd y ffordd. Yna trowch i'r chwith rhwng yr ardd a'r ydlan o dan frigau'r goeden afalau. Dilynwch y clawdd i'r buarth ac fe fyddwch chi allan yn llwyr o olwg yr heol. Dim ond dangos y ffordd rydw i, cofia."

Troes Dewi drwyn y mini yn ôl tua'r bryniau a gyrru fel cath i gythraul i gyfeiriad Bwlch Gwynt. Ymhen rhai munudau roedd e'n mynd heibio i fynedfa beidr Wern-ddu. Yn rhyfedd iawn, nid oedd e wedi sylweddoli o gwbwl ar y ffordd i lawr ei fod mor agos i'w gartre'. Beth yn y byd a ddywedai ei dad a'i fam pe gwyddent ei fod o fewn lled dau gae iddynt y funud honno? Wrth gwrs, roedd y ddau ohonynt wedi mynd i glwydo ers meityn. Ond teimlai, rywsut, fel cyrcydu o dan y llyw rhag ofn iddynt synhwyro yn eu cwsg ei fod yn mynd heibio heb alw.

Ie, loes calon iddo oedd cychwyn yn ôl i Aberystwyth wedi bod adre' am benwythnos. Nid hiraeth am Wern-ddu nac am ei rieni chwaith. Ond edrych yn nrych bach y mini wrth gychwyn a gweld ei dad a'i fam yn sefyll ar y buarth i syllu ar ôl y car nes ei fod wedi cyrraedd pen y feidr a diflannu o'r golwg ar y ffordd fawr. Oeddent yn wir. Roeddent hwy yn tagu o hiraeth. Ac yn fwy na hynny hefyd, gwyddai fod y ddau ohonynt yn teimlo rhyw falchder ym mêr eu hesgyrn fod eu hunig blentyn a oedd "wedi ca'l 'i dderbyn i'r *Uni*" (chwedl ei fam) wedi dod â rhyw barchus-anrhydedd i'r teulu.

Rhuthrai'r milltiroedd tuag ato yng ngoleuadau'r mini a'r briffordd lydan fel rhuban yn dolennu ei fyfyrdodau. Sylwodd yn sydyn fod nodwydd y mesurydd petrol wedi disgyn i lefel y coch. Roedd tipyn o ffordd i fynd eto i Aberystwyth a 'doedd dim amdani ond gobeithio'r gorau. Llaciodd ei droed ar y sbardun. Drato! Roedd yn rhaid iddo yrru'n arafach i arbed pob diferyn posib o betrol. Ymhen hir a hwyr daeth arwydd Penparcau o flaen ei lygaid. Erbyn hyn teimlai fel joci ar fin ennill ras ac yn ofni colli yn ystod yr eiliadau olaf. Aeth heibio i gar yr heddlu wedi ei barcio o dan fraich un o oleuadau'r stryd fawr a gollwng ochenaid o ryddhad wrth deimlo'r mini yn llithro mor esmwyth â llaw i faneg yn ei le arferol ar faes parcio Pantycelyn.

Ymlusgodd fel cadno llechwraidd drwy'r ffenest a gedwid ar agor ar y slei i fyfyrwyr hwyr ym mhen isa'r ffreutur. Aeth i fyny'r grisiau ar flaenau'i draed. 'Doedd dim siw na miw yn unman. Yn sydyn, dyma olau yn y toiled ym mhen draw'r coridor. Daliodd ei anadl yn ei ddwrn, a gweld Fred Puw yn cerdded allan drwy'r drws i gyfarfod ag ef. Rhythodd hwnnw arno â'i wyneb blonegog yn disgleirio o dan y golau fel petai'n rhyw fwldog swyddogol yn gwarchod yr adeilad.

"Ho, ie . . . ti o bawb wedi bod allan yn caru hyd yr amser yma o'r bore. Ho-ho!"

Nid atebodd Dewi. Troes yr allwedd yn nrws ei 'stafell, dadwisgo yn y tywyllwch a theimlo blancedi'r gwely fel rhyw ddiogelwch yn cau amdano. Ymhen rhai eiliadau yr oedd wedi syrthio i drwmgwsg anesmwyth.

Deffrôdd yn sydyn fore trannoeth ar alwad y gloch-frecwast. Gwisgo amdano'n gyflym a brysio i ganol hyrdi-gyrdi mynd a dod y ffreutur. Wrth daro'r gyllell drwy dop yr ŵy, cofiodd nad oedd wedi bod yn siarad â'i rieni dros y penwythnos. Bwytaodd ar frys a theimlai ryw orfodaeth y tu mewn iddo yn ei yrru i'r bwth ffonio yn y cyntedd yn syth wedi iddo lawcio'i dafell olaf o dost. Llais ei dad a atebodd y ffôn.

"Glywaist ti'r newyddion y bore 'ma?"

"Naddo wir. Newydd godi o 'ngwely."

"Plas-y-berllan wedi ei losgi'n ulw yn gynnar y bore 'ma gan y fandaliaid 'na sy'n llosgi tai haf."

"O . . . mae'n ddrwg gen i glywed."

"Dydyn ni ddim yn gwybod eto a oedd y Saeson 'na yn y tŷ ai peidio, a'u bod hwythe hefyd wedi'u llosgi'n ulw cyn i neb ddod ar gyfyl y lle. Gobeithio i'r nefoedd 'u bod nhw ddim."

"O . . . mae'n ddrwg gen i glywed 'Nhad."

"Ond meddylia am y peth. Y tŷ lle da'th dy fam â thi i'r byd wedi troi'n ddim ond cerrig a lludw."

"Y . . . y . . . fe ddo'i adre' i'ch gweld chi'r penwythnos nesa. Cofiwch fi at Mam. Mae gen i beth wmbreth o waith i'w wneud y bore 'ma."

Dododd y derbynnydd yn ôl yn ei gafn a chamu'n frysiog dros y grisiau i'w ystafell. Yno, yn ei ddisgwyl ar y ddesg, roedd *Canu Taliesin* a *Gweledigaeth Uffern*.

# Cwrdd ar y Traeth
## (Stori Fer)

### GWYN GRIFFITHS

Rhwbiodd Dyfrig ei war a'i ysgwydd. 'Doedd noson ar lawr bar y fferi ddim y daith fwyaf pleserus. Roedd yn oer, ddim yn rhynnu ond oer anghysurus. Oer a digalon, effaith y cwrw cyfandirol di-flas gyda'r cic mul. Aeth allan o wynt hen stwmps sigaréts i'r dec i lwydni ac awel laith chwech o'r gloch y bore. Amser Ffrengig, pump oedd hi yng Nghymru. Adre'? Ffordd o siarad. Roedd y môr mor llonydd a llwyd â'r cymylau. Caseg wen yn cwrsio draw, diflannu a chodi rywle arall. Chwipiodd y gwynt lond llaw o ewyn a'i daflu ato nes bod ei anorac yn sopen. O'i flaen gwelai bigau eglwysi gwastatir Roscoff a Saint-Pol drwy'r gwyll ac amlinell Bro'r Pagan ym mhellter y gorllewin.

Bryd hynny, ganol y saithdegau, roedd gwedd amrwd a gwledig i borthladd dwfn Roscoff, cerrig afrosgo a chei uchel a thyrfa'n disgwyl arno. Rhai'n disgwyl ffrindiau, eraill yn paratoi i hwylio. Arafodd yr injan wrth i'r llong droi tua'r lanfa. Dychwelodd Dyfrig i'r bar ac aeth at Lydawr gyda barf raflog na phrofodd fin rasel erioed ac wedi tyfu'n wyllt yn strem y môr a blas yr heli. Roedd y bachgen yn rhwygo bocs a gafodd gan y dyn y tu ôl i'r bar ac yn sgrifennu M O R L A I X ar ddarn sgwâr. Rhoddodd ddarn o'r bocs i Dyfrig a benthyg y beiro ffelt. Sgrifennodd M O R G A T. Buasai L A N D I V I S I A U yn ormod i'r darn papur. Os ydych am ffawd-heglu mae'n gall bod gyrwyr yn gwybod i ble'r y'ch chi am fynd. Rhai mympwyol yw gyrwyr. Bu gan Dyfrig gar, gwraig a morgais, a deallai deithi meddwl perchnogion ceir. Dangos yn glir eich bod eisiau reid, ac i ble y mynnwch fynd. Peidio â rhoi'r esgus iddyn nhw feddwl, "A, wel, mae'n siŵr nad yw e am fynd yr un ffordd â fi."

Er bod chwe wythnos cyn tymor y gwyliau a'r fferi heb fod yn llawn roedd nifer o ffawd-heglwyr gyda'u darnau papur yn cerdded o'r porthladd i'r ffordd. Myfyrwyr yn mynd adref, hwyrach. Trodd Dyfrig tua'r hen borthladd a chanol y dref ac am frecwast yn un o'r caffis. Fe ddylsai gwraig osgeiddig, bryd-tywyll, ganol-oed y caffi fod yn ei gofio – bu yma lawer gwaith yn helpu i gadw reiat ambell fin nos mwy llawen. Ond 'wnaeth hi ddim cymryd arni a 'ddywedodd yntau ddim byd. Bara menyn a choffi mawr a gwylio'r gwylanod a'r gweithwyr cynnar yn mynd a dod. Dau neu dri wrth y bar yn yfed coffi bach a calvados mawr. Er nad yw ond hanner awr wedi saith – hanner awr wedi chwech yng Nghymru. *Chaçun a son goût*, pob un i'w chwaeth ei hun, pawb at y peth y bo.

Daeth gŵr trigain oed a pharcio'i feic wrth un o'r byrddau y tu allan ac archebu cwrw. Y tro hwn ni fedrai Dyfrig anwybyddu wyneb cyfarwydd. "Hei, François, sut mae'n mynd?"

"Mat an traou – mae'n iawn. Be ti'n neud 'ma?"

"'Chydig o waith, a 'chydig o hamdden," atebodd Dyfrig. Sut medrai egluro ei fod yn dianc, yn 'drop-out'? Nid nad oes brinder o'r rheini ar hyd arfordir Llydaw. Roedd yn rhy gynnar i François fod mewn hwyl i holi a chadwodd y sgwrs i drafod tywydd, stormydd gaeaf a phrisiau'r llysiau.

Dychwelodd François at ei ardd a rhoes Dyfrig un tro o gwmpas yr hen borthladd llawn llanw a chychod a pharatoi am siwrne. Y tro hwn roedd ganddo ddigonedd o amser, misoedd o ladd amser, wedyn pwy a ŵyr? Prynodd dorth hir, pâté, salami a gwin rhad mewn potel â chorcyn plastig a'i gosod yng ngheg y rwcsac. Digon i ginio a swper. A chychwyn cerdded ar draws yr hen gei, heibio i'r hen gwch o Île de Batz yn dadlwytho tatw a draw tua chapel Santes Barba ar y trwyn rhwng y ddau borthladd. Gan ddechrau mwynhau'r arogleuon a oedd yn ei glymu wrth Lydaw. Sawr heli a gwymon, sawr cinio o'r tai a'r gwestai, sawr sigaréts Gauloises. Wrth i ganol dydd nesáu mae pobman yn prysuro a phan mae'r cloc yn taro deuddeg mae'r prysurdeb yn mynd yn drot. Wedyn, mae pobman yn wag, pawb wedi diflannu fel cwningod i dwll.

Aeth yr awydd am ginio'n drech nag e ac ar fainc yng nghysgod y capel, uwch yr aber sy'n arwain i Morlaix, ymddihatrodd o'i rwcsac a gwneud brechdan o'r cig a'r dorth hir. 'Bara poc-a-poc' ys dywed y Llydawyr, bara'n cusanu. Mae direidi, agos i'r pridd, yn eu hiaith bob dydd. Roedd y cwpan rywle yng ngwaelod y sach felly rhaid yfed y gwin o'r botel. Wedi yfed a bwyta hanner y gwin a'r bwyd, am y tro cyntaf teimlai'n fodlon ei fyd. Myfyriodd ar gysur yfed gwin – unrhyw fath o win – gyda bwyd. Bodlonrwydd llonydd gwres yr haul a'r gwin. Am y tro cyntaf ers glanio roedd yn ddiddig. Gallai fod wedi aros yno am oriau, yn gysglyd a chynnes wedi'r noson ddigysur. Ond gwnaeth yr ymdrech a rhoddodd weddillion ei ginio yn y sach a chychwyn cerdded tua Saint-Pol. Ni ddisgwyliai i neb stopio nes iddo gyrraedd allan o'r dref, ond bob tro y clywai rywun yn dod, troes ac aros a dangos y papur a M O R G A T arno.

Yn annisgwyl stopiodd Citroen 2CV, car fel sgyfarnog gyda'i ben ôl yn yr awyr a'i drwyn yn synhwyro'r ffordd. Merch siopwr o Plouescat, tenau fel sguthan, yn ddannedd i gyd, yn smocio'n ffyrnig ac yn siarad fel rhaeadr. "Fe gei di lifft gen i 'chydig o ffordd – popeth yn help. Dominique ydw i." Defnyddiai'r ffurf gyfarwydd 'tu'; 'doedd Dyfrig, er yn ddigon rhugl, byth yn gysurus yn galw pobol yn 'ti' yn Ffrangeg.

"I be ti isie mynd i Morgat?"

"Dim rheswm arbennig," atebodd Dyfrig, "rwy'n gwybod am fanne lle medra i wersylla heb dalu allan ar y pentir."

"Ble dysgest ti Ffrangeg?" holodd hi wedyn.

"Drwy dreulio tipyn o amser nawr ac yn y man yn Llydaw a rhannau o Provençe. Fedrwch chi Lydaweg?" holodd Dyfrig nawr. Na fedrai, ond roedd ei thad yn ei siarad yn rhwydd. Neb o bobl ifanc y dref yn ei siarad. Ond medrai ddeall yr enw 'Dyfrig' – roedd bachgen o'r enw 'Devrig' yn yr ysgol gyda hi.

Wrth nesáu at y fan lle'r oedd y ffordd tua'r de a Morgat, yn gwahanu wrth ffordd y gogledd, holodd Dyfrig hi ynglŷn â mannau gwersylla ar yr arfordir. "Oes, mae digon o fannau draw tua Kerlouan, ymysg twyni a chreigiau Bro Bagan," meddai Dominique, a chynnau sigarét arall. "Fe fydda' i a'm ffrindie'n mynd lawr yno dros y Sul yn gyson pan ddaw'r tywydd yn gynhesach."

Cafodd Dyfrig syniad. "Ga i ddod 'da chi cyn belled â Plouescat 'te? Rwy am newid fy meddwl. Mae'n ardal newydd i fi."

"Wrth gwrs," atebodd Dominique, "rwy'n credu dylet ti wneud hynny ar bob cyfrif."

Wedi cyrraedd Plouescat, ac aros o flaen siop fferyllydd ei thad, cymerodd y darn cardbord â M O R G A T arno o law Dyfrig a thynnu amlinell o fap o'r arfordir a nodi darn o wlad ger Neiz Vran. Sgrifennodd K E R L O U A N ar yr ochr arall. Gyda gair o ffarwel a "falle cwrddwn ni lawr yna yn fuan" aeth y ddau i'w gwahanol ffyrdd. Aeth Dyfrig rhagddo drwy'r dre' fechan ac allan eto i'r wlad. Stopiodd myfyriwr a oedd yn treulio rhai dyddiau yn y cyffiniau ac ymhen dim o dro roedd Dyfrig yn cerdded hyd lôn gul i lawr un o'r aberoedd sy'n torri'n ddwfn i ganol y wlad. Arfordir cymysg o greigiau miniog a olchir yn gyson gan y llanw a cherrig llyfnion o bob ffurf – cerrig a gludwyd ac a sgleiniwyd gan ganrifoedd pan orchuddid y wlad gan iâ.

Cododd ei babell fechan am y tro cynta' mewn cilfach yn y twyni gydag un o'r creigiau rhyfedd, siâp eliffant, yn gysgod rhag gwyntoedd y gogledd a'r gorllewin ond lle gwelai'r tonnau yn cwrsio i fyny'r aber, un rhimyn o ewyn ar ôl y llall. Sŵn dŵr fel siffrwd awel drwy goed. Bu'n ddiwrnod braf ag awyr glir. Machludodd yr haul yn felyn gan adael ei lwybr aur hyd yr aber a throi'r awyr yn goch a'r cymylau'n borffor wrth suddo y tu hwnt i goedlan binwydd. Fymryn i'r de o'r pwynt lle diflannodd yr haul roedd clwt glas o fôr i'w weld o hyd gyda goleudy'n fflachio'i rybudd am yr arfordir gyda'i greigiau ellyn, slei. Pob argoel am noson oer mewn pabell. Bwytaodd weddill ei ginio a mwynhau effaith – os nad yn arbennig flas – y gwin gan ddisgwyl iddi dywyllu ac amser mynd i mewn i'r babell. Ar draws yr aber 'doedd ond dau sbecyn o olau i ddangos lle'r oedd pentre Guisenny. Dim golau stryd a chaead dros bob ffenestr. Dim ond y lleuad hanner llawn yn peri i'r dŵr wincio wrth i'r aber lenwi i'w hymylon.

Roedd y tawelwch yn llwyr ond am sibrydion natur. Ac y mae pob smic i'w glywed mewn pabell. Pob siffrwd yn y glaswellt, pob ton yn torri ar draeth, pob gwich annisgwyl gan ddarn o bren neu haearn lle bu unwaith lidiart. Pob un yn creu ias yn y cefn. Dyma fro dlawd y Pagan a'i chynhaliaeth oedd yr hyn a olchid ar y traethau wedi storm a llong-ddrylliad. Trychinebau yn fynych wedi'u creu gan ffaglau'r werin. Peth bregus yw unigrwydd pan fo rhywun ar ei ben ei hun mewn pabell ymhell o bobman a cheisiodd Dyfrig wthio o'i feddwl hen chwedlau lleol am eneidiau coll yn crwydro'r traethau.

Cysgodd yn hawdd ond gan ddeffro'n oer ac yn anghysurus yn yr oriau mân, ac felly y bu weddill y nos yn troi a throsi meddyliau. Gwrando ar glychau'r eglwysi yn taro bob chwarter awr. Ar ben llanw mae'r sŵn yn mynd a dod ar draws yr aber ond ar drai mae'r seiniau i gyd mor glir â'i gilydd. Yn myfyrio am y rhesymau tros hynny y llusgodd yr oriau heibio. O'r diwedd torrodd y wawr a daeth yr haul i gynhesu'r babell a denu cwsg unwaith eto. Roedd wedi naw arno'n codi a chychwyn cerdded tua phentre Kroaz an Hent. Caffi a siop yn gwerthu bwyd – bara, llaeth para-am-byth a thun o ffa yn cynnwys darnau o selsig a chig moch. Byddai'n iawn am ginio beth bynnag. Tebyg yr âi i siopa eto ddiwedd y prynhawn. Llenwodd ei degell bach o'r tap dŵr cyhoeddus – rhaid bod ffynnon rywle'n nes i'w babell, ond fe wnâi hyn am y tro. Mae gorchwylion bach yn gysur i rywun â digonedd o amser. Gwnaeth lond powlen dda o goffi – mae dŵr Llydaw'n ardderchog i wneud coffi – a bwyta tipyn o'r bara – a mynd i grwydro. Roedd cynhaeaf gwych yn disgwyl y casglwyr gwymon. Gwrtaith ardderchog i ffermwyr y tir tywodlyd. Mae ystyr arall i'r dywediad 'mynd i wymona' yn y parthau hyn, sy'n cyfleu mynd i chwilio am bethau eraill. Nid lle i adael eiddo'n ddiofal o gwmpas y lle, meddyliodd Dyfrig. Faint o hen reddf y Pagan sydd ar ôl yn nhrigolion y fro, tybed?

Roedd yr unigrwydd eto'n ei lethu. Yng nghysgod un o'r meini brawychus uwch y traeth – carreg fel penglog yr Ankou, angau'r Llydawyr – sylwodd ar ferch yn syllu tua'r môr. Aeth ati i dynnu sgwrs. "Wnewch chi ganiatáu i mi . . .?" Gwenodd y ferch, a symud llyfr i roi lle iddo eistedd. Merch fer, aeddfed o gorff ac wyneb heb fod yn dlws, croen â chrychni arno. Gwisgai sbectol a'i gwallt byr, taclus yn ddu iawn. Cododd Dyfrig lyfr y ferch. *Antimemoirs* gan Andre Malraux. "Tipyn o gyfrol! Ydych chi ddim yn cael y gwaith ychydig yn drwm?" holodd Dyfrig, heb fedru celu ei syndod. Na, roedd y ferch yn cael y llyfr y tu hwnt o ddiddorol. Siaradai'n wybodus anghyffredin am y llenor aml ei ddoniau – y comiwnydd a fu'n ymladd yn Rhyfel Sbaen, yr archaeolegydd a'r nofelydd, yr athronydd celfyddydol a ddaeth yn Weinidog Materion Diwylliannol yn llywodraeth De Gaulle. Y gŵr a ddaeth i mewn i'r ymwybod Ewropeaidd nid fel llenor, ond fel digwyddiad, ffigur symbolaidd yn cyfuno nodweddion hudol ieuenctid a gwroldeb gyda rhyw synnwyr o addewid diddiwedd. Gwrandawodd Dyfrig ar frwdfrydedd yr efrydwraig ail-flwyddyn, efrydwraig mewn prifysgol Babyddol y tu hwnt i ffiniau Llydaw. Er gwaetha'i

Phabyddiaeth – neu o'i herwydd – llwyddodd Ffrainc drwy'r oesau i feithrin traddodiad o feddylwyr dilyffethair.

Datgelodd fod gan ei rhieni dŷ haf gerllaw ond bod eu cartref mewn tref fach yng nghanol Llydaw. "Fedrwch chi'r Llydaweg?" holodd Dyfrig. "Medra' yn eitha'," atebodd hithau, "mae 'nhad yn ei siarad yn ardderchog, mam ddim cystal. Rwy'n addo o hyd y gwna'i ymdrech i loywi 'ngwybodaeth ohoni pan ga'i amser!"

Roedd y sgwrs i'r ddau mor felys fel na sylweddolodd y naill na'r llall fod cwmwl neu ddau wedi crynhoi uwchben a'r tymheredd wedi gostwng. Daeth cawod sydyn gan yrru ar draws y traeth a pheri iddynt swatio dan y benglog. Crynodd y ddau gan oerfel a rhoddodd Dyfrig ei fraich amdani a'i thynnu ato. 'Symudodd y naill na'r llall nes i'r gawod fynd heibio. Wrth iddi baratoi i godi trodd Dyfrig ei wyneb ati gan anelu cusan ar ei gwefusau. Rhoddodd y ferch ei llaw yn dyner ar ei geg, ac yna rhoddodd gusan ysgafn iddo ar ei foch. "Rhaid i mi fynd i baratoi cinio. 'Falle cawn ni gwrdd 'fory," meddai, "rwy'n dod yma bob dydd." Cododd, a chyda'r gyfrol yn ei llaw, rhedodd ar draws y twyni tua'r rhes o dai yn y pellter.

Hoffai Dyfrig ddiffyg swildod ac anwyldeb y ferch – nodweddiadol o ferched Llydaw, meddyliodd. Chwipiodd gwynt oerllyd dywod y traeth wrth i'r haul dorri eto drwy'r cymylau. Sylwodd Dyfrig ar blanhigyn llin yn tyfu'n wyllt wrth y llwybr a thorrodd y blodau glas oddi ar y goes gan roi un ymhob twll botwm ei grys. Am y tro cyntaf ers cyrraedd Llydaw teimlai ysgafnder a gobaith yn ei galon.

# *Dim ond Heddiw . . .*
## (Stori Fer)

### LLINOS EDWARDS

Cofiai'r cyfarwyddiadau yn fanwl. Troi i'r chwith wrth fyngalo newydd, lan dros ffordd agored am hanner milltir cyn mynd i lawr y rhiw am ychydig.

"Ychydig" – teimlai'n amser eithriadol o hir i Gwen, a gasâi yrru ar y gorau, heb sôn am fentro ar hyd ffordd mor gul a serth ar ei phen ei hun.

Bydd yn rhaid i fi reoli'r nerfusrwydd 'ma sy'n gymaint o bla i mi, meddyliodd wrth i'r ffordd wastatáu dros bompren frown dywyll ffasiwn newydd ar waelod y cwm. Gellid gweld y capel yn eglur ar ochr y bryn i'r dde. Y gyfrinach, meddai'r ysgrifenyddes, oedd peidio â cholli'r tro slei yn union wedi croesi'r bont.

Byddai wedi bod yn ddigon hawdd gwneud hynny heb rybudd, ond o fewn dwy funud roedd Gwen yn arafu o flaen wal garreg hir gyferbyn â'r llwybr a arweiniai at y capel. Safai tri dyn â'u cefnau at y wal a gwnaeth y talaf ohonynt arwydd arni i fynd drwy'r giât wrth dalcen y capel. Gwnaeth hynny, a'i chael ei hun mewn cornel o gae braf wedi'i galedu a'i orchuddio â cherrig mân – 'Yr hwn a wna faes parcio delfrydol'.

Gwelai fod y dwsin neu ragor o geir a oedd yno yn wag a dychmygodd eu perchnogion yn disgwyl amdani. Dechreuodd ei chylla gorddi wrth feddwl am gerdded i mewn atynt. Gobeithio i'r nefoedd nad oeddynt i gyd yn eistedd yn y cefn – siwrnai unig yw honno drwy'r eil, ac edrychai'r adeilad yma gyda'r mwyaf iddi fod ynddo erioed.

Edrychodd ar ei wats. Roedd yn union bum munud ar hugain wedi deg o'r gloch, a'r oedfa i ddechrau am hanner awr wedi deg. Byddai'n dda ganddi fod wedi cael rhyw ddeng munud i gael ei meddyliau ynghyd, ond ni allai fod wedi gadael Rhys bach yn ei ddillad nos er taw hwn oedd diwrnod Dafydd i ofalu amdano. Roedd mor hawdd i ŵr anghofio am gytundebau. Ofnai weithiau nad hwn oedd yr unig gytundeb rhyngddynt i gael ei dorri – ond roedd yn rhaid iddi frysio neu fe fyddai'n hwyr.

Gwnaeth yn siŵr fod popeth ganddi. Testament – rhag ofn nad oedd y cyfieithiad diweddaraf ar gael. Ei bag llaw i gario hances, y weddi, y bregeth wedi ei phlygu'n ofalus, a losin peswch – rhag ofn. Dyna ni. Anadl ddofn, ac allan o'r car i newid ei 'slaps' am bâr o 'sgidiau sodlau uchel nad oeddent o unrhyw gymorth i gerdded yn urddasol drwy'r cerrig mân.

*          *          *

"Fe wnaf y cyhoeddiadau yn y man, ond yn gynta' carem ddiolch i Mrs Gwen Lewis am ei gwasanaeth y bore 'ma . . ."

Gwyddai Mary iddi ddweud rhywbeth tebyg ar ddiwedd sawl oedfa, ond o leia' 'doedd dim angen rhagrithio heddiw. Âi yn anos o flwyddyn i flwyddyn i lenwi Suliau ac weithiau teimlai fod y cyfan yn ddim ond defod i fodloni'r rhai a oedd am 'gadw'r drws ar agor'.

Digon herciog fu hi ar brydiau heddiw hefyd. Yr emyn agoriadol, er enghraifft, nid fel y byddai hi wedi gwneud o gwbwl. Roedd ganddi hi lais uchel, clir, ac wedi gweithio fel athrawes am ugain mlynedd gwyddai yn union sut i'w ddefnyddio. Byddai hi wedi llefaru'r emyn yna yn awdurdodol. Nid yn ofnus a phetrusgar fel pe na bai erioed wedi gweld y geiriau o'r blaen. Ond dechreuodd pethau wella. Roedd ôl ymarfer ar y darlleniad. Y weddi hefyd, er o lyfr, yn addas o wylaidd, ac roedd hynny yn well na rhyw gawdel 'o'r frest'. Roedd wedi clywed digon o'r rheiny dros y blynyddoedd, ac wedi sylwi mwy arno yn ystod y pum mlynedd ers iddi gymryd lle ei thad yn y sedd fawr.

Gwenodd Mary wrth feddwl am ei thad. Prin y byddai Mr Iori James wedi rhoi caniatâd i Gwen Lewis esgyn i'r pulpud i ddweud adnod, heb sôn am gymryd oedfa, gan nad oedd ganddo ormod o gydymdeimlad a'r rheiny a alwai'n 'ferched ffôl' y byd hwn. Nid ei bod hithau yn gwybod dim am gefndir y Gwen yma wrth drefnu'r cyhoeddiad. Cyfeirio yn ddigon didaro a wnaeth hi yn ystod y bregeth at fod yn feichiog cyn priodi. O leia' roedd hi wedi dal sylw'r mwyaf aflonydd o blith y deunaw a oedd yn bresennol gyda'r fath sylw annisgwyl!

Nid dyna'r unig sylwadau a greodd ddiddordeb 'chwaith. Gwyntyllwyd sawl syniad anarferol ar y testun 'Grym Defosiwn' mewn pregeth ddigon cyffredin. Ond teimlodd Mary iddi gael ei chryfhau rhywsut. Trwy dameidiau ar lwy efallai, ond tameidiau a oedd yn ddigon iddi i lynu wrth ei phenderfyniad i orffen ei pherthynas ag Aled. Diolch byth na ddaeth dim i'r golwg. Byddai hynny wedi lladd ei mam. Anodd credu erbyn hyn sut y bu i atynfa mor anifeilaidd ei meddiannu cyhyd.

*      *      *

Diolchodd Ceridwen fod ffenest y gegin fach yn wynebu'r wal garreg yr ochr arall i'r ffordd. O gadw llygad ar honno byddai'n gwybod yn union pryd y byddai'r oedfa wedi dod i ben, gan na fyddai'r 'Amen' olaf wedi distewi'n iawn cyn bod un neu ddau o'r dynion yn llithro allan i'w chysgod i gael mygyn. Dyma'r ciw iddi hithau i droi'r gwres yn uwch o dan y tato a'r llysiau a thynnu'r cig o'r ffwrn. Aeth dwy flynedd heibio ers iddynt ddod i'r tŷ capel i fyw, ac yn yr amser hwnnw dysgodd sut i amseru'r cinio yn berffaith. Peidio â'i gael yn barod yn rhy gynnar rhag ofn i'r gwas-anaeth fynd yn un hir, ac nid yn rhy hwyr gan fod rhaid i'r pregethwr fod yn y chwaer eglwys am ddau. Nid oedfa hir a gafwyd heddiw, mae'n amlwg, gan fod y sgwrsio a'r smygu yn ei flas ychydig cyn hanner awr wedi un ar ddeg!

Gyda lwc, byddai'r gwragedd yn siarad am rai munudau eto, gan roi amser iddi i gribo'i gwallt a sicrhau bod y 'stafell 'molchi mewn stad weddol waraidd. Dyna'r drafferth o gael dau o fechgyn yn eu harddegau, ni fyddai rhywun byth yn gwybod beth i'w ddisgwyl ar lawr unrhyw 'stafell. Ac nid oedd dydd Sul yn eithriad – i'r gwrthwyneb, gan ei fod yn dilyn nos Sadwrn. Gwyddai i rai o'r parchedigion orfod golchi'r sebon cyn golchi eu dwylo, ond roedd wedi dysgu erbyn hyn.

Ie dysgu; dysgu yn anad dim i wisgo wyneb – gwenu drwy'r cwbwl. Yr hiraeth am yr hyn a fu a'r hyn a allai fod wedi digwydd, ond yn fwy na dim, hiraeth am ei chartref. Ond dyna ni, nid hwy oedd yr unig rai i orfod gwerthu tŷ moethus am bris isel am fod y busnes yn methu. Ac os bu colli'r tŷ yn rhwyg iddi hi, bu gweld yr arwydd *T. John a'i Feibion* yn cael ei dynnu o'r Garej yn ergyd ysgytwol i'w gŵr. Prin na fyddai'n rhydd-

had gallu dweud 'ergyd farwol', cymaint ei phoen o weld effaith y digwydd-
iad hwnnw ar Tom.

Unrhyw funud nawr byddai Mary James yn hebrwng Mrs Gwen Lewis
i'r tŷ capel, a dyna lle'r oedd hi yn chwarae meddyliau! 'Wnâi hynny byth
mo'r tro, gan fod yr ysgrifenyddes yn fenyw led gywir. Ond 'na fe, beth
wyddai hi am fywyd? Cafodd bopeth ar blât – unig blentyn i rieni cyf-
oethog, swydd dda, parch . . . Beth wyddai hi am warth dyled a phwysau
methiant?

Er tegwch iddi, roedd Mary – fel y mynnai iddi ei galw – yn ddigon
serchog a chyfeillgar tuag ati. Ond yr oedd hefyd yn cynrychioli yr union
bethau a oedd yn sicr o godi gwrychyn ei theulu. Diolch byth nad oeddent
gartre' heddiw, er, byddai'n ddoethach iddi beidio a sôn eu bod yn y
Farchnad Sul. Rhaid cofio bod elfen o gardod yn perthyn i ofalwyr capel.

*        *        *

I'r drws, a dim pellach, dyna fyddai ei rheol wrth arwain 'cennad y Saboth'
i'w ginio (neu, yn amlach na heb erbyn hyn, i'w *chinio*). Ond y Sul
arbennig hwn gwnaeth Mary eithriad o'r rheol. Efallai mai distawrwydd
annisgwyl y lle a'i denodd neu efallai mai swildod amlwg Gwen Lewis
oedd y sbardun, ond am unwaith derbyniodd y gwahoddiad i eistedd gyda'r
ymwelydd ar y soffa o flaen y tân agored ym mharlwr y tŷ capel.

Dechreuodd y ddwy sgwrsio'n hamddenol tra oedd Ceridwen yn gorffen
y paratoadau ar gyfer cinio. Roedd yn cario jygaid o ddŵr a'r blwch halen
i'r bwrdd pan sylwodd fod peth lludw eirias wedi rholio allan o waelod y
grât. Plygodd ar frys i'w glirio, ond gwelodd ei bod hi'n rhy hwyr i'w
arbed rhag gadael ei ôl ar y carped.

Y funud honno, pelydrodd yr haul drwy'r ffenest gan ddal y jwg glas
llawn dŵr, y llestr pridd â halen hyd yr ymylon, a'r lludw sathredig yng
nghylch ei olau. Hoeliwyd llygaid y gwragedd ar yr elfennau. Meddyliodd
y naill am yr arwyddocâd ysbrydol sydd i ddŵr. Cofiodd y llall am allu
halen i buro. Deallodd y drydedd ei bod hi'n bosib creu o'r hyn a ddaw o
dân. Ysgubodd gwres yr haul drwy'r 'stafell, ac am eiliad plethwyd y tair
mewn cymundeb tawel.

# *Creithiau*
## (Ymson)

### NEST LLWYD

Cafodd Non ei magu ym mhumdegau'r ganrif ddiwethaf ar aelwyd a oedd yn dal i goleddu a glynu wrth lawer o'r hen syniadau Fictorianaidd. Nid yw'n cofio cael ei chofleidio o gwbl, dim ond ambell gusan Nos Da pan oedd yn ifanc iawn, ac yn amlach na pheidio hi a fyddai'n rhoi'r gusan i'w rhieni yn ystod y ddefod hwyrol honno. Ac wrth edrych yn ôl defod ddigon oeraidd ydoedd ar y cyfan. Ni fu maldod, dim hyd yn oed rhyw ychydig yn achlysurol, yn rhan o'i magwraeth. Ond yn ystod y dyddiau hynny, ni wyddai Non am ddim byd amgenach. Dyna oedd y norm iddi hi. Y syniad oedd ei chaledu fel y medrai wynebu bywyd yn well. Ond . . . O! . . . O! . . . ni fu dim ymhellach oddi wrth y gwir . . .

A phe digwyddech ofyn iddi sôn am rai o'i hatgofion cynnar, yn ddieithriad mi fyddai un gair yn sicr o frigo i'r wyneb byth a beunydd – *Swildod.* Roedd Non yn arbennig o swil, yn wir, bron y gellid dweud ei fod yn ymylu ar fod yn salwch yn ei hachos hi. Ac ar ben hynny, ynghyd â bod yn unig blentyn, roedd hi hefyd yn ferch y Mans, a deilliai nifer o broblemau o'r ffaith honno, yn enwedig yn y capel. Disgwylid iddi, fel merch y gweinidog, fod yn esiampl i'r plant eraill ac i gymryd rhan yn holl weithgarwch a gwasanaethau'r plant. Ac yn ystod y blynyddoedd cynnar hynny, ar ôl yr Ail Ryfel Byd, roedd y capel yn dal i fod yn ganolbwynt eithaf pwysig ym mywyd cymdeithasol y dref, er bod arwyddion o'r newid cyfeiriad yn arferion pobl a'r dirywiad araf a oedd ar ddod yn dechrau eu hamlygu eu hunain.

Felly, nid yw'n syndod fod rhai o'i hatgofion cynharaf ynghlwm wrth y capel. Cofiai yn arbennig awyrgylch oerllyd y Cwrdd Plant Misol a sut y byddai'n rhaid iddi eistedd gyda'r plant eraill yn un o seddau blaen y capel, gydag wynebau hir-sur y diaconiaid yn edrych mor ddisgwylgar arnynt fel petaent yn disgwyl gwyrthiau oddi wrth yr angylion bach. A chofiai sut y byddai'n crynu ac yn ofni'r foment y deuai ei thro hithau i sefyll ac adrodd ei hadnod. Medrai'r plant eraill, pe dymunent, ysgrifennu'r adnod ar ddarn o bapur, ond ni chaniateid y fath ffafr i Non. Disgwylid iddi hi ei dysgu ar ei chof bob amser, ac erbyn y deuai ei thro, byddai ei hwyneb erbyn hynny'n ddu-goch, ei llygaid yn plycio'n afreolus a'i llais mor grynedig fel na chlywai fawr neb ei hymgais truenus. Onid oedd hyn i gyd mor annheg? Roedd yn casáu'r gwasanaeth boreol hwnnw unwaith y mis â chas perffaith; ond, roedd profiadau llawer gwaeth yn ei haros, gydag un ohonynt yn coroni'r cyfan.

Nid oedd yn gas ganddi'r Ysgol Sul ei hun, er mai digon di-fflach ydoedd ar y cyfan. Naill ai ei mam, neu, gan amlaf, un o ffrindiau ei mam, a fyddai'n ei dysgu. Eisteddai tua chwech ohonynt mewn cylch yn darllen yn eu tro allan o *Feibl y Plant*, neu'n well fyth, gwrando ar eu hathrawes yn adrodd stori a oedd â gwers foesol ynghlwm wrthi. Ond rhyw ddwywaith neu dair yn ystod y flwyddyn, gan amlaf yn ystod misoedd y gwanwyn a'r haf, fe âi Non gyda'i thad i un o'r Ysgolion Sul eraill a berthynai i'r capel ym mhegwn arall y dref. Taith o ryw ddwy filltir gan gynnwys cerdded trwy barc y dref ac yna ar hyd y cae rygbi, taith y byddai bob amser yn ei mwynhau, oherwydd dim ond ar yr achlysuron prin hynny y byddai'n mynd arni. Roedd athrawes arbennig o dda yn dysgu'r plant yn ysgol Seilo a byddai Non wrth ei bodd yn gwrando arni'n dod â storïau'r Beibl mor fyw o flaen ei llygaid. Athrawes oedd hi wrth ei galwedigaeth, a gwyddai sut i hoelio sylw'r plant ac ennyn a chadw eu diddordeb. Felly, edrychai ymlaen yn eiddgar at yr ymweliadau achlysurol hyn.

Ond bob tri mis fe gynhelid Cwrdd Chwarter yr Ysgolion Sul. A dyna smotyn du arall ar ei chalander. Byddai ofn yn ei chadwyno, yn ei pharlysu, gan beri dyddiau diddiwedd o wewyr, gwewyr na fedrai ei rannu â neb.

Ers yn gynnar iawn fe sylweddolwyd fod ganddi lais canu da, dawn y byddai llawer yn ei chwennych, ond i Non, talent a brofodd i fod yn felltith iddi hefyd am gyfnod. Byddai wrth ei bodd yn canu ar yr aelwyd â'i mam yn cyfeilio iddi ar y piano, ond diflannai'r pleser yn llwyr pan orfodid hi i ganu'n gyhoeddus, a hynny ar ei phen ei hun. Sawl tro y dihunodd ar foreau Sul y Cwrdd Chwarter gydag annwyd trwm, annwyd seicosomatig, er na wyddai ddim byd am ystyr y gair hir hwnnw ar y pryd. Ond, annwyd neu beidio, rhaid oedd mynd i'r Cwrdd Chwarter a CHANU – rywsut. Dim ond gwres uchel a fyddai wedi medru ei harbed. Beth, tybed, oedd yn mynd trwy feddwl y gynulleidfa pan ddeuai'r sŵn cryglyd, anobeithiol o'i genau? A Non druan, beth am ei theimladau hi?

Unwaith eto, roedd yn ofynnol i ferch y gweinidog ddangos esiampl. O na bai rhywun yn rhywle wedi medru deall ei phoen a'i phryder! Ond yr un gri a glywai byth a beunydd:

'Rhaid ymarfer gwneud pethau'n gyhoeddus er mwyn magu hunan-hyder.'

Druan ohoni! Onid oedd yr hunan-hyder bondigrybwyll hwnnw yn cymryd rhyw amser hir iawn cyn dod i'w hachub?

Flynyddoedd lawer yn ddiweddarach pan oedd yn sgwrsio gyda'i mam, a hithau'n cyfeirio'n atgofus at y blynyddoedd hynny, fe gyfaddefodd, er mawr syndod i Non, iddynt fod yn annheg iawn yn ei gorfodi i ganu pan oedd yn llawn annwyd a hithau'n casáu gwneud hynny gymaint. Ond er gwaethaf y cyfaddefiad hwnnw, câi Non hi'n anodd iawn maddau'r cam-wedd hwn a llu o rai eraill a achosodd gymaint o boen iddi yn ystod y blynyddoedd tyngedfennol hynny yn ei datblygiad.

Arhosodd un digwyddiad yn fyw iawn yn ei meddwl, digwyddiad na allasai ei anghofio pa mor daer bynnag y ceisiai, ac nid y digwyddiad ei hun yn unig ond ymateb ei rhieni iddo. Tua deuddeng mlwydd oed ydoedd ar y pryd, ac ar hyd ei hoes, bob tro y cofiai am yr achlysur, teim-lai'r poen i'r byw, yn union yr un fath ag y gwnaeth y bore Llun y Pasg hwnnw. Dros Ŵyl y Pasg fe gynhelid y Gymanfa Ganu flynyddol, a phryd hynny byddai'r capel bron yn ddieithriad yn orlawn gyda ffyrymau yn yr aeliau a llawer yn eistedd ar y grisiau hefyd. Byddid yn gwahodd arwein-ydd gwadd gwahanol bob blwyddyn, ac yn ystod Sul y Pasg câi ef neu hi gyfle i ymarfer gyda'r côr, y plant yn y bore a'r oedolion yn yr hwyr. Ac ar yr achlysur arbennig hwn, gwraig oedd yn arwain, Madam Olwen Jones. A bob rhyw hyn a hyn yn ystod rihyrsal y plant, fe ofynnai hithau i'r plant a oedd â lleisiau da ganddynt i godi eu dwylo. Ac ym Methania 'doedd dim prinder o blant a oedd yn awyddus i ganu ar eu pennau eu hunain, ac ambell un yn eu plith heb falio rhyw lawer a oedd ganddo lais arbennig o dda ai peidio. Ond fel y gellwch ddychmygu, ni chododd Non ei llaw. Ac yn rhyfedd o ffodus iddi hithau'r bore hwnnw ni wnaeth neb gyfeirio ati. Tybed yn wir a oedd ei theimladau a'i swildod yn cael eu parchu o'r diwedd? Felly, Non hapus iawn a gerddodd adref o'r capel y bore Pasg hwnnw.

A Non hapus a gerddodd gyda'i rhieni i'r Gymanfa fore Llun y Pasg. 'Doedd dim eisiau iddi boeni am ddim, dim ond mwynhau canu gyda'i ffrindiau. Ond yn ystod yr emyn olaf cafodd sioc ofnadwy pan stopiodd Madam Olwen Jones y canu ar ôl y pennill cyntaf a gofyn iddi hi ganu'r pennill nesaf. Llwyddodd rywsut i ganu'r llinell gyntaf, ond hanner ffordd drwy'r ail aeth yr achlysur a'r gynulleidfa fawr o'i chwmpas yn drech na hi a dechreuodd y dagrau lifo. A thrwy ei dagrau hefyd fe welai amlinelliad niwlog o wyneb ei thad yn y sedd fawr yn edrych i fyny arni. I ferch ddeuddeng mlwydd oed roedd yn brofiad erchyll, a'i dymuniad pennaf oedd cael diflannu o olwg pawb. Ac yn naturiol ddigon, ar ôl i'w thad gyhoeddi'r Fendith, aeth yn syth at ei mam gan obeithio cael rhyw air o gysur neu gofleidiad anwesol. Ond ni chafodd yr un o'r ddau. Yn hytrach, dywedodd ei mam yn ddigon swrth wrthi am beidio â llefain a gwneud rhagor o ffws o flaen pawb, ond mynd adre'n dawel gyda rhai o'i ffrindiau. Teimlai yn wrthodedig, yn unig, heb yr un ysgwydd i grio arni. Ni fu mor ddigalon erioed. Ac onid oedd yn amlwg oddi wrth ymateb ei mam iddi ei siomi'n fawr? Ac wrth lusgo adre' ni wyddai beth fyddai'n ei haros. A ddeuai geiriau o gysur o enau ei thad tybed? . . . Na, dim gair. Dim ond ei hanwybyddu'n llwyr. Ac nid anghofiodd fyth y pryd bwyd hwnnw . . . Yr awyrgylch rhewllyd a'r tawelwch annaturiol . . . Teimlai yn union fel pe nad oedd yn bodoli o gwbl, ac nad oedd ganddi deimladau . . . Sut y gallent fod mor galed? . . . mor oer? . . . A oedd yr hyn a wnaeth mor ofnadwy â hynny? . . . Roedd wedi dwyn y fath warth arni hi ei hun ac ar ei rhieni o flaen cymaint o bobl . . . Sut y gallai wynebu'r byd mawr creulon y tu allan byth eto?

Ond ei wynebu fu RAID, a hynny y prynhawn hwnnw. Yn ôl yr arfer bu'n ofynnol iddi ddychwelyd gyda'i rhieni i oedfa'r prynhawn a'r hwyr ac eistedd yn ymyl ei mam yng nghanol y sopranos, tra oedd ei ffrindiau bron i gyd allan yn chwarae. Hi oedd yr unig un o'i hoed yng nghanol yr holl oedolion. Dyna'r ddwy oedfa hwyaf a fu yn ei hanes. Nid yn unig y disgwylid iddi ganu ac ymddwyn fel pe bai dim byd wedi digwydd, ond teimlai hefyd fod llygaid pawb yn y capel yn disgyn arni. Roedd yn swp sâl. Nid oedd cân yn agos i'w chalon, dim ond dagrau cudd, dagrau siom, dagrau unigrwydd llethol . . . a'r un cwestiynau yn dal i gorddi o'i mewn ynglŷn ag ymddygiad ei rhieni, cwestiynau na allasai gael ateb iddynt. A oedd hi wedi eu siomi gymaint â hynny? . . . Ai fel hyn y byddai rhieni ei ffrindiau wedi ymateb? . . . Bu'n poeni ac yn poeni am amser hir . . . hir . . .

*          *          *

Lawer o flynyddoedd yn ddiweddarach pan oedd yn ymweld yn gyson â rhai ffrindiau, a hithau tua deg ar hugain mlwydd oed erbyn hynny, fe welodd am y tro cyntaf y cynhesrwydd a'r agosatrwydd a all fodoli rhwng plant a'u rhieni. Gwelodd y plant yn cael eu hanwesu a'u cofleidio pan fyddai rhywbeth yn eu poeni yn yr ysgol neu gyda'r problemau anorfod hynny sy'n datblygu o bryd i'w gilydd ymhlith ffrindiau. Bu gweld y fath gysylltiad clòs, corfforol yn agoriad llygad iddi. Sylwodd hefyd sut y caent eu canmol a'u hannog pan oeddent yn ymarfer ar y piano neu'r ffidil neu'n gweithio'n galed gyda'u gwaith ysgol. Cafodd y profiadau hyn effaith ddofn a pharhaol iawn arni. Sylweddolodd sut y bu iddi hithau gael ei hamddifadu o'r anwyldeb hwnnw, a bod yr anwyldeb hwnnw yn dwyn cynhesrwydd a diogelwch yn ei sgîl, yn rhoi sylfaen gadarn ac yn magu hyder sy'n gymaint o gymorth wrth wynebu'r treialon a'r problemau sy'n rhan anorfod o fywyd pob un ohonom.

# Ar Gof a Chadw . . .?
## (Stori Fer)

### CATRIN STEVENS

Sgrialodd y car i stop. Neidiodd allan â'i recordydd tâp yn ei llaw. Teimlai mor hyderus a hunan-bwysig. Dyma hi, yr ymchwilydd proffesiynol, ymroddedig, diduedd ar sgowt sgŵp y ganrif. Ymhen dwy awr byddai wedi cwblhau'r dasg o roi ar gof a chadw bortread o Gymraes nodwedd-iadol a oedd wedi chwarae'i rhan unigryw ei hun yn hynt a helynt yr ugeinfed ganrif. Rhaglen arall yn y can, y gwaith ar ben.

*'Na, 'wna' i ddim. 'Dyw'n hanes i ddim gwerth ei recordio. 'Sdim byd diddorol wedi digwydd i fi erio'd.'*

Y geg yn glep, y llinellau o gwmpas ei llygaid fel cafnau duon a'r olwg, er ei hyned, yn gwbl herfeiddiol. Ofer dweud wrthi fod ei bywyd wedi rhychwantu canrif gyfan, yn ymestyn o rwysg ymerodrol yr Oes Edward-aidd hyd at y dwthwn ffacslyd, meicrodonaidd hwn. Ofer ceisio'i pherswadio fod bywyd merch gyffredin o gefn gwlad Cymru cyn bwysiced a dadlen-nol ag eiddo gwleidydd dylanwadol fel Megan Lloyd George neu gantores fyd-enwog fel Gwyneth Jones; y gallai hithau gael ei dyrchafu'n arwres. Y mae hi, wedi'r cyfan, yn ddeublyg ddifreintiedig. Mae hi'n ferch ac yn gyffredin.

*'Na, 's da fi ddim byd i'w ddweud wrthoch chi, bach.'*

Pam na ddwedwch chi wrthon ni am galedi bywyd ar ddyddyn tlawd yng ngogledd Penfro, yr hynaf o naw o blant, 'nôl cyn y Rhyfel Byd Cyntaf? Disgrifiwch sut y byddech chi'n gorfod rhannu ŵy wedi'i ferwi â'ch brawd ac am drasiedi colli'r efeilliaid penfelyn pymtheng mis o'r frech goch. Soniwch am ofid blin mam â'i gŵr bant dan ddaear yn y gweithe yn rhygnu byw o'r llaw i'r genau. Dwedwch wrthon ni sut y cawsoch eich caethiwo ers yn blentyn bach i ofalu am eraill, i olchi a stilo a magu eich cyfran o'r torllwyth mawr; i wneud gwaith ma's, y bwydo a'r carthu, heb rwgnach ar goedd a heb ofyn na disgwyl am dâl. Dwedwch sut yr ysech am aros yn yr ysgol, yn sgolor eich blwyddyn, ond y drysau ar gau. A sut y cawsoch eich anfon allan yn roces fach ddeuddeng mlwydd oed i was'naethu ar ffermydd y fro am gyflog pitw o bymtheg punt y flwyddyn. Sut brofiad, tybed, oedd sefyll ffair i'ch cyflogi a goddef y Feistres yn cloriannu'n feirniadol, ddideimlad a'r Meistr yn llygadu'n drachwantus? A beth am ddweud wrth y genedl sut y cawsoch eich anfon allan ar y diwrnod cyntaf hwnnw yn forwyn fach i gasglu cyrff cynrhonllyd defaid meirwon o'r caeau, a'u llusgo i'r clos i'w berwi yn y crochan mawr yn fwyd i'r moch. Mae yma ddeunydd epig, siawns.

*'Peidiwch â recordio hwnna! 'Dyw e ddim yn barchus!'*

Ac fe gawsoch chwithe, yn eich tro, rannu rhai o brofiadau dirdynnol a thyngedfennol y ganrif hon. Cof da am y brawd bach a laddwyd yn y Rhyfel Mawr a chariad a gollwyd yn nhwymyn y ffliw ddifaol a fygodd gymunedau wedi'r gyflafan. Yr anobaith hwn a'ch gyrrodd o'ch cynefin i ddilyn hynt eich cyfoedion, i droedio'r palmant aur yn Llundain a gwerthu llaeth, heb ddŵr am ei ben, o'r 'dairy' yn y siop gornel. Cyfnod o hwyl a rhyddid; ambell gerdyn post at y teulu gartre' a chyfraniad rheolaidd teg (tâl cydwybod am ddianc?) at gynnal y rhai bach. Mae'r ffotograff ar y pentan yn dangos merch ifanc ddeniadol, ffasiynol â'i gwallt yn grop a'i ffrog flodeuog, hafaidd yn efelychu 'flappers' y ddinas fawr ddrwg. Daw atgof melys am ymuno ym mwrlwm cynulleidfaoedd Cymraeg lluosog y Tabernacl, King's Cross a rhyfeddu gyda'r alltudion ar wasgar at bregethu hudolus Elfed. A dyma pryd y dysgoch chi siarad Saesneg, fel Cocni bedydd-iedig.

Ac yna ffrwydrodd y breuddwyd yn deilchion. Dinistriwyd eich byd bach. Ar nos Sul, Medi 14, 1940, syrthiodd bom y Jyrmans ar y llaethdy. Llifodd y llaeth i'r gwter. Dim yswiriant, dim dihangfa, dim byd.

Ond gwell troi'r stori. Mae'r dagrau yn dechrau cronni.

*'Chi'n cofio dod gartre' wedi'r Rhyfel? Roedd pethau wedi newid er gwell siŵr o fod?'*

Cofio? Fel ddoe, gwaetha'r modd. A 'dych chi ddim eisie i bobl eraill fusnesa. Achos 'doedd gennych chi ddim busnes mwyach. 'Doedd gennych chi ddim byd mewn gwirionedd; dim cartre', dim gŵr, dim plant; dim ond teulu crafangllyd yn disgwyl ichi was'naethu, a gwas'naethu; tad oedrannus, methedig yn dihoeni'n feunyddiol a gweddw o frawd yn gofyn tendans gyda'i deulu amddifad – yn blant benthyg dros dro. Os oedd y byd wedi newid o'ch cwmpas, 'doedd e ddim wedi newid o fewn cwmpas eich bywyd chi. Roeddech yn gaeth yn ei rigol.

Ac eto daw ambell fflach i'r llygaid pŵl wrth i'r holi geisio cynnig trywydd gwahanol a threiddio dan yr wyneb i herio hen farnau a rhagfarnau. Penrhyddid a phrotestio'r chwedegau? 'Does dim cydymdeimlad yma, dim amynedd at fandaliaid yr iaith yn paentio'r byd yn wyrdd nac at herwyr y gyfundrefn frenhinol yn nyddiau'r arwisgo gynt. Do, bid siŵr, fe gawsoch chi groeso twymgalon a chartre' cysurus yn Llundain yn awr argyfwng y dirwasgiad; ac, oes, mae 'na Saeson bach digon dymunol wedi ymddeol yn gymdogion i'r byngalo ar draws y ffordd! 'Does dim pwynt dadlau. Chi sy'n cynrychioli'ch cenhedlaeth; chi yw llais eu taeogrwydd.

*'Dw i wedi 'neud 'ngore bob amser.'*

Do, 'does dim amau hynny. Chi sy wedi cynnal y gymdeithas wledig, fregus hon ar eich cefn. Buoch ffyddlon ddigwestiwn i gapel a chwrdd gweddi, cymanfa ganu ac oedfa bwnc. Chi fu'n gofalu mor dyner am henoed y fro, yn eu gwylad wrth wely gwaeledd ac angau, heb sôn am oriau gwaith na thâl ychwanegol. Prin fod cega am gyflog a chyfle cyfartal chwyldro ffeminyddol tawel diwedd yr ugeinfed ganrif wedi mennu dim ar eich byw a'ch bod. Buoch fyw yn gynnil-hael yn eich cymdeithas. Yn gynnil – hyd at syrffed?

Ai dyma pam mae'r bwthyn hwn mor gythreulig o oer a digysur heno; y tân tywyll yn mudlosgi'n y grât, y golau'n farwaidd a'r briwsion bara heb eu sgubo o'r oelcloth ar y bwrdd. Fe aethoch heb gymaint o bethau: plentyndod, addysg, ieuenctid, cariad, a dyma'r diolch.

*'Trowch y tâp bant, bach. 'Alla' i ddim cofio rhagor.'*

Efallai nad oes stori i'w chofnodi wedi'r cyfan. Byw trwy eraill a wnaeth hon, gwas'naethu fu'i hanes ac aberthu profiadau personol am fywyd aill-law. Bellach nid oes namyn marworyn ar ôl; hen wraig mewn côt fawr wrth y tân yn dewis pendwmpian anghofio, ei beret du am ei phen, ei sane *lisle* yn rhychau am ei choesau a'i dwylo crychiog yn staenllyd ddu gan waith. Bellach mae'n faich, yn gyfrifoldeb – ar eraill.

Mae'n diffodd y tâp. Nid oes dyfodol i'r hanesyn hwn.

# Rhywbeth Bach at yr Achos
(Stori Fer)

EINIR JONES

Eisteddai Albert wrth far brecwast y gegin gefn, yr *Electoral Register* wrth ei law chwith, a'i fap *O.S.* – pum milltir y fodfedd – o'r ardal wrth ei law dde. O'i flaen, ger ei bensil newydd hogedig a'i lyfr poced newydd sbon danlli coch, yr oedd y llythyr teipiedig a thrylwyr a anfonodd *Barnados* at ei wraig, ac amlen dew ar ganol cael ei dadberfeddu.

Ni symudodd ein harwr o'i unfan am ychydig: dim ond crafu ei ben ac ailddarllen y wybodaeth a oedd yn amgaeëdig ar y toreth tudalennau o'i flaen. Ond wedi ychydig mwy o bendroni gwastraffus, penderfynodd fod arno angen cymorth. Gwaeddodd yn uchel i gyfeiriad gwaelod y grisiau, "Fictoria!!"

Nid atebodd neb, ond wedi ail floedd gan ddyn a oedd wedi hen arfer galw gwartheg i'w godro am flynyddoedd, clywodd sŵn traed brysiog, ysgafn yn dod yn gyflym o gyfeiriad y bedrwm cefn. Galwodd llais persain ei wraig o dop y grisiau.

"Ie Albert! Beth y'ch chi'n moyn?"

"Wel, meddwl 'ych helpu chi oeddwn i 'te. Ond ddim yn dallt hwn ydw i, Fictoria bach. Sbïwch mewn difri. Ma' nhw isio i chi hel pres o gwmpas ardal fel hon. Beth sy'n matar ar bobol wirion tua Llundan 'na deudwch? Hel o gwmpas lle gwledig fel yma, a gwneud y cyfan o fewn wythnos, a hynny cyn naw o'r gloch nos, a chofio gwisgo'ch baj, a 'fedrai ddim cael hyd i un baj yn y doman yma, a chofio galw'n ôl yr eilwaith mewn llefydd lle na chawsoch chi atab tro cynta'."

Ar hyn hwyliodd Fictoria i mewn i'r gegin drefnus – trefnus bob rhan ohoni ond y bar brecwast, wrth gwrs – a sefyll wrth ysgwydd dde ei gŵr rhwystredig.

"Nawr 'te Albert bach, fe wna i'r cyfan, 'y'ch chi ddim i fecso am hyn, wy' wedi arfer gwneud jobs bach fel hyn pan oeddwn i gartre' gyda Dadi yn Rhydaman."

"Ia, ond pentra ydi hwnnw, Fictoria, lle hwylus hefo strydoedd."

"Tref fechan 'falle, Albert."

"Wel, tre fechan 'ta, ond 'does 'na ddim un rhesiad iawn o dai – heblaw y pwt rhes dai cownsul 'na – yn yr ardal yma nac oes?"

"Dished fach fydde o help Albert," ac ar hynny gadawodd Fictoria ochr ei gŵr a chroesi at y tecell.

Cysurodd yr hyfforddwr casglu anfodlon dros ei hysgwydd.

"Albert, 'fydda'i ddim clip yn trefnu'r cyfan. Fe ga' i bip ar y llythyr 'na wrth yfed fy nghoffi nawr, yna fe ddechreua' i mor glou ag y galla'i, ontefe. Mae hi'n dishgwl yn ffein felly fe af i ma's ar ôl cinio heddi."

"Wn i ddim am braf, Fictoria, mi welais i'r *Weather for Farmers* ddoe ddwytha', ac roedd hi'n gaddo cawodydd am yr wsnos yma drwyddi bron."

"'Na lwcus y'ch chi felly fod eich dyddie chi o ganlyn tractors a bailers wedi mynd, ontefe, Albert? Fan hyn, yn *Nhegfynydd*, ger *Llanfihangel Fair*, Sir Gaerfyrddin, SA27 1MJ ry'ch chi'n byw nawr, nage ar fferm fawr yn Sir Fôn, a'r unig gropiau sydd 'da chi i ofalu amdanyn nhw yw dwy res o dato a chlwmpyn mawr o Riwbob."

"Rwan, peidiwch ag anghofio'r pys a'r ffa a'r sbrowts a'r cabaitsh," meddai ei gŵr gyda gwên ddireidus wrth ddechrau yfed ei baned ddeg.

Felly, yn fuan ar ôl cinio, wedi bwrw cip brysiog ar gynnwys yr amlen ddadberfeddedig, sticio ei baj ar ei chôt a 'mofyn bag plastig i ddal yr amlenni casglu, gwelwyd Fictoria yn cychwyn am gyfeiriad ei char bach coch – anrheg gan Albert – ac yn ei chychwyn hi i gasglu.

Bu Albert wrthi drwy'r prynhawn yn chwilota am olion pryfed duon ar y ffa ac yn chwilio am anrheithiau wyau a chywion bwyteig *Cabbage Whites* ar ei fresych, yn priddo a chwynnu, ac roedd newydd fynd i mewn i'r tŷ i chwilio am hoe fach â'r copi cyfredol o *Gardening World* – cylchgrawn a gâi gymaint o groeso ganddo â'r *Farmer's Weekly* bellach, pan glywodd sŵn injan y car bach coch yn tynnu i fyny'r dreif.

"Adra'n gynnar," meddai wrtho'i hun. Roedd ei Fictoria ef yn ddeheuig gyda phopeth. Ar hynny, clywodd lais uchel a sgrechlyd braidd, Mrs Jones y Ficrej yn galw o'r drws ffrynt.

"Albert, dewch 'ma'n glou. Mae Fictoria wedi cael niwed i'w throed wrth ddod lan steps tŷ ni. So'r Pwyllgor Adeilade yn gwneud ei waith yn iawn chi'n gweld . . . felly ddreifes i 'ddi gartre' . . . sa i'n lico golwg y micwrn 'na o gwbwl."

Bu Albert ar daith i'r *Accident and Emergency* wedyn, ac wedi oriau maith o aros a thynnu *X Rays* a phethau cyffelyb cafodd ar ddeall nad oedd ei wraig wedi torri dim, dim ond tynnu gewynnau. Fel y gyrrai hi adref yn y glaw, sylweddolodd oblygiadau'r ddamwain.

"Fe fydd raid i mi wneud y casglu *Barnados* yma i chi, Fictoria," meddai mewn llais pendant wrth droi i mewn trwy'r glwyd at y tŷ, ac er holl brotestiadau ei wraig fethedig y byddai'n ffonio *Barnados* i esbonio, a phethau cyffelyb, 'doedd dim yn tycio.

"Na, rhaid i'r peth gael ei wneud yn ystod yr wythnos yma, dyna ddeudodd y llythyr," meddai yn ateb i bob gwrthwynebiad.

"Mi gewch chi ista yn y cwt gwydr smart – fel y galwai Albert y consyrfatri – i ddal hynny o haul fydd, a restio'r ffêr 'na."

Ac felly y bu.

Treuliodd Albert weddill y noson yn gwneud nodiadau yn ei lyfr bach coch ac yn astudio'r *O.S.*

Bore trannoeth cododd Albert yn blygeiniol – roedd wedi hen arfer codi cyn y dydd i odro ym Môn gynt – ac wedi paratoi brecwast eitha' teidi i'w wraig – roedd wedi bod yn hen lanc a allai ofalu amdano'i hun ers blynyddoedd – aeth ati i ailastudio'r llythyr, a darllen y cyfarwyddiadau drachefn. Yna aeth ati i chwilio am ei glipbord newydd-brynedig – yr un a gafodd ddoe yn siop *WRVS* yr Ysbyty. Y feri peth! Rhagluniaeth siŵr o fod! – a chychwyn gwneud ei gynlluniau manwl.

Am ddeg gwelwyd ein harwr yn cychwyn allan ar ei daith. Bum munud yn ddiweddarach roedd yn ei ôl, wedi anghofio ei glipbord. Cychwynnodd drachefn, ac wedi chwarter awr dychwelodd i binio ei faj ar ei gôt. Roedd ar ei ffordd allan pan gofiodd yn sydyn y byddai cês bach yn edrych yn well i gario arian ynddo na bag plastig, felly yn ôl ag ef i'r tŷ eto. Ni chlywyd dim ganddo am y teirawr nesaf, a chafodd ei wraig orffwys yn y cwt gwydr smart, yn braf ei byd ac yn gwrando ar y radio.

Roedd yn hanner awr wedi dau pan ddaeth y casglwr yn ôl o'i anturiaethau ariannol, ac wedi rhoi ei gês a'i glipbord yn flinedig ar far brecwast y gegin, aeth drwodd i'r cwt gwydr smart a suddo'n flinedig i gadair wicer glustogog a chyfforddus. Ni thynnodd ei gôt ond tynnodd ei esgidiau, ac edrychodd yn drist i wyneb ei wraig ddisgwylgar.

"Am ddwrnod! Welis i 'rioed ffasiwn beth. Neb i mewn . . . Pawb allan . . . Pentwr heb newid . . . Siŵr i mi dreulio dwyawr o'r teirawr ddwytha' yn cerdded a chnocio, a hynny i ddim byd. Fel y deudai'r hen weinidog oedd gynnon ni ym *Mhenucheldre* gynt, 'I ba beth y bu y golled hon?'"

"I *Barnados*!" meddai ei wraig, "ond pidwch gofidio, fe lwyddes i i gasglu decpunt ddoe Albert. Fydda' i'n well 'fory, ddo'i 'da chi yn y car yn gwmni, ontefe?"

'Fory a ddaeth, ond nid oedd Albert yn fodlon gadael i'r claf deithio.

"Mi wyddoch o'r gora' be ddeudodd y doctor yna yn y casiwaliti, dim symud bér o'r cwt gwydyr smart 'ma Fictoria! Ella ca'i well hwyl ar fod yn Saceus heddiw."

Ond yn ôl y daeth ein harwr yn benisel tua thri o'r gloch. Agorodd ei gês a thynnu allan bedair amlen.

"Welis i 'rioed ffasiwn beth. Ma'r cês ma'n wag bron. Ges i lawar i edrychiad od cofiwch. Mi ddaru un Saesnas fawr dew ddweud wrtha' i nad oedd hi am ffenestri gwydr dwbwl newydd diolch yn fawr. Ar ôl hynny es i draw at y ffermdy bach 'na, wyddoch chi, yr un lle ma' 'na saith o blant dan ddeg oed, a phan ddeudais i 'mod i'n hel ar gyfar *Barnados* dyma'r fam yn deud wrtha'i gallwn i gael y *twins*! Wedyn dyma ryw blentyn yn agor drws yn y rhesiad fach tai cownsul 'na a gweiddi ar ei fam fod *Jehofa's Witness* wrth y drws isio siarad am ddiwadd y byd. Mi glywis lais ei fam yn gofyn sut oedd o'n gwbod mai *JW* oeddwn i a dyma fo'n atab fel bollt o wn fod gen i gês a chlipbord. Arwyddion pendant siŵr o fod o dueddiadau crefyddol rhywun. 'Tasa' fo 'mond yn gwbod 'mod i'n Uchel Eglwyswr! Pan ddaeth ei fam o allan i drafod y dyddiau olaf mi fuo bron i mi ddeud mai fy enw canol i oedd *Nostradamws*. Ond chwara' teg iddi, mi stwffiodd bunt i'r amlen. Diolchgar o weld 'y nghefn i oedd hi, mae'n siŵr."

Yr un fu'r stori am weddill yr wythnos i gyd. Er gwaethaf yr holl gynllunio manwl, y map a'r clipboard a'r holl gyfri gofalus a fu ar ddiwedd pob dydd, y cyfanswm erbyn y nos Wener oedd tair punt ar ddeg a dwy geiniog. (Dylid nodi yma hefyd i Albert anafu ei draed ganol yr wythnos wrth i glwyd fferm syrthio arnynt – y droed chwith ar y ffordd i mewn a'r droed dde ar y ffordd allan.) Ysgydwodd y pen-pyblican ei ben yn drist. Mewn ardal o faint hon fe ddylai'r cownt fod lawer yn uwch. Beth oedd wedi digwydd i ysbryd rhoi? I ble yr aeth cydymdeimlad â'r ddynoliaeth a thrugaredd tuag at gyd-ddyn?

"Rhaid i mi stopio siarad fel hyn," meddai Albert wrtho'i hun, "rydw i'n mynd i swnio'n debyg i'r hen foi hwnnw ym *Mhenucheldre* rwan."

Bore Llun a ddaeth, ac am ddeg fe welwyd Albert yn tynnu'r car mawr allan i fynd â Fictoria i'r *Outpatients* – i feddyg gael golwg ar y droed a nodi'r datblygiadau. Am un o'r gloch roedd y ddau yn dal i eistedd yn yr Ystafell Aros, heb weld neb ond ysgrifenyddes a nyrs a llwyth o bobl gloff ac anafus eraill. Tra y darllenai Fictoria y cylchgronau yn amyneddgar roedd Albert wedi hen flino.

"Dros ddwyawr mewn difri yn fa'ma yn cicio sodla' a dim i'w ddangos!!"

"Ewch chi ma's am wâc fach, Albert," meddai ei wraig ifanc a mwyn, "allwn ni fyth fod yn hir iawn eto."

Felly allan ag Albert ar ei draed mawr poenus, seis twelfs. Er iddynt gael penwythnos o orffwystra, roedd olion cerdded – a giatiau – yr wythnos cynt yn drwm arnynt. Lled-herciodd yn gloff am ychydig o gwmpas cyntedd yr ysbyty prysur a phenderfynodd mai da o beth fyddai cael panad bach. Er hyn, pan gyrhaeddodd y caffi *WRVS*, 'doedd dim lle i neb eistedd, felly bodlonodd ar brynu caniad o ddiod ysgafn – *Coke* – un iddo'i hun ac un i'w wraig, wrth gwrs. Cerddodd yn ôl yn araf drwy'r cyntedd gorlawn a phenderfynodd fynd allan i'r awel iach am funud – wedi'r cyfan, boi o'r wlad oedd o! Safodd yno wrth y drws mawr, pocedodd un can ac agor y llall a dechrau yfed. Pasiwyd ef gan nifer o bobl mewn gwahanol stadau o afiechyd a iechyd, ond ni chymerodd Albert lawer o sylw o neb, dim ond parhau i yfed ei ddiod a symud o un droed i'r llall fel hen geffyl mewn cae. Roedd wedi gorffen llyncu'r gegaid olaf cyn iddo sylweddoli beth oedd yn digwydd. Wrth ei benelin dde safai gwraig fer, fawr a chanol oed mewn dillad drudfawr, hefo sbectols tew fel gwaelodion poteli llefrith. Llygadodd ef yn fanwl ac agos am eiliad. "Y nefoedd," meddai'r archgasglwr trethi wrtho'i hun. "Well i mi ddeud mai Albert Williams, nid Nostradamws, ydw i a bod gen i wraig eisoes diolch yn fawr, nad ydw ddim yn un o'r *Tystion Jehofa* nac yn werthwr ffenestri 'chwaith." Ond cyn iddo gael cyfle i agor ei geg dechreuodd y ddynes ei ganmol.

"Y'ch chi a'ch siort yn gwneud gwaith da iawn, chi'n fethedig eich hunan, ond chi'n fodlon gwneud rhywbeth i helpu eraill!" meddai wrtho.

"Whare teg i chi am roi o'ch amser i gasglu at achos mor dda. Jest rhywbeth bach i helpu, ontefe."

Safodd ar flaenau ei thraed a stwffiodd bapur ugain punt i mewn i dun *Coke* gwag Albert cyn mynd yn fân ac yn fuan i lawr y grisiau ac allan am y lle parcio ceir. Ni welodd Albert mohoni mwy ac ni chaniatâi ei draed iddo redeg ar ei hôl ac esbonio popeth. Safodd yno yn gegrwth a mud am rai eiliadau, ac yna trodd yn ôl yn araf am y cyntedd mewnol. Roedd golwg syn a myfyriol a phell ar ei wyneb.

"Iw-Hw Albert, weles i'r doctor a wedodd e bod popeth yn iawn."

Gwenodd Albert a chynigiodd ei fraich i'w wraig. Pwysodd y ddau ar ei gilydd ac allan â hwy.

"Ydio wir? Diolch byth. Dowch i ni gloffion fynd adra'r munud yma, i mi gael ailgyfri cownt terfynol *Barnados*. Mae gen i le da i gredu ei fod o newydd fynd i fyny!"

# Y Bwcwl
(Stori Fer)

HEFIN WYN

Ailchwaraeais y tâp i sicrhau fod y cyfweliad wedi ei gofnodi'n ddi-fefl. Oedd, roedd llais Eiddwen i'w glywed yn gwbl glir. Roedd hithau'n fodlon gyda'r cwestiynau ac o'r farn ei bod wedi cael pob chwarae teg i sôn am gynllun y gefeillio. Roeddem eisoes wedi rhoi ailgynnig ar ddarnau o'r sgwrs am fod Eiddwen, ar ei chyfaddefiad ei hun, wedi 'cafflo' fel y mynnai ddweud.

Gwrthodais y cynnig o ddishgled o de, ac oedd, roedd hi'n llawer rhy gynnar yn y dydd i dderbyn dim cryfach thenciw. Prin fu'r mân siarad rhyngom. Synhwyrais nad oedd digon o oriau yn y diwrnod i ganiatáu i Eiddwen gyflawni ei gorchwylion, a hynny, er ei bod wedi ymddeol ers tro.

Dywedais eto fod y cynllun gefeillio yn swnio'n gyffrous ac y buaswn wrth fy modd yn cyfarfod â'r Frenhines Tamahwtw petai pob dim yn dod i fwcwl. Mynegais fy edmygedd o'i dyfalbarhad a'i pharodrwydd i ym-gymryd â her anghyffredin.

Amneidiais i adael gan godi ar fy nhraed a thynnu'r peiriant oddi ar y bwrdd yn un symudiad trwsgl. Synhwyrwn fod fy lletchwithdod wedi ei amlygu ei hun eto wrth i mi lusgo a chodi'r recordydd anhylaw oddi ar y bwrdd. Rhwng sgrech coes y gadair ar y llawr cerrig a mwmial nerfus y ddau ohonom clywais sgrialad ar draws y bwrdd. Gyda chil fy llygad gwelwn sgathriad dwfn chwe modfedd o hyd ar y bwrdd pren caled newydd ei farneisio.

˙Troais i wynebu Eiddwen a gwelwn hithau'n syllu trwy gil ei llygad ar y bwrdd gwerthfawr tra parhai i sôn gydag afiaith am ei gobeithion ynghylch y gefeillio. Ni fynegodd unrhyw arwydd o arswyd. Ni newid-iodd un mymryn ar ei hymarweddiad. Er bod edrychiad y ddau ohonom wedi adrodd cyfrolau wrth ein gilydd, am un ennyd hir parhawyd â'r confensiwn o gwrteisi. Perswadiais fy hun fod y sgathriad yno ers tro tra yswn i sgidadlan o'r tŷ cyn gynted â phosib. Rhaid cyfaddef fod euog-rwydd yn fy hebrwng trwy'r drws.

Rhaid fy mod wedi gyrru am chwarter awr mewn gwewyr meddwl cyn tynnu i mewn i arhosfa lle nad oedd yr un car arall wedi parcio. Teimlwn yn anniddig. Roedd fy nghydwybod yn glymau mân.

Archwiliais y teclyn. Gwelwn fod y bwcwl metel a ddaliai un o'r llabedau yn lled hongian yn rhydd. Roedd yna hoelen fechan wedi plygu yn y fath fodd nes bod cyffwrdd â'i phen gyda blaen fy mys yn achosi pigiad o boen. Dychmygais y byddai gwasgu'n galed yn ei herbyn yn siŵr o dynnu gwaed. Hawdd fyddai dirnad y profiad o groeshoeliad trwy gledr fy llaw.

'Doedd dim dwywaith amdani. Roedd yr hoelen o dynnu'r recordydd ar osgo arbennig yn medru dynwared ebill yn anrheithio celficyn. Onid dyna oedd wedi digwydd? Roedd y bwcwl wedi aredig bwrdd tîc Eiddwen a 'doedd dim modd llyfnu'r pridd a chau'r gŵys. Beth ddylwn ei wneud? Teimlwn fel clwtyn diymadferth.

Ceisiais ymresymu.

Nawr, pam ddylwn i fy nhrin fy hun fel troseddwr? 'Doeddwn i ddim wedi cael fy nal yn cyflawni trosedd. Onid dyna'r llinyn mesur priodol? Os felly 'doedd gen i ddim i'w boeni yn ei gylch. 'Doedd Eiddwen ddim wedi fy herio ar y mater. 'Doedd hi ddim wedi fy nghyhuddo. 'Doedd hi ddim wedi tynnu fy sylw at ddim oedd o'i le. 'Doedd ganddi ddim tystiolaeth yn fy erbyn. Gair yn erbyn gair fyddai hi. Ond eto roedd yr ennyd hir yna o gil-edrychiad yn dal i fy mwyta.

Roedd hi'n rhy hwyr i ddychwelyd i Fryngolau. Fe fyddwn yn gwneud ffŵl ohonof fy hun. Y tebygrwydd yw na fyddai Eiddwen gartref beth bynnag. Ond beth petawn yn galw'n ôl, ar yr esgus fy mod wedi anghofio rhywbeth, petai ond i gael cip sydyn i benderfynu drosof fy hun a oedd y sgathriad yn amlwg yn rhan o'r graen neu yn anfadwaith a achoswyd yn ystod yr oriau diwethaf? Onid yw hi'n arfer gan bob troseddwr i ddych-welyd i fangre ei anfadwaith? Onid yw hynny yn un o'r posibiliadau sydd flaenaf ym meddwl pob plismon sy'n ceisio datrys trosedd?

Gan bwyll nawr. 'Dwi'n gor-ymateb. Rhaid i mi roi'r digwyddiad o'r neilltu yng nghefn fy meddwl. Rheitiach peth fyddai i mi ganolbwyntio ar fy ngwaith yn hytrach na damcaniaethu.

Taniais yr injan. Wrth yrru'n hamddenol gwrandewais ar y sgwrs drosodd a throsodd gan ddyfalu i bwy y medrwn werthu'r stori. Wedi'r cyfan dyna oedd fy amcan. Cael gafael ar sgŵp a'i phedlera hyd yr eithaf. Byddai hynny o fantais i Eiddwen a thref Aberhalen yn ogystal â'm cyfrif banc innau. Dyna oedd y ddêl beth bynnag. Roedd Eiddwen yn chwennych cyhoeddusrwydd er mwyn denu barn gyhoeddus o blaid y gefeillio anarferol. Dyna oedd fy nhasg yn ystod y tridiau nesaf.

Roedd yn rhaid i mi wrando eto ar y tâp er mwyn penderfynu ar yr elfennau a fyddai'n dal sylw.

Dyma fel y gwelwn i'r stori:

Mae tref Aberhalen, sydd yn dref fechan dwristaidd ar yr arfordir, yn awyddus i efeillio â thref yn Lesotho. Mae yna ddolen yn barod rhwng Cymru a'r wlad Affricanaidd. Mae Eiddwen Rees eisoes wedi bod yno ac wedi cyfarfod â'r Frenhines Tamahwtw sy'n frwd dros y syniad. Nawr, mae'r olygfa o deulu brenhinol mewn gwisgoedd brodorol yn gorymdeithio ar hyd strydoedd Aberhalen yn fy ngoglais yn fawr. Rhaid defnyddio hynny fel abwyd. Rhaid teilwrio'r stori fel ei bod at ddant pob cyhoeddiad. Gallwn gael ymateb rhai o fechgyn a merched ifanc y dref i'r syniad o gael cariadon croen-ddu. Byddai hynny'n bodloni'r wasg felen. Dyfyniad neu ddau o'r gogwydd llamsachus. Ychydig o sôn am dras y Frenhines Tamahwtw a fyddai'n bodloni'r cyhoeddiadau lled-barchus. Ar gyfer y cyhoedd-iadau trymion gellid sôn am y croesbeillio diwylliannol a fyddai'n siŵr o ddigwydd; dwy wlad gerddorol mewn harmoni. Byddai rhai o'r cylchgronau'n siŵr o gomisiynu erthyglau'n cofnodi ymweliad arfaethedig y Frenhines. Byddai nifer o orsafoedd radio yn siŵr o ddefnyddio pytiau o'r sgwrs roeddwn newydd ei recordio.

Fe fyddai'r stori yn siŵr o godi ei phen yn gyson dros y misoedd nesaf. Rhaid cofio mai gefeillio o fewn Ewrop a wneir gan amlaf ac nid gydag ardal ar gyfandir arall. Byddai hynny'n elfen i'w phwysleisio wrth werthu'r stori. Potensial o sawl ceiniog fach fan hyn.

Ond roedd yn rhaid cadw mewn cysylltiad cyson ag Eiddwen Rees.

Ni chofiaf iddi hi gysylltu â mi yr untro yn ystod y misoedd dilynol. Y fi fyddai'n codi'r ffôn a hynny'n aml ar ôl treulio oriau yn magu plwc. Teimlwn fod y sgwrsio yn oeraidd 'mater-o-ffaith', ac roeddwn yn aml yn gwingo yn fy sedd ac yn chwys oer wrth osod y ffôn yn ôl yn ei grud. Ni fedrwn ddirnad ai'r Eiddwen brysur broffesiynol oedd ar y pen arall neu'r Eiddwen a oedd wedi pwdu ac o fewn haenen denau o dymer i fynegi ei dicter. Fe'i dychmygwn â'i ffôn mudol mewn un llaw tra byseddai'r creithiau ar y bwrdd gyda'i llaw arall wrth sôn am y neges ddiweddaraf a dderbyniwyd o'r dref wedi ei lleoli rywle rhwng y brifddinas Maseru a Mynyddoedd Drakensburg.

Gwneuthum fy ngorau i wenieithu ac i annog dyfalbarhad ond synhwyrwn fy mod yn cyfleu'r argraff o fod yn ffuantus. A oeddwn yn llwfr? 'Doedd dim rheswm i mi i alw i'w gweld ac ni ddaeth gwahoddiad i roi gwaedd petawn yng nghyffiniau Aberhalen. A oeddwn yn gachgi yn ei golwg hi?

Fe'm cawn fy hun yn ddiarwybod yn fy ngosod fy hun ym mhenglog Eiddwen Rees. Ceisiwn olrhain ei bywyd yng nghyd-destun y bwrdd. Meddyliwn amdani wedi treulio cwlffyn hir o'i hoes ar ystâd dai yng nghyffiniau Abertawe gyda'i chartref yn fan cyfarfod i groestoriad o bobol. Roedd ganddi ddrws agored ar gyfer pawb ar yr ystâd, yn ddynion di-waith, yn famau ieuanc, yn weddwon unig, yn buteiniaid a phlismyn. Fe fydden nhw'n cyfarfod o gwmpas ei bwrdd ond 'doedd fiw i'r un ohonyn nhw edliw na chablu o fewn ei chlyw. 'Doedd ei chroeso ddim heb ei amodau. Ond *pwrpasol* oedd y gair gorau i ddisgrifio ei dodrefn yno.

Ar ôl symud i Aberhalen y penderfynodd fuddsoddi mewn dodrefn chwaethus. Y bwrdd tîc hirgrwn oedd canolbwynt ei hystafell. Roedd yna urddas tawel yn perthyn i'r pren tywyll. Hwn oedd ei man cyfarfod ar gyfer croesawu trawstoriad o bobol. O gwmpas y bwrdd y byddai'n cynadledda a phwyllgora. Ar y bwrdd y byddai'n gweini bwyd a diod, yn paratoi ei thasgau ac yn tafoli ei hymdrechion. Ac roedd yna sgathriad salw yn ei ganol nad oedd yn bosib i'r cwyrad mwyaf trwyadl ei ddileu.

Wel, onid ei busnes hi oedd gosod lliain ar y bwrdd rhag ei fod yn cael ei ddifwyno meddwn yn uchel wrthyf fy hun wedi ymgolli'n llwyr yn fy nyfalu. Fe'i cystwywn yn hallt am fod mor esgeulus. Mae'n rhaid ei bod yn colli ei marblis meddwn. Ceisiwn drosglwyddo'r bai gan obeithio pan ddeuai'r cyfle i ymweld â Bryngolau eto mai ffrwyth fy nychymyg oedd unrhyw sgathriadau.

Fe ddaeth y cyfle hwnnw naw mis ar ôl yr ymweliad cyntaf. Roedd ei Huchelder y Frenhines Tamahwtw wedi cyrraedd Aberhalen. Ni wyddwn beth i'w ddisgwyl. Ai rhwysg ac ysblander? A fyddai'n ffroenuchel? A fyddai'n rhaid cowtowio i bob ystum o'i heiddo? A fyddai'n rhaid ym-grymu wrth ddilyn pob datganiad o'i genau? A fyddai yna haid o weision a morynion yn bodloni pob chwiw o'i heiddo?

Pan gyrhaeddais Fryngolau roedd yna ddynes groenddu radlon braf yr olwg yn cerdded yn droednoeth trwy'r ardd. Gwisgai ffrog laes flodeuog. Roedd gwên lydan serchog ar ei hwyneb. Fe'm cyfarchodd fel petai wedi fy adnabod erioed a chyn iddi gael fy nghyflwyno i mi. 'Doedd dim arlliw o soffistigeiddrwydd yn hofran o'i chwmpas. Yr hyn a'm trawodd yn bennaf oedd ei choesau a'i bigyrnau. Roedden nhw'n gyforiog o sgathriadau coch ar ôl cerdded trwy sofl cae llafur gerllaw. Roedd yn amlwg fod hon yn ddynes y pridd. Mynegodd ei llawenydd o fod yn Aberhalen a'i bod wrth ei bodd yn cerdded trwy'r caeau ben bore cyn diflaniad y gwawn. Medrai ei huniaethu ei hun â sawr cnwd newydd ei gynaeafu. Medrwn synhwyro fod gwlith y bore yn puro'r Frenhines Tamahwtw. Anadlodd yn ddwfn gan ganmol hyfrydwch byd natur a'i gymharu ag eiddo ei chynefin ei hun.

Amneidiodd Eiddwen arnom i ddod i'r tŷ i gael coffi. Dilynais Tamahwtw wrth iddi gerdded ling-di-long gyda'i chluniau a'i morddwydydd yn gwegian o un ochr i'r llall mewn rhythm pendant. Osgo dynes fferm a welwn yn hytrach nag osgo aelod o lys brenhinol. Fe'n tywyswyd i'r ystafell fawr gyda'r ymwelydd yn dal i barablu'n afieithus yn ei Saesneg clapiog. Chwarddai'n llawen yn hytrach nag yn gwrtais weddus fel y dychmygwn y gwnâi aelodau o frenhiniaeth. Eisoes roedd ei phersonol-iaeth yn llenwi Aberhalen gyfan.

Fe fydd gen i stori dda i'w sgrifennu meddyliwn. 'Chaiff cylchgronau mo'u siomi. Fe fydd y Frenhines yn sicrhau copi da. Byddai'n rhaid i mi 'mofyn y recordydd tâp o'r car cyn hir.

Canmolodd chwaeth yr ystafell ddirodres ac aeth at y bwrdd hirsgwar gan ei anwesu â'i dwylo rhofiog.

"*Pren da,*" meddai, "*tebyg i'r pren y bydd ein dynion ni'n ei ddefnyddio ar gyfer eu cerfiadau traddodiadol. Pren gwrywaidd iawn,*" oedd ei dyfarniad awdurdodol cyn holi hanes y celficyn.

"*Ble fuoch chi mor ffodus i gael y fath fwrdd?*" oedd ei chwestiwn.

"*O, wedi talu dros £2,000 amdano mewn arwerthiant, ac mae hynny'n ddrud iawn yn ein harian ni,*" meddai Eiddwen.

Prin fod y Frenhines yn talu sylw wrth i'w llygaid hoelio ar yr hyn a welsai ar yr wyneb mewn un man.

"*£2,000 a nam amlwg fel hyn arno. Beth sy' wedi achosi'r niwed yma?*" holodd.

Bu ysbaid o dawelwch. Edrychodd Eiddwen a minnau ar y bwrdd cyn edrych i fyw llygaid ein gilydd. Fflachiodd cant o bapurau ugain punt trwy sgrîn fy meddwl. Onid dyna'n fras yr hyn a enillais hyd yma wrth bedlera stori'r gefeillio? Ond roedd Tamahwtw yn dal i ddisgwyl ateb.

"*O, hwnna,*" meddai Eiddwen yn lled-ddidaro, "*mae'r sgathriad bach 'na yn symbol ac yn atgof clir o ddechrau gwthio'r cwch i'r dwfn gyda'r gyfeillio.*"

# Lladd Amser
## (Stori Fer)

### GWEN PARROTT

Mae'r Heddlu'n gadael nawr. 'Dwi'n gallu 'u gweld nhw o 'stafell y llofft yn sefyll wrth y car, yn cael gair bach 'da Eiri'n chwaer. 'Alla'i weld 'i gwefuse' hi'n symud a 'dwi'n gwybod yn iawn beth mae'n 'i ddweud.

"Ma' Jen tamed yn slow," medde Eiri ac mae'r plisman yn siglo'i ben mewn cydymdeimlad.

Mae'n haws gadael i bobl feddwl 'mod i'n shimpil ar adege ond ataldweud sy arna'i, 'na i gyd. Er, i fod yn onest, 'dyw e ddim yn nodweddiadol o'r cyflwr. 'Dwi ddim yn gwneud sŵn fel nadredd neu'n poeri pips. 'Dwi ddim yn gwneud sŵn o gwbl, 'na'r gwaetha' ohoni, dim ond rhyw gorddi yn fy ngwddw felse'n ffan-belt i 'di torri – fel y dywedodd Irfon, gŵr Eiri, unwaith. Yn dawel fach, mae e ac Eiri'n beio'r ysgol. 'Dwi 'di'u clywed nhw lawr llawr erbyn nos sawl tro yn sôn am y peth. 'Tase' rhywun 'di gwrando arna' i'r adeg honno fydde pethe'n wahanol. 'Falle 'u bod nhw'n iawn. 'Dwi'n trio peidio â meddwl am y peth.

'Dyw hynny ddim yn galed – yn yr haf, fel hyn, y'n ni mor fishi yn rhedeg y busnes, 'dwi braidd yn cael amser am ddished o de heb sôn am fynd i hel meddylie. Nawr bod wyth o fflatie 'da fi i lanhau o leia' unwaith yr wythnos, 'dwi wrthi o'r peth cynta'n bore. Syniad Eiri o'dd e i droi'r hen glowty a'r sgubor yn fflatie haf. Y'n ni 'di troi'r twlc yn un hefyd, ond y'n ni'n cadw hynny'n dawel. Ma' lot o fynd yn Eiri – mae'n gweld yn bell. Gwaredodd hi'r gwartheg sbel cyn y BSE, er 'falle taw diogi Irfon ddim ishe godro o'dd wrth waelod hynny. Ma' Irfon yn well 'da thractoried na chreaduried. Mae e cystel â garej i'r ymwelwyr a'r cymdogion a mae e wastod yn barod i roi lifft lawr i'r pentre' i fi.

'Na ble bydda'i pan nad wy'n gweithio, lawr yn y pentref yn ishte yn y sheltar, i weld pwy sy'n dod odd'ar y bws, neu yn y siop 'da Gwyndaf yn clywed y clecs diweddara'. Siop bob peth sy' 'da Gwyndaf ac un pwmp petrol. Ambell waith 'dwi'n helpu i gario nwydde miwn o'r lorïe sy'n galw, achos mae e'n gloff, ond rhan fwya' o'r amser 'dwi'n ishte ar stôl ma's o'r golwg. O fanna 'dwi weithe'n gallu dweud brawddeg gyfan. Dyna lle'r o'n i pan dda'th y ddwy hen fenyw i fewn i ofyn y ffordd i'r ffarm. Cynthia a Daphne Pigott. Wedon nhw ddim hyd yn oed 'shwd y'ch chi heddi', dim ond gofyn am y ffarm yn 'u lleishe uchel Susneg. Fe wedodd Gwyndaf nad o'dd e'n deall y ffordd o'n nhw'n gweud 'Tregwndwn Fach' a 'neud iddyn nhw sillafu'r enw – gelon ni sbort am 'nny wedyn. O'n i'n dal i wherthin wrth gerdded gatre', er, fel arfer, sa i'n ffond o'r shwrne lawr y llwybyr hir, tywyll, rhwng y cloddie uchel a hithe'n nosi.

Pan gyrhaeddais i, o'dd Eiri ac Irfon yn wên i gyd.

"Gredi di byth beth yw enw'r bobol newy' yn y twlc – Pigott!" medde Eiri, "Cer â pheint o la'th draw iddyn nhw, 'na gw' gel."

Es i. Y fflat leia' yw'r twlc, er fel 'Primrose Patch' ma'r ymwelwyr yn 'i nabod hi. O'dd hi'n ddwyawr dda ers iddyn nhw gyrra'dd, weden i, ond o'n nhw ddim wedi mudo odd'ar y soffa. Agorodd un ohonyn nhw ddim 'i phen i weud diolch, hyd yn oed, dim ond gorwedd â'i bysedd dros 'i llyged felse'r byd yn rhy boenus iddi ddrychyd arno fe.

"Over there," medde'r llall, yn chwifio'i llaw, ond fel o'n i ar fin 'i roi e lawr ar y ford, galwodd hi ma's, "No, no, in the fridge! You know . . . f-r-i-d-g-e!" Pob llythyren fel bwled.

A dyna fel fuodd hi. O'n nhw fel drychiolaethe wrth ddrws y bac bob dydd, yn gofyn am hyn neu'r llall, felsen ni'n cadw warws at 'u diben nhw, a dim mwy serchog na diolchgar o ga'l 'u tendans na dwy hwch. Beth o'dd yn 'u rhwystro nhw rhag cerdded i'r siop os nag o'n nhw ishe mynd yn y car? Ag i roi'r tin hat ar y cyfan o'n nhw'n edrych yn ofalus ar bob taleb a chyfri'r arian ma's i'n llaw i wrth i fi sefyll wrth y drws. O'n i lan a lawr at Gwyndaf o leia' ddwywaith y dydd yn 'mofyn lla'th – o'n nhw'n yfed galwyni di-ben-draw o de os nag o'n nhw'n 'neud dim arall. Bydden i 'di bod yn falch i aros 'na er mwyn jengid ma's o'u ffordd nhw. O'dd Eiri ddim felse hi'n sylwi faint o waith o'dd wrth y Pigotts, dim ond gweud, ddengwaith y dydd, "Cer â fe draw i'r twlc, 'nei di, Jen? So ni ishe iddyn nhw feddwl bo' dim croeso 'ma."

'Se Eiri 'di gorfod delio â nhw 'falle bydde hi 'di newid 'i chân ond fi o'dd yn rhedeg 'nôl a 'mla'n fel ci bach. O'n ni'n barod iddyn nhw fynd ar ôl tridie, ac ar ôl yr wythnos gyntaf pan es i miwn i newid y gwelye a gweld shwd le odd 'na . . . ond 'na fe – moch wrth enw a moch wrth natur, ontefe?

Llwyddes i i weud 'na wrth Gwyndaf. Gwenodd a rhoi *Milky Way* i fi, ond da'th torf o bobol i'r siop wedyn a 'ches i ddim siawns i ofyn iddo fe beth ddylen i 'i 'neud.

"Paid poeni, les," medde fe, fel o'n i'n gadael, "Dim ond whech dwrnod a byddan nhw 'di mynd. Ti dros y gwaetha' nawr."

'O'dd e ddim i wybod, wrth gwrs, taw dim ond y dechre o'dd hyn. Wrth i fi gerdded 'nôl lawr y llwybr y diwrnod hwnnw, a bag yn llawn wyau a chwart o la'th, o'n i 'mhell bant. O'dd pob sŵn yn dod ata'i trwy ryw niwl tew. 'Na pam 'glywes i ddim y moto-beics nes o'n i ar y ffald. O'n i â'n llaw ar yr iet fach sy'n arwain at y twlc pan ddaeth rhyw wynt sydyn o rywle, a sŵn fel can tarw'n rhuo. Sa i'n cofio taflu'n hunan at y drws, na gwasgu'r bag nes i'r wyau a'r lla'th dorri a chymysgu i'w gilydd a sarnu drosta'i, ond 'dwi yn cofio agor 'yn llyged a gweld un o'r ddwy yn edrych lawr arna'i. Ac o'dd yr un olwg ar 'i hwyneb hi, yr un dirmyg ag o'dd ar wyneb Miss Jenkins Tŷ'r Ysgol y dwrnod hwnnw y ces i'n stwmog 'nôl drosti pan o'n i'n chwe blwydd oed.

Arhoses i'n 'yn 'stafell am weddill y dydd, yn ishte ar sil y ffenest ac yn gwylio'r ddau fachgen a'r moto-beics yn cario 'u heiddo i'r fflat gyferbyn â'r twlc. O'n nhw'n lleder du o'u pen i'w traed, ond o'dd popeth yn deidi 'da nhw. Wedyn ddethon nhw ma's i lanhau'r beicie â thun o gwrw bob un. Am awr gyfan buon nhw wrthi, y sbaneri'n disgleirio'n yr haul yn 'u dwylo nhw a'u gwallt hir yn chwythu fel gwellt y cloddie yn yr awel. Daeth Irfon ma's atyn nhw i drafod y beicie. Allen i glywed y wherthin – ma' Irfon yn gallu bod yn gês, ond o'n i ddim yn gwenu. Na, 'na i gyd allen i feddwl amdano o'dd cyment o'n i ishe ca'l 'u gwared nhw. O'dd 'u gweld nhw a'r ddwy fenyw yn croesi'r ffald yn hala sgryd arna'i. O'dd e felse amser wedi arafu.

Sa i'n casáu ymwelwyr fel rheol. 'Dwi'n falch fod pobol ishe dod i Shir Benfro i aros a gwario'u harian. Duw ŵyr 'sdim gwaith arall i ga'l 'ma, 'nenwedig i rywun fel fi. Ma' pawb o'n oedran i'n gadel – er ma' Gwyndaf yn cadw cownt o ble ma' pawb 'di mynd a beth ma' nhw'n 'neud. Ar

ôl i fi arllwys 'y nghŵyn, y dwrnod wedyn, medde fe'n sydyn, "Ma' Miss
Jenkins Tŷ'r Ysgol wedi gorfod mynd i fyw at 'i nith yn Aberystwyth. Ma'
nhw'n gweud bod Alzheimer's arni."

Gweud hwnna i godi 'nghalon i o'dd e – o'dd e ddim yn wir o reidrwydd,
ddim am yr Alzheimer's, ta beth. 'Dwi 'di sylwi taw clecs am fethiant
ac afiechyd y rhai sy 'di mynd o 'ma sy' 'da Gwyndaf, yn enwedig y rhai
o'dd yn yr ysgol tua'r un pryd â fi. Bach iawn o bobol sy'n gwybod beth
ddigwyddodd i fi 'na, ond mae Gwyndaf yn gwybod y cwbwl erbyn hyn.
I fod yn deg â Miss Jenkins 'doedd hithe ddim yn gwybod 'chwaith – dim
ond gweld y canlyniade 'na'th hi, ond ddyle unrhyw un â llyged yn 'i ben
fod wedi sylwi fod rhywbeth o'i le ar blentyn sy'n ei wlychu a'i drochi 'i
hunan yn rheolaidd ar y ffordd i'r ysgol. Y dwrnod fues i'n sâl, gafaelodd
hi yno'i wrth 'y ngwallt, felse pob rhan arall ohona'i yn rhy fowlyd iddi
gyffwrdd ynddo fe, a'n martsio i ma's i'r sinc yn 'stafell gotie'r merched.
Trw'r drws allen i weld cryts Pantrhedyn, y tri ohonyn nhw, yn rhoi'i
beicie yn y sied, cyn dod miwn i sefyll ymysg y rhesi o blant a chanu
'Daeth Iesu i'm calon i fyw' mor ddiniwed ag ŵyn bach. Buodd yn rhaid i
fi ishte ar wahân yn 'y nillad drewllyd nes i bawb fynd i'w dosbarthiade.
'Ddangosodd ddim o'r tri unrhyw arwydd 'u bod nhw'n gyfrifol am 'yn
stad i, ddim byth. O'n i'n chwys oer a nhwythe ddim wedi cynhyrfu.
Ond wedyn, y llwynog sy'n chwysu, nid yr helgi. Ddydd ar ôl dydd yr un
gêm, ar 'u beicie ar hyd y llwybr, a'r llwch yn tasgu neu'r dŵr o'r pylle, yn
'y nghwrso i fel anifail a finne'n rhedeg yn ddall o glawdd o glawdd a'n
anadl yn llosgi yn 'y mrest. O'n nhw wastod yn 'y nal i, yn gwneud cylch
o'n amgylch i, yr olwynion yn sgathru 'nghoese i. Ac wedyn fe fydde un
ohonyn nhw'n codi'n sgert i neu, os o'n i ar lawr, yn rhoi 'i droed ar
gefen 'y mhen i i 'neud i fi flasu'r baw. Hyn i gyd mewn tawelwch llwyr.

"Ti am rwbeth bach i setlo dy nyrfs?"

Sigles i 'mhen. Ma' Gwyndaf yn cymryd powdwr pan ma'i go's e'n dost.
'Dwi'n gwybod nad stwff o'r doctor yw e, achos weles i un o yrwyr y lorïe
yn rhoi pecyn bach iddo fe ar y slei. Powdwr gwyn mewn bagie bach
plastig. Ges i flas ohono unwaith ac o'n i'n teimlo'n od iawn am orie.
'O'n i ddim ishe un arall, thenciw fowr. 'Allen i ddim fforddio i neb ar y
ffarm feddwl 'mod i *off* 'y mhen, ddim nawr.

"O'n nhw miwn 'ma neithwr, y ddou ar gefen un beic," medde Gwyndaf,

"Brynon nhw ddigon o gwrw i nofio ynddo fe, a wedyn lawr y llwybr â nhw fel llecheden heb helmet na dim. Ti'n siŵr nawr na gymri di bowdwr bach?"

Itha' siŵr, ond rhoies i e yn 'y mhoced a diolch iddo. Redes i gatre'r noson honno, yn dychmygu 'mod i'n gweld sglein metel y beicie yn cwato ym mhob cilfach ac adwy yn y clawdd, ond y tu fa's i'r fflatie o'n nhw, sa'ch 'nny. Yn y tywyllwch y nosweth honno feddylies i am drio rhoi'r powdwr yn y tancie petrol, er mwyn 'neud i'r beics dorri lawr, nes i fi gofio taw siwgwr o'dd y peth at y job . Ac o'dd dim sicrwydd y bydden nhw'n cwmpo odd'ar y beics, 'chwaith.

Dim ond un peth da dda'th ma's o'r cythrwfwl 'da'r wyau a'r lla'th – dda'th y ddwy Pigott ddim i ddrws y bac i fegian rhagor. Gelon ni lonydd llwyr, er 'mod i'n ame fod Eiri 'di ca'l gair bach yn fanna. Ond, gwaetha'r modd, o'dd dim sôn amdanyn nhw na'r cryts yn mudo o'r ffarm, braidd. Arhosodd y Pigotts yn y twlc drw'r amser. Bydde'r bechgyn yn diflannu erbyn nos i 'mofyn swper neu fwy o gwrw, ond rownd y ffald o'n nhw rhan fwya' yn y dydd, neu'n 'neud tricie 'da'r beics yn y cae gyferbyn â'r tŷ gyda Irfon yn sefyll ar ben clawdd yn gwylio, bwti marw ishe ca'l tro. Unwaith ne' ddwy gadawon nhw iddo fe drio'i lwc – ac o'n i'n falch wedyn 'mod i ddim wedi potsian 'da'r tancie petrol, er bod 'u gweld nhw wrthi yn troi'n stwmog i. O'dd y sŵn yn ddigon i ddeffro'r meirw, ond 'glywes i ddim y Pigotts yn cwyno, ac oblegid y tywydd ffein o'dd y bobl yn y fflatie' erill ma's yn joio. Dim ond fi o'dd yn becso.

Ar y nos Fawrth a'th Eiri i'r dre' at y Ffermwyr Ifenc. Marce wyth. Medde Irfon: "'Na ffafar â fi, Jen. Ma'r cryts yn poeni 'u bod nhw wedi brwntu'r towelion da'r olew o'r beicie. Cer â rhei glân draw a dere â'r lleill 'nôl i'w golchi nhw. 'Sdim ishe i Eiri w'bod."

Edryches i arno am sbel hir, ond 'gymrodd e ddim sylw. Un set o dowelion yr w'thnos ma' pob fflat yn ga'l – na'r rheole! Ond o'n nhw'n ffrindie mowr erbyn 'nny, fe a'r cryts. 'Allen nhw 'neud dim o'i le, ac o'dd e'n gw'bod yn iawn 'u bod nhw 'di mynd ma's, ne' fydde fe ddim wedi gofyn. Gafaeles i mewn towelion glân a'r allwedd sbâr o'r hoelen a mynd. Se'n i 'di gallu dadle'r funud honno, bydde fe 'di ca'l gw'bod 'i seis. Gele Eiri glywed rhyw ffordd am hyn, 'nelen i'n siŵr o 'nny!

O'n i mor grac anghofies i'n ofn. O'n i'n gobeithio'u bod nhw 'di trasho'r lle ond o'dd e fel pin mewn papur, a'r towelion wedi'u plygu'n deidi yn barod i fi. O'dd yr holl beth wedi'i drefnu rhyngthyn nhw 'mlaen llaw – y jawled! Mor ddiniwed! 'Dryches i o gwmpas i weld a o'dd 'na rwbeth allen i 'i dorri a'u beio nhw, ond 'o'dd 'na ddim. Popeth yn gwmws fel o'dd e fod, a'r basn siwgwr yn ishte ar ganol ford y gegin 'da'r potie pupur a halen. Teimles i yn 'y mhoced am y bag powdwr. Arllwyses i fe i'r siwgwr, a'i gymysgu fe â 'mys. Gelen nhw fwy o flas ar 'u *cornflakes* drannoeth nag o'n nhw'n ddishgwl! Wedyn es i 'nôl i'r tŷ a chwato'r towelion yng ngwaelod y fasged olch.

O'dd hi'n amser cinio heddi pan welon ni wyneb un o'r Pigotts wrth y ffenest. O'dd hi'n wyn fel y galchen ac 'o'ch chi braidd yn gallu clywed beth o'dd 'da hi i weud. Galwodd Eiri 999 ar unwaith pan ddeallodd hi ond erbyn i'r Ambiwlans ddod o'dd hi'n rhy hwyr. Ma' 'u car nhw yn dal yn sefyll tu fa's i'r twlc ond dim ond un o'r ddwy sy'n fyw i'w yrru fe gatre'. Ma' Irfon wedi symud y beicie i'r garej – bydd yr Heddlu ishe nhw mwy na thebyg. Byddan nhw 'di ca'l gafel ar y bag o'dd yn dal y powdwr o'r bin yng nghegin y cryts – o ganol y gweddillion cyri têcawê. Wrth gwrs, ma' olion 'y mysedd i dros bopeth ond wedyn, fi sy'n glanhau bob w'thnos. Ma'r bechgyn wedi'u harestio – weles i nhw'n ca'l 'u martsio i'r car, a'r plisman yn gafel yng ngwallt un ohonyn nhw er mwyn 'i blygu fe miwn i'r sêt gefen. Am eiliad o'n nhw'n edrych yn debyg iawn i fi a Miss Jenkins Tŷ'r Ysgol. Calon ddrwg o'dd ar y Pigott fuodd farw – rhyfedd fel ma' powdwr yn 'neud lles i go's dost, ond ddim i galon ddrwg. A 'sdim ots faint wedith y cryts taw rhoi benthyg y siwgwr 'nethon nhw ma's o garedigrwydd ac nid ma's o ddrygioni, sa i'n meddwl bydd llawer yn 'u credu nhw. O'dd pawb arall yn y fflatie wedi ca'l hen ddigon ar fegian y ddwy fenyw.

Lawr llawr ma' Eiri ac Irfon yn ishte o flaen y teledu heb siarad er nad yw hi 'di tywyllu 'to. Ma'r peiriant golchi newydd orffen troi, a ma' pob man yn dawel ac yn lân unwaith eto. O'n ffenest 'dwi'n gallu gweld y llwybr sy'n arwain at y pentre'. Mae e i'w weld yn syth nawr, yn wyn rhwng y cloddie uchel. 'Sdim unman i neb gwato ar 'i hyd e. Ma'r Mart yn Aberteifi 'fory – os yw Irfon yn mynd falle af i gyda fe, ne' lan i'r siop at Gwyndaf, fel arfer, i glywed y clecs . . .

# Cysgodion
## (Stori Fer)

### GAYNOR DAVIES

Dihunais â'm calon yn rasio, fy sgrech yn hollti'r tawelwch llethol. Yr un hen freuddwyd eto. Yn fy nghwsg roedd fy meddwl yn cael cyfle i dwrio ac i grwydro'r gorffennol yr oeddwn wedi ei gladdu yng nghysgodion fy isymwybod.

Roedd y breuddwyd yn dal yn glir yn fy meddwl wrth y bwrdd brecwast, ond teimlais yn well wrth weld pawb bron yn tagu ar eu tost a'u te. Mi rown i rywbeth am gael gwybod beth oedd yn gwibio trwy feddyliau'r lleill. Fi, Megan Jenkins, yn cael cerdyn 'Dolig. Pwy fyddai'n meddwl. Cafodd Mair sioc go iawn a diflannodd y wên sbeitlyd 'na o'i hwyneb pan welodd hi Mrs Eynon yn estyn yr amlen i mi. 'Wnes i ddim trio cuddio'r ysgrifen ar y cerdyn, ro'n i'n gwybod ei bod hi'n sbecian yn slei dros fy ysgwydd i, a bron yn torri'i bol i wybod pwy oedd wedi ei anfon ataf.

"Cerdyn 'Dolig oddi wrth Mam, o dyna neis," meddwn. Dywedodd Mair rywbeth yn slei na allwn ei glywed.

Er fy mod i wedi mynd i'r holl drwbwl o ddangos 'mod i wedi derbyn cerdyn, gobeithiaf na welaf Mam byth eto. Atgofion ohoni hi sydd wedi eu claddu yng nghysgodion fy meddwl, y hi sydd wrth wraidd y breuddwydion yma.

'Dw i'n falch mewn ffordd fod y plismon 'na wedi fy nal i yn lladd amser wrth iet y ffatri y noson honno; oherwydd hynny y dechreuodd pobl y Sosial Syrfis fusnesu. Ond nid oeddwn yn trio denu'r dynion a oedd yn dod adre' o'r shifft nos fel roedden nhw'n credu. Un fel 'na oedd Mam, ond rydw i'n wahanol. Dianc o'r tŷ roeddwn i. Roeddwn i'n hoffi bod allan yn yr awyr agored, yn teimlo'r gwynt yn fy ngwallt, yn chwythu 'mhoenau a 'mhroblemau i i ffwrdd. 'Doedd gen i yr un ffrind, ac ni allwn fynd at Mam. Nid un felly yw Mam. Nid un o'r mamau delfrydol yma y'ch chi'n eu gweld mewn hysbysebion yn croesawu eu plant adre' o'r ysgol gyda'i chofleidiau yw hi. 'Chefais i erioed gwtsh ganddi, roedd hi'n cadw'r rheini i gyd i'w dynion. Dynion oedd ei byd. Roedd gan Mam ddyn newydd bob wythnos. 'Yncls' oedden nhw i mi ond roeddwn i'n dair ar ddeg bron, ac yn dallt yn iawn. Ni allwn gysgu wrth eu clywed yn sibrwd yn isel, ac roeddwn yn casáu clywed y gwely'n gwichian. 'Alla' i byth anghofio Mam a'r hen ddynion yna. Ceisiaf wthio'r atgofion i ddyfnderoedd fy meddwl ond maent yn mynnu neidio allan o'r cysgodion weithiau a sibrwd yn slei bach, 'Like mother, like daughter'. Ych a fi! 'Fydda' i byth fel 'na.

'Does gen i ddim syniad lle mae Dad – 'dw i ddim yn cofio llawer amdano fe, 'chefais i erioed gyfle i'w 'nabod. 'Faswn i ddim yn ei 'nabod heddiw petawn i'n ei weld ar y stryd. Y drws cefn a gafodd Dad gan Mam, fel pob dyn arall. Byr iawn oedd eu mis mêl.

Aeth y Sosial Syrfis â Mam i'r cwrt. Cododd hi g'wilydd arna' i fan yna fel ymhob man arall. Safodd o flaen ei gwell a'i mascara' n ddu fel polish, a'i lipstic lliw gwaed wedi'i blastro'n drwchus i ddangos siâp ei gwefusau a'r gwallt *peroxide blonde* yn bigau – roedd e'n ddigon i droi fy stumog i. Bu'n rhaid i mi edrych ar ei gwên bathetig hi a gwrando ar ei chelwyddau. Roedden ni'n ffrindiau mawr ac roeddwn i'n roces fach dda ac roedd Mam yn meddwl y byd ohona' i. Meddwl y byd ohona' i wir! 'Chefais i erioed sws, na chwtsh, na chariad gan yr hen ast.

Teimlwn fel anifail mewn caets yn y cwrt. Roedd pawb yn edrych arnaf, yn teimlo trueni drosof. Roeddwn i'n falch o gael dianc o 'na a dod i'r cartref yma. Rwy'n dal i deimlo'n unig, er bod 'na ddigon o blant o'm cwmpas i nawr. Dyma 'nghartref i nawr ond 'dydw i ddim yn hapus yma, 'dydw i ddim yn teimlo fy mod i'n perthyn. Mae'r oedolion yn rhy neis, a'r plant yn cadw eu pellter, ma' pawb yn yr un cwch yn trio cuddio'r rhesymau sydd wedi eu dwyn yma. Mae gan bawb yma eu hatgofion i'w hanghofio, ac fel finne mae eu hatgofion hwy yn cropian allan o'r cysgodion weithiau ac yn eu dychryn. Nid fy sgrech i yw'r unig un sy'n hollti'r tawelwch llethol yn y nos ar adegau.

Rydw i wedi gosod y cerdyn 'Dolig ar bwys fy ngwely, i bawb gael ei weld. Cefais deimlad braf y bore 'ma, teimlad na chefais mohono o'r blaen, teimlad fod rhywun yn meddwl amdana' i, yn poeni amdana' i, yn fy ngharu. Rwy'n gwybod fy mod yn fy nhwyllo fy hun, ond mae'n neis cael teimlo'n sbesial am dipyn. Mae gan bawb hawl i'w 'five minutes of fame'.

Edrychaf ar y cerdyn eto; caiff ei daflu i'r bin cyn hir, piti hefyd mae'n gerdyn pert – llun Mair yn dal ei babi bach yn dynn. Nid oedd neb wedi amau dim – neb wedi adnabod f'ysgrifen i ar yr amlen a'r cerdyn – Nadolig Llawen, Megan!

# Drysau

### (Ysgrif)

MARI STEVENS

*Ganed fy nhad ym mhentref East Coker yng Ngwlad yr Haf. Rhyw bum munud yn unig yw'r daith o'r pentref i'r dref agosaf, Yeovil, ac eto mae bywyd y pentrefwyr yn araf ac mae gyrru ar hyd y lonydd cul fel camu'n nes . . . ac yn nes . . . at y gorffennol. Yma try delfryd y bywyd 'Seisnig' Hollywoodaidd yn realiti . . . a dyma, mae'n siŵr, yw atyniad y pentref tlws i dwristiaid, i lenorion a hyd yn oed i Hollywood ei hun (yma y ffilmiwyd rhannau o* Emma *a* Sense and Sensibility*). Weithiau 'dwi'n credu fod y prydferthwch yn dwyllodrus. Rwy'n aml yn cael fy nhemtio i anghofio, a charu.*

*Yma mae hunangofiant, ar ffurf ymson, o un o'm hymweliadau ag East Coker, yn dangos sut mae golygwedd ymfflamychol yn hualau am fy nhraed . . . yn rhoi i mi ragfarn a dicter ac ofn sy'n ei gwneud hi'n saffach, efallai, imi gasáu.*

\*       \*       \*

*In the beginning is my end . . .*
*I am here*
*Or there, or elsewhere. In my beginning.*

'Dw i yma, yn unig yn dy gwmni. Rhedaf. Rhedaf trwy grombil y goedwig – dros y dail brown sy'n crensian ing eu pydru dan fy nhraed. Rhedaf trwy ddryswch o foncyffion sy'n pwyso'n wybodus drosof, eu cysgodion yn hŷn na hanes. Rhedaf tuag at ddarn o dir agored, lle mae bysedd yr haul wedi gwthio'n hy drwy ganghennau'r oesoedd. Rhyddhad.

186

Mae arna'i ofn tywyllwch coedwig lle mae niwl hanes yn cyrlio'n fygythiol rhwng y coed; lle mae ysbrydion fy ddoe yn llechu.

'Dw i'n rhydd yn yr heulwen. Yn rhydd rhag hualau ofn. Yn rhydd rhag gweld y gwirionedd. Yn rhydd rhag gorfod meddwl, a gwybod, a derbyn. Yn rhydd. Mae cawell o goed yn f'amgylchynu, ond rhyngof a hwy mae awyr iach. 'Dw i'n rhydd – gallaf estyn tua'r haul.

Yn araf mae bysedd yr haul yn meddalu, ac yn cosi fy nghorff blinderus. Fel bysedd dyn dall maent yn archwilio dimensiynau fy wyneb, yn dod i'm 'nabod. Anadlaf y glesni, sy'n chwyrlïo i berfedd fy enaid. 'Dw i'n rhydd. Eisteddaf ar y gwair ffres a chlywaf glychau'r gog . . . sy'n deffro fy nghariad. Caraf y goedwig. Caraf East Coker. Caraf Loegr. Dyma fy nghartref.

Boddaf mewn ton o falchder. Mae hud y foment yn dawnsio gyda'm calon ac yn cipio fy nychymyg. Mae'n annheg, mi wn. Wedi'r cyfan mae fy ngwreiddiau wedi'u plannu'n ddwfn yn dy dir a minnau'n sugno dim ond daioni oddi wrthyt; ond dyma fy mhridd. Teimlaf guro cyflym fy nghalon . . .

Mae'r awyr yn duo. Mae glaw, yn gusanau oer gan gariad anffyddlon, yn disgyn . . . disgyn ar fy nghorff. Gwelaf y gawell o goed yn agosáu ataf. Yn fy ngharcharu, eto, mewn ansicrwydd.

Yma, mewn coedwig Seisnig yn yr ugeinfed ganrif, saif derwyddon. Yma saif seiliau solet fy 'hunan' arall. Fe safant, a'u breichiau'n agored, yn herio'r elfennau; yn gadarnach na'r coed cadarn o'm hamgylch. Mae'r siantiau yn treiddio trwy 'mhenglog ac yn siglo fy meddwl. I Fôn, yn ystod gwawr fy Nghymru, daeth Rhufeiniaid. Cynllwynasant. Hwyliasant. Chwiliasant. Cyraeddasant. *Veni. Vidi. Vici.* Fe'u gwelaf yn awr. Yn cripian trwy'r goedwig. Yn agosáu, agosáu at y prae.

Mae'r siantiau yn hongian yn nhrymder yr awyr . . . y gri Geltaidd yn ddieithr i mi. Ond deallaf yr ystyr.

'Maddeuwch i ni! Maddeuwch i ni, Dduwiau!' Ymbil taer. Maent yn credu mai nhw sydd ar fai.

Mae picelli'r Rhufeiniaid yn hollti'r hymian. Yn taro'r derwyddon llonydd. Disgynnant i'r llawr, yn gelain.

Ti, y gormeswr, a enillodd ar y diwrnod cyntaf hwnnw. Mae gwaed cof cenedl ar ddwylo dy gyn-dad. Mae gwaed ar ein dagrau. Mae gwaed ein ddoe yn staenio ein heddiw. Nid wyf yn maddau. Rhedaf, ond mae'r atgof yn cydio yn dynn ynof. Ni allaf ddianc rhag y gwaed.

Dof at heol gul, wledig. Mae'r awyr yn las eto ac mae sawr blodau gwyllt a thail yn gymysgfa ryfedd yn fy ffroenau. Mae hymian tractor yn diffodd sŵn ingol yr hymian hynafol yn fy nghlustiau a chwarddaf wrth weld oen bach yn cerdded yn feddw yn y cae. Mae delfryd bywyd gwledig yn fy nghroesawu i'w gôl eto. Cofleidiaf y ffantasi, a syrthio mewn cariad eto.

Rhwng canghennau gwyrddion y coed mae tŵr yn swatio. Geilw ei glychau fy enw, a mentraf trwy ei ddrysau derw. Mae'n dawel fel y bedd yma, ond rywsut yn gynnes a chlyd. Yma mae ffenest liw yn taflu enfys o las, coch a melyn ar resi a rhesi o seddi pren, sy'n plygu, yn ddiymhongar, i'w Meistr. Teimlaf ôl traed cenedlaethau o Gristnogion yn y llawr carreg ac uwchben, mae trawstiau yn cyffwrdd â'i gilydd i ffurfio to. Mae'r pren yn cydblethu, fel dwylo, mewn gweddi fythol, ddistaw.

Yn y gornel, plac, 'Er Cof am T. S. Eliot'. Nid wyf yn teimlo dim. Dim byd. 'Dw i'n troi tua'r allor. Yno, o'i blaen, mae fy rhieni, eu dwylo ynghyd, modrwyau aur newydd yn disgleirio . . .

Tu ôl i mi, llais . . .

'Santes Dwynwen

Sant Padarn

Santes Non

Sant Teilo.'

Trof ar fy sawdl. Dim. Gwacter.

Nawr mae'r bedyddfaen yn dal fy sylw. 'Yn enw'r Tad a'r Mab a'r Ysbryd Glân. Bedyddiaf y plentyn hwn . . .'

Fe'm ganed. Tywalltwyd bywyd i'm corff. Rhoddwyd anrhegion – o gariad a bywyd – i mi. Rhoddwyd y byd yn fy nwylo.

Dychwel y Llais . . .

'Buchedd Dewi

Buchedd Dewi

Buchedd Dewi

Buchedd Dewi

Buchedd Dewi.'

Trof ar fy sawdl. Dim. Gwacter.

Nawr 'dw i'n gweld arch. Gwelaf ddagrau Grandma. Gwelaf fy nhad, yn plygu'i ben. Gwelaf Papa, a'r cancr yn crino fy narlun ohono. Yn y pridd, ger ei arch, rhoddwyd arch fy atgofion amdano. Mae'r atgofion yn pydru, ac yn cyfoethogi'r pridd dan fy nhraed, yn bwydo fy ngwreiddiau. Yn fy nghlymu wrth y pentre'.

Daw'r Llais yn ôl.

'Saint Michael
Saint Mary
Saint George.'

Trof ar fy sawdl, a gweld y gwirionedd hyll. Clywaf siantiau eto, ond y tro hwn siantiau myneich yr Eglwys Geltaidd sy'n cael eu mygu gennyt. Gorfodaist i ni anghofio ein myneich brodorol ein hunain. Rhoddaist i ni enwau Catholig, dieithr i'n cenedl a'n credoau. A gorfodaist ein diolch. Mae tinc dy chwerthin ar fin pob gweddi. Gadawaf yr Eglwys a chau'r drws yn glep ar boen y gwybod. Dihangaf yn ôl i'r wlad.

Ar lan yr afon chwythaf gasineb y gwybod i berfedd fy enaid. Mae'r awyr yn grafiadau o goch a melyn ac oren, lle mae'r haul wedi ceisio crafangu yn y düwch a chodi eto i'r nen.

Neidiaf i'r dŵr oer – gan adael i'r dyfroedd glân olchi pob gofid i fôr o obaith. Llithro. Nofio. Ymlacio.

Clywaf geffyl yn carlamu tuag ataf o gyfeiriad y goedwig ac mae dyn yn eistedd yn dalsyth ar ei gefn. Teimlaf hyder y Tywysog, mae ei fraich yn chwifio'n fuddugoliaethus yn yr awyr, a'i waywffon yn trywanu'r cymylau. Dyma frwydrwr. Arwr. Mae'r ceffyl yn llamu ar draws yr afon . . .

Mae'r arwr yn disgyn. Mae gwaywffon yn torri ei galon ffyddiog. Mae'r corff celain yn llithro i mewn i'm hafon. Mae'r dŵr yn troi yn goch. Mae'r gwaed eto'n staenio fy mreichiau, fy nghorff, fy wyneb. Ceisiaf olchi'r lliw ymaith. Ymgais ofer. Nid yw staen y brad yn diflannu . . .

*Fin nos, fan hyn,*
*Lladdwyd Llywelyn.*
*Fyth nid anghofiaf hyn.*

Byth. Byth. Byth. Mae'r gwaed yn tywallt i'm ceg ac yn arllwys i mewn i'm hymennydd, trwy fy ngwythiennau, yn boddi fy enaid. Nid oes dianc. Mae'r gelyn yn y dŵr bellach ac yn llusgo'r celanedd o'r dyfroedd. Gorwedd y merthyr yn llonydd ar lan yr afon. Cyfyd y gelyn ei fraich yn fuddugoliaethus i'r awyr. Mae silwét y fwyell yn sgrechian drwy'r nos. Yn disgyn, disgyn, ar wddf fy arwr. Gwelaf y pen yn diflannu tua chrechwen Llundain, ond mae'r corff yma, ar lan yr afon.

> *Fan hyn yw ein cof ni.*
> *Fan hyn sy'n anadl inni,*
> *Fan hyn gynnau fu'n geni.*

Anadlaf fy anadl gyntaf, olaf, wrth i'r düwch gau amdanaf. A'm caethiwo.

> *Now the light falls*
> *Across the open field, leaving the deep lane*
> *Shuttered with branches, dark in the afternoon . . .*
> *. . . In a warm haze the sultry light*
> *Is absorbed, not refracted, by grey stone.*

Yn awel llug-gynnes y noson o haf mae fy ngwallt yn sychu. Mae profiadau'r prynhawn yn anweddu gyda'r diferion o ddŵr, ond nid wyf yn teimlo'n barod eto i fentro i ganol y pentre' ei hun. Safaf ar ei ffin, yn dyheu am ryddid yn y caethiwed. Wrth i'r haul golli'i frwydr safaf wrth fur 'Coker Court' yn gwylio ceiliog-y-gwynt yn troelli'n sigledig ar do yr 'Helyar's Arms' islaw. Mae ffenestri'r dafarn, y bythynnod a'r ffermydd yn ffurfio cadwyn o olau neon wrth i'r pentre' bwmpio i rythm bywyd gwledig.

Mae curiad calon y pentre' i'w glywed yn glir . . . bwm bwm . . . bwm bwm . . . yn curo ar ddrws atgof arall. Agoraf y drws dur yn bryderus, a gwn fod yno fyd tywyll, tlawd.

Yno, mae Cymru o ffermydd, bythynnod a thafarndai. Yno, mae Cymru o ddegymu a thlotai a thollbyrth. Yno, mae Cymru o ddeddfau creulon a grewyd gan y cyfoethog, fel perchnogion Coker Court, er eu budd eu hunain. Yno, mae Cymru sy'n marw.

Yn sydyn mae fflam i'w gweld yn y pentref. Ac un arall. Ac un arall. Ac un arall. Ac eto. Ac eto. Ac eto. Gweryru, bloeddio, saethu. Mae bwyelli yn syrthio'n erbyn pren caled y dollglwyd. Mae torch o fflamau yn torri gwydr. Mae fflamau'n llyfu'r nen. Yn fuddugoliaethus, am unwaith.

Ond ym mharlwr crand Coker Court clywaf sŵn chwerthin. Y chwerthiniad olaf.

Yn fy nicter rhuthraf i gysuro'r pentrefwyr. Rhuthraf tua'r 'Helyar's Arms'. Y tu allan nid oes gŵr mewn dillad merched, dim ond Fiats a Rovers a chyplau yn brysio i weld Yeovil yn chwarae yn yr FA Cup ar Sky TV. 'Dw i 'nôl ym 1997, yn yr East Coker a welaf i, fel arfer. Dyma'r East Coker a garaf – a'i fythynnod yn swatio dan doeau o wellt. Mae gan bob tŷ ei stori – ei enedigaethau, ei briodasau, ei farwolaethau . . . pob un yn hynafol ond rywsut yn llwyddo i gadw mewn cysylltiad â'n byd modern. Crwydraf trwy'r parc lle'r ymestynna'r goeden a blannwyd er cof am Papa, ei changhennau ifainc; heibio i'r fynwent o gerrig beddau ynghudd dan iorwg, y Swyddfa Bost, a Neuadd y Pentre. Heibio i ddoe a thua heddiw. Tua'r ysgol.

Yng ngwawr y bore, mae'r ysgol yn cosi fy meddwl. Yn blentyn dyheais am gael rhedeg ar ganiad y gloch yn y tŵr isel, am gael dysgu yn yr un dosbarth bychan, am gael nofio yn y pwll nofio a adeiladwyd gan fy nhad a'i ffrindiau un haf. Gallaf glywed lleisiau yn yr ysgol. Lleisiau plant:

'Ini mini maca raca rei rai domi naca rwm, tam, BWSH!'

Mae ton o chwerthin yn torri ar fy nghlustiau.

'Fi nesa'!'

Mae'r ferch yn chwerthin, mae'n heintus, a minnau'n chwerthin hefyd. Ond daw'r chwerthin i ben.

'Was that Welsh i heard you speak, child!' Gosodiad. Nid cwestiwn.

'Ym . . . No, Sir.' Ansicrwydd.

'Are you calling me a liar?'

'No, Sir . . . But . . .'

'Then you admit it! You were speaking WELSH!'

'Yes Sir.'

Y Welsh Not.

Mae'r baich yn drwm am wddf ifanc. Baich cenedl. Yn ffenest yr ysgol gwelaf blentyn yn gwyro . . . mae'r gansen yn codi. A disgyn. Yn codi. A disgyn. Yn codi. A disgyn. Nes bod athrawon yn siarsio plant i siarad Cymraeg. Nes bod plant yn cael eu cosbi am siarad Saesneg. Nes bod y gansen wedi cael ei dymuniad. Nes bod siarad Cymraeg yn fwrn am wddf cenedl wan.

Gwelais oleuni yn y tywyllwch, ond yng ngolau'r bore newydd plymiaf eto i dywyllwch casineb.

Penliniaf ar lan y gronfa ddŵr yn ansicr o'm teimladau. Mae bore newydd wedi dechrau, yn anadl einioes? Mae fy mhen yn troelli a gobaith newydd yn cronni yn fy nghalon. Gwelaf yr haul yn adlewyrchu ar y dŵr llonydd. Syllaf yn ddwfn i'r glesni:

> . . . *You say I am repeating*
> *Something I have said before. I shall say it again.*
> *Shall I say it again? In order to arrive there,*
> *To arrive where you are, to get from where you are not,*
> *You must go by a way wherein there is no ecstasy,*
> *In order to arrive at what you do not know*
> *You must go by a way which is the way of ignorance.*

Er mwyn gweld y goleuni rhaid brwydro trwy'r tywyllwch. Er mwyn agor drws newydd rhaid cau un arall. Nid oes rhyddid nes bod y drysau oll ar gau.

Fel ateb i'm cri gwelaf adlewyrchiad cymylau ar y dŵr a daw gwynt i grychu'r arwyneb llyfn. Mae adfeilion yn codi o'r dŵr. Tai, capel, ysgol . . . ac yna fel dannedd yn torri trwy wyneb y gronfa ymddengys cerrig bedd. Un neu ddwy i ddechrau, yna dwsin, yna ugeiniau ohonynt yn ymestyn tua'r gorwel. Wedi'u cerfio ar y cerrig llwyd mae geiriau.

Y gwirionedd.

Fe'th gerais, East Coker. Cerais dy goed, East Coker, yn gryf a solet. Cerais dy afon, East Coker, yn llifo i fôr o freuddwydion. Cerais dy galon, East Coker, yn curo i rythm fy myd. Caeais y drysau.

Ond trodd y cariad yn gasineb. Gwelais gyrff celain yn hongian wrth foncyffion dy goed. Gwelais afon o waed yn llifo at fôr o arian. Teimlais fy nghalon yn stopio dan bwysau dy ddwrn. Gwelais y rhosyn Seisnig. Gwelais y rhith. Daeth chwa fy ngorffennol i chwythu'r drysau'n agored. Eto ac eto ac eto.

Nid wyf yn gallu maddau . . . ac ni fyddaf yn gallu maddau nes bod twˆr ysgol Capel Celyn yn codi o'r dyfroedd ac yn hollti dy awyr las fel cleddyf Arthur, yn fuddugoliaethus eto. Yna, fe fydd y drysau'n cau. Yna, fe fyddaf yn rhydd.

> *Through the dark cold and the empty desolation,*
> *The wave cry, the wind cry . . .*
> *. . . In my end is my beginning.*

(Dyfyniadau o 'East Coker', T. S. Eliot
a 'Cilmeri', Gerallt Lloyd Owen.)

# Nodiadau Bywgraffiadol

T. E. NICHOLAS (1878-1971) Ganed ef ym Mhentregalar nid nepell o bentref Crymych. Bu'n weinidog gyda'r Annibynwyr yn Y Glais, Cwm Tawe; a Llangybi, Sir Aberteifi; ac yn ddeintydd yn Aberystwyth yn ystod hanner olaf ei oes. Heddychwr tanbaid a Chomiwnydd cadarn. Cyhoeddodd 16 o gyfrolau o farddoniaeth yn dyrchafu'r werin ac yn ymosod ar Ryfel a Chyfalafiaeth. Ymhlith ei gyhoeddiadau mwyaf nodedig y mae *Salmau'r Werin* (1909); *Cerddi'r Carchar* (1942); *Y Dyn a'r Gaib* (1944); a *Rwy'n Gweld o Bell* (1963).

D. EMRYS JAMES *DEWI EMRYS* (1881-1952) Fe'i ganed yng Ngheinewydd, Sir Aberteifi, ond treuliodd y rhan fwyaf o'i blentyndod yn ardal Pen-caer, Sir Benfro. Bu'n weinidog gyda'r Annibynwyr mewn sawl gofalaeth cyn mynd yn newyddiadurwr yn Fleet Street yn Llundain. Enillodd y Gadair yn yr Eisteddfod Genedlaethol bedair gwaith a'r Goron unwaith. Cyhoeddodd dair cyfrol o farddoniaeth – *Rhigymau'r Ffordd Fawr* (1926), *Y Cwm Unig* (1930), *Cerddi'r Bwthyn* (1948), y gwerslyfr *Odl a Chynghanedd* (1937), ac *Ysgrifau* (1937). Dychwelodd i fyw i Dalgarreg, Sir Aberteifi, tua diwedd ei oes, a chodwyd cofeb iddo uwchben Pwllderi yn ardal Pen-caer.

D. J. WILLIAMS (1885-1970) Fe'i ganed yn Rhydcymerau, Sir Gaerfyrddin; a bu'n athro Saesneg a Chymraeg yn Ysgol Uwchradd Abergwaun hyd ei ymddeoliad ym 1945. Yn Abergwaun y bu'n byw hefyd hyd ddiwedd ei oes. Cyhoeddodd dair cyfrol o storïau byrion yn dwyn y teitlau *Storïau'r Tir Glas*, *Storïau'r Tir Coch* a *Storïau'r Tir Du*, cyfrol yn portreadu rhai o gymeriadau bro ei febyd, a dwy gyfrol o hunangofiant. Cenedlaetholwr pybyr a roes yn hael o'i amser a'i egni i hyrwyddo amcanion y Blaid Genedlaethol. Fe'i cyfrifir yn un o feistri'r stori fer yn y Gymraeg.

WALDO WILLIAMS (1904-1971) Ganed ef yn nhref Hwlffordd ond treuliodd y rhan fwyaf o'i blentyndod yn ardal Mynachlog-ddu. Graddiodd mewn Saesneg yng Ngholeg Prifysgol Cymru, Aberystwyth. Bu'n dysgu mewn nifer o ysgolion yng Nghymru a Lloegr, a bu hefyd yn ddarlithydd o dan nawdd Adran Efrydiau Allanol y Brifysgol yn Sir Benfro. Gwelir ffrwyth ei awen yn y gyfrol *Dail Pren*, ac fe'i cyfrifir yn un o feirdd disgleiriaf y genedl.

E. LLWYD WILLIAMS (1906-1960) Brodor o Efail-wen. Addysgwyd ef yn Ysgol Gynradd Blaenconin, Ysgol Ramadeg Arberth a Choleg y Bedyddwyr ym Mangor. Bu'n weinidog gyda'r Bedyddwyr ym Maesteg a Rhydaman. Enillodd y Gadair yn Eisteddfod Genedlaethol Y Rhyl 1953 a'r Goron yn Eisteddfod Genedlaethol Ystradgynlais 1954. Cyhoeddodd gasgliad o'i farddoniaeth dan y teitl *Tir Hela*, nofel *Tua'r Cyfnos*, a phortread o gymeriadau cefn gwlad yn dwyn y teitl *Hen Ddwylo*. Ef hefyd oedd awdur y ddwy gyfrol *Crwydro Sir Benfro* yn y gyfres *Crwydro Siroedd Cymru*.

D. EMRYS REES (1907-1976) Fe'i ganed yn ardal ogledd-orllewinol Banc Siôn Cwilt ac addysgwyd ef yn Ysgol Llanarth; Ysgol Uwchradd Aberaeron; a Choleg Prifysgol Cymru, Aberysywyth. Graddiodd gydag anrhydedd mewn Ffiseg a Mathe-mateg. Bu'n athro ysgol yn Alexandria Road, Aberystwyth; yn athro Mathemateg a Gwyddoniaeth yn Ysgol Uwchradd Tregaron; yn brifathro Ysgol Gynradd Cwrt-newydd; ac yn athro Ffiseg yn Ysgol Uwchradd Abergwaun. Enillodd y wobr yn Eisteddfod Genedlaethol Dyffryn Maelor 1961 am Bortreadau o Chwe Chymeriad Gwreiddiol; a chyhoeddodd gyfrol o bortreadau yn dwyn y teitl *Cymdogion*.

STEPHEN GRIFFITH (1908-  ) Brodor o Flaenau Ffestiniog. Graddiodd mewn Gwyddoniaeth yng Ngholeg y Brifysgol, Bangor. Bu'n athro Gwyddoniaeth yn Swydd Henffordd a Swydd Buckingham, yn Ghana am ddwy flynedd, ac yn Ysgol Uwchradd Doc Penfro. Enillodd yn y Genedlaethol am Dair Stori, Erthygl Wydd-onol, ac Erthygl ar gyfer y cylchgrawn *Y Gwyddonydd*. Ymhlith ei gyhoeddiadau y mae *Y Gwenyn* (1970), *Mab y Trofannau* (1977), *Teithio'r Sahel* (1986) a *Cyfrinach y Castell* (1987). Mae wedi byw yn Ne Sir Benfro am dros hanner canrif.

W. R. EVANS (1910-1991) Brodor o ardal Mynachlog-ddu. Addysgwyd ef yn yr ysgol leol; Ysgol Ramadeg Aberteifi; a Choleg y Brifysgol Bangor. Bu'n athro yn Ysgol Gynradd Abergwaun; yn Brifathro Ysgol Bwlch-y-groes (Penfro) ac Ysgol Gymraeg Y Barri; yn Ddarlithydd yng Ngholeg Addysg Y Barri; ac yn Drefnydd Iaith ac Arolygwr Ysgolion yn Sir Benfro. Daeth i amlgrwydd fel arweinydd parti noson lawen Bois y Frenni. Bardd a darlledwr. Enillodd yn y Genedlaethol bedair gwaith ar y Gân Dafodiaith. Cyhoeddodd ddau gasgliad o Ganeuon Bois y Frenni, cyfrol yn nhafodiaith ei sir enedigol, casgliad o'i fardd-oniaeth a chyfrol o hunangofiant, *Fi yw Hwn*.

LLYWELYN PHILLIPS (1914-81) Fe'i ganed yn Llanfyrnach a'i addysgu yn Ysgol Gynradd Hermon ac Ysgol Ramadeg Aberteifi. Graddiodd mewn Swoleg Amaethyddol yng Ngholeg Prifysgol Cymru, Aberystwyth. Treuliodd ei yrfa broffesiynol ar staff Bridfa Blanhigion Cymru yn Aberystwyth a'i ddyrchafu yn Swyddog Cyswllt a Golygydd Cyhoeddiadau. Bardd, llenor a darlithydd. Cyfrannodd dros 800 o ysgrifau ac erthyglau i wahanol gylchgronau a chyfnodolion. Cyhoeddodd gyfrol o ysgrifau *Hel a Didol* (1981); a golygwyd casgliad sylweddol o'i weithiau gan B. G. Owens yn y gyfrol *Cywain* (1986).

W. J. GRUFFYDD (1916-   ) Brodor o Ffair Rhos a fu'n weinidog gyda'r Bedyddwyr mewn sawl gofalaeth yn cynnwys Hermon a Star (Sir Benfro) am 23 mlynedd. Enillodd y Goron yn Eisteddfod Genedlaethol Pwllheli 1955 ac Eisteddfod Genedlaethol Caerdydd 1960. Cyhoeddodd dair nofel, pedair cyfrol o straeon *Tomos a Marged*, storïau ditectif i blant, tri chasgliad o'i farddoniaeth a chyfrol o hunangofiant, *Meddylu*. Ef oedd Archdderwydd Cymru o 1984 hyd 1987.

DILLWYN MILES (1916-   ) Ganed ef yn Nhrefdraeth a'i addysgu yn yr ysgol leol, Ysgol Ramadeg Abergwaun a Choleg Prifysgol Cymru, Aberystwyth. Gwasanaethodd yn y Fyddin am bum mlynedd yn y Dwyrain Canol yn ystod yr Ail Ryfel Byd. Bu'n dal nifer o swyddi gweinyddol yn Sir Benfro ac yn ddarlithydd o dan nawdd Adran Allanol y Brifysgol. Cyhoeddodd amryw o lyfrau yn Saesneg yn ymwneud â hanes ei sir enedigol. Bu'n Geidwad y Cledd yng Ngorsedd y Beirdd o 1960 hyd 1966 ac yn Arwyddfardd yr Orsedd am ddeng mlynedd ar hugain. Cyhoeddodd *Atgofion Hen Arwyddfardd* ym 1997.

DEWI W. THOMAS (1917-   ) Yn enedigol o Lanfyrnach addysgwyd ef yn Ysgol Gynradd Tegryn, Ysgol Ramadeg Aberteifi, Coleg Dewi Sant Llanbedr Pont Steffan, Coleg Sant Mihangel Llandaf a Choleg Prifysgol Cymru, Aberystwyth. Derbyniodd radd M.A. Prifysgol Cymru mewn Addysg. Bu'n offeiriad yn yr Eglwys yng Nghymru yng Nghlydau, Llanfihangel Genau'r Glyn, Pontyberem a Llanilar, a'i ddyrchafu yn Ganon Anrhydeddus Eglwys Gadeiriol Tyddewi. Cyhoeddodd dri llyfr taith – *Pedair Pedol Arian*, *Hynt y Sandalau*, *Wrth Ymdaith*, a chyfrol o hunangofiant, *Cysgodau'r Palmwydd*.

JAMES NICHOLAS (1928-   )   Brodor o Dyddewi a addysgwyd yn yr Ysgol Gynradd a'r Ysgol Ramadeg leol. Graddiodd mewn Mathemateg yng Ngholeg Prifysgol Cymru, Aberystwyth. Bu'n athro ysgol yn Y Bala a Doc Penfro ac yn brifathro Ysgol y Preseli. Ymunodd ag Arolygwyr Ysgolion Ei Mawrhydi ym Mangor ym 1975. Bardd y Gadair yn Eisteddfod Genedlaethol Y Fflint 1969. Cyhoeddodd ddau gasgliad o'i farddoniaeth, darlith ar T. E. Nicholas, a thair cyfrol yn ymwneud â bywyd a gwaith Waldo Williams. Ef yw Cofiadur Gorsedd y Beirdd a bu'n Archdderwydd Cymru o 1980 hyd 1983. Mae'n Gymrawd Anrhydeddus yr Eisteddfod Genedlaethol.

MAIRWEN GWYNN JONES (1933- ) Ganed ac addysgwyd yn Abergwaun. Gradd uwch yn y Gymraeg a hyfforddiant athrawes yng Ngholeg Prifysgol Cymru, Aberystwyth. Enillodd Fedal Ryddiaith yr Eisteddfod Ryng-golegol a Choron Eisteddfod Genedlaethol yr Urdd. Bu'n olygydd gyda'r Urdd yn yr adran gylchgronau hefyd. Symudodd i Gaerdydd (a magu teulu yno) lle bu'n sgriptio ac yn darlledu i'r BBC a HTV. Ymddiddorodd yn helaeth mewn llenyddiaeth plant ar hyd y blynyddoedd a chyhoeddodd gyda'i gŵr, T. Gwynn Jones, gyfrol yn olrhain hanes llenyddiaeth plant Cymru yn dwyn y teitl *Dewiniaid Difyr*.

DAFYDD HENRI EDWARDS (1936- ) Ganed ef yn Ffair Rhos a'i addysgu yn Ysgol Gynradd Pontrhydfendigaid; Ysgol Ramadeg Tregaron; Coleg y Brifysgol, Bangor (gradd gyfun mewn Cymraeg a Hanes Cymru); a Choleg y Bedyddwyr ym Mangor. Bu'n weinidog yng Nghilfowyr ac Aber-cuch (Sir Benfro), Llanelli a Chaerfyrddin. Dychwelodd i Sir Benfro ym 1974 i fod yn Genhadwr Cartref yng Nghanolfan Langton ger Abergwaun; ac yn ddiwedd-arach yn weinidog Blaenwaun (Llandudoch) ynghyd â Chilfowyr, Aber-cuch, Hermon, Star a Gelli-wen. Ef yw awdur y nofel *Ogof Arthur* (1975) a'r llawlyfr taith yng Ngwlad Israel sy'n dwyn y teitl *Pererindod o Gymru* (1978). Bu'n olygydd *Antur* (1972-78) ac mae'n aelod o Dîm y Preselau ar Dalwrn y Beirdd.

EIRWYN GEORGE (1936- ) Ganed ef yn ardal Tufton a'i addysgu yn yr ysgol leol ac Ysgol Ramadeg Arberth. Bu'n ffermio am 12 mlynedd cyn mynd i Goleg Harlech. Graddiodd yn y Gymraeg yng Ngholeg Prifysgol Cymru, Aberystwyth; a sicrhau Diploma mewn Llyfrgellyddiaeth yn ddiweddarach. Bu'n athro Cymraeg a Hanes yn Ysgol Uwchradd Arberth ac Ysgol Gyfun y Preseli; ac yn Llyfrgellydd Gwasanaethau Diwylliannol yn Sir Benfro. Enillodd y Goron yn y Genedlaethol ddwywaith; a chyhoeddodd 11 o gyfrolau yn cynnwys barddon-iaeth a rhyddiaith. Golygydd y gyfrol hon.

GWYN GRIFFITHS (1941- ) Yn enedigol o Swyddffynnon, addysgwyd ef yn Ysgol Gynradd Castell Fflemish, Ysgol Uwchradd Tregaron a Choleg Hyffordd Dinas Caerdydd. Bu'n Drefnydd Urdd Gobaith Cymru yn Sir Benfro, yn Swyddog Cysylltiadau Cyhoeddus gyda'r Urdd yn Aberystwyth ac yn olygydd *Yr Aelwyd*. Treuliodd dair blynedd ar staff *Y Cymro* yng Nghroesoswallt hefyd cyn mynd i weithio yn Adran Hysbysrwydd BBC Cymru yng Nghaerdydd. Bu am nifer o flynyddoedd yn Bennaeth Adran y Wasg cyn ymddeol yn gynnar. Dyfarnwyd iddo radd allanol M.Sc. (Economeg); ac y mae wedi ysgrifennu, golygu neu gyhoeddi dros ddwsin o gyfrolau yn cynnwys *Wês Wês* (pedair cyfrol yn nhafodiaith Sir Benfro), *Crwydro Llydaw* ac amryw addasiadau o lyfrau plant.

LLINOS EDWARDS (1945-   )   Brodor o ardal Llan-y-cefn. Addysgwyd hi yn Ysgol Gynradd Maenclochog ac Ysgol Ramadeg Arberth. Gwraig ffarm a fu hefyd yn gofalu am Amgueddfa Bwthyn Pen-rhos am flynyddoedd lawer. Dilynodd Gwrs Allanol Tystysgrif Coleg yr Annibynwyr Cymraeg yn Aberystwyth, ac ordeiniwyd hi yn Weinidog Bro eglwysi cylch Henllan Amgoed ym 1999. Enillodd ar y stori fer mewn eisteddfodau lleol; Eisteddfod Pantyfedwen, Pontrhydfendigaid; a hefyd yn y Genedlaethol am gasgliad o storïau gwreiddiol i blant.

NEST LLWYD (1945-   )   Fe'i ganed yn Rhydaman a'i haddysgu yn yr Ysgol Gynradd a'r Ysgol Ramadeg leol. Graddiodd yn y Gymraeg yng Ngholeg y Brifysgol, Abertawe. Enillodd yn y Genedlaethol ar yr ysgrif dan 18 oed a'r stori fer dan 25 oed. Symudodd i fyw i ardal ei gwreiddiau ym mhentref Maenclochog ym 1988; ac mae'n aelod o Dîm Beca ar Dalwrn y Beirdd. Merch y Prifardd E. Llwyd Williams – un arall o awduron y gyfrol hon.

CATRIN STEVENS (1947-   )   Ganwyd yn Llan-non, Ceredigion, ac addysgwyd hi yn Ysgolion Cynradd Llan-non a Chomins Coch ac Ysgol Ramadeg Ardwyn. Graddiodd mewn Cymraeg a Hanes Cymru (cyd-anrhydedd) yng Ngholeg Prifysgol Gogledd Cymru, Bangor, a dyfarnwyd gradd M.A. iddi am waith ymchwil ar 'Cerddi'r Tai Crefydd'. Treuliodd gyfnod yn ymchwilydd yn Amgueddfa Werin Cymru cyn symud i Faenclochog, Sir Benfro, a magu teulu. Darlithydd mewn Hanes a Hanes Cymru yng Ngholeg y Drindod, Caerfyrddin. Enillodd y Goron yn Eisteddfod Genedlaethol Urdd Gobaith Cymru; a Gwobr Tir na n-Og am y llyfr ffeithiol gorau i blant. Ymhlith ei chyhoeddiadau y mae *Arferion Caru*; *Cligieth C'nebrwn, ac Angladd*; *Iorwerth C. Peate* (cyfres *Writers of Wales*), a nifer o lyfrau i blant.

EINIR JONES (1950-   )   Fe'i ganed yn y Traeth Coch, Sir Fôn. Mynychodd Ysgol Gynradd Llanallgo ac Ysgol Gyfun Llangefni. Graddiodd yn y Gymraeg yng Ngholeg y Brifysgol, Bangor; a dyfarnwyd iddi radd M.A. am waith ymchwil ar y canu penrhydd. Gwraig y Parchedig John Talfryn Jones a fu'n weinidog gyda'r Bedyddwyr yn Dinas, Sir Benfro, cyn symud i Ebeneser, Rhydaman, ym 1977. Athrawes o ran ei galwedigaeth. Enillodd yn y Genedlaethol am dair stori fer, sgwrs radio, a dwy wobr am gasgliad o farddoniaeth yn ogystal â chipio'r Goron yn Eisteddfod Genedlaethol Bro Delyn 1991. Cyhoeddodd bedair cyfrol o gerddi,

*Pigo Crachan* (1972), *Gwellt Medi* (1980), *Gweld y Garreg Ateb* (1991) a *Daeth Awst Daeth Nos* (1991).

HEFIN WYN (1950-   ) Brodor o'r Glog yn Nyffryn Taf sy'n byw ym mhentref bach y Mot. Addysgwyd ef yn Ysgol Gynradd Hermon; Ysgol y Preseli, Crymych; a Choleg Prifysgol Cymru, Aberystwyth. Bu'n ohebydd ar staff *Y Cymro* cyn mynd i weithio i'r BBC a HTV ar ei liwt ei hun. Derbyniodd radd M.A. mewn Ysgrifennu Creadigol ym 1988; ac y mae eisoes wedi cyhoeddi un nofel, *Bodio*, y stori dditectif *Bowen a'i Bartner*, hanes y grŵp Edward H. Dafis, a dau lyfr taith, *Lle Mynno'r Gwynt* a *Pwy Biau'r Ddeilen?*

GWEN PARROTT (1958-   ) Yn enedigol o ardal Bwlch-y-groes (Penfro) addysgwyd hi yn yr Ysgol Gynradd leol ac yn ddiweddarach yn ysgolion cynradd ac uwchradd Abergwaun. Ar ôl iddi raddio mewn Saesneg (a derbyn gradd uwch) ym Mhrifysgol Bryste; bu'n gweithio am gyfnod yng Nghofrestrfa Prifysgol Cymru yng Nghaerdydd. Wedi priodi â meddyg teulu ac yn byw ym Mryste mae'n ysgrifennu ar gyfer y llwyfan a'r teledu, ac yn gyfieithydd a chynhyrchydd radio fel y bo'r gofyn. Hi yw awdur y nofel *Cwlwm Gwaed* (1978).

GAYNOR DAVIES (1976-   ) Brodor o Gwm Gwaun. Addysgwyd hi yn Ysgol Gynradd Llanychllwydog ac Ysgol Uwchradd Abergwaun. Graddiodd yn y Gymraeg yng Ngholeg y Brifysgol, Llanbedr Pont Steffan, a dilyn y Cwrs Hyfforddi Athrawon yng Ngholeg y Drindod, Caerfyrddin. Athrawes yn Ysgol Uwchradd Aberteifi. Enillodd ar y stori fer yn Eisteddfod Genedlaethol Ffermwyr Ifainc Cymru.

MARI STEVENS (1978-   ) Ganed hi ym Maenclochog cyn i'r teulu symud yn ddiweddarach i ardal Casllwchwr. Fe'i haddysgwyd yn Ysgol Gynradd Pontybrenin, Ysgol Gyfun Gŵyr a Choleg Prifysgol Cymru, Aberystwyth, lle mae hi ar ei blwyddyn olaf yn astudio'r Gymraeg. Enillodd y Goron yn Eisteddfod Genedlaethol Urdd Gobaith Cymru, Islwyn, 1997, a chipio'r Fedal Lenyddiaeth drachefn yn Eisteddfod Genedlaethol Urdd Gobaith Cymru, Bro Conwy, 2000. Mae'n aelod o dîm yr Umcaholics ar Dalwrn y Beirdd ac ynghyd â thair o ferched eraill bu'n crwydro Cymru ar daith lenyddol Pandora. Cyhoeddodd nifer o straeon byrion a cherddi yn *Taliesin*.